LEBAB
El efecto luciérnaga

LOS | IMPERDIBLES

Luis Amavisca
Juana Cortés

LEBAB

El efecto luciérnaga

DUOMO EDICIONES

Barcelona, 2024

© 2024, Luis Amavisca y Juana Cortés
© de esta edición, 2024 por Antonio Vallardi Editore S.u.r.l., Milán

Todos los derechos reservados

Primera edición: mayo de 2024

Duomo ediciones es un sello de Antonio Vallardi Editore S.u.r.l.
Pl. Urquinaona, 10 3.º izq. Barcelona, 08010 (España)
www.duomoediciones.com

Gruppo Editoriale Mauri Spagnol S.p.A.
www.maurispagnol.it

ISBN: 978-84-19521-60-6
Código IBIC: FA
DL B 2607-2024

Diseño de interiores y composición:
Grafime

Impresión:
Grafica Veneta S.p.A. di Trebaseleghe (PD)

Impreso en Italia

A ti, siempre.
Porque te reconocí sin necesidad de un DeltaLife.

A nuestro hijo, con el que compartimos genética espiritual.
Gracias por enseñarnos nuevos significados de la palabra «amor».

LUIS AMAVISCA

Para Carlos, Teresa y Paula, que son mi luz.

JUANA CORTÉS

17 de octubre del 2030

El Gobierno de Estados Unidos emite un decreto por el cual todos los ciudadanos mayores de quince años tienen la obligación de llevar instalado un dispositivo en el antebrazo. Fabricados con nanotubos de carbono, silicona y titanio, los dispositivos contienen la información laboral y personal de cada ciudadano. Las comunicaciones tendrán que ser realizadas a través de ellos y podrán ser controladas en todo momento. Las protestas que se suceden en distintos estados los días siguientes son reprimidas con violencia por la policía.

4 de noviembre del 2030

Se empiezan a instalar los dispositivos en Nueva York, Chicago, Washington y San Francisco mediante una pequeña intervención ambulatoria que los adhiere a la dermis. Tan solo en algunos casos se produce una leve infección que se cura en cuestión de días.

En el plazo de cuatro meses, todos los ciudadanos americanos tienen instalado un dispositivo.

14 de enero del 2031

El Gobierno de los Estados Unidos emite un nuevo decreto para la seguridad nacional. Toda información enviada sin utilizar los dispositivos, o mediante códigos encriptados, constituirá un grave delito. Uno de los objetivos principales de la policía, del FBI y del recién creado Cuerpo Especial de Persecución (CEP) será la localización y erradicación de las redes de *hackers*.

3 de febrero del 2031

La Universidad de Harvard celebra las conferencias del I Congreso de Energía *Post Mortem*. Las Universidades de Princeton y Chicago, junto con la Universidad canadiense de Montreal, financian las jornadas.

El objetivo del congreso es la investigación de la transformación de la energía en el momento de la muerte del ser humano.

2 de enero del 2032

El II Congreso de Energía *Post Mortem* tiene lugar en Chicago. El canadiense Antoine Ferré y su equipo presentan ante expertos de todo el mundo la «visión espectral Nandca», que permite visualizar el movimiento de la energía en el momento del fallecimiento de una persona. Las imágenes registradas muestran cómo la energía liberada se aleja del fallecido en forma de diminutos puntos de luz. Este fenómeno se bautiza como «efecto luciérnaga». Son muchos los que consideran que de esta manera ha sido demostrada científicamente la existencia del alma.

3 de enero del 2032

«Luciérnagas que cambian el mundo». Los artículos sobre el descubrimiento científico se hacen virales. En las redes sociales más influyentes, SpaceOne y PublicSquare, se habla del «inicio de una nueva era».

4 de enero del 2032

La información relativa a las «luciérnagas que cambian el mundo» comienza a desaparecer de internet. Los artículos que hacen referencia al tema son sustituidos por otros que consideran el «efecto luciérnaga» un fraude y una manipulación mediática.

5 de enero del 2032

Se producen tres grandes manifestaciones con repercusión mundial. La primera en Roma, auspiciada por el Vaticano, la segunda en Los Ángeles y la tercera en Washington. El lema de todas ellas es «Dejad nuestras almas en paz».

8 de enero del 2032

Antoine Ferré se une al equipo del científico americano Edmund Cusack. Cusack obtiene una importante financiación, a través del senador Lotz, para continuar con las investigaciones sobre la energía vital o alma. El senador pide que no se divulgue el origen de los fondos.

17 de mayo del 2032

El senador Lotz se reúne en privado con Edmund Cusack para anunciarle que pone fin a la financiación de sus investigaciones.

27 de junio del 2032

Ante la falta de apoyo económico, Edmund Cusack funda Lebab junto con Antoine Ferré. Casi medio millar de personas apoyan la organización como inversores privados. Lebab tiene objetivos científicos, pero también unas influencias ideológicas cercanas al budismo. Dan por hecho la existencia del alma y quieren demostrar científicamente la reencarnación, conscientes del impacto social que provocaría el éxito de sus investigaciones.

7 de octubre del 2032

Edmund Cusack recibe una notificación del Gobierno que le pro-híbe toda publicación o divulgación sobre las investigaciones de Lebab.

8 de marzo del 2033

El Gobierno declara que Lebab es una «secta peligrosa» y la ilega-liza. La mayor parte de los inversores abandona la organización. Otros miembros, sin embargo, deciden continuar apoyándola de manera clandestina.

Lebab cuenta con un equipo de *hackers* que mantiene una compleja red de comunicaciones mediante mensajes y llamadas encriptados.

27 de marzo del 2033

El científico Antoine Ferré es hallado muerto en su apartamento en extrañas circunstancias.

PRÓLOGO

El grupo de asistentes al Advanced Technologies Congress estaba formado por veinte hombres y una docena de mujeres, invitados por importantes compañías tecnológicas del país. La reunión se celebraba en una de las salas del Comcast Center, situada en la planta cincuenta y uno. Los grandes ventanales ofrecían unas impresionantes vistas a la ciudad.

El leve tartamudeo del ponente al iniciar su charla revelaba nerviosismo. No era para menos, Bell sabía que los fondos para poder continuar las investigaciones estaban en juego.

Bell se había licenciado en Física en la Universidad de Berkeley, California, y después había cursado varios másteres en Física Molecular y Nanoingeniería Biomédica. Con una capacidad de trabajo y un entusiasmo sin límites, a sus treinta y siete años recién cumplidos, su vida social era muy limitada y sus amigos se podían contar con los dedos de una mano.

A pesar de que no le daba importancia a su físico, ese día el aspecto de Bell era impecable. Se había cortado el pelo y la barba, y vestía pantalón negro, camisa blanca y una americana gris de corte clásico. Junto a él se encontraba su asistente, Jim Hughes, un joven tímido que mantenía los brazos cruzados sobre el pecho mientras Bell daba su discurso.

El científico empezó con una breve introducción sobre la interacción de los campos electromagnéticos en física molecular para abordar a continuación el tema principal de la conferencia.

—Como saben, en el pasado ya se han realizado experimentos de desmaterialización y rematerialización molecular de distintos objetos. Sin embargo, en el caso de objetos electrónicos, el éxito fue relativo puesto que, en muchos casos, al rematerializarse no funcionaban correctamente. He dirigido mis estudios hacia la búsqueda de una metodología de codificación del orden espacial y temporal de las moléculas del objeto que queremos desmaterializar. Con este fin he creado un nanochip de apenas unos milímetros al que he denominado «Delta». Este se adhiere fácilmente al objeto que deseamos desmaterializar y le permite «recordar» el orden exacto de las moléculas en el momento de la rematerialización, de modo que mantiene todas sus funciones.

»Ahora me gustaría hacer una demostración del funcionamiento de Delta. Pueden elegir ustedes mismos el objeto que desmaterializaremos y rematerializaremos después.

Bell esperó a la respuesta del público.

—¿Qué le parece comenzar con algo básico como un proyector de hologramas? —preguntó el representante de la compañía Core Research.

—De acuerdo —dijo Bell acercándose a un aparato de forma esférica y del tamaño de una naranja que se encontraba apoyado sobre un mueble auxiliar—. ¿Este le parece bien?

—Me parece bien.

—De acuerdo, señor...

—Zhang.

El asistente llevó a Bell el aparato escogido. Se trataba de un proyector holográfico de finales de los años veinte. El científico lo encendió para comprobar que funcionaba y el aparato proyectó la imagen de una flor silvestre. Lo apagó y la imagen desapareció.

—Vamos a proceder a la desmaterialización. Aquí —dijo señalando un carro metálico sobre el que descansaba una bandeja de metacrilato—, tenemos el nanochip Delta.

Bell se puso unas gafas de lente microscópica que acababan en una especie de pequeños conos negros. Con unas pinzas de laboratorio, cogió el chip.

—Ahora lo fijaré al proyector mediante un sistema de polarización. —En la sala reinaba el silencio. Los asistentes seguían atentamente las palabras del ponente—. El microchip ha quedado imantado a la superficie del proyector. A continuación, activaré el proceso de desmaterialización. —Bell marcó unos dígitos en el dispositivo de su antebrazo—. Uno, dos, tres...

El aparato comenzó a descomponerse, las moléculas se convirtieron en pequeños puntos de luz que, al desaparecer, dejaron una especie de halo. Se produjo un leve murmullo entre los asistentes. En cinco segundos no quedaba rastro del proyector holográfico.

—He llegado a tener objetos desmaterializados durante semanas antes de rematerializarlos. Hoy, para la demostración, nos limitaremos a unos minutos. Para hacer tiempo, les contaré una de mis historias preferidas, que quizá algunos de ustedes ya conozcan —dijo Bell y carraspeó antes de continuar—: Cuando Albert Einstein empezaba a ser conocido por su teoría de la relatividad, acudía con asiduidad a universidades para dar conferencias sobre ese tema. Según parece, a Einstein no le gustaba conducir, por lo que contrató los servicios de un chófer para sus desplazamientos. Después de varios días de viaje, le comentó al chófer lo aburrido que era repetir lo mismo una y otra vez. Él le dijo: «Si quiere, le puedo sustituir por una noche. He oído su conferencia tantas veces que soy capaz de repetirla palabra por palabra».

»Cuenta esta historia que Einstein, antes de llegar al lugar donde tendría lugar la conferencia, intercambió su chaqueta con la del conductor y se puso al volante. Como ninguno de los académicos lo conocía personalmente, no se descubrió el engaño. —Bell hizo una pausa antes de continuar—: El chófer dio la conferencia con maestría. Todo iba sobre ruedas hasta que, al terminar, uno de los asistentes le hizo una pregunta. Por supuesto, el hombre no tenía ni idea de cuál podía ser la respuesta. Imagínense la situación —dijo Bell haciendo una nueva pausa—. Pues bien, cuenta la historia que el conductor, una persona de recursos, tuvo un momento de inspiración y salvó la situación contestando: «Señor, la pregunta que me hace es tan evidente que mi propio chófer, que se encuentra al final de la sala, le responderá».

Bell sonrió cuando escuchó las risas entre los asistentes. Se sintió más relajado. Consultó la hora en el dispositivo de su antebrazo.

—No se sabe si esta historia es real, pero al menos ha servido para mantenerlos entretenidos durante estos minutos en los que el proyector ha permanecido desmaterializado. Ahora, señoras y señores, pulsaré el comando que iniciará el proceso de rematerialización del proyector. Uno, dos, tres...

Ante la mirada curiosa de los asistentes, unos minúsculos puntitos de luz aparecieron de la nada. En cuestión de segundos, el aparato se rematerializó. Se escucharon aplausos.

—No hemos terminado —dijo Bell satisfecho—. Ahora comprobaremos que el proyector mantiene sus funciones técnicas. Jim, por favor...

Su asistente se acercó y pulsó el botón del proyector 3D. Sin embargo, este no se encendió. Jim probó de nuevo, pero el aparato tampoco funcionó esta vez. Bell sintió un sudor frío en la nuca. Comenzó a escucharse un murmullo entre los asistentes a la conferencia.

—Un momento... Déjame a mí —pidió el científico, visiblemente alterado.

El asistente se apartó y Bell volvió a intentarlo, sin éxito. Tras unos segundos de tensión, una mujer del público se puso en pie.

—Tengo que reconocer que su exposición ha sido interesante, incluso se ha ganado al público con una anécdota divertida —afirmó Margaret Higgins, directora de la revista digital *Disco-*

veries—. Pero si su chip solo tiene éxito en determinadas ocasiones, esta conferencia no ha sido más que una pérdida de tiempo.

—No entiendo qué ha sucedido. Les aseguro que... —titubeó Bell.

—Obviamente se ha precipitado al convocarnos —dijo el señor Zhang poniéndose en pie.

No fue el único en levantarse. Varios asistentes, entre los que Bell reconoció al director del Comcast Center, le imitaron. Unos minutos después, dado que el ponente permanecía inmerso en un incómodo silencio, la mayor parte del público abandonó la sala.

El científico se rascaba la barbilla, ajeno a lo que sucedía a su alrededor. No lograba entender qué había fallado. Cuando Jim intentó hablar con él, le pidió que le dejara solo. Sabía lo que aquel fracaso significaba: en unos segundos había perdido toda su credibilidad y con ella la aportación de fondos que necesitaba para seguir con sus investigaciones. Cogió el proyector y lo sostuvo en la mano examinándolo unos segundos, antes de lanzarlo con rabia contra el suelo. El aparato estalló en pedazos.

Entonces escuchó un ruido a sus espaldas y se percató de que la sala de reuniones no estaba totalmente vacía. Dos mujeres, que habían permanecido apartadas y en silencio, se acercaron.

—Buenos días, mi nombre es Sally Leigh, soy periodista. Tengo que decirle que su conferencia ha sido muy interesante.

El científico la miró con desconfianza. ¿Aquella mujer pelirroja se burlaba de él?

—Yo soy Anna Cusack.

La segunda mujer, vestida con un abrigo azul, extendió la mano a modo de saludo.

—¿Ustedes... de qué compañía son?

—No representamos a ninguna empresa. Quizás haya oído hablar de mi padre, Edmund Cusack —dijo Anna.

—Por supuesto que sé quién es su padre. Seguí muy de cerca las investigaciones que realizó junto con el doctor Ferré sobre la visión espectral Nandca.

—Verá, señor Bell, hoy estamos aquí en representación de la organización privada de la que formamos parte —explicó Sally Leigh.

—¿De qué organización se trata?

—Es algo difícil de explicar... Nos gustaría tener una reunión con usted —dijo Sally Leigh.

—¿Qué quieren de mí? —preguntó el científico, desconfiado.

—Que continúe con sus investigaciones. Estamos dispuestos a poner a su disposición los medios que necesite —respondió Anna.

Bell observó a la hija de Edmund Cusack; el abrigo se tensaba sobre su vientre y delataba un embarazo avanzado.

—Piénselo tranquilamente y, cuando tome una decisión, llámenos —insistió Anna y acercó su dispositivo al de Bell para compartir sus datos de contacto.

—Esperamos verle en Chicago —añadió Sally Leigh—. Díganos qué día le viene bien y nos encargaremos de los billetes de avión y del hotel.

—De acuerdo. Lo pensaré —respondió el científico.

Las dos mujeres, tras despedirse, se dirigieron a la salida. Unos segundos después las luces principales se apagaron. Bell permaneció solo en la sala de conferencias.

«Cuando una puerta se cierra, otra se abre», se dijo. ¿Sería Chicago su nuevo destino?

PARTE I

PARTE 1

ANNA CUSACK

Gold Coast, Chicago
19 de febrero del 2039, 07:32 horas

SuperTrish y Flap todavía estaban haciendo de las suyas. El primero, un personaje verde con capa de superhéroe, volaba en círculos, mientras que el segundo, una especie de pelota de trapo con ojos saltones, rebotaba por las paredes.

Anna, vestida con su pijama de cuadros, se calzó las zapatillas. Se levantó del sillón que estaba junto a la cama de su hijo y dobló la manta con la que se había tapado. Apagó el Watch&Fun y SuperTrish y Flap desaparecieron como si la pared se los hubiera tragado.

Había sido una noche difícil, Sam se había despertado varias veces, la última sobre las cinco de la mañana. Anna había permanecido a su lado, sujetando su mano, mientras esperaba a que la última inyección le hiciera efecto. Se acercó a la cama y observó al niño. Por fin, descansaba tranquilo.

La noche era siempre peor que el día. En la negrura se le disparaban la ansiedad y los malos presagios. Acarició la mejilla de su hijo, le pareció que estaba un poco caliente. Al retirar la sábana pudo ver la chaqueta del pijama arrugada alrededor de su pecho. Se la alisó delicadamente, con cuidado de no despertarle.

Salió de la habitación y caminó por el salón para estirar las piernas mientras elevaba los brazos hacia el techo. Se detuvo frente a la ventana. Sabía que allí estaba el lago, aunque una vez más, debido a la contaminación, no se podía ver. En las noticias de la noche anterior habían aconsejado que se evitara la exposición continuada al aire libre.

Anna se recogió con las dos manos el pelo negro que le caía por la espalda y se hizo un moño. ¿Cuánto tiempo llevaba sin ir a la peluquería? En contraste con su pelo, su piel era muy blanca y bajo los ojos se le dibujaban unas profundas ojeras. Miró la hora en su antebrazo; en pocos minutos, tendría lugar una importante reunión de Lebab, la ilegalizada organización. Yumiko había fallecido hacía tan solo unas horas. Toda muerte produce dolor, se dijo Anna sintiendo un nudo en la garganta. El fallecimiento de su compañera, sin embargo, supondría también un paso importante en las investigaciones de Lebab.

Digitó en su dispositivo para realizar una videollamada. Aunque los dispositivos eran el principal medio de control del gobierno, los miembros de Lebab contaban con *hackers* que les facilitaban las comunicaciones sin dejar rastro de ellas. Las conversaciones, audios e imágenes se codificaban y se superponían a frecuencias ya existentes de comunicaciones reales.

La imagen de su padre sentado en una sala de reuniones apareció en la pantalla de su antebrazo.

—Hola, Anna. ¿Estás en casa? —preguntó Edmund sorprendido.

—Sí. Te llamo para decirte que no iré a la reunión. Es mejor que me quede en casa...

—¿Sam ha empeorado? —La voz de Edmund no ocultaba su preocupación.

—Hace dos horas envié un mensaje a Lucy para que no viniera, prefiero quedarme yo con él. Hemos tenido una noche difícil.

Anna y su padre siempre habían estado muy unidos, pero, a partir del nacimiento de Sam, su relación se había afianzado aún más. Edmund había sido su único apoyo. Sam nació con síndrome de Pavel-Schwartz, una de los siete mil tipos de enfermedades raras conocidas, en su mayor parte genéticas. Anna todavía recordaba las palabras del doctor Strauss cuando por fin dio con el diagnóstico. Se trataba de una patología letal. La deficiencia de una enzima llevaba a la acumulación de una sustancia en los lisosomas de las células que perjudicaba a diversos órganos como el corazón y los riñones. El ochenta por ciento de los pacientes fallecía antes de cumplir los cinco años y el resto no superaba los siete.

El padre de Sam, Brandon, se sintió desbordado por la situación desde el principio. El deseo de tener un hijo al que enseñar a jugar al béisbol y con el que pasar los fines de semana en la cabaña familiar de los lagos se desvaneció. Sam nunca sería el hijo con el que había soñado. Para él, la mejor solución era internarlo en un buen hospital en el que tendría los cuidados necesarios. Brandon estaba acostumbrado a solucionarlo todo con dinero; a fin de cuentas, era hijo de los McDowell de Boston, una familia acaudalada gracias al negocio del acero.

Anna, sin embargo, no estaba dispuesta a internar a su hijo. Las diferencias irreconciliables en el matrimonio culminaron en el divorcio. El acuerdo económico al que llegaron supuso una importante indemnización económica para Anna, que dejó su trabajo en un conocido estudio de arquitectura para cuidar a Sam. Brandon, por su parte, se trasladó a Singapur, donde se hizo cargo de una de las empresas de su padre, que distribuía materiales de construcción a todo el sudeste asiático. No se habían vuelto a ver desde el divorcio.

En los últimos meses, Anna sedaba al niño cada vez con más frecuencia. Había aprendido cuidados de enfermería y ella misma le ponía las inyecciones para paliar el dolor. Los momentos en que podían ver una película juntos o jugar a algo tranquilo eran escasos, por eso vivía cada uno de ellos como algo precioso. El tiempo de Sam se acababa y tanto ella como Edmund lo sabían.

—Ahora está tranquilo. —Anna se acercó a la habitación y giró el antebrazo para que su padre pudiera ver al niño—. Duerme.

Sam tenía el flequillo pegado a la frente, la piel blanca, casi traslúcida, y la boca un poco abierta.

—¿Y tú cómo estás? —le preguntó Edmund. Anna se alejó para no despertar al niño—. ¿Por qué no intentas dormir tú también un poco? —insistió su padre.

—Yo ya no duermo apenas. Y si lo hago, sueño que estoy despierta.

Anna tenía la impresión de que su cerebro era un motor averiado que no había forma de apagar.

—Procura descansar. Tómate las pastillas que te di.

—Esta noche quizás.

Edmund se fijó en la hora.

—Dime, ¿estás nervioso por la reunión? —preguntó Anna.

—Mentiría si te dijera que no. Estamos cerca, hija.

—¿Sigues convencido de que el DeltaLife funcionará?

—Así es. Creo que el momento ha llegado… Ahora tengo que preparar unas cosas. Te llamaré más tarde, cariño.

Cuando la imagen de Edmund desapareció del dispositivo, Anna regresó a la habitación y se acercó a Sam. Miró con inmensa ternura a su hijo. No conseguía quitarse aquella idea de la cabeza. Tarde o temprano tendría que contárselo a su padre.

ELISE Y VINCENT MOMPOU

La Défense, París
19 de febrero del 2039, 15:02 horas
(08:02 horas en Chicago)

Los hermanos vestían pantalones ajustados de neolátex y chaquetas aislantes para las bajas temperaturas. El viento era helado. Había dejado de llover, pero el cielo estaba cubierto de nubes ventrudas. Empujaban entre los dos un carro de la compra metálico con provisiones que les impedía avanzar tan rápido como deseaban. Caminar por las calles del que en su día había sido el moderno distrito financiero de París consistía principalmente en sortear escombros. La mayor parte de los rascacielos y construcciones futuristas se habían convertido en un amasijo de hierro, cristales y cemento.

El Quatre Temps, el mayor centro comercial de Europa, fue la zona cero de las seis explosiones que tuvieron lugar trece meses antes en París. Aquel fatídico día otras quince ciudades, las más importantes del país, se convirtieron en objetivos terroristas. Francia, sumida en grandes dificultades desde la gran crisis europea de principios de los años treinta, estaba ya al borde del colapso político, económico y social. Los atentados hicieron que el debilitado sistema se hundiera por completo.

—Elise... —musitó el chico.

Vincent se distinguía de su hermana por el color del pelo. Lo llevaba largo, recogido en una cola de caballo y teñido de granate, mientras que el de Elise era azul cobalto. Eran altos y delgados y a pesar de haber cumplido diecinueve años todavía podían pasar por adolescentes.

—¿Sí, *big brother*?

—Continúa caminando y no mires atrás. Creo que nos siguen.

—¿Quién? —preguntó la chica.

—No sé…

Podía tratarse de saqueadores; el carro de la compra que llevaban era un buen reclamo. Por bastante menos se perdía la vida en ese distrito. Si las cosas se ponían feas, lo abandonarían para huir. Ellos sabían cómo conseguir más alimentos.

Estaban cerca de la Torre Franklin, a la que se dirigían. Era uno más de los muchos edificios abandonados. Su estado era lamentable. Las ventanas y las entradas del piso inferior estaban cubiertas por plásticos que sustituían los cristales desaparecidos hacía tiempo. Los hermanos pasaron de largo para no descubrir su destino a quienquiera que los estuviera persiguiendo. Continuaron por una especie de pórtico que daba paso a un corredor exterior. Elise se puso en guardia: aquel era un lugar perfecto para una emboscada. Intentó caminar más rápido, pero el maldito carro tenía sus limitaciones.

Se sobresaltaron cuando a sus espaldas algo se movió en el pasadizo.

—¡Bu!

Elise se encogió al escuchar el grito y ella misma estuvo a punto de soltar un alarido, asustada.

—¡Nos has dado un susto de muerte! —exclamó Vincent—. ¡Maldita sea!

Gerard, un niño de complexión muy menuda para sus diez años, se abrazó a la chica mientras reía y apoyaba en su vientre el rostro cubierto de pústulas. Tenía el pelo largo y sucio; los rizos rubios apelmazados parecían hechos de lana.

—¡Llevo un rato siguiéndoos! —dijo orgulloso y se apartó ligeramente de Elise.

—¿Cuántas veces te hemos dicho que es peligroso que andes por ahí fuera? —gruñó Vincent.

—¡Hacía tres días que no veníais! —exclamó Gerard.

—No lo vuelvas a hacer —insistió Vincent con un gesto de enfado.

El niño cogió de la mano a Elise. Ella, a pesar del sobresalto, esbozó una sonrisa. Regresaron sobre sus pasos, dispuestos a alcanzar su destino ahora que todo parecía tranquilo.

—¿Cuál de los dos nació antes? —preguntó Gerard rascándose la cabeza.

—Vincent —contestó Elise.

—¡Ajá! —dijo el chico—. Por eso es tan mandón...

—Pero solo tres minutos antes —añadió Elise.

Entraron en la torre y cruzaron el vestíbulo con escombros para tomar la escalera que llevaba al sótano. Al fondo de aquel lugar deprimente, oscuro y húmedo se veía el ligero resplandor de una hoguera.

—Han vuelto —dijo alguien entre las sombras.

Un grupo de personas salió de la oscuridad. Rodearon a Gerard y a los hermanos, a la espera de que Vincent repartiera las provisiones. El chico empezó por el agua.

—Por favor, primero los niños y los ancianos —dijo Elise intentando distinguir entre las sombras a algunos de sus amigos.

—¿Dónde conseguís la comida? —preguntó una mujer mayor, con la cabeza cubierta por tan solo unos mechones de pelo grisáceo.

—No te preocupes por eso —dijo Elise y le tendió agua y una lata de atún.

En La Défense hacía tiempo que era casi imposible encontrar alimentos. Sin embargo, en las zonas menos afectadas de París el abastecimiento solo dependía de tener dinero suficiente para pagar los precios desorbitados del mercado. Vincent y Elise eran *hackers* y utilizaban diferentes personalidades y tarjetas bancarias clonadas para adquirir provisiones a través de sus dispositivos.

Vincent, con la chaqueta remangada, seguía repartiendo la comida. Las personas que habían conseguido ya su parte, abrían las latas de alimentos y comían utilizando los dedos para saciar el hambre y acallar sus estómagos.

—Come algo tú también —le dijo Elise a Simon, el líder del grupo, que permanecía apartado.

Simon era un bretón rubio y de ojos grises que en su día había sido bróker de una multinacional.

—Tienes que comer —insistió Elise acercándose a él.

—¿Para qué?

—Te necesitan. Ellos creen en ti.

La luz de la pequeña hoguera iluminaba tenuemente el rostro sucio del hombre. Después de los atentados, que habían provocado cientos de muertos, entre ellos su mujer, se había hecho cargo de aquel grupo compuesto por unas cuarenta personas. Ahora, trece meses después, ya no le quedaban más mentiras que contar. No pasaba un solo día en el que no se preguntase si no hubiera sido mejor morir en la explosión.

—Vivimos como las cucarachas. ¿De verdad crees que esto es vida?

—Simon...

—Vosotros venís aquí, hacéis vuestra obra de caridad y regresáis a un lugar seguro. Hasta que os canséis de esto. ¿Pero a nosotros qué nos espera? —preguntó con amargura.

Los gemelos hicieron el camino de regreso a Montparnasse en silencio. Las palabras de Simon resonaban en la cabeza de Elise una y otra vez.

Entraron en el portal del modesto edificio de cinco plantas en el que vivían. Tenían pocos vecinos. Desde los atentados mucha gente había emigrado. El número de habitantes de la ciudad se había reducido a menos de la mitad. Tomaron el ascensor hasta el último piso.

—Hogar, dulce hogar —dijo Vincent al entrar.

Era un apartamento pequeño y funcional, de paredes blancas y luces fluorescentes, en el que no había nada que no fuera estrictamente necesario. Sobre una mesa descansaban varios ordenadores encendidos. Vincent se sentó frente a ellos y se sumergió en su mundo.

Elise, abatida, se dejó caer en una silla. Cerró los ojos y una terrible sensación de tristeza la invadió.

EDMUND CUSACK

Ashburn, Chicago
19 de febrero del 2039, 08:33 horas

El reportaje había sido colgado en PublicSquare y SpaceOne la noche anterior y esa misma mañana ya había desaparecido de las redes sociales. Una vez más, el Gobierno limpió todo rastro de protesta contra el sistema. Edmund revisaba con atención en una pantalla de cuarenta y cinco pulgadas las imágenes del reportaje que habían logrado rescatar. En ellas, un nutrido grupo, formado principalmente por jóvenes universitarios, avanzaba por los jardines de la Universidad de Harvard en Boston agitando pancartas que decían: ¡INVESTIGACIONES SOBRE EL ALMA YA!

«¡Queremos libertad! ¡Libertad para investigar!», gritaban una y otra vez. Hacía años que se producían este tipo de protestas ilegales. Habían surgido como respuesta a las famosas manifestaciones «Dejad nuestras almas en paz». Edmund frunció el ceño cuando en las imágenes aparecieron los antidisturbios, que esperaban la orden para entrar en acción.

La primera en caer fue una manifestante de veinte años que lideraba el grupo Jóvenes por la Investigación del Alma. La golpearon en la cara; la sangre le cubrió el rostro y la camiseta amarilla. Un compañero intentó ayudarla, pero un fuerte golpe en la nuca hizo que cayera inconsciente a su lado. Los estudiantes, aterrorizados, intentaron huir. En el reportaje clandestino se citaban más de veinte heridos, dos de ellos de gravedad.

Edmund ya tenía bastante. Utilizando su dispositivo detuvo las imágenes; un fotograma quedó congelado en la pantalla. El mensaje para él estaba claro: por un lado, aquella grabación les decía que no estaban solos en su interés por investigar el viaje del alma, que había gente que apoyaba a Lebab. Pero, por otro, les recordaba el peligro de continuar sus investigaciones.

Todo estaba listo para la reunión que se iba a celebrar en la antigua fábrica de coches, en el sector industrial treinta y cuatro de los suburbios de Chicago. Por suerte, todavía funcionaban los viejos climatizadores que ayudaban a paliar la humedad del edificio. La luz natural era escasa y el científico había encendido algunos de los viejos flexos de Artemide. A la hora acordada, los miembros de Lebab empezaron a llegar discretamente. Se saludaban mientras tomaban asiento en las sillas que había frente a la pequeña tarima en la que Edmund Cusack permanecía. Muchos de ellos se conocían desde hacía tiempo, aunque, por seguridad, en la mayoría de los casos solo sabían sus nombres de pila.

—Lebab —dijo Edmund, apoyándose en la mesa.

Edmund Cusack tenía sesenta y seis años y facciones que revelaban su carácter; la nariz recta y ancha y la mandíbula cuadrada. A través de sus lentes, engarzadas en una montura ligera, se apreciaban sus ojos oscuros de mirada curiosa. Llevaba la cabeza afeitada para evitar mostrar los estragos de la calvicie.

—Lebab —le contestaron los asistentes.

El grupo estaba formado por una treintena de hombres y mujeres de diversas edades. El más joven de ellos, Alfonse, tenía veintidós años, mientras que Olga, una mujer de ojos verdes, superaba los setenta.

Edmund fue directo al grano.

—Empezaremos hablando del fallecimiento de Yumiko. Tuvo lugar ayer por la tarde, aunque ya estáis al tanto por el mensaje que se os ha enviado. Estamos terriblemente afligidos por la pérdida de nuestra compañera, pero a la vez su muerte abre una puerta a la esperanza. Yumiko padecía una grave enfermedad y por ello se presentó voluntaria para convertirse en la primera persona portadora de un DeltaLife. Ahora, tras su fallecimiento, ha comenzado el proceso que nos dará la oportunidad de demostrar las teorías de Lebab.

Edmund hizo una pausa en su discurso y pensó en su viejo amigo, Antoine Ferré, asesinado hacía unos años. Ferré había creado el visor espectral Nandca, a través del cual se podía visualizar el alma de las personas y con el que había demostrado que, en el momento del fallecimiento, la energía se dispersaba en pequeños puntos de luz, lo que se dio a conocer como el «efecto luciérnaga». Edmund continuó estudiando la visualización Nandca, pero el gran reto que asumió fue el de intentar seguir a esa energía llamada «alma». Las investigaciones del científico Liam Bell, bajo sus propias directrices, dieron fruto tras varios años de trabajo. Juntos habían creado una pequeña cápsula que llamaron «DeltaLife» y la consiguieron vincular con la energía del alma de Yumiko, la primera portadora.

—Hace algunas semanas, a nuestra compañera se le insertó un DeltaLife en el ojo izquierdo mediante una sencilla intervención quirúrgica. Comprobamos que funcionaba correctamente; la nanocámara registraba las imágenes que ella veía y el rastreador indicaba dónde se encontraba en todo momento. Ahora, tras su muerte, sabemos que el DeltaLife se ha desmaterializado y se ha vinculado a su alma, se ha ido con ella. Si todo sale como esperamos, en el momento en el que su alma regrese también lo hará el DeltaLife y se rematerializará en el cuerpo del bebé que será la reencarnación de nuestra compañera.

—Edmund —interrumpió Olga—, a mí me preocupa que cuando el DeltaLife se rematerialice en el ojo del bebé pueda hacerle daño.

—Tranquila, Olga. Bell ha trabajado a lo largo de estos años perfeccionando el nanochip Delta. Este recordará exactamente la posición donde estaba a nivel biomolecular, de manera que no hará ningún daño al recién nacido.

—Eso me tranquiliza —dijo la mujer.

—Entonces, la rematerialización del DeltaLife que llevaba Yumiko supondrá la primera prueba científica de la reencarnación —dijo Michael, un hombre alto, de abundante pelo castaño claro y aspecto tranquilo.

—Efectivamente. Nuestro próximo paso será insertar otros DeltaLife para continuar con nuestra investigación.

—¿Quiénes lo llevarán? —preguntó Sally Leigh.

Ella era uno de los pocos miembros del grupo de quien todos conocían el nombre y apellido. Sally, periodista de la plataforma Canal News, era una de sus caras más conocidas.

—En este momento tenemos otros cinco DeltaLife ya listos. Se insertarán a compañeros de Lebab que tengan el riesgo de fallecer pronto, personas mayores o enfermos graves. Así podremos saber más sobre el proceso de la reencarnación. Una vez que hayamos comprobado que los DeltaLife funcionan, tan solo es cuestión de tiempo producir más.

Un murmullo recorrió la sala. Owen, un hombre de unos cincuenta años, de aspecto deportivo, carraspeó.

—¿Podremos tener un DeltaLife todos nosotros? —preguntó.

—¿Y ponérselos a nuestros familiares? —se interesó María, una joven de piel morena y pelo castaño.

—Quizás, pero no nos adelantemos. Todo eso lo iremos viendo poco a poco. Por otro lado, hay otro tema importante del que tengo que hablaros.

Edmund tragó saliva. Una noticia buena y una mala, una de cal y otra de arena.

—Como sabéis, llevamos años trabajando en la sombra gracias a una red de *hackers* que mantiene nuestras comunicaciones en secreto. Sin embargo, tengo que deciros que se han producido algunos hechos...

—¿De qué se trata? —preguntó Olga tras advertir la preocupación en el rostro de su amigo.

—Han desaparecido nuevos miembros de Lebab —dijo Edmund. Se hizo un silencio tenso en la sala—. Debemos aumentar las medidas de seguridad y tener más cautela que nunca.

—¿Cuántas desapariciones ha habido? —quiso saber Sadashi, un joven con la cabeza rapada.

—Tres. —Se escuchó un leve rumor entre los asistentes—. Christina en Carolina del Norte y Moira y Rock en Washington. Los tres han desaparecido sin dejar rastro.

—Podría ser obra del Cuerpo Especial de Persecución —dijo Owen con desasosiego.

—Quizás... —respondió Edmund—. Cuando William T. desapareció hace unos meses, nuestros *hackers* lo denunciaron anónimamente al FBI. Por desgracia, no sirvió de nada.

—El FBI no es rival para el CEP —masculló Owen.

La expresión de los rostros de los asistentes revelaba preocupación.

—Ya no somos un simple grupo de personas con ideales que molestan al Gobierno —dijo Logan, un hombre corpulento que miraba fijamente la carga policial en la pantalla—. Lo que nos traemos entre manos es tremendamente importante.

—Tienes razón —dijo Michael—. Si logramos tener éxito, quizás se llegue a cuestionar el mundo tal y como lo conocemos.

—Esa es la idea —intervino Edmund—. Pero me temo que nos siguen de cerca y no nos van a poner las cosas fáciles. Por eso, tenía que informaros. Tal vez algunos de vosotros decidáis abandonar la organización. Y quiero que sepáis que, si lo hacéis, lo entenderé.

Edmund observó a sus compañeros. Sus caras reflejaban angustia, pero también decisión.

—No podemos permanecer de brazos cruzados —dijo Sally poniéndose en pie—. Tenemos un compromiso social y moral, incluso político. Y hay mucho que hacer aquí y ahora.

Olga imitó a su compañera y se levantó de la silla. Lo mismo hicieron Owen, Logan, Sadashi, María, Michael... Pronto todos los miembros de Lebab estuvieron de pie.

Edmund los miró emocionado y se sintió orgulloso de ellos.

ALEXANDER STANFORD

Wicker Park, Chicago
19 de febrero del 2039, 19:15 horas

Cuando se miró en el espejo, le costó reconocerse. Él también se había consumido en los últimos meses; había adelgazado mucho y su expresión revelaba los difíciles momentos que habían vivido. Yumiko, la exitosa abogada del bufete Turner & Dean, la mujer con la que había compartido quince años de su vida, había fallecido hacía poco más de veinticuatro horas. El doctor Griffin les explicó que el corazón de Yumiko no había soportado la delicada operación. El equipo médico no pudo hacer nada para salvar una vida que había llegado al límite.

Alexander había dejado a Hino, su hijo, con la abuela; necesitaba estar solo. La noche anterior, la primera tras la muerte de su esposa, había tomado una pastilla para dormir. Aunque había logrado conciliar el sueño, se había despertado varias veces repitiéndose a sí mismo que Yumiko no volvería a estar a su lado.

Ahora, en su segunda noche en la casa vacía, estaba dispuesto a cumplir la promesa que le había hecho a su mujer. Recordó sus palabras, entrecortadas, sus ojos brillantes. «Si algo sale mal, Alex, ¿lo harás? Solo si algo sale mal. Prométemelo».

Subió a la primera planta y se dirigió a la habitación matrimonial. Como en el resto de la casa, una vivienda de inspiración victoriana, los techos eran altos. Un gran ventanal presidía la estancia y a través de él pudo ver la oscuridad de una noche cerrada, sin estrellas. Abrió la cómoda isabelina de Yumiko que él le había regalado por su trigésimo cumpleaños. Siguiendo las instrucciones de su esposa, buscó la tarjeta con el código QR en el primer cajón. La encontró debajo de la ropa interior y sintió un escalofrío al sentir el suave contacto de aquellas prendas que ya no volverían a cubrir el cuerpo delgado y esbelto de la mujer que había amado.

Alexander sostuvo la tarjeta en la mano. Su instinto le decía que no deseaba conocer su contenido. Quería recordar las cosas como habían sido hasta ese momento. «Pero una promesa es una promesa», se dijo.

Pasó el escáner de su dispositivo sobre el código de la tarjeta. Tecleó la contraseña para acceder a la grabación: «Hino2025». Eran el nombre y el año de nacimiento de su hijo. El nombre, Hino, lo había elegido Yumiko; quería decir «campo de sol». Pero también significaba, en sentido abstracto, «radiante», «brillante» y «bello». E Hino, en sus catorce años de vida, siempre había sido una fuente de luz, como su madre había anticipado.

Alexander miró su antebrazo; en su dispositivo apareció un clip de vídeo. Allí estaba su mujer, con su camisón azul, sentada en el sofá del salón. Sus brazos, extremadamente delgados, descansaban sobre su vientre. Yumiko, que tenía treinta y siete años y medía un metro sesenta y seis, pesaba solo cuarenta y cuatro kilos. En las últimas semanas, se le marcaban las costillas y, cuando la besaba, Alexander podía sentir los huesos bajo su piel.

Le impresionó tanto verla que detuvo el vídeo unos segundos y se dejó caer en la cama. Cuando volvió a pulsar *play*, su mujer carraspeó antes de hablar.

—Alex, querido, si estás escuchándome será porque ya no estoy a tu lado. Te imagino triste y desearía poder abrazarte. También me gustaría consolar a Hino. Es difícil aceptar la separación de tus seres queridos. Lo siento, siento haberme ido tan pronto. —A Yumiko le brillaban los ojos; tenía que hacer esfuerzos para controlar las lágrimas. Inspiró para coger fuerzas y poder continuar—: Hay algo que debes saber. Algo que no me he atrevido a contarte antes...

Alexander, por segunda vez, pausó el dispositivo. Agotado, se recostó sobre los cojines. Giró su antebrazo para poder seguir viendo la imagen de su mujer y reactivó la grabación.

—En mayo del 2037, tras pensarlo mucho, decidí unirme a Lebab. —Alexander tensó los hombros inconscientemente—. Imagino que al escuchar mis palabras te sentirás contrariado. Por eso no compartí contigo este asunto, Alex. No quería que nada nos separara, pero... son muchas las preguntas que me he hecho a lo largo de mi vida. A veces recuerdo lugares en los que nunca he estado. O recuerdo a personas que no he conocido.

»Aunque sé que todo esto te incomoda, escúchame, Alexander. Quiero ser sincera contigo. Lebab va a demostrar al mundo que el alma es inmortal y que regresa una y otra vez. Yo misma formo parte de un experimento que logrará probarlo. Estamos abriendo una puerta, ¿entiendes lo que eso significa? Si la operación no sale bien y fallezco, existe la posibilidad de que nos reencontremos. Quizás puedas conocer a la criatura que tendrá mi alma. Sé que parece una locura, pero te aseguro que no lo es.

Alexander se incorporó.

—Joder, Yumiko, te vas y me dejas con este sinsentido —murmuró.

—Como comprenderás, todo esto es secreto. Este vídeo está preparado para borrarse automáticamente de la memoria de tu dispositivo dentro de una hora. No hables de ello con nadie. No puedo comprometer a mis compañeros. Lo entiendes, ¿verdad? —Yumiko intentó sonreír—. Cuida de Hino. Aliméntate de su luz y lucha para que no se apague nunca. Habéis sido lo mejor de mi vida. Espero haberos dado tanto como he recibido de vosotros.

A continuación, la imagen de Yumiko desapareció. Alexander se levantó de la cama. Se dirigió a la pared y la golpeó con el puño.

SALLY LEIGH

South Loop, Chicago
20 de febrero del 2039, 21:10 horas

Sally, sentada en el sofá, se llevó la mano al estómago; hacía tiempo que sabía que aquel era su punto débil. Su naturópata decía que la mayor parte de las molestias tenían una base emocional. En su caso, el dolor de estómago revelaba la dificultad para admitir o digerir un acontecimiento.

—¿Estás bien? —le preguntó Martin tras sentarse a su lado.

—Sí, no es nada.

Sally llevaba una camiseta larga de algodón que mostraba sus piernas pecosas. Acababa de desmaquillarse; su rostro aparecía limpio, al igual que sus ojos claros. Martin estrechó su mano entre sus dedos. Sally observó las manos juntas, la de ella, blanca y pequeña, dentro de aquella gran mano oscura y grande.

—Llevas toda la tarde muy callada —le dijo Martin.

Apartó con delicadeza un mechón de pelo rojo que caía sobre la cara de su novia. Martin no era mucho más alto que ella, pero su cuerpo era fuerte y musculoso.

—¿Estás preocupada por algo relacionado con el trabajo?

Al igual que ella, Martin también era periodista. Se habían conocido en Vancouver. Sally había acudido a un retiro con un importante líder espiritual. Él, por su parte, estaba allí para escribir un artículo sobre el budismo moderno. Habían conectado de inmediato e hicieron juntos el viaje de vuelta a Chicago charlando animadamente. Unas semanas después, su amistad se transformó en algo más. Aunque todavía cada uno vivía en su propio apartamento, contaban con dar pronto un paso adelante en su relación.

—No se trata del trabajo. —Sally se levantó—. ¿Quieres tomar algo? —preguntó.

—Una cerveza estaría bien —dijo Martin.

Sally regresó de la cocina con una bandeja sobre la que había un zumo y una cerveza. La dejó sobre la mesita. Seleccionó música con su dispositivo y la trompeta de Miles Davis sonó en la estancia.

Se sentó de nuevo. Apoyó el pie descalzo sobre el sofá, dejando reposar el mentón sobre la rodilla.

—Hace dos días falleció una amiga…

—Lo siento, Sally.

—Se llamaba Yumiko. Era una mujer muy dulce, pero también una gran luchadora.

Sally cogió el vaso de cristal azulado y dio un sorbo al zumo.

—¿Y cuál ha sido la causa?

—Cáncer.

—Parece mentira que todavía haya tipos de cáncer que no se puedan curar.

—El ser humano aspira a controlarlo todo, pero siempre hay cosas que se nos escapan. Y ahí está la muerte para recordárnoslo.

Martin pasó un brazo por los hombros de Sally y la atrajo hacia él. Ella se apoyó en su pecho. Cerró los ojos. No se trataba solo de la muerte de una amiga, sino también de lo que su fallecimiento podría suponer. La cuenta atrás había comenzado. Y aunque aquello era algo por lo que habían luchado durante mucho tiempo, ahora sentía angustia. Pronto, muy pronto, tendrían pruebas de su descubrimiento y sería ella quien se lo comunicaría al mundo. Sally cogió una mantita que estaba doblada sobre el brazo del sofá y se cubrió las piernas.

—Martin, van a cambiar muchas cosas.

—No te entiendo. ¿De qué hablas?

Sally dudó, pero sabía que no debía comprometerlo.

—¿Qué va a cambiar? —preguntó Martin, desconcertado—. ¿Te refieres a nosotros?

—Me refiero al mundo, a la vida. Nos esperan cambios importantes… Hay algo de lo que todavía no puedo hablarte, pero en cuanto llegue el momento serás el primero en saberlo.

Martin suspiró. Se subió las mangas de la camisa. La trompeta sonaba de fondo.

Sally apartó la mantita y se levantó del sofá. Se dirigió hacia la ventana. Apoyó la mano en el marco. Le hubiera gustado sentir el aire del anochecer, pero las ventanas de los edificios modernos eran fijas. Se masajeó el cuello para liberar la tensión que había acumulado en las cervicales durante el día. Observó la ciudad iluminada por los gigantescos hologramas publicitarios.

—Mira el mundo en el que vivimos —dijo Sally con un tono sombrío.

—Es el que nos ha tocado, ¿no? —dijo Martin sin saber cómo aliviar la congoja de su novia.

—Es un mundo enfermo. Destrozamos el planeta. Sabemos que lo estamos destruyendo y no logramos impedirlo. El hombre es egoísta, olvida las consecuencias de sus actos.

—El hombre es un lobo para el hombre —dijo Martin.

—Sí, conozco la frase de Hobbes y su idea de que el animal salvaje que llevamos dentro es capaz de realizar grandes atrocidades. Sin embargo, Rousseau afirmaba que «el hombre es bueno por naturaleza», que los seres humanos nacen buenos y libres.

Martin dio un trago a su cerveza.

—¿Recuerdas lo que decía Gandhi? —preguntó Sally.

—Era un idealista.

—Llámalo como quieras, pero defendió la paz frente a la guerra, a los pobres frente a los ricos. Trató de reformar la sociedad india. Desaprobó los conflictos religiosos. Sí, era un idealista porque creía que el mundo podía mejorar. Pero ¿qué ideales tenemos ahora? ¿Qué mundo vamos a dejar a nuestros hijos?

Había empezado a llover. Sally apoyó su dedo índice contra el cristal y siguió con él una gota de agua.

Martin se levantó y se acercó a la ventana.

—¿Por qué no comemos algo? —preguntó.

Sally se volvió y le miró a los ojos. Martin tuvo la impresión de que iba a contarle algo. Sin embargo, al instante, apartó la mirada.

—Tienes razón. Será mejor que comamos algo —dijo Sally.

Se dirigió a la cocina, abrió el frigorífico y examinó su interior.

—¿Qué te parecen unas verduras con tofu y arroz? —preguntó.

—Genial. Me encanta tu receta tailandesa —dijo Martin—. Pero no hablemos más de cosas tristes. Cuéntame algo divertido mientras cocinamos.

—No estoy muy inspirada…

—Entonces, te contaré yo cómo le pedí a Cynthia Castle, mi compañera de clase, que saliera conmigo cuando teníamos diez años.

—Muy interesante —dijo Sally sonriendo.

—Le regalé una caja de bombones con forma de corazón.

—¿Y?

—Cuando me dijo que no quería salir conmigo, que a ella le gustaba George, el chico más popular del colegio, le pedí que me devolviera los bombones.

—¡No! —exclamó Sally tapándose la mano con la boca.

—¡Claro que sí! Pero ella se los había comido, así que entonces le pedí los diez dólares que me había costado la caja.

Sally soltó una carcajada. «No hay nada como hacer reír a la persona a la que quieres», pensó Martin.

OLGA SANUNG

Dunham Park, Chicago
21 de febrero del 2039, 13:10 horas

Estaba sentada en un banco de madera, enfundada en un abrigo de paño. Elevó el rostro para sentir la tenue caricia del sol, tras los últimos días grises. Con los ojos cerrados, escuchaba los gritos procedentes de la pista de tenis donde entrenaban unos adolescentes.

A su espalda, Edmund le tocó suavemente el hombro para anunciar su presencia.

—Llegas tarde —le reprendió.

—Sí, pero he traído unas mandarinas para pedirte perdón —dijo el científico dando la vuelta al banco para sentarse junto a ella.

—Me alegro de verte, Edmund, aunque… no tienes buena cara.

—Estamos trabajando duro.

—¿Y tu nieto? ¿Cómo está Sam? Pienso muchas veces en él.

—Pues está mal, Olga. No le queda mucho tiempo.

Edmund encorvó la espalda y apoyó los codos sobre las rodillas. Olga agarró la mano de su amigo con cariño.

—Es muy duro. Me destroza ver a Anna así.

—Lo sé.

La mujer cerró los ojos de nuevo y buscó el sol. Edmund la imitó. Durante unos minutos permanecieron en silencio, disfrutando de la luz.

—¿Tienes hambre?

Edmund asintió. Olga abrió su bolso de tela y sacó un paquete de papel del que extrajo unos sándwiches.

—Aguacate, cúrcuma y semillas de girasol.

Edmund observó el anillo con la piedra verde que su amiga llevaba en el dedo corazón mientras sus manos desenvolvían los bocadillos.

—Y tú, ¿cómo estás? —preguntó aceptando uno de los sándwiches que ella le ofrecía.

—Estoy bien. Aunque, no te engaño, no me acostumbro a vivir en esta zona de la ciudad. Añoro mi vieja casa.

—Echas de menos tu consulta —dijo Edmund.

Ella se encogió de hombros.

—Bueno, tarde o temprano tenía que jubilarme. Ahora, en lugar de dedicar el tiempo a mis pacientes, me lo dedico a mí misma. Hago mucha meditación y yoga. Y estoy lista para lo que necesitéis de mí.

—Sé que seguir apoyando a Lebab tras su ilegalización supuso cambios en la vida de muchas personas, como es tu caso, Olga. —Suspiró Edmund—. Siento que tuvieras que mudarte. Lo siento mucho.

—No empieces otra vez con eso. Cada uno hace lo que siente que tiene que hacer. Y yo… No te equivoques, Edmund. Yo estoy donde quiero estar.

—Siempre tan decidida, con las cosas claras.

—Por eso no dudé en unirme a ti desde el principio.

Edmund dio un mordisco a su sándwich. Comieron tranquilamente. Una paloma se acercó a ellos y permaneció a unos metros, a la espera de recoger algunas migas de pan.

—¿Eres consciente de que todo esto empezó contigo? Tú me abriste los ojos y me hiciste reflexionar —dijo Edmund. Se limpió la boca con una servilleta—. Yo siempre te he considerado la teórica de Lebab, la pensadora.

—Eso suena a algo muy serio —dijo Olga riéndose.

Edmund dio un nuevo mordisco al sándwich. Ella comía más despacio, masticando lentamente.

—Tú me enseñaste, Olga. Hiciste que me interesara por el concepto de alma que tienen diferentes religiones. Me guiaste por las distintas ramas del budismo, del hinduismo.

—No te olvides de las religiones tribales africanas y americanas. O de la drusa. Todas ellas son religiones que creen en la reencarnación.

—Ahora estamos a punto de saber mucho más. —Edmund dio un último bocado y masticó con energía—. Aunque tenemos que esperar a tener pruebas, me gustaría saber qué piensas. ¿Cuánto tiempo crees que tarda el alma en reencarnarse?

Olga apoyó el sándwich sobre el papel y permaneció pensativa.

—Yo pensaba que el alma llegaba en el cuarto mes de embarazo. O a las siete semanas de concepción, como dice el Libro de los Muertos del Tíbet. Esas son algunas de las teorías más extendidas entre los que creemos en la reencarnación… Según ellas, el tiempo de espera es de unos cinco meses. Pero tus estudios tiraron por tierra esos planteamientos.

Olga se refería al seguimiento que Edmund había realizado del embarazo de Francesca, una joven que pertenecía a Lebab, mediante la observación de las fluctuaciones energéticas realizadas a través del visor Nandca.

—Recuerdo las disputas que tuvimos.

—Es verdad que discutíamos —dijo la mujer sonriendo.

Según pasaban los meses, Olga estaba convencida de que había algún error, que algo no funcionaba bien. Aunque se acercaba el momento del nacimiento, no se había registrado la llegada de una nueva energía.

—Para mí era muy difícil aceptar la idea de que el feto carecía de alma.

El estudio energético concluyó con el nacimiento del hijo de Francesca. Fue instantes antes del parto cuando el visor Nandca registró la llegada del alma, de forma similar al «efecto luciérnaga», pero a la inversa.

—Nunca olvidaré lo que sentí al ver aquellas imágenes —dijo Olga plegando la servilleta sobre su regazo—. Entonces entendí las grabaciones anteriores. Mientras el embarazo avanzaba, los pequeños puntos de luz del alma de Francesca se iban extendiendo por su vientre, agrupándose en torno al bebé. Protegiéndolo quizás, preparándolo para la llegada de su propia alma.

—Yo también llegué a una conclusión similar. Creo que, durante el embarazo, el bebé comparte el alma de su madre, hasta que llega la suya al nacer —dijo Edmund.

—Y con el corte del cordón umbilical, se consolida en el nuevo cuerpo —dijo Olga convencida—. Dios mío, fue tan hermoso... Para mí, sin duda, aquello supuso la prueba de la reencarnación.

—Pero sabíamos cómo habría actuado la comunidad científica. Lo hubiera rechazado, al igual que hicieron con la prueba de la existencia del alma —dijo Edmund mientras sacaba de su bolsillo varias piezas de fruta y las apoyaba en el banco—. Sin embargo, esta vez es distinto. —Cogió una de las mandarinas y la sostuvo en la mano con firmeza—. Lograremos que un Delta-Life se rematerialice en el momento en que la energía del alma se reagrupe. Demostraremos quién era la persona que lo llevaba y quién es el bebé que lo porta en su nueva encarnación. Tendremos localización e incluso imágenes de lo que ven sus ojos. Gracias al DeltaLife no podrán rebatirnos nada.

—Y eso lo cambiará todo —dijo Olga con orgullo.

Edmund peló la mandarina. Sintió el olor dulce de la fruta, que se quedó pegado a sus dedos.

—Y volviendo a la pregunta que me hacías sobre cuánto tiempo creo que tardará Yumiko en reencarnarse, no sé qué decirte. Como psicóloga y terapeuta, he realizado cientos de regresiones, pero no he podido establecer una teoría clara. En mi opinión, el tiempo de espera puede depender de los lazos y ataduras que tengamos en este mundo. Si tenemos la necesidad de velar por alguien, de cuidarlo, quizás tardemos más en reencarnarnos.

—Yumiko tenía un hijo —dijo Edmund—. Me dijo que había hablado con él. Le contó todo, y le preparó para cuando ella no estuviera.

—¡Quién sabe, Edmund! Quizás su deseo de regresar acelere el proceso. Pero por el momento solo podemos tener paciencia y esperar.

HINO Y ALEXANDER STANFORD

Wicker Park, Chicago
21 de febrero del 2039, 19:30 horas

E l chico jugaba absorto con su consola en el salón. Había regresado a casa después de pasar tres días con su abuela. Su
padre lo observaba desde el sofá; intentaba imaginar qué
le pasaba por la cabeza. Cuando el doctor Griffin les anunció el
fallecimiento de Yumiko, no había llorado. Tampoco cuando se
quedaron solos. No había expresado ninguna emoción en su presencia. Alexander se preguntaba cómo era posible que Hino, que
siempre había estado tan unido a su madre, permaneciera inal-
terable tras su muerte. Quizás, simplemente, se negaba a aceptar
lo sucedido.

—Podríamos salir a tomar algo —dijo Alexander.

—¿Decías algo? —preguntó Hino quitándose los cascos que
le cubrían las orejas.

—¿Te apetece ir al Bite?

El restaurante, famoso por sus hamburguesas, era uno de los
sitios favoritos de su hijo.

—De acuerdo —dijo el chico y pausó el videojuego.

Alexander consultó la hora en su dispositivo.

—Deberíamos salir ya si queremos encontrar sitio. ¿Estás listo?

—Solo tardo un momento.

Hino subió a su cuarto a por el aerosol. Sufría de asma y era especialmente sensible a las partículas flotantes. Se medicaba desde niño con el fin de evitar una enfermedad pulmonar obstructiva crónica.

—Ya estoy —dijo tras comprobar que el aerosol estaba cargado.

Se puso su plumífero de cuadros rojos. Alexander cogió un abrigo del colgador de la entrada y se lo abrochó antes de salir a la calle.

El Bite estaba en el mismo barrio en el que ellos vivían, el Ukrainian Village, a pocas manzanas de su casa. Había anochecido y llovía a ratos, por lo que decidieron ir en coche. Hino, que habitualmente se sentaba en la parte trasera del auto, esta vez lo hizo junto a su padre, ocupando el lugar de Yumiko. «Tenemos que reubicarnos», pensó Alexander mientras arrancaba el auto. Pero no comentó nada e hicieron el corto viaje en silencio.

Aunque el Bite estaba muy concurrido, tuvieron suerte. La camarera les indicó una mesa pequeña que acababa de quedar libre al fondo del local. Había bullicio; la gente hablaba en voz alta, reía o miraba los vídeos musicales o deportivos en la superficie de las mesas.

—¿Qué vas a pedir? —preguntó Alexander.

—Una hamburguesa verde completa y un batido de plátano —dijo Hino—. ¿Y tú?

—Yo una completa también.

—¿La gigante?

—Una mediana será suficiente. Y una cerveza.

—Entonces dos hamburguesas verdes y...

—Yo quiero una Real Red —dijo Alexander.

—Mamá y yo siempre tomamos hamburguesas verdes —musitó Hino.

A Alexander no le pasó desapercibido el verbo en presente que su hijo había utilizado.

—A mí me gustan las de carne, ya lo sabes.

—¿Todavía no te has dado cuenta de que un animal muere para que tú te comas tu Real Red?

Aquello no era un simple berrinche de su hijo. Era consciente de que hablaban de algo más que de comida. La elección del tipo de hamburguesa también revelaba sus diferencias en otros temas.

—Puedes pedir una de carne sintética —insistió Hino—. Hazlo al menos hoy. Por mamá. A ella no le gustaba cuando comías las Real Red.

—¡Ya está bien! —dijo Alexander alzando la voz.

En ese momento se acercó la camarera.

—¿Tienen algún problema con su pedido? ¿Puedo ayudarlos?

Mientras la mujer marcaba lo que iban a cenar en la pantalla táctil de la mesa, Alexander sintió que un gran cansancio sustituía la tensión.

—Perdóname —dijo cuando la camarera se retiró.

Tragó saliva. No sabía cómo decirle que iba a intentar ser un buen padre. Que tenían que seguir adelante los dos, sin Yumiko. Que tenía miedo… Hino lo miró fijamente. Alexander nunca había visto aquella decisión en los ojos de su hijo. Parecía que hubiera madurado de golpe, que hubiera dejado atrás al adolescente atolondrado de catorce años que había sido hasta hacía unos días.

—No te preocupes —le dijo Hino como si pudiera leerle el pensamiento.

Pero ¿cómo no iba a preocuparse? Les esperaban tiempos difíciles.

Un camarero se acercó con una bandeja. Dejó el pedido sobre la mesa.

—Buen provecho —les dijo.

Alexander, al ver la comida, descubrió que estaba hambriento. Comieron con ganas, sin hablar apenas. Detrás de ellos, un grupo discutía sobre el último partido de los Beasts. En una mesa contigua, una pareja de jóvenes se reía a carcajadas. Y ellos se sintieron cómodos en aquel ambiente ruidoso y agradable.

En el breve camino de vuelta a casa, Alexander puso música. Quería evitar el silencio en el que las diferencias con su hijo se hacían más patentes. Al aparcar el coche, descubrió que Hino se había quedado dormido. Le ayudó a salir. El chico caminaba adormilado. Recordó cuando era pequeño y lo llevaba en brazos hasta la cama. El olor de su pelo mientras el aerosol que el niño siempre llevaba colgado del cuello se le clavaba en el pecho.

—Buenas noches, hijo —le dijo al llegar a la puerta de su habitación.

Hino soltó un gruñido.

Alexander sabía que a él le costaría dormirse. Sin ni siquiera quitarse la ropa, se dejó caer en la cama. Cruzó las manos bajo su cabeza, miró el techo y lanzó un suspiro.

ELISE Y VINCENT MOMPOU

Campo de Marte, París
22 de febrero del 2039, 15:02 horas
(08:02 horas en Chicago)

N i el peso de las mochilas llenas de alimentos ni el fuerte viento que azotaba la ciudad les impedía llevar un buen ritmo. Los hermanos iban abrigados con gorros y ropa térmica. Compartían la música; en los auriculares insertados quirúrgicamente en los oídos de ambos sonaba el último disco que Radiohead había grabado a finales de los años veinte. Los gemelos atravesaron los desolados jardines del Campo de Marte, a los pies de la Torre Eiffel. Los restos de la torre que un día fue el símbolo de la ciudad eran ahora el triste recuerdo de tiempos mejores. Elise pensó en su madre. Una vez más se hizo aquellas preguntas para las que no había encontrado respuesta. ¿Dónde estaba el día del atentado? ¿Qué había sido de ella? ¿Existía alguna posibilidad de que todavía siguiera con vida?

Solange Mompou, directora de *marketing* de *Cats&Dogs*, empresa dedicada a la fabricación y distribución de productos para mascotas, vivía en París. Solange, una mujer soltera e independiente, había logrado su sueño de ser madre al engendrar a los gemelos por reproducción asistida. Cuando crecieron y decidieron estudiar en Berlín, le costó separarse de ellos, pero no se opuso.

Francia estaba sumida en la gran crisis y probablemente en Alemania tendrían más posibilidades de trabajar en un futuro.

Los gemelos eran brillantes y Vincent estaba empeñado en estudiar Ciencias de la Computación en la Universidad Libre de Berlín. El motivo real no eran los profesores ni las materias que se impartían, sino los contactos que el chico había hecho a través de internet. Sabía que allí había gente con la que podía seguir aprendiendo, y es que lo que a él le interesaba no se enseñaba en las aulas. Elise no dudó en seguir los pasos de su hermano: iría con él al fin del mundo.

Solange los visitaba regularmente. Al menos una vez al mes volaba a Berlín y sus hijos iban a verla siempre que podían. Además, hablaba casi todos los días con ellos por videollamada. Así había pasado el primer año de los cinco que duraba la carrera. Sin embargo, el atentado del 11 de enero de 2038 dio al traste con sus planes.

Las oficinas de *D&C,* que estaban dentro del radio de acción directa de una de las bombas, habían quedado completamente destruidas. No se encontraron supervivientes. La ciudad permaneció blindada tras el múltiple atentado. El caos era generalizado y la información muy escasa. Durante aquellas semanas los gemelos, desde Berlín, lo intentaron todo para dar con su madre, pero no tuvieron éxito. Por fin, en cuanto abrieron los aeropuertos, regresaron a París.

Elise y Vincent siguieron buscándola. Una y mil veces les dijeron que la dieran por muerta, como a tantos otros desaparecidos, pero ellos no querían rendirse. Durante la búsqueda de Solange conocieron a un grupo de supervivientes que vivía en el distrito financiero de La Défense, parias y enfermos que carecían de asistencia de ningún tipo. Ahora se dedicaban a ayudar a aquellas personas, incapaces de volver a Berlín y seguir una vida acomodada tras lo que habían presenciado en París.

—¡Elise! —gritó Vincent—. Necesito descansar, no te sigo el ritmo.

El chico, que se había quedado rezagado, se detuvo. Se llevó la mano derecha al pecho. Respiraba con agitación.

—Vamos, Vincent. Debes mejorar tu forma física... —se burló su hermana.

Ella siempre había sido una gran deportista; desde pequeña había destacado en baloncesto y atletismo. Por eso, a pesar de ser muy parecidos, Elise era más fibrosa y tenía mayor resistencia.

Vincent se dispuso a seguirla. Ella, compasiva, había dejado de correr para caminar a paso ligero.

Empezaba a caer una suave llovizna oscura. Elise frotó con los dedos las gafas que protegían sus ojos. Se ajustó el gorro. Tras dejar atrás el bosque de Boulogne, cruzaron por segunda vez el Sena. Atravesaron el puente sobre la Île de Puteaux. Al final de este, rodeado de alambradas, se encontraba uno de los controles de acceso al gueto, en el cruce de Quai de Dien Bouton. Desde allí se podía entrar al distrito de La Défense. Dos policías militares, vestidos con ropa de camuflaje, vigilaban el paso. Ambos llevaban rifles al hombro.

—Hola, Olivier —saludó Vincent.

—¿Ya estáis de nuevo aquí? No entiendo cómo os gusta tanto esta mierda de sitio. ¿Qué nos traéis hoy?

Elise sacó de uno de los bolsillos laterales de la mochila dos latas.

—¡Atún! Esto sí que merece la pena.

—¿Podemos pasar? —preguntó la chica dirigiéndose a la barrera, que estaba abierta.

—A mi amigo también le gustan los regalos —dijo Olivier mirándola con descaro.

Estaba claro que no se iban a conformar con una lata para cada uno, pero no era momento de discutir. Los policías podían impedirles el paso y requisarles las mochilas. Lo mejor era darles algo más.

—Toma —le dijo Vincent, ofreciéndole dos tabletas de chocolate belga.

—¡Dios santo! Me encanta el Côte d'Or —dijo el segundo policía, un tipo grueso al que el uniforme le quedaba estrecho.

—Portaos bien ahí dentro —dijo Olivier.

Los gemelos prosiguieron su camino. Ya estaban cerca de su destino cuando Vincent tiró del brazo de su hermana. Elise se giró sorprendida. Él la obligó a agacharse.

—¡Mira! —dijo el chico al tiempo que señalaba dos camiones blancos aparcados cerca de la Torre Franklin.

Los hermanos corrieron hacia un pórtico, donde se refugiaron. Allí permanecieron escondidos y estudiaron la situación. Elise alargó su antebrazo para sacar una foto a uno de los camiones. Vincent hizo lo mismo con el otro. Sus dispositivos, manipulados por ellos mismos, eran capaces de analizar y comparar la foto simultáneamente con multitud de bases de datos hasta averiguar qué vehículos eran aquellos. Elise fue la primera en recibir la respuesta.

—¡Maldita sea! Pertenecen al Departamento de Orden y Seguridad. ¿Qué hacen aquí?

—Esto no me gusta nada —susurró Vincent.

—¡Mira!

Una pequeña figura salió del edificio frente al que se encontraban y se alejó corriendo.

—¡Es Gerard! —exclamó Elise.

Un grupo de hombres vestidos de blanco fue tras él. Uno de ellos disparó al niño, que cayó al suelo. Elise se tapó la boca para no gritar. Otro de los hombres se acercó al pequeño. Llevaba un lanzallamas, que no dudó en utilizar. Al momento el fuego cubrió el cuerpo de Gerard. Los gritos del niño llegaron hasta los gemelos.

Unos segundos después, los hombres subieron a los camiones y se alejaron de allí.

—Tenemos que ir a la torre —dijo Vincent incorporándose—. No sabemos qué ha sido de los demás.

Elise temblaba, incapaz de reaccionar.

—Iré yo. Espérame aquí.

Sin embargo, al ver que Vincent se alejaba, echó a correr tras él.

No tardaron en llegar al edificio y entraron con sigilo. Antes de bajar al sótano, el humo que provenía de este les hizo intuir lo que les esperaba allá abajo. Algunos de los cuerpos calcinados todavía alimentaban pequeñas llamas. Tuvieron que cubrirse la nariz con las manos; el olor a carne quemada era espantoso.

Elise lanzó un grito desgarrador. Hasta ese momento, cuando supieron de los atentados, cuando se encontraron una ciudad destrozada, cuando buscaron a su madre sin éxito, Elise se había contenido. Pero ya no podía más. Y ante la horrible escena de los cuerpos abrasados de sus amigos, la joven siguió gritando, mientras su hermano la agarraba con fuerza entre sus brazos.

Vincent cerró los ojos y sintió el cuerpo de su hermana pegado al suyo. Intentó pensar en algo que aliviara aquel horror. Se imaginó a sí mismo buceando en una piscina. Allí, bajo el agua, no había gritos ni olor a quemado, tan solo un silencio maravilloso. Y al otro lado de la piscina, sentada en el borde, le esperaba su madre. Solange. Sus ojos, su sonrisa.

Los gemelos hicieron el camino de vuelta cogidos de la mano. Habían olvidado las mochilas con alimentos en el lugar donde presenciaron el asesinato de Gerard. Ya no importaban.

—¿Por qué han hecho algo así? —preguntó Elise con un hilo de voz.

—Porque según aumentaba su desesperación se volvían más peligrosos —le contestó Vincent—. Y porque no significaban nada para el Gobierno francés.

—Han hecho limpieza —dijo Elise.

Al llegar a la barrera, Vincent se inclinó hacia su hermana.

—Nosotros no hemos visto nada, ¿de acuerdo?

—¿Ya os habéis cansado de pasear por la zona financiera? —bromeó Olivier.

Sin esperar una respuesta, el policía retomó la conversación con su compañero. Esta vez, al verlos llegar sin mochilas, no tenían interés en ellos.

Los gemelos se alejaron del gueto, cabizbajos.

—Hay algo más —dijo Vincent cuando se encontraron a una distancia suficiente de los policías.

«¿Más? ¿Qué más puede haber?», pensó Elise, apesadumbrada.

—Creo que nos siguen la pista. Están investigando algunas de las tarjetas que hemos utilizado. Tenemos que actuar con rapidez.

—¿A qué te refieres?

—Lo mejor será irnos de aquí.

Ella asintió. Ahora que ya nadie los esperaba, no tenía ningún sentido seguir en París.

EDMUND CUSACK

Gold Coast, Chicago
23 de febrero del 2039, 09:20 horas

Apoyó el antebrazo en el sensor de acceso al edificio para cruzar el portal. Subió en el ascensor hasta el ático de su hija y entró procurando no hacer ruido. El apartamento tenía pocos muebles, no hacía mucho que Sam y Anna se habían mudado. En las paredes tan solo había un pequeño espejo antiguo estilo *art déco* y unas fotos en blanco y negro. Eran fotos del verano anterior, cuando los tres habían ido a Maine para que Sam conociera el mar.

Anna leía en una butaca, a la luz de una lámpara de pie. Aunque era una simple novela de entretenimiento, se sentía incapaz de concentrarse en el libro. Podía pasarse horas en la misma página.

Cuando Edmund llegó, ella se giró hacia él. Su padre se acercó y la besó en la mejilla.

—Cruasanes de mantequilla, tus preferidos —le dijo mostrándole una bolsa de papel.

—Gracias, déjalos ahí —respondió y señaló la mesa del salón.

—¿Y Sam?

—Duerme.

Edmund se asomó con sigilo a la habitación del niño. Regresó unos minutos después. Se quitó la gabardina y apoyó el sombrero en una silla. Luego se sentó en el sofá.

—¿Cómo estás, cariño? —le preguntó a su hija.

Anna se encogió de hombros y cerró el libro.

—¿Y tú?

—Bien. Son momentos importantes. Estamos a punto de lograrlo —dijo con emoción.

—Lo sé, papá.

Pensativa, se bajó las mangas del jersey de punto hasta cubrirse las manos.

—¿Estás bien? —preguntó Edmund—. ¿Qué te sucede?

—Verás, quiero hablar contigo de algo.

—Tú dirás.

Anna cruzó las piernas, enfundadas en unos leotardos negros.

—A Sam le queda poco tiempo...

Aquello no era nada nuevo. Los dos sabían que el niño había sobrepasado la expectativa de vida de aquella maldita enfermedad. Estaban en la cuenta atrás. Se podía decir que cada día que tenían a Sam con ellos era un regalo. Anna se volvió hacia la pequeña pantalla apoyada sobre la mesa en la que se veía al niño.

—Quiero que le insertemos un DeltaLife.

Edmund se levantó y dio unos pasos por la sala. Se rascó la frente, como hacía siempre que algo le preocupaba.

—Quiero que él sea el siguiente —insistió Anna.

Ahora era Edmund quien observaba a su nieto en la pantalla. El pequeño dormía tranquilo.

—¿Estás segura?

Anna asintió.

—¿Sabes lo que significará eso para nosotros?

Ya habían hablado de ello en otras ocasiones. Incluso Edmund lo había comentado en una de las reuniones de Lebab.

—La caja de Pandora... —musitó Anna.

Edmund había utilizado la expresión «abrir la caja de Pandora» para referirse a lo que supondría insertar un DeltaLife a un ser querido. El DeltaLife permitiría saber adónde iba su alma, pero también abriría una puerta a emociones desconocidas.

—No será a Sam a quien encontraremos, sino a otro niño —dijo Edmund.

No le resultaba fácil hablar del regreso del alma de Sam, porque eso suponía reconocer la inminencia de la muerte de su nieto.

—No será Sam, pero tendrá su alma. Su esencia, papá... —dijo Anna con voz temblorosa.

Edmund se acercó a su hija, que se levantó de la butaca para quedar frente a él. Agarró sus manos.

—Quiero estar seguro de que lo entiendes, Anna. Si Sam regresa, tendrá otra familia.

Ella asintió con un movimiento de cabeza. Una lágrima corrió por su mejilla.

—¿Y podrás aceptarlo? —susurró Edmund.

—Tendré que hacerlo.

—Probablemente no te reconozca...

—No necesito que me reconozca, papá. Solo quiero saber que su energía sigue en este mundo —dijo con un hilo de voz.

—Tienes que ser plenamente consciente de lo que estás proponiendo.

—Lo soy.

Edmund asintió. Nunca antes su hija le había parecido tan frágil y a la vez tan fuerte.

—Quiero saber si estás conmigo, papá.

Edmund recordó a la pequeña Anna durante el proceso de reorganización familiar tras la separación de Julie, su exmujer. Él le había hecho la misma pregunta.

—Claro que estoy contigo —dijo Edmund, repitiendo la respuesta que su hija le había dado muchos años antes.

Anna lo era todo para él. Y Sam era su nieto. Su único nieto.

—¿Sabes qué quedó dentro de la caja cuando Pandora la abrió y los males asolaron la Tierra? —le preguntó Edmund a su hija.

—No lo recuerdo —contestó Anna secándose la cara con las manos.

—La esperanza —dijo Edmund.

—La esperanza —repitió Anna en un susurro.

MICHAEL GUTHRIE

Hospital Saint Joseph, Chicago
23 de febrero del 2039, 11:52 horas

Uno, dos, tres. Uno, dos, tres. Michael Guthrie, vestido con su bata verde, aplicaba el masaje cardiaco a la paciente bajo la luz blanca de las grandes lámparas circulares del quirófano. El cuerpo que intentaba reanimar estaba cubierto con una sábana que él había retirado parcialmente y que mostraba su pecho. Las máquinas eran más rápidas y efectivas, pero ahora que todo había fallado él recurría al viejo método manual en un último intento desesperado.

—Déjalo ya —dijo Higgins.

Michael sabía que su colega tenía razón; no había nada que hacer. Sin embargo, siguió intentando con obstinación que el corazón de su paciente reaccionara mientras el resto del equipo se retiraba.

—Guthrie...

Cuando se apartó del cuerpo, le dolían los brazos.

—¿Estás bien? —le preguntó Higgins.

Michael asintió, pero no era verdad. A pesar de que en su trabajo estaba acostumbrado a enfrentarse a la muerte, le seguía impresionando cada vez que uno de sus pacientes fallecía. Además, aquella joven, que no había superado la parada cardiorrespiratoria en la que había entrado durante la operación, le recordaba a Gladys. Como ella, tenía unos ojos vivos de color castaño. Gladys Guthrie, su hermana, había fallecido cuando tenía ocho años, víctima de asfixia. El accidente doméstico ocurrió una mañana de mayo del 2017 mientras comía una manzana en el jardín.

La terrible impotencia que había sentido al no poder ayudar a su hermana, que había fallecido entre sus brazos, hizo que Michael decidiera ser médico. Tras acabar el bachillerato en Chicago, se fue a estudiar a la escuela de medicina de la Universidad de Columbia, Nueva York, donde se especializó en neurocirugía. Hizo una residencia de tres años en neurología general y continuó sus estudios con un máster en Neurocirugía Mínimamente Invasiva. El afán de Michael por preservar la vida le supuso también una reflexión continua sobre la muerte. Se unió a Lebab cuando estudiaba el máster, poco antes de que declararan ilegal a la organización. Pronto se convirtió en uno de sus miembros más activos.

Michael se volvió hacia Higgins. Este se ofreció a preparar el cuerpo de la joven antes de que se lo llevaran al depósito. Cerraría de nuevo el cráneo, para que los familiares pudieran verla. Michael se dirigió a los vestuarios, donde se quitó la ropa de cirugía y se desinfectó. El doctor Sloan entró en el vestuario.

—¿Qué hay, Guthrie? Tienes mala cara.

—Acabo de perder a una paciente. Sabía que había pocas posibilidades, pero yo mismo insistí en intervenirla.

A Michael se le consideraba un médico excelente, no solo por su habilidad en las intervenciones, sino también por su empatía con los pacientes.

—Yo ya llevo dos en lo que va de semana. La muerte es una compañera de trabajo, no podemos olvidarlo —dijo el doctor Sloan.

—Para mí cada muerte es un fracaso.

Michael consideraba la vida como algo precioso y único. Y la pérdida de cualquier vida humana le resultaba dolorosa, a pesar de creer que el alma continuaba su camino y algún día regresaba.

Precisamente, el objetivo de Lebab era el de seguir el alma en su viaje. Y con este fin habían creado los DeltaLife. El propio Michael había sido el encargado de insertar el primero a Yumiko. La intervención era muy sencilla, la nanocápsula se colocaba en la córnea, en la superficie del ojo. No se producían daños, ni había secuelas. Tampoco quedaba rastro alguno de su colocación, a excepción de una ligera mancha en el iris que pasaba desapercibida.

Michael se calzó, se puso la bata blanca y se despidió de su compañero. Salía de los vestuarios para ir a consultas cuando su dispositivo vibró, anunciando una llamada entrante. Se dirigió a una pequeña sala de atención familiar que en ese momento estaba vacía. Se sentó en una de las sillas para hablar tranquilo y accionó la respuesta con señal de vídeo.

—Hola, Michael.

Era María, su novia. Se alegró al ver el rostro de la mujer que amaba, sus ojos oscuros, su piel morena heredada de sus antepasados y el pelo largo y sedoso, ahora despeinado. María era descendiente de mexicanos, que emigraron a los Estados Unidos a finales del siglo XX.

—Hola, preciosa. ¿Qué haces? ¿Has dormido?

María, que también trabajaba en el Hospital Saint Joseph como asistenta social en la Unidad de Ingresos y Urgencias, había hecho el turno de noche.

—Un poco... Me he despertado para comer algo. Pero me vuelvo a acostar un rato.

En el hospital no coincidían casi nunca. No solo trabajaban en lugares alejados, sino que rara vez tenían el mismo horario.

—Luego iré a ver al hijo de Yumiko. Le prometí que, llegado el momento, hablaría con él —le contó María—. Le esperaré a la salida de clase. Sé cuál es su instituto: a veces Yumiko y yo quedábamos en una cafetería cercana.

—Espero que no sea muy duro. Buena suerte.

—Gracias, mi amor. Ya te contaré.

—Te tengo que dejar. Me esperan en consulta.

—Nos vemos en casa. Te quiero otra vez.

—Te quiero otra vez —le dijo Michael antes de cortar la llamada.

SALLY LEIGH

Loyola Park, Chicago
23 de febrero del 2039, 12:43 horas

El vuelo de American Airlines procedente de Bangkok había llegado puntual a Chicago. Sally regresaba de las Conferencias para el Avance Económico del Sudeste Asiático. Había sido un viaje intenso de dos días. Estaba tan cansada que por un momento tuvo la tentación de ir a su casa y acostarse. Pero Martin la esperaba, por lo que cogió un InstantCar que le llevó a Loyola Park.

Su novio vivía cerca del lago, en una zona residencial de casas bajas y antiguas. El conductor detuvo el auto frente al edificio de dos plantas. Sally sacó del maletero su bolsa de viaje y se la colgó del hombro para subir a la primera planta.

No hizo falta que llamara al timbre. Martin abrió la puerta; la estaba esperando.

—Bienvenida... ¿No querrás que te bese con la mascarilla de metacrilato? —bromeó.

—La he utilizado todo el tiempo en Bangkok. Allí los niveles de contaminación son terribles. Y me la he dejado puesta para recuperar un poco mis pulmones. En el vuelo, he cambiado dos veces los filtros —dijo quitándose la mascarilla y besándole.

—Se te ve cansada.

Sally se había maquillado a conciencia, pero ni siquiera

así podía ocultar sus ojeras. Llevaba un abrigo verde de paño que contrastaba con su cabello rojo, recogido en un pequeño moño.

—¿Quieres dormir un poco? —preguntó Martin.

—No, ahora no. Quiero estar contigo. Te he echado de menos.

—Yo también.

Martin cogió la bolsa de viaje y la llevó al salón. Ella le siguió y se desabrochó el abrigo. Normalmente el salón tenía un aspecto caótico, era allí donde su novio trabajaba y su material —carpetas, libros y distintos ordenadores— se amontonaba sobre la mesa y las sillas. Sin embargo, esta vez el apartamento estaba ordenado. Sally agradeció el esfuerzo, sabía que intentaba agradarla.

La mesa estaba preparada para dos comensales.

—Huele bien —dijo Sally y se acercó a la cocina.

—He preparado cuscús —respondió Martin.

—¡No! —exclamó contenta. Aquel era uno de sus platos favoritos.

—Pero espera a probarlo. Igual lo tenemos que tirar y pedir una *pizza*.

—Seguro que está buenísimo. Eres un encanto.

Martin llevó la comida a la mesa y ella sirvió el vino.

—Por nosotros —brindó.

En cuanto Sally probó la comida, hizo un gesto afirmativo elevando el dedo pulgar.

—Humm. Está riquísimo. —Se limpió la boca con la servilleta—. ¿Y tú qué tal? ¿Cómo vas con el trabajo?

—Bueno... Entrevisto a Linda Stone dentro de tres días.

La senadora Stone era muy popular. Defensora de los derechos humanos en los países en vías de desarrollo, participaba en multitud de causas benéficas.

—La encantadora Linda Stone, una de las caras más populares de este Gobierno —dijo Sally.

—Detecto cierto cinismo en tus palabras.

—Sabes que tengo mis reservas respecto a ella —dijo Sally dando un sorbo a su copa de vino.

—Al menos es una de las pocas que habla de cambios —insistió Martin.

—Cambios, sí, grandes cambios… como retrasar hasta los dieciocho, en vez de a los quince, la instalación obligatoria de los dispositivos.

—Bueno, en todo caso la prefiero antes que a Parker.

Parker, un senador conservador de edad avanzada, era conocido por su discurso radical. Él había sido uno de los impulsores del Cuerpo Especial de Persecución, una agencia gubernamental creada hacía ocho años. La prensa sospechaba que el CEP utilizaba métodos de dudosa ética para mantener la seguridad del país. Desde su nacimiento, el FBI había perdido gran parte de su poder.

—Parker es un provocador, pero al menos no es una oveja con piel de cordero —dijo Sally y se llevó el tenedor a la boca.

—Sí, en ese sentido yo también prefiero a los que vienen de frente —convino Martin.

—Estoy convencida de que el presidente McEwan es un hombre de paja. Detrás de él se esconden quienes deciden cómo gobernar este país. Son ellos los que nos van apretando las tuercas. Los que van aumentando el control sobre los ciudadanos, los que manejan la información. ¿Por qué no tiras de la lengua a la senadora?

—No se cabree, señorita Leigh —dijo Martin sonriendo. Los ojos de Sally brillaban y se le habían encendido las mejillas—. Dime, ¿has acabado ya con el cuscús?

—Sí, gracias —dijo tras apoyar los cubiertos sobre el plato.

—Ahora viene el postre.

—No puedo más.

—Hay *mousse* de chocolate.

—Se me ocurre algo mejor que el *mousse*…

Sally se levantó de la mesa. Acarició el pelo a su novio y se sentó sobre sus piernas. Lo besó suavemente. Mientras sentía las manos de Martin recorriendo su espalda, se desabrochó los botones de la blusa.

MARÍA GÓMEZ

Green Coffee, Wicker Park, Chicago
23 de febrero del 2039, 15:00 horas

La cafetería estaba casi vacía. María se sentó cerca de los grandes ventanales en un taburete alto. Desde allí se podía ver el instituto al que iba Hino, el Christopher Columbus. Mientras esperaba la hora de salida de las clases, le pidió al camarero una Calpis Water con hielo. Era la bebida que solía tomar con su amiga.

Diez minutos después, las puertas del centro se abrieron. Un primer grupo de chicos salió y se dispersó por las calles próximas. María se levantó para observar con detenimiento y que Hino no se le escapara entre la multitud de estudiantes. Pasaron cinco minutos, tras los cuales se preguntó si la espera había sido en vano. Quizás el chico no había ido ese día a clase, o había salido antes… Pero, entonces, lo vio. Reconoció el plumífero de cuadros rojos. Hino iba acompañado de varios compañeros, con los que charlaba.

María salió precipitadamente del Green Coffee y cruzó la calle.

—¡Hino! —le llamó.

Él se acercó.

—Hola, María —le dijo con una sonrisa. Al momento vio a su padre aproximándose a grandes zancadas—. ¡Papá! —exclamó.

Alexander llevaba un abrigo largo marrón y se cubría la cabeza con un sombrero. Miró a María con desconfianza.

—¿La conoces? —le preguntó a su hijo.

—Es una amiga de mamá.

—Déjanos un momento a solas.

Hino, cohibido, se alejó unos metros de ellos.

—Me llamo María —dijo extendiendo la mano.

—Alexander —se presentó él, apretando su mano con frialdad—. ¿Por qué está en el instituto de mi hijo?

—Yo, bueno… quería verle.

—¿Para qué? —preguntó con brusquedad.

—Quería saber cómo se encuentra.

—No quiero que tenga ningún contacto con mi hijo.

—¿Perdone? —María titubeó—. Creo que Yumiko no estaría de acuerdo.

—¡No se atreva a nombrar a mi mujer! —gritó Alexander. Hino, asustado, no se decidía a intervenir—. Usted pertenece a ese grupo, ¿verdad? A esa… secta —dijo con desprecio.

María se sentía confundida ante la reacción del hombre.

—Se equivoca, no es una secta.

—Ustedes captaron a Yumiko y no sé qué ideas raras le metieron en la cabeza. Mi mujer estaba enferma. Se aprovecharon y la utilizaron.

—Las cosas no fueron como usted insinúa —se intentó defender María.

—No se vuelva a acercar a nosotros. ¿Me ha oído? —dijo amenazador.

María dio un paso atrás.

—¡Váyase! ¡Lárguese de aquí o llamaré a la Policía!

—Está bien. Ya me voy —dijo con un hilo de voz.

Se alejó de aquel hombre que descargaba en ella toda su rabia. Caminó con prisa entre los estudiantes que permanecían cerca de la entrada, evitando chocar con ellos.

Hino se acercó a su padre, asustado ante la escena que había presenciado.

—Papá, ¿qué sucede? —Lo agarró del brazo para que se calmara.

—No pasa nada —contestó Alexander de malos modos.

Hino todavía podía ver a María a lo lejos. Se había detenido en un semáforo, a la espera de que cambiara de color para cruzar. El chico se mordió los labios. Tenía que hacerlo. Antes de que su padre se lo impidiera, corrió hacia ella. María se sobresaltó al escuchar a alguien a su espalda. Hino la abrazó con fuerza.

—Perdóname —se disculpó, avergonzada—. Yo solo quería saber cómo estabas.

—Llámame al móvil, tenemos que hablar.

María memorizó el número que él le susurró al oído.

—¡Hino! ¡Ven aquí! —gritó su padre.

Alexander se acercaba a ellos. María se separó del chico, pero él la sujetó por el brazo.

—La luz se encenderá —le dijo mirándola fijamente a los ojos.

—¡Hino!

Alexander estaba a pocos metros de ellos.

El chico se dio la vuelta mientras María cruzaba la carretera corriendo, con el corazón latiéndole con fuerza en el pecho.

LIAM BELL

Como era su costumbre antes de acostarse, se había tumbado sobre la alfombra para hacer los estiramientos que le ayudaban a aliviar la tensión de la espalda. Desde el suelo podía ver casi la totalidad de la planta baja de la casita adosada en la que vivía; el salón, que utilizaba principalmente como estudio, un baño y una cocina. En la primera planta estaba el dormitorio, aunque Bell muchas noches dormía en el sofá.

Cuando se sintió aliviado por sus ejercicios de yoga, se levantó y fue al baño. Se vio reflejado en el espejo, despeinado, en calzoncillos y con una camiseta de algodón negra. «Estás perdiendo peso», se dijo mientras orinaba.

Se preguntó qué le depararía el futuro ahora que su trabajo con Lebab estaba llegando a su fin. No le preocupaba el tema económico, porque le habían pagado muy bien por su dedicación absoluta. Lo que le inquietaba era cómo retomar su carrera. Durante los últimos cinco años había desaparecido de la faz de la Tierra. Lo último que sabía la comunidad científica de Liam Bell era su estrepitoso fracaso en el Comcast Center de Filadelfia.

Mientras buscaba en la cocina algo de comer, su dispositivo vibró. Miró la pantalla, que mostraba un código de llamada oculta. Supo que se trataba de Cusack.

—Buenas noches, Liam —dijo Edmund.

—Buenas noches, ¿ha sucedido algo? —preguntó él al reparar en la hora que era.

—No, no te preocupes. Solo te llamaba para decirte que vamos a insertar un segundo DeltaLife.

—¿A quién esta vez? —preguntó mientras cogía una cerveza del frigorífico.

—A un niño. Está muy enfermo, no le queda mucho tiempo. Lo haremos mañana por la mañana. ¿Puedes venir?

Bell había supervisado la coordinación con el DeltaMother cuando realizaron la primera inserción. El DeltaMother era la máquina que recogía la información registrada y almacenaba tanto los datos de localización como las imágenes grabadas por la cámara a través del ojo de Yumiko, la primera portadora. Se recogieron imágenes desde que le insertaron el DeltaLife hasta la operación en la que perdió la vida. Cuando la anestesiaron, cerró los ojos y la cámara no volvió a ponerse en marcha. La pequeña luz que mostraba la actividad de su DeltaLife en la pantalla del DeltaMother se apagó cuando falleció.

—Claro. Cuenta conmigo —dijo tras dar un trago a la cerveza.

—Gracias, Liam.

—Sigues pensando que habrá resultados, ¿verdad?

—Estoy seguro. Lo he estado todos estos años. ¿Y tú? ¿Sigues en el equipo contrario?

—Sabes que sí.

Bell y Edmund tenían formas de pensar diferentes. El científico estaba de acuerdo con Lebab en que, tras el fallecimiento, el alma, a la que él prefería llamar «energía vital», abandonaba el cuerpo. También en que el DeltaLife, vinculado a ella, se desmaterializaría. Pero a partir de ese punto comenzaban las discrepancias. Edmund creía en la reencarnación y en que, cuando el alma regresara, el DeltaLife lo haría con ella. Se rematerializaría y así se demostraría su teoría. Pero Bell, por su parte, no creía en la reencarnación. En su opinión, la energía del alma se dispersaba en el momento del fallecimiento, mutaba, se transformaba... pero no regresaría, no se reagruparía. Por tanto, a pesar del correcto funcionamiento del DeltaLife, jamás volverían a tener noticias de él.

—Tendremos que esperar a que la luz de Yumiko se vuelva a encender en el DeltaMother para que cambies de opinión —dijo Edmund.

—Si algo así sucediera, no tendría más remedio que daros la razón —reconoció Bell—. ¿Y tú? ¿Cambiarás de opinión si no hay resultados?

—No, Liam. La falta de resultados no refutará nuestra teoría. Podría haber fallos o circunstancias imprevistas que impidan que el DeltaLife funcione correctamente. Si no tenemos éxito, seguiremos intentándolo.

—Al menos reconocerás que juegas con ventaja —bromeó Bell.

—Liam, te tengo que dejar. Mañana nos vemos. Te enviaré indicaciones del lugar y la hora en cuanto las sepa.

—Allí estaré. Buenas noches, Edmund.

NATHAN MOORE

Portage Park, Chicago
23 de febrero del 2039, 23:21 horas

Las calles del barrio de clase media en el que vivía el detective Moore estaban vacías a esas horas. Aparcó el Toyota SUV de color gris frente a su casa, una vivienda adosada de las que abundaban en la zona. Nathan, alto y de porte atlético, caminó hacia la entrada. Abrió la puerta, procurando no hacer ruido. Vio el resplandor de una lámpara de baja intensidad en el salón. Imaginó que Pablo todavía estaba despierto.

Se quitó el chaleco antibalas y lo dejó junto con el arma dentro del armario de la entrada. Se estaba descalzando cuando escuchó a su marido acercarse por el pasillo. Al volverse, una vez más, le impresionó su aspecto. No se acostumbraba a verlo así.

—Nat, has vuelto tarde.

—Hey, nene. ¡Qué bien que me has esperado despierto!

Pablo empujó con las manos las ruedas de la silla hasta llegar junto a él. Llevaba puesta su sudadera azul y no tenía buena cara. Nathan se agachó para besarle. Su barba le raspó la barbilla; llevaba días sin afeitarse.

—Voy a cambiarme de ropa —dijo mientras se dirigía a la habitación.

Se puso un albornoz de algodón. Dejó la ropa sucia en la cesta del cuarto de baño y volvió al salón, donde su marido lo esperaba. Se sentó en una butaca a su lado.

Pablo le acarició la cabeza rapada. Nathan era un hombre atractivo, de rostro anguloso, nariz ancha y una boca grande con labios carnosos.

—¿Quieres tomar algo? Al menos tú te lo has ganado.

—Nene, no empieces.

Pablo todavía no había aceptado la nueva situación. A pesar de su constitución ancha y fuerte, parecía estar menguando. A Nathan le estaba costando convencerle de que fuera a rehabilitación. No había vuelto a hacer ejercicio desde el día del accidente que le había dejado parapléjico.

Pablo se giró con la silla y se movió hacia la cocina americana que daba al salón. La casa había cambiado en los últimos meses. Habían retirado muebles y habían instalado barras de asistencia en el baño y cerca de la cama. En la cocina, los utensilios más frecuentes ocupaban ahora los armarios inferiores.

Abrió el frigorífico y sacó dos cervezas.

—¿Son esas las mismas cervezas de importación que trajiste hace tiempo? —preguntó Nathan.

—Sí, las he encargado a domicilio. Sigo teniendo buen gusto con la cerveza... Quizás pueda encontrar trabajo en una licorería.

—Joder, Pablo. Estoy convencido de que lo harías bien, pero no creo que la Policía de Chicago esté dispuesta a perder a uno de sus mejores hombres —dijo Nathan.

Pablo trabajaba también como detective, hasta que cuatro meses antes había recibido varios disparos al intentar detener a un camello. Ingresó grave en el hospital, con heridas de bala en la espalda y en el pecho. Que estuviera vivo podía considerarse un milagro. Sin embargo, su médula espinal había quedado dañada de manera irreversible.

—Estar en silla de ruedas no es lo mismo que hacerse un esguince o sufrir de hemorroides, cariño.

—Lo sé, nene. Pero pronto volverás a trabajar. Te buscarán un puesto a tu medida.

«Lo malo es que mi medida es ahora muy pequeña. Se acabó perseguir a los malos. Y no estoy preparado para acabar en una oficina», pensó Pablo.

—¿Qué te apetece cenar? —preguntó para cambiar de tema.

—¿Qué tal pavo relleno?

Pablo se rio.

—¡Pavo! ¿Crees que guardo un pavo en la nevera?

—Pediré comida —dijo Nathan.

—¿No es muy tarde?

—Rahne me habló de un vietnamita muy bueno en Albany Park. Abren las veinticuatro horas. Espera un momento.

Nathan hizo una llamada.

—Ya está, en quince minutos tendremos la cena. He pedido tallarines salteados y *dumplings*.

—Y dime, ¿qué tal el día, Nat?

—Los he tenido mejores… Una prostituta menor de edad se ha suicidado en la comisaría después de denunciar a su proxeneta. Se ha colgado con un cinturón en el baño.

—¡Joder! No quiero ni pensar lo que le ha tocado vivir a esa cría para perder toda esperanza —dijo Pablo—. ¿Vais a llevar vosotros el caso?

—No, nosotros estamos con lo de siempre: *hackers*.

—No pareces muy emocionado.

—Te equivocas, estoy emocionadísimo.

Nathan hizo una mueca con los ojos desorbitados y sacó la lengua en un gesto divertido.

—¡Qué payaso eres!

Pablo se rio y Nathan sintió alivio al comprobar que todavía, en algunos momentos, las cosas parecían ser como siempre.

SAMUEL CUSACK

Northwest Highway, Chicago
24 de febrero del 2039, 09:30 horas

El pequeño estaba acostumbrado a los hospitales y a los médicos. Sin embargo, aquel lugar era diferente. Se encontraban en el box de un guardamuebles que habían habilitado como quirófano. Sam había llegado acompañado de su madre y su abuelo. Estaba tranquilo porque Anna le había asegurado que se trataba de una intervención muy sencilla y que no le dolería nada.

En el box también se encontraban Liam Bell y Michael Guthrie, que se había puesto una bata desechable y un gorro de color verde. El médico se fijó en la mascarilla de metacrilato que cubría la nariz y la boca del pequeño. En uno de los cables que salían de esta se podía apreciar un pequeño símbolo y el nombre del medicamento derivado de la morfina que el niño inhalaba. Michael supo que estaba gravemente enfermo.

Edmund llevó a Sam en brazos hasta la camilla que había en el box. Anna se colocó a su lado y le agarró de la mano. Michael, al verlos, comprendió el vínculo familiar que los unía. Aquel niño tenía que ser el hijo de Anna, el nieto de Edmund. El médico ocultó su congoja y saludó al pequeño.

—Yo soy Michael. ¿Y tú cómo te llamas?

—Sam. ¿Y tú quién eres? —preguntó el niño al otro adulto que había en el box.

—Me llamo Liam.

—¿Tú también eres médico?

—En realidad soy científico.

—Como mi abuelo —dijo Sam con orgullo.

Hasta ese momento, Bell tampoco sabía que el DeltaLife era para el nieto de Edmund. Ahora que acababa de descubrirlo, no pudo evitar pensar en el día que conoció a Anna en el Comcast Center. La recordó joven, hermosa, embarazada de ese niño que ahora estaba muy enfermo.

Michael empujó la camilla y se llevó a Sam a una estancia contigua, muy pequeña, pero totalmente esterilizada. Los demás se quedaron fuera.

—¿Qué es eso? —preguntó el niño.

—Es un colirio. ¿Sabes lo que es?

—Claro, un líquido que se echa en los ojos. Mi abuelo lo usa cuando le pican.

Michael no pudo evitar sonreír.

—Efectivamente, es un colirio. Pero este es anestésico.

—Para que no me duela…

—Así es. Ya verás como no sientes nada. ¿Qué tal si enciendes el proyector?

Sam asintió y Michael se lo acercó. Las imágenes le ayudarían a tenerle entretenido mientras le insertaba el DeltaLife.

El pequeño elevó la cabeza cuando sus personajes aparecieron en el techo. Michael cogió con delicadeza su párpado superior izquierdo y echó tres gotas de colirio en el ojo. A través de una ventana de cristal, Anna observaba todo atentamente. A pesar de que su padre le había asegurado que la intervención no suponía riesgo alguno, ella se sentía inquieta. Edmund se acercó a una esquina de la habitación donde estaba Bell. Se había sentado a una mesa con una especie de ordenador portátil plateado parecido a los Mac de principios de siglo.

—¿Todo bien, Liam?

—Sí, todo está listo. A la espera de la inserción.

El aparato que tenía Liam era el DeltaMother. En él se almacenaría la información registrada por el DeltaLife de Sam. En la pantalla podía ya verse una línea llamada «Yumiko» que permanecía inactiva.

Mientras Sam seguía las peripecias de SuperTrish y Flap, Michael, con unas gafas de aumento que cubrían la parte superior de su cara, utilizó unas pinzas para coger el DeltaLife de la bandeja. Se trataba de una minúscula esfera de tan solo un milímetro de diámetro. Estaba recubierta por una fina película protectora de aspecto gelatinoso que le daba un tono grisáceo. A pesar de su tamaño, guardaba en su interior una nanocápsula que contenía un rastreador y una cámara. Además, llevaba incorporado el nanochip Delta de Bell.

Michael sujetó el párpado inferior del ojo de Sam y acercó las pinzas con el DeltaLife hasta posarlo en el globo ocular, cerca del iris. Observó con la lente cómo la cápsula grisácea se hundía instantáneamente. Insertar el chip era una cirugía microinvasiva, similar a colocar una lente ocular. A continuación, con la mano cubierta por los guantes antisépticos, digitó en su dispositivo para posicionar la cápsula. Dibujó con su dedo índice y pulgar la trayectoria hasta situar el DeltaLife tras la córnea de Sam. Cuando acabó, una lágrima resbaló por la mejilla del niño. Michael, tras secarla con una gasa, se dio la vuelta hacia el cristal donde Anna aguardaba e hizo un gesto afirmativo con la cabeza.

Bell y Edmund observaron que en la pantalla del DeltaMother se acababa de encender una pequeña luz. En un lateral había aparecido una segunda línea. Bell la nombró «Sam».

—DeltaLife registrado —le dijo a Edmund.

Michael empujó la camilla hasta la habitación principal. Anna recibió a su hijo con un abrazo y le ayudó a incorporarse.

—Te has portado muy bien, cariño.

—¿Ya está? ¿Qué me ha hecho en el ojo? No me he enterado de nada.

—Te ha puesto un aparato pequeñísimo. Pero es un secreto, Sam. No se lo podemos contar a nadie —le dijo Anna.

Al niño se le iluminó la cara. Un secreto...

—Este aparatito nos permitirá saber siempre dónde estás —le explicó Edmund mientras se aproximaba a la camilla.

—¿Como este? —dijo el niño señalando el dispositivo de su madre—. Yo también tendré uno cuando cumpla quince años.

Anna intentó ocultar la tristeza que le producían aquellas palabras. Su hijo nunca alcanzaría esa edad.

—Es parecido, Sam. Pero, entre tú y yo, el que te hemos puesto es mucho mejor —intervino Edmund.

—Así siempre podré encontrarte —le dijo Anna.

—Siempre... —susurró el niño.

—Sí, siempre —repitió Anna, emocionada.

Mientras los Cusack conversaban, Michael cerró el estuche de doble protección que contenía los cuatro DeltaLife restantes que Lebab había producido hasta la fecha. Se quitó las gafas de aumento y tiró la bata y el gorro desechables al cubo cercano. Se puso su plumífero amarillo y se metió el colirio en el bolsillo.

Bell, por su parte, observaba en la pantalla del DeltaMother las imágenes recogidas por el ojo de Samuel Cusack: un primer plano de su abuelo y de su madre sonriéndole con dulzura.

ELISE Y VINCENT MOMPOU

**Rue Dalou, París
25 de febrero del 2039, 19:30 horas
(12:30 horas en Chicago)**

En los tres días que habían transcurrido desde la masacre en el distrito financiero los hermanos no habían salido del apartamento. Aunque habían evitado hablar de lo sucedido, los dos sabían que nunca podrían olvidarlo, que tendrían que aprender a vivir con aquellas espantosas imágenes.

Elise comía a duras penas. Le costaba dormir. Se despertaba aterrorizada por pesadillas en las que los hombres vestidos de blanco recorrían el gueto armados con los lanzallamas. Por su parte, Vincent trabajaba duro y se pasaba las horas delante de los ordenadores.

—Elise… —Su hermana dormitaba en el sofá, tapada con una manta—. ¿Me oyes? —preguntó a la vez que apoyaba la mano en su brazo. Elise abrió los ojos y a él le dolió su mirada triste—. Ya lo tengo.

Vincent había logrado borrar de las redes todo rastro de la actividad de ambos. A través de los servidores de la *darknet* había creado falsos caminos de todas sus personalidades para dejar pistas erróneas y confundir a quien intentara dar con ellos. Si alguien los seguía, descubriría, después de volverse loco, que estaba en un complejo laberinto en forma de *loop* y que no había conseguido información alguna.

—Y esto también está listo —dijo mirando la pantalla de su ordenador.

En ella se podía leer el mensaje DOWNLOAD COMPLETED.

—Ven aquí. Dame tu brazo.

Elise obedeció. Vincent conectó un cable brillante muy fino desde el ordenador hasta el dispositivo de su hermana.

—¿Más identidades?

—Así es más seguro, *Sis*. Acaban de nacer los gemelos Dubois. ¿Qué te parece?

—Dubois —repitió Elise.

—¿Cuál es su nombre, señorita? —bromeó Vincent cogiéndole la mano.

—Elise Dubois —respondió ella.

—¿Cómo dice? Soy un poco duro de oído.

—Elise Dubois —repitió con un tono más firme.

—¡Ah! Encantado de conocerla, *mademoiselle* Dubois —dijo Vincent inclinando la cabeza y besándola en la mano. Ella sonrió.

Una vez finalizada la descarga en el dispositivo de Elise, Vincent repitió la operación con el suyo.

—Vamos a largarnos de aquí, *Sis*. Empezaremos de nuevo en otro lugar.

—¿Adónde vamos?

—A Estados Unidos. Nuestros clientes principales están allí, algo me dice que ese destino nos traerá suerte. ¿Qué piensas?

Elise recordó el viaje que hicieron con su madre a Nueva York cuando eran niños. Las fotografías en el Empire State. Los almuerzos en Central Park. La estatua de la Libertad vista desde el barco. El recuerdo de aquellos días felices hizo que su barbilla temblara ligeramente.

—Me parece bien —contestó, venciendo la emoción.

—Ahora recoge tus cosas. Salimos en un par de horas.

Elise fue a su habitación. Abrió el armario y examinó su contenido.

—¡Lleva solo lo necesario! —gritó Vincent desde la sala.

Elise guardó algo de ropa en una maleta. Luego metió su portátil y una pequeña pantalla en la mochila.

—¿Hay tiempo para que me dé una ducha? —preguntó desde el pasillo.

—Sí, pero no tardes.

Mientras esperaba a su hermana, Vincent revisó el apartamento en el que habían vivido durante los últimos meses y programó los ordenadores de sobremesa. En cuestión de minutos se borrarían los discos duros.

—Está usted muy guapa, *mademoiselle* Dubois —le dijo al verla salir del baño.

El pelo azul, todavía húmedo, le caía sobre los hombros y resaltaba con el mono de color gris, que se ceñía a su cuerpo como una segunda piel.

—¿Listos para partir? —le preguntó Vincent.

—Listos —contestó Elise.

Ya nada los ataba a aquel lugar.

—Pues adelante. Nuestro vuelo sale a las 23:15 horas.

MARÍA GÓMEZ

Saint Joseph Hospital, Chicago
26 de febrero del 2039, 01:20 horas

Se había tomado un breve descanso. Sabía por experiencia que había que aprovechar los ratos muertos, porque en Urgencias todo se complicaba en cuestión de segundos. Bebió un sorbo del té que se había preparado en su oficina. Cerró los ojos y suspiró. Ese mismo día, al igual que el resto de los miembros de Lebab, María había recibido un mensaje encriptado que decía: «Inserción con éxito del segundo DeltaLife a un niño con enfermedad terminal». Se trataba de un mensaje escueto, pero ella en realidad sabía más cosas. Para empezar, sabía que el médico que había realizado la inserción no era otro que Michael, su novio. También que el niño en cuestión era el nieto de Edmund, el hijo de Anna. Michael se lo había contado.

María sostuvo el vaso de cartón entre las manos mientras observaba la pequeña fotografía enmarcada que tenía sobre la mesa. En ella se veía un neón con un corazón y la frase YOU FORGOT TO KISS MY SOUL*. Era una instalación de la artista recientemente fallecida Tracey Emin. Le encantaba esa foto, porque le recordaba el día que conoció a Michael.

Sucedió un domingo de invierno en el Museo de Arte Moder-

---

* La traducción en español sería «Te olvidaste de besar mi alma».

no. Aquella mañana de diciembre, hacía casi tres años, el frío era intenso, pero por primera vez en muchos días el sol se asomaba entre la bruma. La ciudad estaba tranquila; había pocas personas en las calles, el tráfico era escaso. María libraba y no se iba a quedar en casa. Salió a caminar envuelta en su abrigo rojo, con su mascarilla para la contaminación y un gorro de lana que dejaba escapar su bonita melena castaña.

El paseo no fue muy largo. Había subestimado el frío, que empezó a agarrotar sus músculos. Al pasar junto al museo pensó que sería una buena idea entrar. Había estado en diversas ocasiones, pero ese día no había apenas gente y pudo disfrutarlo de otra manera. Tras visitar las salas con el fondo del museo, se dirigió a la exposición temporal de artistas conceptuales de finales del siglo XX.

Se detuvo frente a *My Bed*, la obra de la británica Tracey Emin que había sido finalista del prestigioso Premio Turner. La pieza consistía en la propia cama de la artista, deshecha, con unas manchas amarillas en las sábanas revueltas. En el suelo, junto a la cama, había objetos diversos: condones, paquetes de cigarrillos vacíos, un par de bragas con manchas de sangre, medias rotas y basura, así como unas zapatillas y un peluche.

María, tras observar la obra de cerca, se alejó para verla con cierta distancia. Caminaba hacia atrás, sin apartar sus ojos de la cama, cuando chocó con alguien en mitad de la sala. Se volvió rápidamente y se encontró con un hombre alto que la miraba sorprendido.

—Perdón —se disculpó él.

—Perdón —dijo María a su vez.

La situación era un poco ridícula. Los dos, caminando de espaldas, habían chocado el uno contra el otro en una sala casi vacía.

—¡Qué torpeza! —dijo el hombre y se echó a reír.

—Sí, es bastante cómico.

María se preguntó de qué lo conocía; su rostro le resultaba familiar.

—¿Suele andar hacia atrás? —le preguntó él, sonriente.

—No es mi estilo. Suelo hacerlo hacia delante.

—Yo también. Pero me alejaba porque quería ver el tiburón con perspectiva.

Al otro lado de la sala se exponían algunas obras de Damien Hirst, entre ellas un tiburón tigre de más de cuatro metros sumergido en formol. El que un día fuera un temible animal era ahora un cuerpo en descomposición que producía principalmente repugnancia a los visitantes.

—Pues yo estaba observando la cama... Por cierto, ¿entiende de arte conceptual?

—Me gustaría decirle que sí e impresionarla con un buen discurso, pero la verdad es que no, no entiendo apenas de arte. Simplemente me gustan los museos. Siento haberla decepcionado.

El hombre se retiró de la frente un mechón de pelo.

—No lo ha hecho —dijo María—. Es que me preguntaba cómo se valora este tipo de arte, cómo se aprecia.

—Imagino que como casi todo en esta vida... —opinó mientras se remangaba su chaqueta azul marino.

—Ah, ¿sí? ¿Y cómo?

—Con el corazón. Yo creo que si una cosa nos atrapa, si nos revuelve por dentro, es porque tiene algo especial. Por ejemplo, ese tiburón. —María lo miró—. Al verlo no puedo dejar de pensar en el paso del tiempo, en la muerte, pero sobre todo en la caída de los grandes mitos.

—¿Y qué piensa de la cama?

—Pues que la persona que limpiaba la habitación se había tomado el día libre.

María se rio.

—En serio... —dijo ella.

—No estamos acostumbrados a ver la intimidad de las personas. Nos repugna, porque nos han educado en que ciertas cosas son sucias y hay que esconderlas. Quizás el problema real sea nuestra forma de pensar y de mirar las cosas... Por cierto, tengo la impresión de que nos hemos visto antes —dijo Michael.

—A mí me pasa igual.

—Soy médico neurocirujano del Saint Joseph. Quizás...

—¡Yo también trabajo en el Saint Joseph! —exclamó María—. Entré como asistenta social en Urgencias hace unos meses.

En ese momento María recordó dónde lo había visto. Y no, no había sido en el hospital. Ambos coincidieron en una reunión de Lebab que había tenido lugar hacía unos meses. Él, sentado en la primera fila, había participado activamente.

—Creo que tenemos aún más cosas en común. ¿Le gustaría tomar un café conmigo? —propuso ella.

Michael asintió y fueron a la cafetería del museo. Eso fue solo el principio, ya que pasaron el resto del día juntos. Comieron unos bocadillos, fueron al cine y cenaron en un restaurante mexicano. Les costó separarse. Se pasaron más de media hora en la calle, helados, buscando cualquier excusa para alargar la despedida. Quedaron en verse al día siguiente. Y al otro.

—Código tres. Equipo uno de emergencias, listo para intervenir.

Al escuchar el mensaje por megafonía, María se sobresaltó. Regresó al presente, a su oficina; estaba sentada a su mesa, con el vaso vacío de té entre las manos.

—Todos a sus puestos. Código tres. Código tres.

María tiró el vaso a la papelera y salió con rapidez de su despacho.

ANNA Y SAM CUSACK

Gold Coast, Chicago
27 de febrero del 2039, 23:52 horas

El niño dormía junto a su madre, casi pegado a ella. Anna acercó su cabeza a la boca de Sam y sintió su respiración, su aire caliente. Lo acarició suavemente para no despertarlo. Había sido un día difícil; durante la tarde el pequeño había tenido una crisis y ella había aumentado la dosis de morfina. No había querido llevarlo al hospital. Había decidido que el niño pasaría sus últimos días en casa. No más pruebas, revisiones, análisis… No soportaba ver sus brazos amoratados por las vías y las sondas, que violaban aquel cuerpecito sin esperanza. No más dolor. Quería ofrecerle paz, consuelo y toda la energía que pudiera trasmitirle. Anna estaba dispuesta a sonreír hasta el final, aunque tuviera que tragarse las lágrimas.

Afuera seguía lloviendo. Sam se encogió y ella le apretó la mano. A pesar de creer que su alma continuaría el viaje, el dolor de perderlo le resultaba insoportable. ¿Por qué era tan difícil aceptar la muerte? ¿Por qué esa resistencia a dejarlo ir? Anna quería atarse a él a cualquier precio, sin importarle las consecuencias. Por eso, unos días antes le habían insertado un DeltaLife. Y si todo funcionaba bien, el aparato actuaría como un cordón umbilical entre Anna y su hijo; le permitiría seguirlo.

Quizás era una irresponsabilidad entrometerse en el destino, pero el sufrimiento le hacía atreverse con todo. Sí, lo sabía, ¿qué derecho tenía ella a volver a aparecer en su vida? El nuevo ser no sería su Sam amado y perdido, sino el hijo de otras personas, y tendría otra familia. Se había obsesionado pensando en ello, pero aquel era el único consuelo que tenía para no enloquecer.

En ese momento el pequeño abrió los ojos.

—¿Podré tener un gatito, mamá? —le preguntó.

Anna asintió. Sam había soñado con un gatito unos días antes y se había encaprichado con la idea de tener uno.

—¿A que no sabes cómo se va a llamar?

Anna negó con la cabeza.

—Nostradamus.

—¿Y ese nombre?

—El abuelo me habló de Nostradamus, un hombre que podía ver el futuro. —Sam hablaba muy bajo. No tenía apenas fuerza—. ¿Cómo será el futuro, mamá?

—No lo sé, cariño —contestó Anna encogiéndose de hombros.

—¿Tú has intentado verlo?

—Lo cierto es que no.

El niño parpadeó lentamente. Tenía el semblante muy pálido.

—Yo sí. Yo puedo ver el futuro. Y veo al gatito.

A pesar de la emoción que le embargaba, Anna sonrió.

—Qué morro tienes, pequeñajo… —dijo a duras penas.

—¿Y sabes qué? Es un gatito negro —pronunció con un hilo de voz.

El niño cerró los ojos y suspiró profundamente.

—Sam…

—Estoy muy cansado, mamá. Tengo mucho sueño.

Anna cogió la muñeca de su hijo; su pulso era cada vez más débil. Sintió la tentación de llamar a Emergencias, como había hecho en otras ocasiones. Quizás ganaría algunos días, algunas horas. Pero se había jurado a sí misma que le permitiría morir en paz.

—Sam… —susurró mientras apoyaba la cabeza sobre su pecho.

Esta vez el niño no reaccionó a su llanto. No sintió la humedad de las lágrimas de su madre mojándole la piel.

Anna apoyó los dedos en la carótida, ya no había pulso. El corazón había dejado de latir. Sam se había ido, como un barquito de papel empujado por la fuerza del río.

«Ya está», se dijo Anna. «Ya está. Descansa, vida mía».

Besó una vez más el cuerpo amado. Se mordió el puño para no gritar, cerró los ojos y deseó un buen viaje a su hijo.

PARTE II
(Cinco semanas después)

NATHAN MOORE
Y RAHNE BRADDOCK

Autopista I-90 Oeste
31 de marzo del 2039, 22:57 horas

El Chevrolet Corvette rojo circulaba por la autopista en dirección Minneapolis a gran velocidad. El Ford de la Policía lo seguía a escasa distancia. Nathan Moore conducía y Rahne, su compañera, una mujer rubia con el pelo muy corto, cercana a la cincuentena, iba en el asiento del copiloto.

—Inténtalo de nuevo —dijo Nathan.

Rahne digitó en su dispositivo y seleccionó con el radar el coche que perseguían. Accionó el comunicador.

—Policía de Chicago. ¡Detenga el vehículo!

El sospechoso escuchó el aviso en los auriculares internos de sus oídos. Era el tercero, pero, al igual que los anteriores, lo ignoró.

Al llegar a un tramo sin curvas, iluminado por hologramas publicitarios, el conductor del Chevrolet pisó el acelerador y adelantó de forma temeraria a los pocos coches que se encontraba en la carretera.

—¡Qué cabrón! —exclamó Rahne—. Se está poniendo a más de doscientos kilómetros por hora.

—Ha manipulado el coche para saltarse las restricciones del Gobierno —dijo Nathan.

El detective agarró con fuerza el volante. Llevaba tres anillos de plata en la mano derecha, en los dedos índice, corazón y anular.

—Conducción temeraria. Conducción temeraria —repitió el navegador de la Policía.

—¡Joder! —protestó Rahne.

Cuando era más joven, ella también era impulsiva, pero con los años se había ido tranquilizando.

—No se nos va a escapar —masculló Nathan.

—Querido, me gustaría llegar a la jubilación. Joseph y yo soñamos con visitar Waikiki Beach algún día —dijo Rahne mientras daba tumbos en el asiento.

Un ligero zumbido en los oídos les indicó que la Policía de Chicago contactaba con ellos.

—Aquí Chester, de la comisaría centro. ¿Me oís?

—Braddock al habla.

—Tenemos la información que nos habéis pedido. El auto que perseguís pertenece a la flota de *Rapid Go*. Lo ha alquilado un tal William McAdams.

—Así que McAdams... —musitó Nathan sin apartar la vista del Chevrolet.

—Espera, espera. Al investigarlo hemos descubierto que ese hombre está ahora mismo fuera del país —explicó Chester.

—Entendido —dijo Rahne—. No estaría mal que hablarais con el verdadero McAdams y que confirme con su banco si ha habido también movimientos extraños en sus cuentas.

—De acuerdo. Por cierto, Marini ha pedido refuerzos. Van de camino.

Nathan chasqueó la lengua. No le gustaba que interfirieran en sus casos.

Tenía que reconocer que no sabían mucho del joven al que perseguían. Hacía un par de horas el Departamento Informático había logrado detectar el envío de dos mensajes encriptados vía satélite desde un apartamento en el barrio de Pilsen. Acudieron a la dirección que les habían dado. Tras conseguir que un vecino les facilitara el acceso al viejo edificio de ladrillo, subieron a la segunda planta. El apartamento que buscaban era el número siete. Habían llamado a la puerta y esperaban respuesta cuando un joven se asomó al pasillo. Al verlos, dejó caer la bolsa con comida que llevaba y se dio a la fuga. Nathan fue el primero en reaccionar y corrió tras él mientras que Rahne los seguía a pocos metros. Cuando salieron del portal, le vieron cerrar la puerta del Chevrolet. Nathan tan solo llegó a golpear el techo del coche antes de que huyera a toda velocidad.

—Cada vez que detenemos a un *hacker* me alegro de trabajar en Chicago —dijo Rahne.

—Yo también. Tenemos suerte de que en Illinois no exista la pena de muerte. Pero ya sabes que en algunos casos el CEP ha conseguido saltarse la jurisdicción para juzgar a *hackers* en otros estados. Lo hacen para dar ejemplo. ¡Mierda! —exclamó Nathan de repente—. ¿Qué es eso?

Los hologramas publicitarios que estaban a ambos lados de la autopista habían aumentado la intensidad de su luz.

—¡Joder! —dijo Rahne, cubriéndose los ojos con una mano.

Nathan presionó en su dispositivo un código para oscurecer los cristales.

—¿Crees que lo ha hecho él?

—No, Rahne. Es Santa Claus, que intenta comunicarse con nosotros.

Los detectives no habían sido los únicos cegados por los hologramas. Un todoterreno blanco golpeó la mediana y, en un intento de recuperar la dirección, rozó el lateral del coche de policía. Nathan logró esquivarlo sin aminorar la velocidad. Aunque los cristales oscurecidos amortiguaban en parte aquella intensa luz, seguía siendo molesta y peligrosa.

El sospechoso cruzó tres carriles de manera inesperada para

tomar una salida de la autopista. Nathan giró bruscamente dispuesto a seguirlo. Estuvo a punto de chocar con un camión del segundo carril, que hizo sonar su claxon mientras frenaba. Rahne miró hacia atrás; dos coches habían colisionado con el camión debido al frenazo, pero no parecía haber ocurrido nada grave. Ellos, por su parte, habían salido ya de la autopista y seguían de cerca al *hacker*.

—¡Maldita sea! —masculló el fugitivo. Vincent todavía no entendía cómo habían podido dar con él—. Llamar a Elise —dijo agitado.

Apretó el volante entre las manos. Escuchó varios tonos. ¿Dónde estaba su hermana? ¿Por qué no respondía? Esperó unos segundos, pero solo oyó el mensaje de audio que le sugería que dejara un mensaje.

—La Policía me está persiguiendo, Elise. ¡Tienes que abandonar el apartamento! ¿Entendido? Te llamo en cuanto pueda. Te quiero, *Sis* —dijo antes de colgar.

Vincent subió el volumen de la música; un tema de Radiohead sonó con fuerza en sus auriculares y disparó su adrenalina. «No me vais a coger», se dijo mientras digitaba de nuevo en su dispositivo.

Tras dar un volantazo, y a pesar de los conos de plástico que anunciaban que el carril de servicio estaba en obras, Vincent se metió en él. La vía discurría en paralelo a la autopista. A lo lejos se veían dos enormes hologramas que comenzaron a emitir una luminosidad excesiva.

—Lo vamos a perder —dijo Rahne.

—Ni lo sueñes —respondió Nathan y aceleró.

De repente, uno de los hologramas bajó sobre el Ford policial. Rahne lanzó un grito. Nathan frenó justo antes de que el vehículo atravesara la intensa luz. En ese momento, el sospechoso dio otro giro brusco, derribó los pivotes que separaban el carril de servicio y se reincorporó a la autopista.

Nathan reanudó la marcha, pero tuvo que frenar una vez más

a la altura de un tercer holograma publicitario. En la imagen 3D, un atractivo joven sujetaba una caja en la que se podían leer las palabras TU FUTURO.

—¿Cómo puede intervenir en la instalación eléctrica con tanta rapidez? —preguntó Rahne.

—No lo sé, pero la autopista parece Times Square.

—Aquí 746. Estamos a la altura de Busse Woods, en la I-90 Oeste. El fugitivo nos lleva ventaja, ¿dónde están los refuerzos? —dijo Rahne a través de la radio.

—¿Desde cuándo necesitamos tú y yo refuerzos? —preguntó Nathan sin apartar la vista de la calzada.

—No seas susceptible. Si se nos escapa, Marini se va a mosquear.

El Chevrolet se aproximaba a una nueva salida de la autopista. Vincent se dispuso a repetir su truco con los carteles 3D, pero esta vez erró el cálculo y el holograma cayó justo delante de su propio coche. El *hacker* se cubrió la cara con una mano y perdió el control. El vehículo se estrelló contra un pilar de hormigón que sostenía un puente sobre la autopista.

—¡Dios! —gritó Rahne.

—¡Mierda! ¡Avisa a Emergencias! —dijo Nathan y frenó el Ford a pocos metros del accidente.

El policía salió del coche y corrió hacia allí. Se preguntaba si el chico había sobrevivido al impacto; el golpe había sido muy violento.

Abrió la puerta del conductor. Por primera vez pudo ver de cerca al fugitivo. Era muy joven. Tenía la cabeza apoyada en el volante y el rostro, cubierto de sangre, estaba vuelto hacia él. A Nathan le impresionaron sus ojos abiertos y la mirada extraviada.

El detective sintió que la adrenalina de la persecución remitía, reemplazada por la angustia. Aquello tenía mala pinta.

El chico abrió la boca y tosió. La sangre salpicó la chaqueta de cuero de Nathan.

—¡Rahne! ¡Maldita sea! ¿Cuándo llega la ambulancia?

Empezaba a caer una lluvia fina, bajo la cual las luces de los hologramas seguían brillando con fuerza.

ANNA CUSACK

Gold Coast, Chicago
31 de marzo del 2039, 23:33 horas

Dormía encogida bajo el edredón cuando el sonido de su dispositivo la despertó. Giró su antebrazo y abrió los ojos, sentía los párpados pesados. Llamada oculta. Tardó unos segundos en reaccionar, todavía envuelta en los brazos del sueño.

—Hija…

Anna detectó un matiz particular en la voz de su padre. Miró la hora: era casi medianoche. Supo que algo había sucedido.

—La luz de Sam se ha encendido —dijo Edmund—. En veinte minutos te recojo, date prisa.

Anna, tambaleante, saltó de la cama y se dirigió al cuarto de baño.

Faltaban unos minutos para la una de la mañana, cuando el Mustang gris se detuvo delante de su apartamento. Anna se acercó al vehículo. Llevaba un abrigo largo y una bufanda negra alrededor del cuello. Al entrar, abrazó a su padre durante unos segundos, apoyando la cabeza en su hombro. Edmund, emocionado, sintió el roce del pelo de su hija en la mejilla. Anna se dejó caer sobre el respaldo del asiento y el coche arrancó.

—Cuéntamelo todo —le pidió a su padre.

—Hace hora y media me llegó un aviso de que el DeltaMother había registrado actividad. Fui a ver la máquina. Y, cuando descubrí que era la luz de Sam la que se había encendido, te llamé de inmediato.

Edmund paró el coche en el semáforo de West Division Street.

—¿Sabes dónde ha nacido? —dijo Anna, llevándose el dedo índice a la sien; sentía un intenso dolor de cabeza.

—No. Lo veremos juntos.

Al ponerse verde el semáforo, reemprendieron la marcha. Las lágrimas corrían por las mejillas de Anna. Se secó el rostro con la manga del abrigo.

—Cuando Sam estaba conmigo, yo tenía que ser fuerte. Sin embargo, desde que se ha ido... Estas semanas han sido las más duras de mi vida.

—Cariño...

Edmund apoyó la mano sobre la de su hija mientras cruzaban el primer puente de Halsted Street.

—Pero ahora ha vuelto —continuó Anna.

—No olvides que no será nuestro Sam.

Edmund no quería ser cruel. Sin embargo, sabía que era importante insistir en ello.

—Puede que me recuerde —dijo Anna—. Los niños a veces conservan recuerdos de vidas anteriores. ¡Yo de pequeña recordaba cosas, papá! No sabía explicarlas ni qué significaban, pero aquellas sensaciones me acompañaron mucho tiempo.

—Lo sé. Pero insisto: Sam no será Sam. No será tu hijo, no será mi nieto. Tendrá unos padres, una familia.

Anna sintió que se estaba mareando y, a pesar del frío que hacía fuera, bajó ligeramente la ventanilla.

—¿Estás bien?

—Sí. ¿Falta mucho?

—Vamos al 345 de North Western Ave. No tardaremos.

Edmund atravesó North Ogden Ave para coger West Lake Street.

—Ya estamos —anunció unos minutos después.

Aparcó el Mustang frente a un edificio de cuatro alturas. La calle estaba desierta.

—¿Es aquí? —preguntó Anna mirando por la ventanilla.

—Sí.

Edmund se puso un sombrero Classic Traveller de fieltro que llevaba en el asiento trasero. Anna se sacó el pelo por fuera de la bufanda, procurando que cubriera parte de su rostro, y se puso un gorro azul de lana. Abrió la puerta del coche. Su padre la imitó.

—Papá, ¿has visto eso? —preguntó Anna al fijarse en el letrero que había en la entrada—. ¡Qué ironía! El almacén se llama…

—Lo sé, se llama Life Storage* —dijo Edmund.

Anna se cubrió la boca con la mano para evitar una risa nerviosa. Su padre no recordaba cuándo había sido la última vez que la había visto reír y aquella risa inesperada se le contagió.

—Cualquiera que nos vea… —dijo Anna.

Intentaban dejar de reír, pero cuanto más se esforzaban más fuerte era su carcajada. El vaho escapaba de sus bocas.

—Sigamos —pidió Edmund, recuperando la compostura.

Miró a ambos lados para comprobar que no había nadie cerca. Dejaron a un lado el edificio donde se encontraban las oficinas y se dirigieron a la zona de almacenaje. Para acceder a ella, Edmund pasó su dispositivo por el lector. GUSTAV BLAKE, BIENVENIDO, decía el mensaje que apareció en la pantalla. La barrera de metal se elevó.

Dentro, los boxes estaban a ras del suelo, como si fueran garajes individuales. Anna contó el número de puertas frente a las que pasaban; se detuvieron en la octava. Edmund volvió a utilizar su dispositivo. La persiana metálica se elevó y les permitió el paso a un espacio habilitado a modo de oficina. Sobre un mueble accesorio de acero se encontraba el DeltaMother, la máquina que Anna había visto por última vez hacía más de un mes, cuando a Sam le insertaron el DeltaLife.

Envueltos en un tenso silencio, Edmund señaló unos taburetes

---

* Life Storage es una cadena de locales para almacenamiento que se utilizan principalmente como guardamuebles. Su nombre se traduce como «almacenamiento de por vida», aunque literalmente sería «almacenamiento de vida».

de metal y se sentaron. Encendió el DeltaMother, que estaba en reposo. Tres, dos, uno. En la pantalla se podían ver dos líneas; una de ellas correspondía a Yumiko y la otra a Sam. A la izquierda de la ventana en la que aparecía el nombre del niño había un pequeño círculo de luz azul encendido. Edmund clicó nervioso sobre la casilla y se abrió un desplegable con dos pestañas: LOCALIZACIÓN y VÍDEO. Pulsó «localización». Un mapamundi dio vueltas ante ellos. El mundo. La luz. Sam. El globo dejó de girar y se detuvo. Edmund amplió la imagen.

—Está en África.

Anna se había quitado el gorro y lo apretaba entre sus dedos.

—En un poblado de... Namibia —señaló Edmund.

«Namibia», repitió Anna en su cabeza. No sabía nada sobre ese país.

—¿Por qué? ¿Por qué allí?

—No lo sé, hija. ¿Pongo las imágenes que ha grabado su DeltaLife?

Anna, incapaz de articular palabra, asintió. Edmund pulsó ahora la opción «vídeo» y en la pantalla apareció la cara de su hija, grabada unas semanas antes. Eran las primeras imágenes que Sam había visto tras la inserción del DeltaLife. «Este aparatito nos permitirá saber siempre dónde estás», le decía a su nieto. Le acariciaba el pelo. A continuación, Michael Guthrie, el médico que había realizado la inserción, se despedía de ellos.

Edmund adelantó la secuencia y vieron pasar a cámara rápida los últimos días de Sam.

—¡Para! —dijo Anna y agarró la mano de su padre con fuerza.

Aquel era el último fragmento de grabación registrada por la cámara del niño, el momento antes de que falleciera. «Estoy muy cansado, mamá. Tengo mucho sueño». Anna sintió como si se rompiera por dentro al revivir el recuerdo del último suspiro de su hijo. Después llegó la oscuridad, el fundido a negro. La cámara había dejado de grabar. Durante unos segundos tan solo oyeron sus propias respiraciones en el silencio del box.

Entonces, una imagen fugaz y un chisporroteo alteraron la negrura. A la vez se reactivó el audio y escucharon voces femeninas que gritaban en un idioma desconocido para ellos. La pantalla se iluminó y Edmund y Anna entornaron los ojos. Las voces se acallaron para dejar paso al llanto de una criatura.

Anna, impresionada, cruzó los brazos sobre el pecho. Recordó el nacimiento de Sam y el dolor del parto. Sin embargo, aquel dolor no era nada comparado con el de la pérdida de su pequeño. Dolor. Nacimiento y muerte. Tenía un nudo en la garganta y apenas podía respirar.

—Papá... ha vuelto. Sam ha vuelto —murmuró.

—Una energía tan hermosa no podía desaparecer —dijo Edmund, conmovido.

El DeltaMother mostraba ahora unas manos. La piel oscura vista tan de cerca hizo pensar a Edmund en un mapa gigantesco. Vieron telas de colores y unos ojos negros que se acercaban a la cámara. Anna y Edmund supieron que eran los de la mujer que había dado a luz al bebé en el que se había reencarnado Sam. El recién nacido miraba a su madre. Aquellos ojos se acercaron a la cámara hasta quedar difuminados.

Unos segundos después, la pantalla se oscureció y se dejaron de recoger imágenes.

—¿Qué sucede? —preguntó Anna, alarmada.

—Creo que el bebé se ha dormido. Ha cerrado los ojos —respondió Edmund—. Está cansado, Anna. Nacer cansa.

MARÍA GÓMEZ

Las puertas se abrieron y dos enfermeros entraron precipitadamente empujando una camilla.

El doctor Stewart se acercó con agilidad.

—¿Qué me traes, Larry? —preguntó mientras caminaba junto a la camilla.

—Joven de unos veinte años en estado grave. Ha sufrido un accidente de coche durante una persecución policial —respondió el enfermero.

—Traumatismo craneoencefálico, politraumatismo severo y hemorragias internas —añadió el segundo sanitario.

—Pasadlo al box número dos. Vamos a examinarlo. ¡Ya! —gritó el doctor.

Unos segundos después, el equipo médico rodeaba al herido. Dos enfermeras cortaron la ropa sintética del paciente para desnudarlo. Una tercera utilizó un bisturí para extraer el dispositivo de su antebrazo. Mientras preparaban todo para llevar al paciente a Radiología, el doctor Stewart, tal y como señalaba el protocolo, hizo entrega del dispositivo a la asistenta social que esperaba en la puerta de la sala.

—Señora Gómez, necesitamos el historial médico del paciente y datos de su seguro médico. Es urgente —dijo el doctor—. Y localice a los familiares. Está muy grave.

Stewart empujó las puertas batientes y regresó de inmediato con su equipo. María suspiró. Llevaba tres años trabajando como asistenta social en Urgencias del Hospital Saint Joseph. Se encargaba de conseguir la información de los pacientes. Además, realizaba la comunicación con los familiares y gestionaba los tratamientos médicos y los costes con las empresas aseguradoras. En caso de fallecimiento, también tramitaba la posible donación de órganos.

Se dirigió a su despacho con el dispositivo en las manos. En el pasillo pulsó el código de emergencia del aparato. «¿Qué sucede?», se preguntó. Tras varios intentos, tuvo que reconocer que estaba bloqueado. Aquello era algo muy extraño; los dispositivos eran prácticamente irrompibles y todos ellos tenían un código establecido por ley que permitía acceder a la información vital en caso de accidente. Eran muy difíciles de manipular y tenían un estricto control gubernamental.

En ese momento el dispositivo vibró. Tenía una llamada entrante. *Elise*, indicaba la pantalla que se acababa de activar.

María pulsó la tecla de respuesta. Pronto escuchó una voz femenina.

—*Allô?* Vincent?

—Me llamo María Gómez. Soy asistenta social del Hospital Saint Joseph de Chicago. —No le extrañó que no hubiera respuesta al otro lado, sabía el efecto que producían sus palabras—. Está usted llamando al dispositivo de una persona herida en un accidente de coche. Acaba de ingresar en Urgencias. ¿Es usted un familiar? —dijo María mientras se apartaba un mechón de pelo de la cara en un gesto reflejo.

—Dígame, por favor, ¿cómo está? —preguntó Elise con voz nerviosa.

Hablaba en inglés, con un leve acento francés.

—Su situación es muy grave.

María escuchó una especie de quejido al otro lado. Durante unos instantes se produjo un tenso silencio.

—Voy para allá. Intentaré llegar lo antes posible.

Tras la breve conversación, la pantalla del dispositivo se oscureció de nuevo. Tan solo había funcionado para recibir aquella llamada. María, ya en su oficina, se sentó y volvió a marcar el código de emergencia. Tampoco esta vez tuvo éxito. En ese momento James, un enfermero del equipo de coordinación, entró en el despacho.

—¿Tenemos identificación e historial médico?

—No he conseguido ninguna información, el dispositivo está bloqueado.

—¿Bloqueado?

—Así es.

—En cualquier caso, voy a informar al equipo de que no tenemos nada —dijo James.

Cuando María se quedó sola sintió un pellizco en el estómago. Tenía un mal presentimiento.

HINO STANFORD

DuSable Bridge, Chicago
1 de abril del 2039, 00:29 horas

Se encontraba en pleno centro de la ciudad, pero no recordaba cómo había llegado allí. Se miró las manos, no llevaba guantes. Sintió el frío y la humedad extrema y para amortiguarlos tuvo el impulso de correr. Se dirigió al norte por Michigan Ave. En la calle había mucha gente, pero ¿qué hora era?

Cuando entró en la plaza de la antigua sede del periódico *Chicago Tribune*, ahora uno de los edificios de PublicSquare, un mendigo, que estaba sentado en el suelo sobre unos cartones, le gritó:

—¿La has visto? ¿La has visto?

Hino se asustó y pasó de largo. Observó los neones de la plaza. Su respiración era acelerada. Una mujer rubia con un abrigo negro se le acercó.

—¿Ya la has encontrado? —le preguntó.

—¿Quién es usted? ¿Por qué me dice eso? —quiso saber Hino, angustiado.

La mujer prosiguió su camino a paso acelerado.

—¡Espere!

El chico corrió para alcanzarla. Cuando estaba a punto de conseguirlo, un hombre se interpuso entre ambos. Apoyó una mano en su hombro y lo miró fijamente con sus grandes ojos verdes.

—¿La has reconocido?

—¿De qué me habla?

El extraño se alejó sin contestarle. En ese momento, le pareció oír la voz de su madre.

—Hino, hijo mío.

—¿Mamá? —preguntó y le afloraron unas lágrimas—. ¿Dónde estás?

Desorientado, dio una vuelta sobre sí mismo. La iluminación era amarillenta, como la yema de un huevo. Era una luz rara que no había visto nunca. La gente había desaparecido; no había nadie en la plaza excepto ella. Estaba junto a los pórticos de la galería comercial, de espaldas, pero la reconoció de inmediato. El pelo negro, largo y fino le caía por la espalda. Llevaba su abrigo azul turquesa. Caminaba con prisa.

—¡Mamá! ¡Mamá! ¡Espera!

Corrió hacia allí, pero ella giró y desapareció tras el ángulo de las galerías. Tenía que alcanzarla. Ya le faltaba poco. Cuando por fin atravesó el pórtico y dobló a la derecha, su madre no estaba allí.

—¿Qué está pasando? —gritó.

Entonces escuchó una voz tras él.

—Hino, hijo mío.

Se volvió y de nuevo la vio de espaldas. Reconoció también sus botines amarillos. Empujaba un carrito con un bebé. «Ahora sí», se dijo. Y corrió con todas sus fuerzas para alcanzarla. La abrazó por detrás.

—¡Mamá!

La mujer se volvió y le miró extrañada. No era su madre. Hino se sintió aturdido. Su corazón latió con fuerza en su pecho. Recordó aquella vez en que, de niño, se desorientó entre la multitud y agarró sin querer la mano de una desconocida. Sintió una tremenda angustia, la misma que sentía ahora.

La mujer le sonrió. Entonces escuchó una última vez la voz de su madre.

—Hijo mío, me has encontrado.

No, no era la mujer quien le hablaba. La voz provenía del cochecito. Se asomó y observó con inquietud al bebé.

—¿Mamá?

Hino se despertó con el corazón desbocado.

—Mamá, mamá, mamá —sollozó.

ELISE DUBOIS

Hospital Saint Joseph, Chicago
1 de abril del 2039, 01:32 horas

La joven se detuvo frente al cartel informativo que había en la recepción; las oficinas de asistencia social se encontraban en el ala oeste, cerca del Área de Urgencias. Se quitó la chaqueta térmica y se dirigió hacia allí a buen paso. A esas horas de la noche no se encontró a nadie en los pasillos. Cuando llegó, comprobó que solo había luz en uno de los despachos, cuya puerta estaba entreabierta. Llamó con los nudillos y a continuación asomó la cabeza. Una mujer, vestida con una bata blanca, estaba sentada a un escritorio revisando documentos en una pantalla holográfica. Levantó la mirada. Tenía unos bonitos ojos oscuros y una melena castaña que le caía sobre el pecho.

—¿Puede ayudarme? Quiero hablar con María Gómez.

El ligero acento de Elise hizo que María la reconociera de inmediato; era la persona con quien había hablado hacía una hora. Le sorprendió su juventud. Era alta y vestía un mono de neolátex de color verde oscuro que se ajustaba a su cuerpo fuerte y bien formado. Su pelo azul hacía juego con sus ojos.

—Soy yo —contestó.

Se levantó y se acercó a la recién llegada. Se saludaron con un apretón de manos.

—Me llamo Elise Dubois, soy la hermana de Vincent. —Al

pronunciar el nombre de su hermano se le llenaron los ojos de lágrimas—. Dígame, ¿cómo está? ¿Qué ha ocurrido?

—Su situación es muy grave. Llegó inconsciente, con múltiples heridas y un traumatismo craneoencefálico.

—Pero se va a poner bien, ¿verdad?

—Está en coma. Hay que esperar a ver su evolución. Las próximas horas son decisivas.

Elise reprimió una mueca de dolor. María conocía ese gesto: era la respuesta habitual a una terrible noticia.

—Hay algo más —continuó la asistenta social—. El accidente tuvo lugar durante una persecución policial.

Elise permaneció en silencio. Aquella información no la pillaba por sorpresa, había escuchado el audio de advertencia que Vincent le envió antes de colisionar.

—Tengo que avisar de que estás aquí. Es mi obligación —dijo María.

—Pero…

Elise se mordió el labio inferior, nerviosa.

—El protocolo obliga a… —continuó María.

La chica la agarró del codo. Lo hizo con suavidad, pero había una particular determinación en el gesto. Sus ojos azules se encontraron con los ojos oscuros de María.

—Por favor —rogó Elise en un susurro. La asistenta social podía sentir la desesperación de la chica—. No llame, no lo haga todavía. Tengo que verle. Aunque solo sean unos minutos, por favor.

—No puedo hacerlo, lo siento.

—Póngase en mi lugar —suplicó Elise—. Si usted tiene a alguien a quien ama con todo su corazón, podrá comprenderme.

Parecía a punto de echarse a llorar. María titubeó.

—Ven conmigo —dijo finalmente.

Elise la siguió hasta la Sala de Cuidados Intensivos. Atravesaron un largo pasillo blanco de luz fluorescente. Se detuvieron ante una puerta, cuya parte superior era de cristal.

La chica se asomó y pudo ver el interior de la habitación. Allí estaba su hermano. Le impresionó ver su rostro hinchado a causa de los hematomas. Le habían rapado la melena granate. Tenía varios sensores pegados a su cuerpo desnudo y un respirador artificial conectado a la tráquea. Dio un paso atrás, lívida.

—Quiero hablarle. Tiene que saber que estoy aquí.

Entonces María cayó en la cuenta del parecido que había entre los hermanos.

—¡Sois gemelos!

Elise asintió.

María la ayudó a ponerse el traje antiséptico sobre la ropa, a recogerse el pelo y a colocarse el gorro y la mascarilla.

—Tienes solo unos minutos —le dijo antes de que entrara en la sala.

María estaba asustada; se estaba dejando llevar por sus emociones. No quería pensar qué sucedería si descubrían que se había saltado el protocolo. Sin embargo, miró hacia el interior de la sala y se conmovió.

—Vincent, Vincent. Estoy aquí —murmuró la chica.

Acarició el brazo de su hermano hasta llegar a la venda que cubría la zona de la que habían retirado el dispositivo. Presionó levemente la piel fría, pero él no reaccionó. Elise tenía un nudo en la garganta que le impedía respirar con normalidad.

—No contesté a tiempo tu llamada.

Elise recordó el rostro de la universitaria pelirroja con la que había quedado en un hotel del centro de la ciudad tras contactarla a través de Meetup.

—¡Joder, Vincent! Perdóname. Yo haciendo el amor con una desconocida y tú... —Elise comenzó a sollozar—. Te necesito conmigo. Te necesito a mi lado, *big brother.*

María golpeó el cristal para llamar su atención. La chica le hizo un gesto rogándole que le dejara unos segundos más. La asistenta movió la cabeza de un lado a otro; no había más tiempo.

María le ayudó a quitarse la ropa antiséptica.

—Vamos —le dijo mientras caminaba apresurada por el pasillo vacío.

Al volver a la oficina, suspiró aliviada. Elise, sin embargo, se retorcía las manos en un gesto de preocupación.

—¿Y ahora qué? ¿Vas a llamar a la Policía? No lo hagas, por favor. Necesito volver a verle. Te lo suplico. —La asistenta dudó, se sentía desbordada por la situación—. Tengo que estar junto a él... —insistió Elise.

—Vete —musitó María, dejándose dominar por la pena que aquella joven le inspiraba.

—No te preocupes. Borraré todo rastro de mi visita y de nuestra conversación —dijo Elise.

—¿Tú? —preguntó María, sorprendida—. Entonces, ¿eres *hacker*? Y tu hermano también, ¿verdad? Por eso no pude acceder a su dispositivo.

Elise no contestó su pregunta.

—Entrar en el sistema de seguridad y manipular imágenes es algo muy sencillo. Lo haré en cuanto salga de aquí.

María asintió. Solo deseaba que la chica se fuera y que eliminara toda huella de su presencia en el hospital.

—Gracias —le dijo Elise antes de abandonar el despacho.

María se sentó en su silla. Apoyó los codos en la mesa y se cubrió el rostro con las manos.

LEBAB

West Pullman, Chicago
1 de abril del 2039, 05:10 horas

El lugar de encuentro era un antiguo edificio de oficinas construido a mitad del siglo xx. Se localizaba en las inmediaciones de las antiguas escuelas West Pullman. Habían convocado la reunión con muy poca antelación, Edmund había enviado un mensaje a medianoche.

Él y Michael fueron los primeros en llegar. Aunque la cita era a las cinco y media, se habían acercado antes para prepararlo todo. El edificio no se utilizaba desde hacía más de diez años. Tras comprobar que las calderas no funcionaban y los desperfectos eran numerosos, escogieron una antigua sala de conferencias del piso superior que estaba en mejores condiciones que el resto. Cubrieron con plástico el cristal roto de una ventana. A continuación, mientras Michael colocaba las sillas, Edmund encendió unos calefactores antiguos que encontraron en el pequeño almacén de la planta inferior.

—No había visto nunca esos aparatos —dijo Michael.

—Eso confirma lo viejo que soy —respondió Edmund con una sonrisa.

—¿Seremos muchos en la reunión?

—A pesar de que no son horas, he recibido confirmación de más de diez miembros. Vendrán Olga, Sally, Owen, Tucker, Alfonse...

—¿Y Anna?

—Anna también.

—Edmund, ha pasado algo, ¿verdad?

Desde que habían llegado, a Michael le había llamado la atención el enigmático semblante de su amigo.

—Prefiero esperar a que estén todos. No te importa, ¿verdad? ¿Y María? ¿No vendrá?

—Está de guardia.

Michael puso en funcionamiento las cafeteras. No les vendría mal una taza de café para combatir el frío, todavía invernal. Edmund comprobó que el proyector estaba encendido.

Unos minutos antes de la hora acordada llegaron algunos asistentes. Aunque habían madrugado, se los veía alegres. Esperaban buenas noticias. Unos y otros se fueron abrazando. En total eran unas quince personas. Tomaron asiento ordenadamente.

Anna fue la última en entrar.

—Perdonad, llego tarde —se disculpó mientras se sentaba en una silla al lado de la periodista Sally Leigh.

Edmund hizo un gesto con la mano a modo de saludo. Estaba nervioso, deseaba empezar ya. Carraspeó para llamar la atención de los asistentes.

—Lebab —dijo.

—Lebab —le contestaron.

—Queridos amigos, perdonad la urgencia de la convocatoria. Pensaba organizar una reunión la semana que viene, pero la he adelantado debido a una importante noticia. —Edmund tomó aire y miró a su hija—. Una de las luces se ha encendido. Uno de los DeltaLife ha regresado.

Un murmullo recorrió la sala, los asistentes se miraban unos a otros con expresiones de júbilo. Anna agachó la cabeza y se mordió los labios. Sally apoyó la mano en el hombro de su compañera.

—Hemos logrado probar científicamente la reencarnación —dijo Edmund con rotundidad.

—Esto supondrá un hecho histórico —intervino Sally.

—Lo será —respondió Edmund.

En ese momento, Michael se puso en pie y empezó a aplaudir. Uno a uno, los miembros de Lebab le imitaron. Owen, Sally, Alfonse... El mismo Edmund se unió a ellos en el aplauso.

—Los esfuerzos de estos años no han sido en vano —afirmó Edmund, visiblemente emocionado—. Tengo que daros las gracias a todos vosotros. Sin vuestra confianza y apoyo no lo habríamos logrado.

—¡Es maravilloso! —exclamó Sadashi.

—Se trata de Yumiko, ¿verdad? —preguntó Sally.

—No —respondió Edmund—. La primera luz que se ha encendido ha sido la del niño, el segundo DeltaLife que insertamos.

Se hizo el silencio.

—Pero ¿por qué? —preguntó Owen, que se sentaba en la primera fila—. Si Yumiko falleció antes, ¿por qué se ha reencarnado primero el niño?

Edmund se encogió de hombros; Anna y él se habían hecho la misma pregunta.

—Se dice que la reencarnación está relacionada con lo que se deja atrás, con el apego al mundo que se abandona —intervino Michael.

—Los niños tienen menos lazos, menos anclas. Son inocentes —añadió Olga.

—En este momento son muchas las preguntas para las que no tenemos respuesta. Pero hay más cosas que quiero contaros. El DeltaMother, además de avisarnos de que la luz se ha encendido, nos ha permitido también ver dónde y cómo ha sucedido. —Un nuevo murmullo recorrió la sala—. Por el momento, no voy a dar muchos detalles. Pero sí puedo deciros que la reencarnación ha tenido lugar en África. Voy a poner las imágenes recogidas por la cámara del DeltaLife cuando se rematerializó.

Edmund pulsó un código en su dispositivo para compartir pantalla con el proyector. Los asistentes permanecieron en un expectante silencio.

—¿Qué se supone que estamos viendo? —intervino Alfonse.

—Es lo que ven los ojos del portador del DeltaLife, en este caso el recién nacido —explicó Edmund.

—¿La familia del niño fallecido está al tanto de que se ha reencarnado? —preguntó Owen.

—Lo sabe, sí —dijo Edmund, acompañando sus palabras con un leve movimiento de cabeza.

A Anna se le humedecieron los ojos. Era la segunda vez que veía aquellas imágenes y la emoción la embargó nuevamente.

—¿Van a establecer contacto con la familia del bebé? —continuó Owen.

—Sí. Van a intentarlo —respondió Edmund.

—Esto va a cambiar el mundo —dijo un joven al que llamaban Teo.

—Ese ha sido siempre nuestro objetivo —afirmó Edmund—. La Biblia cuenta que los hombres intentaron construir una torre que llegara hasta el cielo. La llamaron la «torre de Babel». Pero Dios, enfadado por la ambición y osadía de los hombres, decidió castigarlos. Los confundió, de forma que no se entendieran los unos con los otros y no pudieran lograr su propósito. Fue así como surgieron las lenguas y los hombres, que hasta ese momento hablaban un idioma único, ya no pudieron entenderse. Abandonaron el proyecto de construcción de la torre y la humanidad se dispersó por el mundo entero.

»Babel representa la falta de entendimiento entre las personas. Y nosotros elegimos precisamente esa palabra escrita al revés, Lebab, porque aspiramos a crear un lenguaje común de solidaridad. —Los asistentes escuchaban atentamente a Cusack—. Os cuento esto para recordar nuestras aspiraciones. Y para insistir una vez más en que nunca ha habido en la historia de la humanidad una oportunidad semejante para cambiar el mundo. Sabemos que el alma de las personas que hemos amado sigue su camino y que se puede reencarnar en otro país, en otra raza, seguramente en otro género. —Edmund alzó las manos y tomó aliento—. ¿Nuestro descubrimiento no hará que seamos más generosos con el prójimo? Imaginad cómo pueden reaccionar millones de personas al saber que sus seres amados viven en circunstancias distintas, quizás en situaciones desesperadas. En países arrasados por la enfermedad o la guerra. ¿No despertará este pensamiento la empatía de unos seres humanos con otros?

—Habrá corrientes de reconocimiento y de unión entre personas y pueblos hasta ahora impensables —dijo Olga.

—Pero recordad que tenemos que ser precavidos —continuó Edmund—. Ahora somos más peligrosos que nunca para el Gobierno. No olvidéis que han desaparecido varios de nuestros miembros.

—¿No ha habido ninguna novedad? —preguntó Sally.

—Por desgracia, seguimos sin tener noticias de ellos.

El sonido de un dispositivo interrumpió a Edmund. Michael, que se sentaba en la última fila, se apresuró a silenciarlo. Pensó que se trataba de una urgencia del hospital, pero mientras lo comprobaba los dispositivos de otros asistentes sonaron también. Todos ellos habían recibido el mismo mensaje.

—Se acaba de violar el acceso al dispositivo de V-Deroid, uno de nuestros *hackers* —dijo Michael poniéndose en pie y leyendo el mensaje en voz alta.

Otros miembros de Lebab también se levantaron, asustados.

—¿Qué significa eso? —preguntó Sally, alarmada.

—Mantengamos la calma —dijo Edmund con voz firme.

—Pero nuestros *hackers* tienen protegidos sus dispositivos y toda la información, ¿no? —dudó Michael.

—Así es. Este es un mensaje de precaución —intervino Edmund—. Evitemos el pánico, pero vamos a dar la reunión por finalizada. Salgamos del edificio ordenadamente.

Los asistentes se dispusieron a abandonar el lugar. Se dividieron: unos tomaron el montacargas, otros las escaleras principales y un tercer grupo las de emergencia. En un silencio tenso, salieron al exterior y se dispersaron.

Edmund, Anna y Michael iban juntos.

—Tú vete a casa —le dijo Edmund a su hija—. No tienes mucho tiempo.

—¿Y tú qué harás? —preguntó ella.

—Yo tengo que hablar con nuestros *hackers* para saber qué ha sucedido. Bloquearemos las comunicaciones hasta que sean de nuevo seguras.

—Está bien. Voy a acabar de hacer la maleta y a recoger mis cosas —dijo Anna.

Esperaba que el mensaje recibido no interfiriera en sus planes; el avión a Namibia salía en tres horas.

—Entonces, partes ya… —dijo Michael—. Suerte.

—Gracias —respondió Anna.

—Michael, por seguridad, ¿podrías cambiar el DeltaMother de sitio? —preguntó Edmund.

—Yo me ocupo.

Los tres se despidieron con un abrazo. La tímida luz del amanecer se empezaba a intuir entre las nubes.

NATHAN MOORE

Portage Park, Chicago
1 de abril del 2039, 06:23 horas

La vibración de una llamada de emergencia le despertó. Todavía confuso, se incorporó de la cama y observó la pantalla en su antebrazo. Se trataba del jefe de Policía, Marini. Nathan se levantó para no despertar a Pablo y salió de la habitación antes de descolgar.

—Marini, ¿ocurre algo?

—Buenos días, Moore, ¿le pillo bien?

Nathan llevaba puesto un pijama corto, tenía el torso desnudo e iba descalzo. Cogió un jersey que estaba colgado en la entrada y se lo puso.

—Sí, dígame —respondió.

—Le llamo por el *hacker* que intentaron detener ayer. Sé que ingresó en el hospital pasada la medianoche —dijo Marini.

—Sí, tras la llegada de las ambulancias fuimos a registrar su apartamento —respondió y se dejó caer en el sofá.

—Pero no encontraron ningún equipo informático…

—No tardamos en conseguir la orden de registro, pero cuando entramos el apartamento ya estaba limpio.

—¿Alguien lo vació?

—Eso creo.

—Moore, su turno empieza a las cinco de la tarde, pero

124

necesito verle antes. Pásese a las dos por la comisaría —dijo Marini.

—¿De qué se trata, señor? —preguntó Nathan.

—Le espero en la sala de reuniones número tres. ¡Ah! Venga sin la detective Braddock, esto le atañe solo a usted.

—De acuerdo. Allí estaré.

Nathan escuchó un sonido a su espalda. Al volverse, se encontró a su marido. Se había puesto una sudadera azul y le miraba con extrañeza.

—¿Qué haces despierto tan pronto?

—Voy a la cocina a por un vaso de agua, ¿puedo? —contestó Pablo con ironía.

Nathan lo siguió.

—Siento haberte despertado.

—¿Quién era?

—Marini tocando los cojones —respondió Nathan mientras le pasaba un vaso de agua.

—¿A estas horas? ¿Qué quería?

—Tengo una reunión a las dos.

—¡Vaya! Nos ha fastidiado el almuerzo —se quejó Pablo—. ¿Y por qué te ha convocado?

—Un asunto con un *hacker*. Parece algo gordo —dijo Nathan.

Pablo se bebió el agua y dejó el vaso en la encimera.

—¿Volvemos a la cama? —preguntó.

—No se me ocurre nada mejor que hacer. ¿Y a ti?

Al llegar al dormitorio, Pablo hizo fuerza con los brazos, se incorporó ligeramente de la silla de ruedas y se sentó en la cama.

—Nat, sé que he estado tenso últimamente, no tenía ganas de nada, pero quiero que sepas…

—Shhh.

Nathan le puso el dedo índice en los labios. A continuación, le besó despacio mientras acariciaba su nuca.

MARÍA GÓMEZ

Área de Neurocirugía, Hospital Saint Joseph, Chicago
1 de abril del 2039, 07:35 horas

En la sala de espera había dos parejas que hablaban en voz baja. María estaba sentada en una esquina, apartada y muy nerviosa. Hacía dos horas que había recibido un mensaje encriptado de Lebab que advertía de la posible vulneración del dispositivo de uno de sus *hackers*. Desde entonces, había intentado hablar con Michael en varias ocasiones, sin éxito. Al acabar de trabajar, había ido a buscarle a su despacho. Sin embargo, este estaba cerrado. Su novio era siempre puntual y tendría que haber comenzado a pasar consulta a las siete, la misma hora en la que ella acababa el turno. ¿Dónde demonios estaba? ¿Por qué no respondía sus llamadas?

María sabía que Michael había acudido a una reunión de Lebab a las cinco de la mañana. ¿Había sucedido algo allí? Obsesionada, recordó a los compañeros desaparecidos hasta la fecha. Estaba a punto de echarse a llorar. ¿Y si la reunión había sido una trampa? ¿Y si no había sido Edmund el que los había convocado, sino alguien que quería capturarlos?

Un hombre, vestido de gris y con un maletín en la mano, se asomó a la salita. María tuvo la impresión de que la observaba. Evitó mirarle. Se estaba dejando llevar por el pánico. El hombre saludó a un médico en el pasillo; se trataba de un comercial de productos farmacéuticos. María suspiró. Tenía que mantener la calma.

En ese momento vio a Michael, que caminaba a grandes zancadas en dirección a la consulta. Llevaba el plumífero amarillo que le había regalado el invierno anterior. Al hospital solía llevar su abrigo, lo que quería decir que probablemente no había pasado por casa. María se acercó con discreción; él se dio la vuelta al sentir una presencia a su espalda. Le dedicó una sonrisa mientras apoyaba su dispositivo en el sensor del despacho y le hizo un gesto con la mano para que entrara. Cerraron la puerta tras de sí.

—¡Michael! —exclamó ella y lo abrazó con fuerza—. Tenía miedo de que te hubiera pasado algo.

—Tranquila, estoy bien.

—Recibí un mensaje, y luego, al no encontrarte...

María no pudo evitar que su voz se rompiera.

—Escúchame, no dejes de abrazarme. Así las cámaras no podrán registrar el movimiento de nuestros labios.

—Dime qué ha sucedido —susurró María.

—Durante la reunión todos recibimos el mismo mensaje. Edmund dio por terminado el encuentro, pero, por seguridad, yo tuve que cambiar el DeltaMother de sitio. Nuestros *hackers* bloquearon los sistemas de comunicación durante unas horas. No pude avisarte. No quería arriesgarme a llamarte y que nuestra conversación quedara registrada —dijo Michael al oído de María.

—¿Están todos bien?

—Sí. Y las comunicaciones se han recuperado hace unos minutos. Parece que todo ha vuelto a la normalidad.

Michael besó fugazmente a María en los labios. Se quitó el plumífero y sacó una bata que tenía en un pequeño armario.

—Tengo que pasar consulta. Llevo mucho retraso —afirmó mientras encendía la pantalla de su escritorio.

—De acuerdo. Yo me voy a casa. Voy a dormir un poco —respondió María, intentando sonreír.

—Te quiero otra vez —le dijo Michael.

—Te quiero otra vez. Ven cuanto antes.

María pasó ante los pacientes que esperaban fuera. Se dirigió hacia el *parking* del personal, inmersa en sus pensamientos. Michael estaba bien, sin embargo, la angustia no desaparecía.

¿Y si la Policía descubría que ella había respondido a una llamada desde el dispositivo del *hacker* malherido? Y no solo eso, también estaba la presencia de su hermana en el hospital... Todo había sido grabado por las cámaras de vigilancia. Se preguntó si Elise habría conseguido borrarlas, tal y como le prometió.

No podía dejar de dar vueltas a todo aquello. Además, desde que había recibido el mensaje, había algo más que la preocupaba. ¿Y si Vincent fuera V-Deroid, el *hacker* del que hablaba el mensaje?

Visiblemente turbada, salió al *parking* al aire libre. Se acercó a su Smart y digitó en su antebrazo para abrirlo. Sentada en el interior, cayó en la cuenta de que no le había preguntado a Michael cuál había sido el motivo por el que la reunión de Lebab se había convocado con tanta urgencia. Tendría que esperar a que su novio llegara a casa. Entonces hablarían tranquilos.

NATHAN MOORE

Departamento de Policía de South Loop, Chicago
1 de abril del 2039, 13:52 horas

El detective miró su dispositivo, faltaban unos minutos para las dos. Bostezó. Tras la llamada de Marini no había vuelto a dormir. Dio un último sorbo al café que había sacado de la máquina, aplastó el vasito entre las manos y lo tiró a una papelera.

A las dos en punto, Nathan llamó a la puerta y se asomó. Las paredes de la sala de reuniones eran de hormigón pulido y la luz del techo caía sobre una mesa ovalada en la que había un proyector holográfico de última generación. Alrededor de la mesa se sentaban cuatro personas. Una de ellas era el inspector jefe Marini, pero a las demás no las había visto nunca.

—Adelante, señor Moore —dijo Marini a la vez que se levantaba.

Las otras tres personas, una mujer y dos hombres, le imitaron.

—Le presento a Carol Stevens, directora adjunta asociada del FBI —explicó Marini.

«Joder», pensó Nathan. Aquella mujer tenía uno de los cargos más importantes del FBI. «¿De qué va todo esto?», se preguntó.

—Encantado —dijo Nathan estrechando su mano.

—Él es Douglas Morgan, el comandante jefe del CEP en Chicago —siguió Marini.

—¿Qué he hecho yo para reunir aquí a tan altos cargos del

CEP y del FBI? —preguntó Nathan mientras apretaba la mano de Morgan a modo de saludo.

El comandante jefe permaneció impasible ante la broma, ni un solo músculo de su rostro se alteró.

—Y él es el agente Matt Sanders —dijo Marini—. Trabaja para el CEP y colaborará con la Policía de Chicago.

Nathan intentó no mostrar su contrariedad. Marini había mantenido siempre a la Policía de Chicago al margen de las operaciones del CEP.

Saludó a Sanders. Le calculó una edad similar a la suya. Era rubio y atractivo, a pesar de que tenía la nariz ancha y el tabique un poco hundido, probablemente a causa de una fractura. El hombre esbozó una mueca al estrecharle la mano.

—Vayamos al grano —pidió Marini—. En primer lugar, hablemos de lo sucedido ayer.

El inspector jefe se sentó y accionó el proyector con su dispositivo. Pudieron ver la imagen del *hacker* herido. Era una foto tomada en el hospital. El chico estaba extremadamente pálido, tenía el pelo rapado y los ojos cerrados. Nathan pensó que era evidente que el Departamento Informático no había conseguido nada sobre su identidad, de lo contrario estarían viendo la imagen de su documento oficial.

—El sospechoso sigue en estado grave. No hemos podido asociar ni sus huellas ni su dispositivo con una identidad. Tampoco ha habido resultados de reconocimiento facial ni rastro de su existencia en bases de datos o redes públicas. Tan solo sabemos que alquiló el coche con el nombre de un ciudadano americano, William McAdams.

—¿Qué hay del contenido de su dispositivo? —preguntó Stevens—. ¿Tenemos ya algo?

—El Departamento Informático está trabajando en ello, pero parece una tarea difícil. Hasta el momento solo han conseguido extraer un audio encriptado en el que se hablaba de una gran aportación económica a Lebab.

—Eso confirma nuestras sospechas —intervino Morgan—. Siguen recibiendo importantes cantidades de dinero.

—Moore... —interrumpió Marini— ¿nos sigue?

Nathan asintió.

—En estos momentos, Lebab es un tema prioritario, detective Moore. Tenemos que acabar con ellos cuanto antes —dijo Morgan.

—Señor Morgan —interrumpió Carol Stevens—, con el debido respeto, le recuerdo que el FBI será un observador en todo el proceso, para asegurar que se preserve la legalidad en las posibles detenciones y juicios posteriores.

—Señora, usted habla desde el punto de vista del FBI. Sin embargo, el CEP considera de vital importancia la «eliminación» de esta organización —explicó Morgan—. Lebab es una peligrosa amenaza para el Estado.

—El FBI vela por la seguridad de todas y todos los ciudadanos americanos. La eliminación de posibles amenazas requerirá un proceso justo —respondió la mujer con rotundidad.

—Perdonen —intervino Marini—, quiero dejar claro que la investigación del *hacker* herido era nuestro caso y se dirigirá desde esta comisaría.

—Y yo quiero dejarles claro a ambos que el Gobierno ha pedido la acción conjunta de la Policía de Chicago y el CEP —dijo Morgan—. El FBI, como la señora Stevens ha señalado, será un mero observador.

La mujer le miró con rabia.

Marini apoyó las manos en la mesa y dio unos ligeros golpes para atraer la atención de los presentes, apaciguar los ánimos y seguir adelante con la reunión.

—Moore, le hemos llamado para informarle de que el Gobierno ha considerado este caso de alta prioridad. Usted trabajará en él junto con el señor Sanders —explicó Marini.

—¿Y la detective Braddock? —preguntó Nathan, sorprendido.

—Sus estudios criminológicos serán de gran utilidad en el análisis de un caso pendiente que vamos a retomar. Ya se lo hemos comunicado.

Nathan pensó en cómo se lo habría tomado Rahne. Miró a Sanders con recelo. ¿Su nuevo compañero iba a ser un agente del CEP?

—El FBI supervisará su trabajo y recibiremos copia de todos sus informes —puntualizó Carol Stevens.

—Entendido —respondió Nathan.

—Matt Sanders es uno de nuestros mejores hombres —señaló Morgan y se dirigió a este último—. Tendrá una acreditación como Policía de Chicago, además de la suya propia. Queremos ser discretos.

—Volvamos al *hacker*. ¿Hay algo que destacar de lo sucedido anoche? —preguntó Stevens.

—Tras el accidente, la detective Braddock y yo fuimos de nuevo al apartamento de Pilsen y lo registramos.

—Según el informe, se alojaba alguien más con el *hacker* —dijo Morgan.

—En el piso había también ropa femenina.

—¿Qué sabemos de esa mujer? —intervino por primera vez Matt Sanders.

—Recogimos muestras de cabello y se las pasamos al equipo forense. Estamos a la espera de los resultados de ADN —contestó Nathan.

Carol Stevens hizo una mueca y preguntó:

—¿El herido en el hospital tiene vigilancia?

—Ya nos hemos ocupado de ello —intervino Morgan—. El *hacker*, ingresado bajo el apellido McAdams, está bajo vigilancia desde esta mañana a primera hora.

—Entonces, por el momento es cuestión de esperar la evolución del herido. Y, por otro lado, ver qué frutos da la investigación conjunta del detective Moore y del agente Sanders —dijo Carol Stevens, mirando la hora en su dispositivo—. Ahora, señores, si me permiten, me esperan en Washington.

Todos se levantaron.

—¿Cuándo nos vemos, compañero? —preguntó Matt Sanders.

—A las cinco empieza mi turno. Quedamos en mi oficina —respondió Nathan.

Morgan y Sanders abandonaron también la sala. Nathan aguardó unos instantes y cuando se quedó a solas con Marini se volvió hacia él con actitud interrogante.

MICHAEL GUTHRIE

Lake View, Chicago
1 de abril del 2039, 16:12 horas

Mientras subía en el ascensor al piso diecisiete pensó en lo intenso que había sido el día. Estaba agotado, pero se moría de ganas de encontrarse con María. Por la mañana estaba muy asustada. Y no era la única; todos los miembros de Lebab habían sentido miedo. ¿Y si pudieran filtrarse sus identidades a través del dispositivo de uno de sus *hackers*? Michael abrió la puerta del apartamento y entró procurando no hacer ruido. Dejó el plumífero en el perchero. Se quitó los zapatos. En la sala, observó con ternura a María que dormía en el sofá.

Se sentó con cuidado a su lado. Sintió ganas de acariciar su mejilla, sus cejas oscuras, pero no quería despertarla. Como si hubiera sentido su presencia, María abrió los ojos. Adormilada, movió su mano para alcanzar la de él.

—¿Cómo estás? —le preguntó Michael. Ella bostezó—. Te ha sentado bien el sueño. Estás muy guapa.

María sonrió con el cumplido, aunque en realidad no había dormido apenas. Michael apretó la mano de su novia.

—Tengo algo importante que decirte.

María se incorporó ligeramente en el sofá.

—La luz del hijo de Anna se ha encendido en el DeltaMother.

—¡Michael! —exclamó, maravillada.

—Estábamos en lo cierto.

María lo abrazó, profundamente emocionada.

—Edmund convocó la reunión de urgencia para darnos la noticia —dijo Michael—. Hemos podido ver las imágenes grabadas por el DeltaLife del bebé recién nacido.

—¡Dios mío! Me hubiera gustado estar con vosotros... Me pregunto qué habrá sentido Anna al saber que el alma de su hijo ha regresado.

—Su rostro mostraba una expresión increíble. Ahora, tiene la seguridad de que hay algo de su hijo que sigue vivo. Esa es una emoción que nadie ha sentido hasta este momento.

—¿Dónde se ha reencarnado el pequeño?

—En África, aunque Edmund no nos dijo en qué país. Anna está viajando ahora mismo hacia allí. Va a intentar conocerlo.

María comenzó a hacer una pregunta tras otra. Quería saber cómo habían reaccionado los otros miembros de Lebab ante la noticia, qué más se había dicho en la reunión, cuáles iban a ser los siguientes pasos...

—Tranquila, tranquila —le dijo Michael, que sonreía ante su entusiasmo.

—Es que es muy fuerte...

—Lo sé. ¿Qué te pasa? —preguntó Michael al comprobar que los ojos de su novia se habían humedecido.

—Pienso en todos los seres queridos que he perdido. Mi amiga Emma, por ejemplo. O mi abuelo. ¿Acaso tú no has pensado en Gladys?

Michael asintió. Por supuesto que había pensado en ella. Cuando Gladys falleció, ni siquiera soñaban con algo parecido a los DeltaLife.

—Michael, yo también tengo que contarte algo. Creo que tiene que ver con esto...

—¿A qué te refieres?

—Anoche trajeron al hospital a un *hacker* en estado grave. Había sufrido un accidente tras una persecución policial. —Michael frunció el ceño—. La Policía se llevó su dispositivo, que estaba bloqueado. Y, poco después, todos recibimos el mensaje de advertencia.

—¿Quieres decir que ese chico podría ser V-Deroid?

María asintió.

—Antes de que se llevaran su dispositivo, recibió una llamada. Respondí. Se trataba de su hermana. Hablé con ella, la informé del accidente y vino a verlo.

—Sabes que en esos casos hay que avisar a la Policía…

—Pero no lo hice —confesó María—. No pude. Era una chica muy joven, estaba destrozada.

Michael permaneció en silencio unos segundos. La expresión de su rostro revelaba preocupación.

—Si examinan las cámaras, preguntarán quién es esa joven. Tenemos que avisar para que borren las imágenes.

—Ya están borradas. Ella misma se encargó de hacerlo; lo he comprobado con nuestros *hackers*. No hay rastro de su aparición. Creo que es una profesional, al igual que su hermano.

—Si el herido es uno de nuestros *hackers* y la Policía tiene su dispositivo, quizás puedan saber que recibiste una llamada —dijo Michael pensando en voz alta.

—Pero estaba bloqueado. Y si consiguen sacar esa información, mentiré. Diré que llamó alguien pero olvidé mencionarlo porque nadie vino después al hospital.

Michael no supo qué contestar. El ajetreo y las emociones de las últimas horas le impedían pensar con claridad.

María cerró los ojos. Ahora que le había contado lo sucedido la noche anterior se sentía aliviada. Michael le acarició la mejilla con ternura y la ansiedad fue diluyéndose poco a poco.

NATHAN MOORE

Departamento de Policía de South Loop, Chicago
1 de abril del 2039, 16:47 horas

Cuando llegó a su despacho, se encontró la puerta abierta y la luz encendida. En el interior, el agente Sanders estaba recostado sobre el respaldo de la silla de Rahne. Con los pies sobre la mesa, examinaba el plano de la ciudad que los detectives habían colgado en la pared. Habían señalado las direcciones desde donde se habían realizado envíos de mensajes encriptados durante las últimas semanas.

—¡Vaya! Has llegado muy pronto. Y veo que te has puesto cómodo —dijo Nathan, visiblemente molesto.

Se sentó sin quitarse la chaqueta de cuero.

—¿Tenemos alguna novedad? —preguntó Sanders.

—He revisado las grabaciones de las cámaras de seguridad del edificio de Pilsen...

—Yo también —le interrumpió Sanders—. Alguien se ha encargado de eliminar todo rastro de los que vivían en el piso.

—También he hablado con el equipo forense. Están analizando el ADN, pero de momento no hay nada.

El dispositivo del detective vibró, y el de su compañero lo hizo unos segundos después. Ambos habían recibido un mensaje del Departamento Informático.

—Han encontrado un nombre en el dispositivo del *hacker* —anunció Nathan.

—Ya lo veo. Una tal Sally Leigh. ¿Te dice algo? —preguntó Sanders que se había incorporado y digitaba en su dispositivo para buscar información.

—No, en principio no.

Unos segundos después Sanders giró su antebrazo y le mostró la fotografía de una mujer pelirroja con ojos verdes. A Nathan le resultó familiar.

—Es reportera de Canal News. Una metomentodo —dijo Sanders.

—Ah, ya caigo. Se hizo famosa por los reportajes que realizó en Nueva Orleans cuando explotó la fábrica de pesticidas.

—Acabo de recibir su ficha.

—¿Le hacemos una visita?

Sin contestarle, Sanders se levantó para ponerse la chaqueta negra que había dejado en el perchero. Nathan echó a andar tras él.

—Trabaja en el edificio Crain Communications en Millennium Park —dijo Sanders—. Estoy llamando a su oficina.

Camino del aparcamiento, el agente mantuvo una escueta conversación telefónica.

—De acuerdo. Gracias —concluyó.

—¿Está trabajando? —preguntó Nathan.

—No, salió sobre las tres. Puede que esté en casa.

—¿Llamamos para confirmarlo?

—Prefiero las visitas por sorpresa. La periodista vive en el South Loop, en el 2130 de Michigan Ave.

—Está cerca, a dos manzanas de aquí —intervino Nathan—. Tengo que hacer luego una gestión personal, así que prefiero llevar mi coche.

Nathan condujo el Toyota SUV mientras su compañero, sentado a su lado, digitaba algo en su antebrazo. Estacionaron en un vado frente al domicilio de Sally Leigh. Al salir del vehículo,

Nathan se subió la cremallera de la chaqueta; se había levantado un aire frío.

—No vive mal la reportera, ¿eh? —señaló Sanders tras observar la fachada del edificio.

Se detuvieron frente al portero automático. Sanders marcó el código del apartamento que aparecía en la ficha digital. No tardaron en escuchar una voz femenina.

—¿Sí?

—Policía de Chicago. Buscamos a Sally Leigh —dijo Nathan.

—Soy yo.

—Queremos hablar con usted —añadió Sanders, cortante.

Durante unos segundos no hubo respuesta. Finalmente, un zumbido anunció la apertura de la puerta. Cogieron el ascensor para subir a la planta veintitrés. La periodista los esperaba en el rellano de su apartamento. Se identificaron mostrando las credenciales en sus dispositivos.

—Pasen —les dijo Sally.

Los acompañó al salón de su casa, un espacio minimalista, pintado en blanco, en el que destacaban unas orquídeas colocadas cerca de la ventana.

—¿Quieren sentarse?

—No, gracias —respondió Nathan.

La periodista iba descalza. Llevaba un pantalón gris de vestir y una blusa blanca ancha. Parecía tranquila. «De todas fomas, por su profesión, debe estar acostumbrada a mantener la calma ante los imprevistos», pensó Nathan.

—Queremos hacerle algunas preguntas —dijo Sanders.

—Ustedes dirán.

—El equipo informático de la Policía ha obtenido su nombre al analizar el dispositivo de un sospechoso —continuó Sanders.

—Perdonen, no entiendo de qué me hablan. ¿Pueden darme más detalles?

—El sospechoso sufrió un accidente durante una persecución policial —intervino Nathan—. Está en coma y no conocemos su verdadera identidad. Quizás usted pueda ayudarnos a identificarlo.

Sanders levantó el antebrazo y le mostró la fotografía del chico herido.

—¡Dios mío! —exclamó Sally.

—¿Lo ha reconocido? —preguntó Sanders.

—No, no le conozco. Pero me ha impresionado la foto.

—Es un experto informático. ¿Le dice eso algo? —insistió Nathan.

—¿Experto informático? —repitió Sally.

—Un *hacker*, ya sabe a qué nos referimos —dijo el agente del CEP.

—Creo que no voy a poder ayudarlos. No tengo relación con *hackers* —dijo la periodista.

—¿Podría contestarnos a algunas preguntas más? —preguntó Sanders elevando ligeramente el tono de voz.

—Eso dependerá de las preguntas.

—¿Se le ocurre por qué aparece su nombre en el dispositivo de esta persona? —insistió el agente.

—Soy un personaje público. Además, ¿quién les dice que no se trata de otra persona que utiliza mi nombre? Los *hackers* utilizan esa técnica para proteger a sus clientes.

—Sabe usted mucho sobre el tema —dejó caer Nathan.

—Hice un reportaje sobre los *hackers* condenados a muerte en Pensilvania. Pueden verlo en los archivos de Canal News. Pero, díganme, ¿en qué estaba metido ese chico? —preguntó Sally.

Nathan guardó silencio. Sin embargo, Sanders no dudó en contestar, para sorpresa de su compañero:

—Creemos que trabajaba para Lebab. ¿Sabe a qué nos referimos?

—¿Lebab? Sí... —Sally titubeó—, es una organización ilegal.

—¿Tiene usted algo que ver con ellos?

—En absoluto. Pero hace años, poco después de que la ilegalizaran, hice una entrevista a su fundador.

—¿Se refiere a Edmund Cusack? —intervino Sanders.

—Efectivamente —respondió la periodista—. Editamos la entrevista, pero, por desgracia, finalmente no se llegó a emitir. La dirección decidió que carecía de suficiente interés para nuestra audiencia.

Sally miró la hora en su dispositivo.

—Señores, siento tener que dejarlos, pero tengo una reunión en media hora.

—De acuerdo, señora Leigh. Esto será todo por el momento. Gracias por atendernos —dijo Nathan.

Sally los acompañó a la entrada.

—Si me necesitan para algo más, estoy a su disposición. Comparto mi contacto con ustedes.

Levantó el brazo para transferir sus datos antes de cerrar la puerta.

Los policías caminaron hacia el ascensor. Una vez dentro, Nathan dio rienda suelta a su enfado.

—¿Por qué le has hablado de Lebab?

—¿Y por qué no? —dijo Sanders sin inmutarse—. A veces las preguntas directas son las más difíciles de contestar.

—¿Qué has sacado en limpio? Nada. Y si ella tiene relación con Lebab, ya sabe que estamos tras su pista.

—Si está involucrada con esa secta, sabe de sobra que estamos tras ellos. Y si no, esta información tampoco le va a servir de nada. ¿No crees?

—Lo que creo es que debemos estar de acuerdo en las estrategias si vamos a trabajar en equipo —soltó Nathan.

—Estrategias —repitió Sanders con sarcasmo.

Nathan fue el primero en salir del ascensor. Abrió la puerta del coche con brusquedad. Llevaban tan solo unas horas juntos y ya intuía que la relación con su compañero iba a ser tormentosa.

MARÍA GÓMEZ Y MICHAEL GUTHRIE

Lake View, Chicago
1 de abril del 2039, 17:32 horas

El timbre del apartamento sonó cuando estaban en la cocina. María calentaba unas verduras en el HeatMix mientras Michael ponía la mesa. Se miraron sorprendidos. María dio un paso atrás, asustada. Él la agarró de la cintura.

—Calma, no pasa nada —le susurró.

Ella asintió. Mientras su novio se dirigía a la entrada, María se puso una chaqueta de punto verde sobre la camiseta de tirantes. Michael abrió la puerta. Se encontró a una joven delgada con una gorra, vestida con un traje de neolátex gris y una sudadera negra.

—¿Hola?

—Quería hablar con María Gómez —dijo la chica.

—¿Quién eres? —preguntó Michael.

A María le pareció reconocer la voz y se acercó a la puerta.

—Pero ¿qué haces aquí? —preguntó, asombrada.

Antes de que contestara, María le hizo un gesto para que entrara.

—Es Elise, te hablé de ella antes —le explicó a Michael.

Él supo que se refería a la hermana del *hacker* herido. Se sintió incómodo, aquella visita solo podía traerles problemas.

—¿Quién te ha dado nuestra dirección? —preguntó desconfiado.

—No os preocupéis. Yo...

Elise tenía mala cara, parecía muy cansada.

—Vamos al salón —le dijo María y la cogió del brazo—. ¿Quieres tomar algo?

—Un vaso de agua, por favor.

Michael se dirigió a la cocina. La chica se quitó la mochila que llevaba colgada en la espalda y se abrió la cremallera de la sudadera.

—Siéntate —le pidió María señalando el sofá de color mostaza.

Elise obedeció.

—¿Cómo me has encontrado? —preguntó mientras se sentaba junto a ella.

—No fue difícil dar con tu dirección.

Michael regresó con el vaso de agua. Elise le dio las gracias y se lo bebió de un trago. A continuación, se quitó la gorra.

—Volví al hospital esta mañana. Había dos hombres en la puerta de la Sala de Cuidados Intensivos donde está Vincent.

—Han puesto vigilancia —dijo María y se volvió hacia Michael, que permanecía de pie.

—A las cuatro de la tarde cambiaron de turno —continuó Elise—, pero la sala ha estado vigilada en todo momento. No ha sido fácil encontrar información sobre esos hombres, pero he averiguado que trabajan para el Cuerpo Especial de Persecución.

—El CEP... —musitó Michael.

—No tenía a nadie a quien acudir y tú... tú me ayudaste. Investigué quién eres. Sé que vives con tu novio, el doctor Guthrie, neurocirujano del Saint Joseph. —Elise miró a Michael—. Eres tú, ¿verdad?

Él asintió.

—Quizás tú me puedas decir cuál es el estado real de Vincent, qué posibilidades tiene de...

Al mencionar a su hermano, Elise no pudo evitar que una lágrima corriera por su mejilla. Se la secó con el dorso de la mano.

—De acuerdo —aceptó Michael, conmovido—. Buscaré su informe médico y te daré mi opinión.

Elise cogió la mochila que había dejado entre sus piernas y la abrió. Sacó un ordenador portátil.

—Aquí lo tienes —dijo mientras levantaba la tapa y le tendía el aparato.

Michael lo cogió y se sentó en una butaca para leer detenidamente. El informe estaba abierto en la pantalla. En la parte inferior había una ventana en la que se podía ver a Vincent en la Sala de Cuidados Intensivos. Elise había accedido a la cámara de vigilancia.

Pasaron unos minutos hasta que el médico apartó la mirada.

—Me gustaría poder darte mejores noticias, pero tu hermano está muy mal. Ahora mismo son las máquinas las que lo mantienen con vida. Hay un daño cerebral importante, ya que se quedó sin oxígeno durante más de veinte minutos.

—Entonces...

—Se suele esperar un tiempo por si el cerebro reacciona. Pero no te engaño... hay muy pocas posibilidades de que algo así ocurra.

—¿Qué quieres decir? —preguntó Elise, desesperada.

—Sería casi un milagro que reaccionara.

—Pero hay posibilidades, tú mismo lo has dicho —insistió.

—Es algo altamente improbable. De uno por mil, uno por diez mil...

—Aunque fuera de uno por un millón, eso significa esperanza —afirmó Elise.

Michael sintió compasión por ella. La chica se agarraba a un clavo ardiendo para no reconocer que estaba a punto de perder a su hermano.

—¿Por qué no comes algo con nosotros? —sugirió María—. Te vendrá bien.

Michael puso otro plato y otro cubierto, y los tres se sentaron a la mesa. Elise tenía la mirada perdida. Se sirvieron el arroz con verduras, ya templado.

—Hay algo que quiero preguntarte, Elise —dijo María finalmente, rompiendo el incómodo silencio. La chica elevó sus ojos hacia ella—. Dime, ¿para quién trabajaba Vincent?

Elise tardó en responder. Parecía aturdida.

—¿Qué más da eso ahora?

Michael y María se miraron. Un ligero movimiento de cabeza por parte de ambos reveló que estaban de acuerdo.

—Verás —intervino el médico—, nos gustaría saber si trabajáis para Lebab.

El gesto de sorpresa de la chica les dijo que habían dado en el clavo. Confusa, se levantó de la mesa.

—Lebab es vuestro cliente, ¿verdad? —insistió María con dulzura.

Elise se sentía sobrepasada por todo lo que estaba sucediendo. No entendía cómo ellos podían tener esa información.

—Y Vincent se hace llamar V-Deroid... —continuó María.

—¿Cómo podéis saber eso? —preguntó Elise, desconcertada—. Un momento —dijo de repente—, vosotros pertenecéis a Lebab.

Michael no tardó en responder:

—Sí, somos miembros de la organización.

Elise sacudió la cabeza. Que fueran miembros de Lebab cambiaba radicalmente las cosas. Vincent y ella trabajaban para protegerlos y, sin embargo, en esos momentos los estaba poniendo en peligro.

—Creo que debería irme.

—Elise, no te vayas —le suplicó María, conciliadora.

—Sí, quédate y come algo, por favor —añadió Michael.

Elise dudó, pero finalmente se sentó frente al plato y cogió el tenedor.

—¿Quieres hablarnos de tu hermano? —propuso María. Ella sabía que era bueno que verbalizara el dolor—. ¿De dónde sois?

La chica sacudió la cabeza, pero la mirada amable de sus anfitriones la invitaba a desahogarse.

—Vincent y yo somos franceses, nacimos en París —comenzó a decir con un hilo de voz.

—Son gemelos —le contó María a Michael.

Elise esbozó una sonrisa triste.

—Siempre hemos estado muy unidos. De niños teníamos incluso nuestro propio lenguaje —continuó.

Durante un buen rato, siguió hablando, y la pareja la escuchó con detenimiento. Era lo único que podían hacer por ella en esos momentos.

NATHAN MOORE Y PABLO GARCÍA

Ravenswood Manor, Chicago
1 de abril del 2039, 17:56 horas

El tráfico era denso, pero Nathan conducía con paciencia el Toyota SUV. Pablo tenía el rostro girado hacia la ventanilla.

—Estás muy callado. ¿Qué te pasa? —le preguntó Nathan.

—Nada —contestó, encogiéndose de hombros.

Nathan conocía bien a su marido; sabía que no estaba de humor. Aquel era uno de sus días malos.

—¿Y tú qué tal? No me cuentas nada del apasionante mundo de la Policía.

—No me gusta ese tío… —dijo Nathan.

—¿Tu nuevo compañero? ¿Qué ha pasado?

—Ese Sanders es un prepotente y un gilipollas. Y no me da ningún buen rollo trabajar con un agente del CEP encubierto.

—La verdad, no entiendo cómo Marini ha permitido algo así.

—Supongo que no le quedó otro remedio, Pablo.

El coche se había vuelto a detener. Nathan movió los dedos sobre el volante. Pablo observó sus anillos, entre ellos la alianza de boda que llevaba en el anular.

—Me temo que tendrás que acostumbrarte. Con suerte no será por mucho tiempo.

—Eso espero. ¡Maldito atasco! Llegaremos tarde.

—¿Y qué más da? —dijo Pablo con desgana.

—No empieces, estas visitas son importantes.

Nathan hizo sonar el claxon del Toyota.

Una vez por semana tenían cita con un orientador. McTaggert intentaba que Pablo mejorara al utilizar las aplicaciones de ayuda para personas con discapacidad que le habían instalado en su dispositivo. Pero este, de momento, no ponía mucho de su parte.

—Solo voy a verle por cumplir con el protocolo —confesó Pablo.

McTaggert debía presentar regularmente un informe sobre sus avances, de cara a una futura reinserción laboral. También era un requisito para que cobrara la pensión mientras no trabajara.

—Esa no es una buena actitud. Tienes que seguir mejorando —dijo Nathan.

—Ya. Mira, mejor cambiamos de tema.

Nathan tampoco quería discutir. Se consoló pensando que era cuestión de tiempo que su marido llegara a la fase de aceptación.

—Hay algo que te quería preguntar. —El detective paró el coche ante un semáforo en rojo—. Tú has oído hablar de Lebab, ¿verdad?

Una de las cosas que admiraba de Pablo era su cultura y su memoria, aunque últimamente no mostrara interés por casi nada.

—¿A qué viene eso ahora?

—Es por el trabajo. Y la verdad es que no sé mucho acerca de esa gente. Tengo que informarme.

—Lebab era una organización que quería investigar sobre el alma y, sin motivos claros, se ilegalizó.

—¿Eran peligrosos?

Pablo soltó una carcajada.

—¿Peligrosos? Eran totalmente inofensivos. Pero estaba claro que no eran del agrado del Gobierno y que aplicaron mano dura contra ellos. ¿Dices que el caso en el que trabajas tiene relación con eso?

Nathan asintió y maldijo a la vez que frenaba para no golpear el Dodge blanco que se le acababa de cruzar.

—Pensaba que Lebab había desaparecido del mapa.

—Pues parece que no. El *hacker* que investigábamos trabajaba para ellos. Pablo, ya hemos llegado. ¡Y aquí hay un sitio!

Nathan se disponía a salir del coche para sacar la silla de ruedas del maletero cuando reparó en que Pablo no se había soltado el cinturón de seguridad.

—Venga, vamos —le animó—. Estamos juntos en esto. No lo olvides.

Unos minutos después, entraron en la Oficina de Reinserción Laboral. McTaggert los estaba esperando.

—Buenas tardes —los saludó—. ¿Cómo va todo, Pablo?

—De puta madre.

—Así me gusta. Actitud positiva —dijo el orientador.

Nathan sonrió y se dirigió a la sala de espera mientras ellos entraban en la consulta.

MARÍA GÓMEZ, MICHAEL GUTHRIE Y ELISE DUBOIS

Lake View, Chicago
1 de abril del 2039, 18:26 horas

Elise recogió los platos vacíos de la mesa y se los dio a Michael, que los metió en el lavavajillas. María se asomó al salón. El ordenador portátil seguía abierto sobre el sofá.

—Elise, ¿te importa si lo utilizo para ver si hay más información sobre Vincent?

—Espera un momento —dijo la joven y se acercó—. Se bloquea si lo usa una persona a la que yo no he autorizado.

Elise digitó su clave y se sentó a su lado. María minimizó la ventana del informe médico que Michael había leído. Quería ver si había novedades sobre el paciente en el Área de Servicios Sociales.

—¿Queréis café? —preguntó Michael.

—No, gracias —contestó Elise.

—Yo tomaré un poco —respondió María.

Al llevarle la taza, Michael se dio cuenta de que sucedía algo. Su novia se cubría la boca con la palma de la mano derecha. Él conocía ese gesto, solía acompañar a las malas noticias.

—¿Pasa algo, cariño?

María siguió leyendo en lugar de contestar. Elise, alarmada, acercó a su vez la cabeza a la pantalla.

—¿Qué ocurre? —preguntó.

—Dame unos segundos.

Michael se sentó frente a ellas en una butaca. Su novia no apartaba la vista del ordenador, que sostenía sobre las rodillas. Buscaba las palabras adecuadas para lo que tenía que decir. Unos instantes después se volvió hacia Elise.

—Dime qué pasa —suplicó la chica.

María carraspeó. Por su trabajo estaba acostumbrada a dar malas noticias, pero, en este caso, sentía una especial empatía con ella.

—No hay cambios en su estado. Lo mantienen con vida gracias a las máquinas.

—Sí, eso ya lo sé —dijo Elise apesadumbrada.

—Pero hay algo más.

La chica inspiró. Se preparó para lo que María le iba a contar.

—Acaban de actualizar la ficha de tu hermano. Lo trasladan al Área de Soporte Vital.

—¿Y eso qué significa?

—No creen que Vincent vaya a mejorar. Lo mantendrán allí hasta que… —María sabía que debía hablar claro para no prolongar la angustia de Elise—. No hay ningún seguro médico que se haga cargo de los gastos, por lo que el hospital ha decidido desconectarlo dentro de cuarenta y ocho horas.

—¿Desconectarlo? —preguntó Elise con incredulidad.

—Apagarán el respirador artificial y las máquinas que le mantienen con vida —intervino Michael.

Elise guardó silencio. Las palabras de la pareja resonaban en su cabeza. Tuvo la impresión de que estaba dentro de un horrible sueño.

—¿Cómo pueden hacer algo así? —preguntó con impotencia.

—Por desgracia, en el hospital se producen muchas desconexiones. Es una práctica habitual —dijo Michael.

—Pero ha pasado poco tiempo —intervino Elise—. Y con respecto al seguro, yo encontraré uno, yo pagaré los gastos.

—No puedes hacer eso —dijo María con dulzura, apoyando la mano sobre su hombro—. Vincent no está identificado y es un sospechoso.

—Lo llevaré a un hospital privado —dijo Elise desesperada.

—Tiene vigilancia. No se le puede trasladar —explicó Michael—. Lo siento mucho.

Elise se puso en pie.

—Entonces tengo que verlo cuanto antes. Si siente mi presencia, quizás reaccione.

—Es imposible entrar. Tú misma has visto las cámaras —dijo Michael—. Lo único que conseguirás es que te detengan.

—La desconexión de Vincent está programada para el domingo a las ocho de la mañana —siguió María—. Yo asistiré. Te prometo que estaré con él, acompañándole.

Elise sintió que se mareaba. Se dejó caer en el sofá y estalló en sollozos. Impotente ante su dolor, María se preguntó si hablarle de sus creencias lograría consolarla. Ella trabajaba como *hacker* para Lebab, pero ¿sabía algo de sus investigaciones? Seguramente no. Los *hackers* se encargaban de las comunicaciones, de la seguridad de estas, e intervenían en aspectos técnicos muy concretos, pero nada más.

—Hay algo que quiero contarte —le dijo María sosteniendo una de sus manos.

Elise elevó el rostro húmedo. Durante unos minutos, la escuchó hablar de Lebab, de los experimentos, de los DeltaLife y del DeltaMother. También del primer éxito: el niño fallecido que se había reencarnado.

La joven, desconcertada, entornó los ojos como si quisiera entender la magnitud de sus palabras.

—¿Me estás diciendo que, si se pone uno de esos DeltaLife a una persona, la puedes encontrar cuando se reencarne?

—Así es —respondió María.

Elise pensó en su madre y en el pequeño Gerard. No, no podía perder también a Vincent.

—Pero ¿tú crees en la reencarnación? No pareces muy sorprendida con la idea —dijo María.

—No es algo que tuviera muy claro. Sin embargo, siempre he tenido la impresión de que Vincent y yo llevábamos unidos desde antes incluso de nuestro nacimiento. Fuimos uno, somos uno y no me cuesta creer que volveremos a serlo. —Elise permaneció pensativa unos segundos antes de continuar—: ¿Vosotros podríais conseguir que le pongan un DeltaLife a mi hermano?

—Podemos intentarlo, ¿no? —dijo María volviéndose hacia Michael.

—Tenemos que hablar con Edmund —contestó él y, dirigiéndose a Elise, añadió—: Te aseguro que vamos a hacer todo lo que esté en nuestras manos.

ANNA CUSACK

**Aeropuerto Internacional Hosea Kutako, Windhoek
2 de abril del 2039, 11:18 horas
(04:18 horas en Chicago)**

El avión, un Boeing 887X que había volado medio vacío, aterrizó en el aeropuerto a la hora prevista. La azafata los había informado de que la temperatura exterior era de veinticinco grados, aunque durante el día llegarían a los treinta. Anna sentía el efecto del *jet lag* y el cansancio de casi dieciséis horas de viaje, con una escala en Londres. Descendió del avión junto con el resto de pasajeros. Llevaba un pantalón vaquero, una camiseta de algodón blanca y una chaqueta de lana fina de color beis. El aire le acarició el rostro y no pudo dejar de admirar la luz limpia que iluminaba todo lo que la rodeaba. Se puso las gafas de sol que llevaba en el bolso.

Los viajeros se dirigieron en autobús hasta el edificio principal. Era una construcción de acero y hormigón, con una sencilla torre de control. Allí todo era pequeño, excepto una de las pistas de aterrizaje, considerada una de las más largas del mundo.

Anna recogió su maletón negro de la zona de equipajes. No sabía el tiempo que se iba a quedar ni los medios que tendría para lavar la ropa o comprar lo que pudiera necesitar, por lo que había optado por llevar la maleta de viaje más grande que tenía. A continuación, se dirigió a la zona de equipajes especiales. Saludó al personal a la vez que mostraba su pasaporte. Tras firmar la documentación pertinente, amontonó las cajas blancas con una cruz roja sobre el carrito y se dirigió a la sala de llegadas, donde esperaba encontrar a su enlace.

Anna viajaba como responsable de Equal Health, una organización que se dedicaba a realizar campañas de prevención en países que todavía tenían enfermedades que se podían curar con una simple vacuna. Una importante aportación de fondos había sido suficiente para prepararlo todo con urgencia.

Anna se recogió el pelo y empujó el carro. Cuando vio a un hombre que portaba un cartel de la organización, lo saludó con la mano y se acercó.

—Soy Anna —se presentó.

—Jord —contestó él mientras le estrechaba la mano—. Soy el coordinador de programas de Equal Health.

Aparentaba unos cuarenta años, era alto y delgado y su cabeza sobresalía entre las personas que lo rodeaban. Llevaba un pantalón verde y una camisa de lino.

—¿Has tenido un buen viaje?

Anna asintió, el vuelo había sido tranquilo. Sin embargo, la excitación que sentía la había impedido descansar.

—Déjame que te ayude.

—Gracias —respondió ella mientras Jord cogía el carro.

—¿Es la primera vez que vienes a Namibia? —preguntó a la vez que se dirigía a la salida.

—Sí, así es —contestó Anna observando los puestos de la sala de espera, donde se vendían alimentos y algunos recuerdos del país.

Guardaron la maleta y las cajas en el maletero del coche de Jord, un *jeep* antiguo de la marca Ford. A Anna le pareció percibir una sombra que se movía en el suelo y al levantar la cabeza pudo ver un pájaro con un gran pico amarillo que sobrevolaba los vehículos.

—¿Llevas a mano la documentación? —le preguntó Jord.

—Sí, llevo todo en la mochila.

—Tenla siempre disponible por si hay algún problema. Y dime, ¿cuál es el plan? ¿Quieres visitar Windhoek o descansar un poco antes de salir de viaje?

Aunque le habría gustado ducharse y cambiarse de ropa, sacudió la cabeza.

—Preferiría partir de inmediato hacia Gam.

—Como quieras. Son unas cinco horas en coche.

Empezaba a hacer calor. Anna se quitó la chaqueta antes de sentarse en el asiento del copiloto y la guardó en la mochila.

—¿Lista?

Asintió. Se ató el cinturón de seguridad y Jord arrancó el vehículo.

—¿Puedo abrir la ventanilla? —preguntó ella.

—Claro.

Salieron del aeropuerto. Anna se fijó en las construcciones de lo que parecía un polígono industrial. Cerró los ojos unos segundos. Con el traqueteo del coche, su cuello se relajó, al igual que sus hombros. Era una sensación maravillosa sentir aquella brisa cálida sobre el rostro. Y, sin darse cuenta, cayó en un profundo sueño.

Las sacudidas del *jeep* la despertaron casi dos horas después. Transitaban por una carretera que no estaba asfaltada.

—Hola —la saludó Jord—. ¿Has descansado?

—Sí. —Anna se masajeó la nuca—. Estoy muerta de sed.

—En mi mochila llevo una botella de agua para ti. Hay más en el maletero. Yo tengo mi propia cantimplora.

—Gracias.

Bebió más de la mitad de la botella. Cuando acabó, se mojó las manos y se refrescó la cara.

—Parece que estamos en el desierto —comentó.

—Namibia recibe su nombre del desierto del Namib. Y no es el único, también tenemos el desierto de Kalahari, que se extiende por el este. En general es un país desértico, tan solo el norte es distinto.

—Pero nosotros vamos al sur, ¿no?

—Al sureste exactamente. Gam se encuentra cerca de la frontera con Botsuana.

—Sí, he visto los mapas. Vacunaremos en diferentes poblados de la región de Otjozondjupa. —Anna se esforzó en intentar pronunciar la palabra.

Jord se rio.

—Pocos extranjeros logran decirlo bien —explicó mientras evitaba un gran socavón en el suelo.

Anna observaba el paisaje con fascinación. Aquel no era un destino cualquiera, sino la tierra en la que viviría su hijo reencarnado. Se preguntó si el bebé recién nacido sería un niño sano, si haber nacido en una nación pobre podría implicar que pasara hambre en el futuro. No, ella no lo permitiría. Deseaba conocer el país y hacer lo que estuviera en su mano para mejorar las condiciones de vida de la zona. Empezarían con las vacunaciones y posteriormente intentarían ofrecer planes educativos. Quizás podría colaborar en la economía local con pequeños proyectos de desarrollo. Anna estaba sintiendo en primera persona aquello de lo que habían hablado en las reuniones de Lebab: el poder de la empatía para promover la igualdad. Las futuras pruebas de las reencarnaciones despertarían esa emoción en otras personas y entre todos crearían una red, una inmensa red de solidaridad que uniría a seres de múltiples lugares.

Un nuevo bache hizo que saltaran en sus asientos. Anna pegó un grito. El siguiente no la pilló desprevenida, se agarró y soltó una carcajada.

—Ya te habrás dado cuenta de que las carreteras son pésimas en esta parte.

Anna asintió y volvió a reírse ante otra sacudida. Por primera vez en mucho tiempo se sentía llena de vida.

—¿Quieres que ponga música? —preguntó Jord.

—¿Tienes música de aquí? ¿De Namibia?

—Claro, dame un segundo.

Jord cogió su teléfono móvil y seleccionó algo.

Se trataba de música folk con un aire pop; los instrumentos tradicionales se mezclaban con sintetizadores. Lo antiguo y lo moderno se fundían en melodías pegadizas.

—¿Qué es? —preguntó Anna.

—Un grupo llamado Orange Vibes. ¿Te gusta?

—Me encanta.

Jord seguía el ritmo golpeando el volante con la mano izquierda. Anna le imitó con las palmas de las manos mientras observaba detenidamente aquel paisaje árido y hermoso al mismo tiempo.

MICHAEL GUTHRIE

Lake View, Chicago
2 de abril del 2039, 06:55 horas

Antes de salir del apartamento, se puso el plumífero amarillo y cogió el vaso térmico. Una vez en el garaje, se montó en el coche. Dio un sorbo a su café. Se masajeó las sienes; no había dormido bien. María tenía turno de noche y él no había logrado quitarse de la cabeza la imagen de Elise desolada. Antes de irse, les había hablado de la terrible situación en Francia y de los asesinatos que ella y su hermano habían presenciado. Les contó que era huérfana, y que, sin Vincent, se quedaría totalmente sola.

Michael arrancó el Station Wagon y envió un audio encriptado a María:

—Hola, preciosa. Ya te queda poco para acabar el turno. Solo quería decirte que voy a encontrarme con Elise. Iremos juntos a ver a Edmund. Descansa cuando llegues a casa. Te quiero otra vez.

A continuación, pisó el acelerador para subir la pequeña rampa y dejó atrás las luces fluorescentes del garaje. Al salir comprobó que había amanecido; una vez más el sol se escondía tras unas nubes que amenazaban con lluvia. El tráfico era denso a esa hora de la mañana.

Paró en doble fila, en la West Belmont Ave. Había quedado

con Elise en el cruce con North Racine a las siete y cuarto. Todavía faltaban unos minutos. Aprovechó para introducir en el navegador del dispositivo la dirección donde se verían con Edmund. No estaba lejos de allí, tardarían unos veinte minutos en llegar.

El golpe en el cristal de la puerta del copiloto hizo que se sobresaltara. Abrió el cierre centralizado y Elise se montó en el coche.

—Buenos días —saludó Michael.

—Buenos días.

Michael percibió el olor a champú. El pelo de Elise estaba todavía húmedo.

—¿Dónde has dormido?

—Encontré un pequeño hotel cerca de aquí.

Michael le había ofrecido que se quedara en su apartamento, pero no consiguió convencerla.

El Station Wagon se dirigió hacia el oeste por Belmont Ave. Luego giró a la izquierda y entró en Ashland Ave. Michael miró de reojo a Elise. Estaba muy callada. Mantenía las manos cruzadas sobre el regazo y miraba al frente sin pestañear.

—¿Estás bien? —La chica asintió—. ¿Estás segura de lo que vamos a hacer? —preguntó con delicadeza.

La noche anterior, cuando Michael y María hablaron con Edmund, este se mostró de acuerdo con insertar un DeltaLife a Vincent. El chico había tenido el accidente mientras trabajaba para Lebab y, en cierta forma, la organización estaba en deuda con él. Edmund ofreció la posibilidad de que también Elise portara un DeltaLife. Para Lebab, suponía además la oportunidad de estudiar la posible vinculación espiritual entre las almas de personas muy unidas, como era el caso de los gemelos. Ella aceptó sin dudarlo.

—Sí, Michael, estoy segura. Es solo que... me siento sobrepasada por todo.

La suave llovizna que caía arrastraba cenizas y barro, que se adherían al parabrisas. Elise apoyó la mano en el cristal de la ventanilla; estaba helado. Michael aminoró la marcha, se estaban acercando a su destino. A los lados se veían viejos edificios de color grisáceo y almacenes con compuertas de metal.

Cuando llegaron a la dirección acordada, Edmund los esperaba bajo un paraguas. Michael cogió del maletero un pequeño neceser y un paraguas negro, que abrió para protegerse de la lluvia. Elise se puso la capucha de la chaqueta.

—Buenos días, Michael. Y tú debes de ser Elise. *Enchanté* —dijo Edmund ofreciendo su mano a la chica.

—Igualmente, señor Cusack.

—Llámame Edmund. Lamento enormemente lo que le ha pasado a tu hermano.

—Vamos dentro —sugirió Michael—, hace un frío del demonio.

Elise y Edmund lo siguieron hacia la puerta de acero que se encontraba a pocos metros. Cerraron los paraguas y accedieron a un vestíbulo de paredes de ladrillo.

—¿Y Bell? ¿No viene? —preguntó Michael.

—No hace falta. Yo me encargaré del DeltaMother —respondió Edmund—. Este será el tercer DeltaLife que insertemos y ya hemos visto que la coordinación es sencilla. No habrá problemas.

Avanzaron por un pasillo iluminado con pequeños focos de luz hasta alcanzar la puerta número cuatro. Michael apoyó su dispositivo en el sensor lateral y entraron. Dentro había un par de sillas y una lámpara de pie. El DeltaMother descansaba sobre un mueble de metal pegado a la pared. Edmund se sentó y levantó la tapa.

—¿Ese es el DeltaMother? —preguntó Elise, curiosa.

—Así es —respondió Edmund—. Mira, estas son las líneas de los dos DeltaLife insertados. La que tiene la luz encendida corresponde al que llevaba mi nieto. Falleció hace cinco semanas.

—Lo siento mucho —dijo Elise.

—La pequeña luz indica que su DeltaLife tiene actividad, que se ha reencarnado —dijo Edmund esbozando una sonrisa—. Esta otra línea, sin embargo, está apagada porque aguardamos que regrese el alma de la mujer que lo portaba.

—Entiendo.

—Y ahora, Elise, dime, ¿estás preparada? —preguntó Michael.

—Cuando queráis.

—Como no tenemos camilla, lo mejor es que permanezcas sentada —dijo Michael— Acércate a la pared. Necesito que apoyes la cabeza para que no te muevas.

Elise movió la silla y se recogió el pelo.

—Será solo un momento. Ahora voy a ponerte unas gotas de anestésico.

Realizar la inserción del DeltaLife no le llevó más de dos minutos. Una lágrima cayó por la mejilla de Elise al finalizar. Edmund dio nombre a la nueva línea del DeltaMother.

—Todo funciona correctamente —anunció. Elise se incorporó y se acercó—. Esta es tu línea.

—¿Puedo ver el *software*?

Edmund le pasó el DeltaMother y Elise lo analizó. Digitó algo y revisó el lenguaje de programación. Seguía las líneas de códigos alfanuméricos con el dedo índice mientras musitaba palabras. Transcurridos unos segundos, se volvió hacia Edmund.

—Es un *software* relativamente sencillo.

«Chica lista», pensó Edmund.

—Señor Cusack, quiero decirle que le estoy muy agradecida.

—También nosotros os estamos agradecidos a ti y a tu hermano. Es lo mínimo que podíamos hacer por vosotros.

—Esto supone un gran consuelo para mí.

—Elise, tenemos que irnos ya —intervino Michael.

—Yo salgo con vosotros —dijo Edmund.

En el exterior seguía lloviendo.

—¿Cuándo le pondrás el DeltaLife a Vincent? —preguntó Edmund a Michael.

—Lo haré a la una de la tarde.

—Ten cuidado. Y avísame unos minutos antes. Estaré conectado.

Michael y Elise se despidieron de Edmund y corrieron al coche. Edmund caminó hacia el suyo, aparcado a pocos metros.

—¿Puedes dejarme donde me recogiste? —preguntó Elise.

Michael asintió. Hicieron el camino sin hablar, concentrados en sus pensamientos, arrullados por el sonido del parabrisas.

ANNA CUSACK
Y JORD PAULUS

Gam
2 abril del 2039, 18:50 horas (11:50 horas en Chicago)

Cuando Jord le advirtió de que estaban llegando a su destino, Anna sintió un pellizco en el estómago. Observó curiosa las construcciones que había a ambos lados de la carretera, muchas abandonadas o a medio construir. Se había informado y sabía que Gam tenía unos mil quinientos habitantes. La planta de energía solar que se había construido en 2014 había supuesto una importante mejora para el pueblo.

Al acercarse al centro, Jord aminoró la marcha y algunos niños corrieron tras el *jeep*. Anna se dio la vuelta para observarlos. ¿El bebé que tenía ahora el alma de Sam correría también algún día tras los coches? ¿Tendría salud para hacerlo? ¿Sería un niño feliz?

Jord aparcó cerca del dispensario médico, un edificio muy humilde y con techo de metal. Cuando bajaron del auto, un grupo de gente curiosa se aproximó. Aunque en Namibia muchos sabían inglés, Anna no entendió lo que decían. Hablaban en una lengua local. Hacía calor y se secó la frente con un pañuelo. Le llamó la atención la ropa que llevaban los habitantes de Gam, hecha con telas de colores vivos y preciosos estampados. Sintió un leve roce en la mano y se volvió. Había sido un niño, que la observaba con curiosidad. Luego fue una niña quien tocó su pierna. Anna les sonrió.

Una mujer con la cabeza cubierta con un pañuelo de diferentes tonos rojos se acercó y se presentó.

—Buenas tardes. Me llamo Ndeshi. Soy enfermera y me ocupo del dispensario de Gam —dijo en inglés.

Anna y Jord también se presentaron.

—¿Cómo estáis? ¿Ha ido bien el viaje? —preguntó la mujer.

—Sí, todo bien —respondió Anna.

—¿Queréis tomar algo? ¿Té frío?

—No, gracias.

—Yo soy la persona encargada en ayudaros con la campaña de vacunación —dijo Ndeshi—. ¿Cuándo queréis empezar?

—Cuanto antes —dijo Anna mirando a Jord.

—¿Mañana por la mañana?

—¿Podríamos comenzar esta misma tarde?

—De acuerdo. Yo me encargo de avisar a todos.

Ndeshi, tras hablar con la gente que los rodeaba, acompañó a los recién llegados al interior del edificio. Les mostró una pequeña habitación, que tenía una cama, un lavabo y dos sillas con una mesa en un lateral. La luz entraba a través de un pequeño ventanuco en lo alto.

—Dejad las cosas en la enfermería, que está al otro lado del pasillo. Uno de vosotros dormirá aquí. Hay aire acondicionado —dijo señalando una máquina antigua—. El otro puede hacerlo en una cabaña cercana.

—Si te parece, yo dormiré en la cabaña —propuso Jord.

Anna asintió.

Salieron a por las maletas y el material que habían llevado. Cuando regresaron, dos mujeres jóvenes los esperaban en la habitación. Una llevaba un puchero en el que había un guiso de arroz. La otra llevaba una bandeja con platos, cubiertos, una botella de agua y vasos.

—Os traen algo para comer —dijo Ndeshi.

Anna no tenía hambre. Mientras Jord comía, ella se limitó a beber agua. Ndeshi y el coordinador hablaban de las últimas vacunaciones que se habían realizado en el pueblo, pero a Anna le costaba escucharlos. Se le cerraban los ojos.

—Pareces agotada —le dijo Jord al terminar—. Descansa un poco. Yo iré a visitar el pueblo.

—Pediré a la gente que venga en dos horas —dijo Ndeshi antes de salir con él.

Anna aprovechó para asearse un poco, se puso un pantalón de lino y una camiseta de tirantes, y se recostó en el camastro. Cayó en un ligero sueño, del que se despertó empapada en sudor.

Cuando se asomó a la puerta, ya había una fila de personas, en su mayoría niños, acompañados por algunos adultos. Ndeshi y Jord estaban con ellos.

—¿Empezamos? —le preguntó el coordinador.

Anna asintió.

En la enfermería, una estancia de veinte metros cuadrados, había dos camillas separadas por un panel de tela de color beis, dos mesas y unas sillas. Anna pensó en lo diferente que era aquel lugar de los hospitales a los que ella había acudido tantas veces con Sam.

Jord registraba los nombres de los niños en una lista y a continuación pasaban con Anna y Ndeshi. Era Anna quien, vestida con una bata blanca y guantes, ponía las vacunas, mientras que la enfermera le ayudaba en la preparación de las jeringuillas. El primer niño tenía unos seis años y no soltaba la mano de su madre. Miraba a la mujer extranjera con aprensión.

—Será solo un momento, ¿vale? —aseguró ella con dulzura.

El niño extendió el brazo. Al sentir el pinchazo, se echó a llorar. Anna le acarició la mejilla y le secó las lágrimas con una gasa. Le siguieron dos familias, una con dos niños, otra con tres. Los adultos traían regalos: flores, saquitos de arroz o agua perfumada. Sabía que, en el caso de los alimentos, a esas familias les hacían más falta que a ella. Hubiera preferido no aceptarlos, pero

Jord le pidió que lo hiciera. De lo contrario, lo tomarían como una descortesía.

—Gracias, gracias —repetía una y otra vez.

Anna trabajaba concentrada, intentando no pensar en otra cosa que no fueran los pacientes. Todavía no había vacunado a ningún bebé. ¿Y si no los traían? Intentó evitar ese pensamiento.

Habían pasado casi dos horas desde que empezó la vacunación cuando distinguió entre la gente un rostro que le resultó familiar. La reconoció de inmediato; era la mujer que había visto en la pantalla del DeltaMother. La joven, de rasgos suaves y pelo recogido en trenzas, llevaba un vestido de color verde esmeralda. Anna se quedó paralizada, no podía dejar de mirar al recién nacido que acunaba entre sus brazos.

Sintió que se mareaba. Se le había secado la boca y el corazón le latía con fuerza. Tuvo la impresión de que todo a su alrededor se movía a cámara lenta, aunque sus pensamientos iban a gran velocidad. Las manos le temblaron levemente cuando cogió la vacuna para bebés. Miró a la madre del pequeño, pidiendo consentimiento, y, a continuación, le acarició el bracito. El bebé tenía los ojos entornados. Anna respiró profundamente, recordó las inyecciones que había tenido que poner a Sam. Por fin, pulsó el disparador. El niño lloró.

La madre lo abrazó para calmarlo, pero no lo logró. Pasaban los segundos y el llanto no solo no cesaba, sino que había contagiado a otros bebés que había en la sala. Anna le pidió a la mujer, con un gesto, que le dejara sostenerlo.

—Por favor —le dijo.

Y ella se lo tendió.

Anna acunó al niño entre sus brazos mientras le cantaba al oído. Solo ella sabía que aquella nana era la misma que le cantaba a Sam, la canción de la estrellita. «Estrellita, ¿dónde estás? Me pregunto quién serás. En el cielo o en el mar, un diamante de verdad». El pequeño dejó de llorar al escuchar la canción, abrió los ojos y la miró. Ella acercó la nariz para rozar su rostro.

—¿Cómo se llama? —preguntó a la madre mientras le entregaba el bebé.

Ella no entendía por qué se le habían humedecido los ojos a la mujer americana, por qué le temblaba el labio inferior.

—Dinari —respondió.

—Dinari... —repitió Anna.

La mujer le dio las gracias y salió de la enfermería.

Anna los vio desaparecer. Intentó volver a concentrarse para seguir con la vacunación, pero en su cabeza aún entonaba la canción. «Estrellita, ¿dónde estás? Me pregunto quién serás».

MICHAEL GUTHRIE

Área de Neurocirugía, Hospital Saint Joseph, Chicago
2 de abril del 2039, 13:09 horas

Se puso la bata blanca en su despacho y guardó el pequeño neceser en un bolsillo. Escribió un mensaje a Edmund: «En cinco minutos estaré allí». Al momento recibió la respuesta: «Me mantengo a la espera, todo preparado». Michael inspiró profundamente y se dirigió al Área de Soporte Vital.

Al llegar vio a los dos agentes del CEP, vestidos de negro, al fondo del pasillo. Imaginó que, debajo de las chaquetas, llevaban armas. ¿Tratarían de impedirle el paso? «Vamos, concéntrate —se dijo—. Actúa como si fuera una rutina».

Una vez en la entrada de la sala, saludó a los agentes que no le respondieron. Miró a través del cristal de la parte superior de la puerta y pudo ver al paciente. Apoyó su dispositivo en el lector; cuando se disponía a entrar, uno de los hombres alzó el brazo y le impidió el paso.

—Un momento —ordenó con tono autoritario.

—¿Qué sucede? —preguntó Michael, intentando ocultar su miedo.

—¿Cuál es el motivo de la visita? Hace menos de una hora ha venido otro médico.

—Tengo que realizar un control de las constantes vitales. Forma parte del protocolo —respondió.

169

El agente permitió a Michael la entrada en la pequeña sala. Él caminó con decisión para aparentar seguridad. Se acercó a Vincent. A pesar de la cabeza afeitada, de las magulladuras y los golpes del rostro, le sorprendió el parecido con Elise. De reojo comprobó que uno de los hombres se había dado la vuelta y lo observaba a través del cristal. Las manos le temblaron al ponerse los guantes de látex. Comenzó a hacer el chequeo: control de pupilas, tensión arterial…

En el momento en el que el agente perdió interés en lo que hacía y se giró de nuevo, Michael supo que había llegado su oportunidad. El corazón le latía con fuerza y sintió el sudor en las sienes. Sacó el DeltaLife del estuche y lo sostuvo entre los dedos. Con la otra mano sujetó el párpado de Vincent y depositó la nanocápsula en su globo ocular. Tomó aire; lo más difícil ya estaba hecho. Se puso de espaldas a los agentes del CEP para, a través de su dispositivo, posicionar el DeltaLife.

Cuando hubo finalizado, Michael se sintió más tranquilo. Al dirigirse hacia la puerta de salida de la sala su dispositivo vibró: «No recoge imágenes, pero funciona correctamente», decía el mensaje de Edmund. Era obvio que el DeltaLife de Vincent no podía recoger imágenes, porque sus párpados estaban cerrados.

Las puertas de la sala se abrieron y Michael cruzó el umbral. Los agentes del CEP hablaban con otro hombre, también vestido de negro, que se volvió cuando el médico pasó a su lado. Lo observó con detenimiento.

«No llames la atención —se dijo Michael—. Solo te han mirado. Tranquilo, sigue caminando con tranquilidad».

Se alejó por el pasillo, con los puños apretados dentro de la bata, hasta que llegó a una zona más concurrida. Finalmente entró en su despacho y suspiró con alivio. Lo había conseguido. Se quitó la bata y se puso el plumífero para salir cuanto antes del hospital.

Elise estaba sentada en la cama del hotel cuando su dispositivo le anunció la llamada de Michael. Tenía la espalda encorvada y observaba con las pupilas dilatadas el ordenador que sostenía sobre las piernas.

—Elise, soy yo. Solo quería decirte que ya se lo he puesto.

—Lo sé. Te he visto hacerlo —contestó ella con voz ronca—. Estoy borrando las grabaciones de las cámaras y los registros de entrada para que no haya rastro de tu presencia. Puedes estar tranquilo. Gracias por todo.

Elise cortó la llamada. Amplió la imagen de Vincent para verlo de cerca, aunque apareciera pixelado. Acercó los dedos a la pantalla y acarició el rostro de su hermano.

SALLY LEIGH

Canal News, Chicago
2 de abril del 2039, 20:23 horas

Las oficinas estaban en la planta treinta y uno del Crain Communications Building, un rascacielos de finales del siglo xx que había sido uno de los primeros edificios inteligentes de la ciudad. A esa hora todas las mesas estaban vacías, excepto la suya. Sally, con los codos apoyados en el escritorio, jugueteaba con un mechón de pelo que escapaba de su moño mientras releía el artículo en el que había estado trabajando.

Cuando terminó, echó la cabeza hacia atrás y suspiró. «Ya es suficiente por hoy», se dijo. Apagó la pantalla del Dock. A esas horas, sin el bullicio habitual de la jornada, la oficina parecía un tanto lúgubre. Sally se abotonaba el abrigo cuando escuchó un ruido a su espalda. Se giró sobresaltada.

—¿Todavía por aquí?

—¡Andrew! ¡Qué susto me has dado!

El hombre, vestido con el uniforme azul del personal de limpieza, se rio al ver su expresión.

—No quería asustarte.

—Pues lo has hecho —dijo Sally con una risa nerviosa—. En realidad, ya me voy.

Recogió unos folios en los que había escrito unas notas y se los guardó en el bolso.

—Buenas noches, Andrew.

El hombre le devolvió el saludo y siguió vaciando las papeleras. En el ascensor, Sally pidió un InstantCar. Pasó su dispositivo por el torno de salida del vestíbulo y permaneció junto a la puerta principal para protegerse del frío.

Tres minutos después, la vibración en su antebrazo le avisó de que el coche había llegado. Saludó con la mano al vigilante de seguridad, antes de salir al exterior.

Un Lexus azul marino la esperaba en doble fila. Se sentó en la parte de atrás. Un panel de seguridad transparente la separaba del conductor.

—Buenas noches, señora Leigh —dijo el hombre a través del intercomunicador.

—Buenas noches, señor... Westergreen —respondió Sally tras comprobar el nombre en su dispositivo.

El coche se puso en marcha, dejó Millennium Park y se dirigió hacia el sur. La periodista no se quitó el abrigo; con el tráfico fluido el viaje no solía superar los diez minutos. Estaba deseando llegar a casa, descalzarse y ponerse cómoda.

—¿Quiere escuchar música?

—No, gracias.

Aprovechó el trayecto para revisar la agenda del día siguiente. Comprobó que la mayor parte de su trabajo lo podía hacer desde casa, lo que suponía que quizás podría ver a Martin. No recordaba a qué hora tenía el vuelo de regreso de Dallas, donde se encontraba esa noche para asistir a la gala de la senadora Stone.

Tuvo la impresión de que estaba a punto de llegar a su destino y levantó la vista para mirar por la ventanilla. Le sorprendió ver el Chicago Defender Building.

—Perdone, se ha pasado de largo. Ha dejado atrás el 2130.

El conductor no respondió y el Lexus continuó en dirección sur. Sally se preguntó si no la había oído. Pulsó de nuevo el intercomunicador.

—Señor Westergreen, ¿me oye? —insistió.

Una vez más, no hubo respuesta. Nerviosa, se removió en el asiento. Supo que algo no iba bien. Digitó en su dispositivo para pedir ayuda. No tardó en descubrir que no tenía cobertura. ¡Estaban utilizando un inhibidor!

—¡Detenga el coche! —gritó aterrorizada.

Escuchó un leve sonido, casi imperceptible. El olor la hizo entrar en pánico. «¡Gas! ¡Es gas!», se dijo asustada. Intentó abrir la puerta, pero el cierre centralizado estaba activado. Golpeó con los puños el panel que la separaba del conductor. No le sirvió de nada.

Desesperada, se preguntó si el tacón de sus zapatos lograría romper la ventanilla. Se tumbó, dobló las piernas y propinó un fuerte golpe. Se estaba mareando; no le quedaba mucho tiempo. Dio otra patada y tuvo la impresión de que el cristal iba a ceder. Lo intentó por tercera vez, hasta que le fallaron las fuerzas.

La periodista se desvaneció en el asiento mientras el Lexus giraba en dirección suroeste.

MARTIN PAYNE

Hotel Centre Plaza, Dallas
2 de abril del 2039, 21:03 horas

El hotel de lujo, situado en el corazón financiero de Dallas, había sido el lugar elegido para la gala benéfica. La Fundación Stone contaba con el apoyo de importantes entidades y reconocidos patrocinadores. Los invitados famosos comenzaban a llegar y eran recibidos por la prensa que los fotografiaba en la entrada principal. Había un segundo acceso para el resto de los asistentes, que fue el que utilizó Martin.

Al llegar al control de seguridad, mostró la acreditación de prensa en su dispositivo. Tuvo que pasar por el detector de metales y después lo cachearon. Una vez en el vestíbulo, Martin descubrió entre la gente una cara conocida. Una mujer alta que llevaba un elegante vestido de color naranja se acercó.

—¡Martin! ¡Me alegro de verte!

Era Christa Wallace, una periodista amiga a la que conocía desde la universidad.

—Hola, Christa, ¿cómo te va? Estás imponente.

Ella se rio y sacudió la melena.

—Tú también estás muy guapo —le dijo. Le acarició la solapa del traje gris marengo—. ¿Qué es de tu vida, Martin?

—Todo bien. No me puedo quejar.

—Tenemos que entrar —dijo la mujer mirando su dispositivo— ¿Dónde te sientas?

—Sector F, mesa cinco.

—Estamos lejos. ¿Tienes planes para luego? —preguntó mi-
rándole fijamente a los ojos.

—Si quieres podemos tomar algo, pero…

—Déjame averiguarlo, esta vez no será como en los viejos
tiempos —dijo mientras le ajustaba la corbata, que se le había
torcido ligeramente—. ¿Vas en serio con alguien, Martin?

Él sonrió.

—Enhorabuena. Pareces feliz.

—Soy un hombre afortunado.

Martin se despidió de su amiga, a la que esperaban otros compañeros de su agencia, y entró en la sala donde tendría lugar la
gala. Una asistente se acercó y comprobó su nombre antes de
acompañarle al asiento que le correspondía. Caminó entre las
numerosas mesas redondas vestidas con manteles de color azul
marino que caían hasta el suelo. Sobre ellas había elegantes ador-
nos florales y servicios para un cóctel.

Su mesa se encontraba a cierta distancia del escenario. Se sentó
y observó a los invitados; entre ellos reconoció a actores, empre-
sarios, senadores, congresistas y presentadores de las plataformas
multimedia más conocidas. Todos ellos entraban en la sala son-
rientes, intentando ofrecer su mejor imagen a las cámaras. Los
compañeros de mesa de Martin también tomaron asiento. A su
derecha tenía a un conocido empresario y a su izquierda a una
millonaria que colaboraba con la fundación como voluntaria. Al
resto no los conocía.

Helen Garret, la presentadora de la gala, era una famosa ex-
modelo que trabajaba como actriz. El acto comenzó con el co-
rrespondiente agradecimiento a los presentes y anunció la primera actuación de la noche. Se trataba de Giovanni Rosa, el músico
italiano de moda. Se sucedieron algunas actuaciones, entre ellas
las de un humorista que arrancó los aplausos del público. A Mar-

tin le aburrían esos actos. Sentía calor y se aflojó ligeramente el nudo de la corbata.

Por fin, la presentadora llamó a la senadora, que se sentaba en una mesa próxima al escenario. Linda Stone, engalanada con un vestido *vintage* plateado de Donna Karan, subió al escenario. Llevaba el pelo rubio platino recogido e iba impecablemente maquillada. Los retoques de cirugía contribuían a que aparentara menos de cuarenta años, si bien Martin sabía que superaba los cincuenta. Cuando cesaron los aplausos, la senadora saludó a los invitados y agradeció su presencia en la velada.

—Esta noche estamos aquí para apoyar la Fundación Stone y sus objetivos. Y qué mejor manera de hacerlo que con sus generosas aportaciones, que permitirán seguir la lucha contra el VIH. Aunque ya hace diez años que se erradicó en nuestro país, nuestro reto ahora es lograrlo en el resto del mundo.

—Señora Stone —tomó la palabra Margot Steel, una conocida periodista—, nadie pone en duda las buenas intenciones de la Fundación Stone, pero muchos ciudadanos piensan que antes de solucionar los problemas de otros países deberíamos solventar los nuestros. Porque con solo salir a la calle y mirar a nuestro alrededor...

—Perdone que la interrumpa, señora Steel. Está claro que hay mucho por lo que luchar, pero ese no es el tema del que vamos a hablar hoy. El objetivo de esta gala es conseguir fondos para la erradicación del VIH a nivel mundial.

Una asistenta se acercó a Martin, que había levantado la mano, y le dejó un micrófono para que hablara.

—Senadora, soy Martin Payne, de la Unidad de Gestión de Noticias. Le hice una entrevista hace unas semanas, ¿me recuerda?

—Por supuesto. Tengo muy buena memoria. Encantada de saludarle, señor Payne.

—Yo, además de felicitarle por la gala, quería preguntarle por Niro Technologies.

—¿Qué tiene que ver Niro Technologies con la gala? —preguntó Linda Stone con un semblante serio.

—Entre las empresas que forman el grupo hay una farmacéutica que está vendiendo tratamientos contra las nuevas cepas del VIH que han rebrotado en países menos desarrollados.

—No estoy al tanto de ese tema —respondió con parquedad la senadora.

—Sin embargo, usted estaba en el Consejo de Administración de Niro Technologies.

—Hace tiempo que cesé en el cargo.

—Pero sigue teniendo acciones en el grupo.

Un murmullo recorrió la sala. La senadora estaba visiblemente incómoda.

—No estamos aquí para hablar de mis actividades empresariales, señor Payne. Como le decía a la señora Steel, el fin de esta gala es muy concreto y usted se está apartando de él. Le ruego que nos permita continuar. ¿Alguien más tiene alguna pregunta?

—Senadora —insistió Martin—, yo quería saber si le parece ético mantener dos posturas claramente enfrentadas. Por un lado, usted habla de erradicar enfermedades a través de su fundación, y por otro, Niro Technologies se está beneficiando económicamente de los tratamientos de esas mismas enfermedades.

—Señor Payne, es lamentable que venga usted aquí a intentar echar por tierra mi trabajo y poner en duda el buen nombre de la fundación —dijo Stone elevando la voz.

Un miembro del equipo de seguridad se acercó a la mesa de Martin e hizo una seña a la asistenta para que recuperara el micrófono.

El periodista dio por finalizada su intervención y, ante la mirada de una gran parte del público, se levantó. Camino de la salida pudo escuchar que el senador Miller elogiaba la labor de la fundación. Sus palabras fueron recibidas con tímidos aplausos.

Afuera, el frío hizo que Martin echara de menos su abrigo. Sin embargo, decidió ir andando hasta el hotel. No estaba lejos.

Y le vendría bien para relajarse un poco; todavía estaba en tensión. Había logrado su propósito de poner a la senadora contra las cuerdas, aunque sabía que esto le podría traer problemas en el futuro.

Estaba comenzando a llover cuando su dispositivo vibró con un mensaje entrante: «Supongo que a tu chica le gustan los rebeldes. Has estado muy bien, cielo. Has sido la única voz sincera en toda esta mierda. Una pequeña bomba de la que intentaremos hablar en los medios».

Martin sonrió al leer el mensaje de Christa. A continuación, aceleró el paso para llegar al hotel cuanto antes.

ANNA CUSACK

Gam
3 de abril del 2039, 04:33 horas
(2 de abril, 21:33 horas en Chicago)

Se despertó sobresaltada y se incorporó en la cama. A pesar de la oscuridad que reinaba en la habitación, reconoció inmediatamente dónde estaba. Se encontraba en el dispensario médico de Gam. Bebió de la botella de agua que había dejado a mano. Se secó una gota que había resbalado por su barbilla y se levantó dispuesta a llamar a su padre.

Debería haberlo hecho la noche anterior, pero Ndeshi los había invitado a cenar en su casa y el agradable encuentro se había alargado más de lo que pensaba. Era incapaz de recordar cuándo había sido la última vez que se había sentido tan bien. Incluso habían fumado un cigarrillo tras la cena, mientras tomaban una infusión de hierbas. Hacía más de quince años que Anna había dejado de fumar, sin embargo, en aquel momento, aceptó el tabaco que Jord le había ofrecido. Al encenderlo tosió y sus acompañantes rompieron a reír. Cuando llegó a su habitación en el dispensario pensó en llamar a su padre, pero se relajó unos instantes en la cama y se quedó dormida.

Cogió una chaqueta de algodón y caminó por el pasillo oscuro de la enfermería hasta la entrada principal. Al salir, sintió la brisa de la noche en el rostro. Observó el hermoso cielo lleno de estrellas.

—¿Papá? —preguntó al escuchar la voz de Edmund.

Había marcado el código para una llamada con vídeo, pero al parecer allí había problemas de red y no podían verse. Tenían que conformarse con el audio.

—¡Anna! Estaba deseando hablar contigo.

—¿Te he despertado?

—No, no. Cuéntame. ¿Hay novedades?

—Lo he encontrado, papá. Lo trajeron para ponerle la vacuna. Se llama Dinari.

—Dinari —repitió Edmund, pronunciándolo despacio—. ¿Estás segura de que es él?

—Sí, es él. Tiene la misma energía que Sam. Pero es a la vez diferente.

—Claro —musitó Edmund—. Es otro ser.

—Estuve con él solo unos minutos. Lo tuve en mis brazos y sentí una paz inmensa. Creo... creo que reconoció mi voz.

—Seguro que sí —intervino Edmund—. Olga dice que los estímulos sensoriales, sobre todo los sonidos y los olores, son los que desencadenan los recuerdos. O los que ayudan a no olvidar.

—Papá, fue algo mágico. Sentí que mi vínculo con Sam no está roto. Es como si estuviera por encima de todo, incluso por encima del hecho de haber sido su madre. Quiero volver a verlo, mañana mismo lo intentaré. Solo la idea de tenerlo de nuevo en mis brazos me hace inmensamente feliz.

—Pero, Anna, no olvides que tú regresarás a Chicago y Dinari se quedará con su familia en África.

—Intentaré mantener el contacto con él y con su madre. Quizás podamos ser amigas.

—¿Cuándo volverás? —preguntó Edmund.

—No lo sé. Acabaremos de vacunar en dos días.

Anna no quería pensar todavía en su regreso. Allí, cerca de Dinari, había conseguido calmar su dolor.

—Papá, ¿no sabemos nada de la luz de Yumiko?

—Todavía no. Pero hay novedades: acabamos de insertar un DeltaLife a dos gemelos.

—¿Gemelos? ¿Quiénes son?

—No pertenecen a Lebab, pero trabajan para nosotros. Te lo explicaré cuando nos veamos. Uno de ellos tuvo un accidente de tráfico y está muy grave. Ha sido algo inesperado. Se lo comunicaré dentro de un rato a los demás miembros. Cariño, ¿qué hora es en Namibia?

—Las cuatro y media de la mañana. Intentaré dormir un poco más.

—Sí, descansa, cariño.

—Lo intentaré. Te quiero, papá.

—Yo también, hija. Hablamos pronto.

Anna entró de nuevo. Se tumbó en el camastro y recordó los ojos de Dinari. Volvió a sentir el calor de su piel en la nariz. Y, acompañada por esa preciosa sensación, cayó de nuevo en un profundo sueño.

NATHAN MOORE

Departamento de Policía de South Loop, Chicago
2 de abril del 2039, 21:48 horas

L a zona de archivos estaba situada en el sótano del edificio. El detective bajó la estrecha escalera. Las paredes tenían desconchones debido a la humedad de una bajante de agua. Uno de los neones parpadeaba, como si estuviera a punto de fundirse. Nathan llamó a la puerta y asomó la cabeza. A diferencia del resto de la comisaría, allí abajo todo parecía tranquilo. El oficial Huang se acercó curioso. ¿Quién bajaba a Archivística a esas horas?

—¡Moore! Dichosos los ojos que te ven —le saludó.

—¿Cómo te va? —le preguntó Nathan.

—Contando los días que me faltan para jubilarme, ¿y a ti?

—Bien —contestó él encogiéndose de hombros—. He venido para consultar una información.

—No jodas. Pensé que venías a encargar una *pizza*.

—La *pizza* no estaría mal —reconoció Nathan y se rio.

—Dime, ¿qué andas buscando?

—Simplemente quiero que me des acceso al disco duro de Archivística. Yo me apaño.

—Tendrás que darme las palabras claves de tu búsqueda y firmar que lo has consultado.

—No hay problema —respondió Nathan.

—Vamos dentro —le dijo Huang abriendo con su dispositivo la puerta que daba a la sala.

El interior, al igual que la escalera, era un poco tétrico. Había unas cuantas mesas, todas de distintos modelos, sobre las cuales se podían ver pantallas con teclados. Nathan arrugó la nariz, olía a cerrado.

—Sigue siendo tan acogedor como siempre.

—El presupuesto de renovación se acabó antes de que llegaran a esta zona —bromeó Huang—. Por suerte alcanzó para escanear los archivos antiguos que todavía estaban en papel.

El oficial marcó unos códigos en el teclado de uno de los Docks.

—¿Palabra clave? —preguntó.

—Lebab —respondió Nathan.

—Un momento. Me dice que hay restricciones. ¿Puedes pasar tu placa por el lector?

—Por supuesto.

El detective apoyó el antebrazo en el lector.

NATHAN MOORE. AUTORIZADO, rezó la pantalla.

—OK, te dejo —dijo Huang—. Llámame si necesitas algo.

—Gracias.

El detective se sentó en una silla que cojeaba ligeramente. Comprobó que en los archivos de la Policía había cientos de entradas. Leyó los titulares, primero los más antiguos.

NACE LA ORGANIZACIÓN LEBAB CON EL OBJETIVO
DE DEMOSTRAR LA MIGRACIÓN DEL ALMA
27 de junio del 2032

LEBAB EN EL PUNTO DE MIRA. CUSACK Y FERRÉ, REPUDIADOS
POR LA COMUNIDAD CIENTÍFICA
23 de noviembre del 2032

EL GOBIERNO ILEGALIZA LEBAB TRAS DECLARARLA
«SECTA PELIGROSA»
8 de marzo del 2033

Nathan leía concentrado mientras giraba la alianza de su dedo anular con la mano derecha. Era un gesto reflejo y repetitivo.

«Lebab y su concepción de un mundo mejor», rezaba el título de un artículo. Nathan leyó las declaraciones de Edmund Cusack, el fundador: «Creemos firmemente que nuestros estudios supondrán un cambio definitivo en las relaciones humanas a nivel mundial».

Nathan se estiró y cruzó los brazos por encima de la cabeza. Estaba haciendo una lectura rápida cuando un titular llamó su atención:

ANTOINE FERRÉ, EL CIENTÍFICO QUE DESCUBRIÓ EL «EFECTO
LUCIÉRNAGA», FALLECE EN EXTRAÑAS CIRCUNSTANCIAS
27 de marzo del 2033

Nathan entornó los ojos, pensativo. Escribió en el campo de búsqueda «miembros de Lebab fallecidos». Al momento aparecieron varias entradas:

EDMUND CUSACK FALLECE EN ACCIDENTE AÉREO EN ASIA
17 de abril del 2034

LA HIJA DE EDMUND CUSACK Y SU NIETO FALLECEN
EN UN ACCIDENTE DE TRÁFICO EN SÍDNEY
5 de marzo del 2036

Nathan miró detenidamente la fotografía que acompañaba al titular; en ella se veía a una mujer de pelo oscuro con un niño de dos o tres años en sus brazos.

Pero aquello no era todo. El detective frunció el ceño y siguió leyendo. Al parecer, tras la ilegalización de Lebab, la comunidad científica dio la espalda a la organización. Solo algunos investigadores como Joseph Mazzei, Hilda de Maestre y Philip Cortez apoyaron las ideas de Lebab y defendieron la relevancia de sus investigaciones. Los tres fueron ridiculizados y expulsados de las universidades y centros para los que trabajaban. Pero lo que más llamó la atención a Nathan fue que los tres científicos fallecieron entre el 2034 y el 2036.

Ferré, Cusack, su hija y aquellos tres científicos... ¿Era casual que todos ellos murieran en un espacio de tiempo tan corto?

Nathan recordó que la periodista Sally Leigh había mencionado una entrevista que le había hecho a Cusack. Accedió a la base de datos de Canal News y no tardó en dar con ella. El vídeo se grabó en abril del 2033, poco después de que Lebab fuera declarada ilegal.

Nathan pulsó *play*.

—Señor Cusack, ¿tiene algo que decir a quienes piensan que sus teorías son ridículas?

—Como sabe, el decreto del 8 de marzo declaró a Lebab ilegal. Obviamente, nos prohíbe seguir con nuestras investigaciones. Quizás, en lugar de pensar si nuestros postulados son ridículos, sería más interesante hacerse otras preguntas como: ¿por qué nos han bloqueado los fondos para investigar? ¿Por qué los logros de la organización se han encubierto en las redes sistemáticamente? ¿Por qué se nos ha prohibido divulgar cualquier descubrimiento a la comunidad científica?

—Díganos cuál es el objetivo de Lebab de modo que los espectadores y yo misma podamos entenderlo.

—Queremos probar científicamente la reencarnación. Piense por un momento qué sucedería si lo lográramos, si tuviéramos la certeza de que todos nosotros y nuestros seres queridos después de morir nos reencarnaremos.

—¿Realmente creen que lo lograrán?

—Lo haremos, señora Leigh. Y, entonces, ¿soportaremos las

injusticias, las guerras, la pobreza y las enfermedades sabiendo que nuestros seres queridos quizás las están sufriendo? Lebab desea despertar una empatía que haga el mundo más justo. Y me temo que hay intereses contrarios a que algo así se ponga en marcha. Tenga en cuenta que se tambalearían los pilares básicos de las sociedades capitalistas. Se cuestionaría nuestra propia existencia, nuestra forma de vivir ajena al dolor del prójimo, un prójimo que podría ser de nuestra familia.

Nathan pausó la imagen en el momento en que Sally y Cusack se estrechaban la mano. Todo aquello le resultaba desconcertante.

MICHAEL GUTHRIE
Y MARÍA GÓMEZ

Restaurante Jin Jin, Melrose Street, Chicago
2 de abril del 2039, 22:16 horas

La blusa azul de María se le ceñía a la cintura. Michael apoyó la mano en su espalda mientras caminaban hacia la salida del restaurante. Todavía había buen ambiente, las mesas estaban llenas y los camareros iban de un lado a otro atendiendo a los clientes. Como era habitual cuando tenían la noche libre, habían salido a cenar.

La velada había sido muy agradable, pero había llegado el momento de retirarse. Al día siguiente madrugaban los dos. En la entrada recogieron sus abrigos y se los pusieron bajo los farolillos rojos que daban la bienvenida al local.

—¿Y si damos un paseo? —propuso María.

—Claro —respondió Michael.

María le agarró del brazo. Agradeció aquel momento, aquel paréntesis de paz, mientras caminaban hacia el apartamento. Era una forma de alargar la noche.

Sin embargo, la angustia no tardó en regresar. No podía ignorar lo que estaba sucediendo. Esa misma mañana, Michael le había puesto un DeltaLife a Elise y otro a su hermano. Y al día siguiente a primera hora tendría lugar la desconexión de Vincent.

—¿Tienes frío? Estás temblando —señaló Michael.

—¿Te importa si llamo a Elise? —le preguntó María a su vez.

—No, por supuesto. Llámala.

Michael también regresó a la realidad. Aquella sería probablemente la última noche de Vincent. A la mañana siguiente, si no sucedía nada que cambiara la situación, el chico abandonaría este mundo.

—Hola, Elise —saludó María.

—¿Hay alguna novedad? —preguntó ella al otro lado.

—No, no... Solo queríamos saber cómo estabas.

—Estoy conectada a las cámaras del hospital.

María supo que la chica seguía aferrada a aquel uno por mil del que había hablado Michael. Y así era. Elise esperaba algo que lo cambiara todo, algo que le devolviera a su hermano.

—¿Quieres venir a nuestra casa?

—Gracias, pero prefiero estar sola.

—Va a ser una noche larga, ¿estás segura?

—Sí.

—No dudes en llamarnos si necesitas algo.

—Gracias —respondió Elise antes de colgar.

María se detuvo, le costaba caminar. Michael se volvió hacia ella. Cogió su rostro entre las manos. Observó cómo sus ojos se llenaban de lágrimas. María hundió la cabeza en el pecho de su novio y, envuelta en sus brazos, estalló en sollozos. Él la sostuvo hasta que se tranquilizó.

—Señor Guthrie, creo que le he llenado el abrigo de mocos —dijo María mientras se frotaba los ojos.

—No se preocupe, realmente no es un abrigo, es un pañuelo gigante.

María sonrió y le acarició la mejilla.

—Michael, ¿qué haría yo sin ti?

—No te librarás de mí, querida. Pienso estar siempre a tu lado.

SALLY LEIGH

West Cortland Street, Chicago
2 de abril del 2039, 22:42 horas

Al recuperar la consciencia, sintió náuseas. Estaba sentada e inmovilizada en una silla metálica. Tenía las manos atadas a la espalda. Le dolían los brazos. También el cuello y las cervicales. No llevaba su abrigo, estaba en camiseta interior y descalza. Apretó los párpados e intentó recordar qué había pasado. Había pedido un coche para ir a casa y... sintió el gas. Intentó romper la ventanilla antes de perder el conocimiento. Se preguntó qué había sucedido después. ¿Quién la había llevado allí?

Se agitó en la silla, pero las cuerdas de plástico que sujetaban sus muñecas se le clavaron en la piel. Tampoco, por mucho que forzara el cuello, lograba ver su dispositivo. La iluminación era muy pobre, tan solo una bombilla cerca del rostro que la cegaba y no le permitía ver con claridad lo que había alrededor. Sin embargo, le pareció distinguir unos muros de ladrillo que le hicieron pensar en una estructura industrial, una fábrica tal vez. Sally emitió una especie de sollozo, casi imperceptible, mientras sacudía la cabeza con impotencia.

—Buenas noches —dijo alguien a su espalda.

La periodista reconoció la voz: era uno de los policías que habían ido a su casa.

—¿Dónde estamos? —preguntó—. Esto no es...

—¿La comisaría? No, no lo es. He elegido un lugar más íntimo para nuestra conversación —respondió Sanders.

Sally no podía ver a su interlocutor, seguía detrás de ella.

—¿Qué está pasando? —preguntó, intentando mantener la voz firme.

Sanders bordeó la silla y se colocó frente a ella. Como el día que la había visitado en su apartamento, vestía de negro. Sostenía una jeringuilla en la mano.

—¿Sabes qué es esto? —Sally tragó saliva, era incapaz de sostenerle la mirada—. Es una dosis de XP.

—Esto es ilegal —dijo asustada.

La XP era una sustancia que se había utilizado en interrogatorios en el pasado. Se la conocía como «droga de la verdad» y la habían prohibido por los graves efectos secundarios que provocaba.

Sanders sujetó el brazo desnudo de la periodista y le inyectó el contenido de la jeringuilla. Ella gritó, presa del pánico.

—Relájate. La XP tarda un par de minutos en hacer efecto —le explicó el agente con voz tranquila—. Me preguntabas dónde nos encontramos. Pues bien, estamos en el almacén de un horno incinerador, de esos que tanto os gustan a los budistas.

Sally no podía controlar el temblor que sacudía su cuerpo. Pasaron unos segundos interminables. Sanders se quitó la americana y se remangó la camisa antes de continuar.

—Vamos a hablar de Lebab, si te parece. Me gustaría que me dijeras cuántos miembros hay actualmente en la organización.

—No sé el número exacto… —Sally se dio cuenta de que había perdido el control de su voluntad. Sentía una fuerte pulsación en las sienes y un terrible dolor de cabeza—. Seremos unos doscientos en todo el país.

Sanders daba pequeños paseos de un lado a otro.

—¿Quién es el líder?

—Edmund Cusack.

El golpe que le propinó fue tan violento que la hizo caer al suelo con la silla. Se golpeó las costillas, el hombro y la cabeza. Sintió que un hilo de sangre le corría por la mejilla hasta alcanzar el cuello.

—Edmund Cusack está muerto —dijo el agente.

Sanders agarró el asiento con una fuerza descomunal y levantó a Sally del suelo. La parte derecha de la cara, donde había recibido el golpe, empezaba a hincharse.

—¿Quién lidera Lebab? —preguntó de nuevo.

—Edmund Cusack —repitió Sally aterrorizada.

Sanders sabía que la droga ya estaba haciendo efecto, así que no podía tratarse de un error.

—¿Me estás diciendo que ese hombre está vivo?

—Sí.

—Entiendo. Dime, ¿cuál es la identidad bajo la que se oculta?

—La desconozco.

—Dame entonces nombres de otros miembros.

—Solo conocemos los nombres de pila. No sabemos los apellidos de nuestros compañeros.

Aunque dudaba de que le fueran de utilidad, Sanders grabó en su dispositivo los nombres que ella le dio.

El interrogatorio continuó. Sally le contó que algunos de los miembros de Lebab eran ricos y sostenían la organización. Le habló de los *hackers*, de los códigos encriptados y de las reuniones secretas que mantenían regularmente.

—¿En qué punto están las investigaciones científicas?

La periodista le habló de los DeltaLife y el DeltaMother. El primer DeltaLife se lo habían insertado a una mujer y el segundo a un niño.

—¿Cómo y dónde se colocan los DeltaLife?

Sally, con lágrimas en el rostro, explicó que se insertaban en la córnea del ojo izquierdo.

Sanders parecía ahora más interesado.

—¿Ha habido algún resultado?

—El niño ya se ha reencarnado. Su DeltaLife ha regresado junto a su alma.

—¿Dónde ha nacido ese niño?

—En África, pero desconozco la ubicación.

—¿Y cuándo ha sucedido esa reencarnación?

—Hace unos días. Nos lo comunicaron ayer por la mañana.

Sally, a consecuencia del dolor y del mareo, tardó unos segundos en darse cuenta de que su dispositivo vibraba. Sanders se colocó detrás de ella para poder verlo.

—¿Contraseña de seguridad, querida?

—37x5b9 —respondió.

—¡Noticias frescas! ¿Quieres saber lo que dice el mensaje? «Tercer y cuarto DeltaLife activados. Son dos gemelos». ¿Qué tal si continuamos por ahí? Cuéntame lo que sabes de los gemelos.

—No sé quiénes son.

—Quiero que te concentres. ¿Estás segura?

Sally asintió. Cerró los ojos esperando una reacción violenta. Sanders se tocó la barbilla, pensativo. Unos segundos después sacó una navaja del bolsillo del pantalón. La periodista, paralizada, se preguntó qué iba a hacer.

El hombre cortó las cuerdas que la inmovilizaban y pudo mover los brazos de nuevo. La sensación de alivio fue muy breve, porque Sanders sujetó su muñeca izquierda y clavó la navaja en su antebrazo con brutalidad para arrancarle el dispositivo. Sally gritó a causa del intenso dolor. La sangre corrió por su brazo y bajó por la mano hasta los dedos. Empezó a gotear en el suelo.

Sanders tiró de ella para obligarla a levantarse. Sally, agarrándose el brazo herido con la otra mano, caminó a trompicones mientras la empujaba. Sus piernas no le obedecían. El hombre dio una patada a una puerta metálica y salieron a un pasillo oscuro.

—¿Dónde me llevas? —preguntó horrorizada.

La temperatura era mucho más alta allí. Percibió un fuerte olor y supo que se acercaban a un horno incinerador.

Intentó retroceder, pero Sanders la golpeó de nuevo y cayó de rodillas al suelo. El agente la agarró por el pelo y la arrastró hasta la compuerta. Cogió la manilla metálica y la abrió; los ojos del hombre se iluminaron con las llamas del interior. Sally, drogada y débil, no lograba soltarse. Sanders hizo que se incorporara. La inmovilizó contra su cuerpo, mientras ella sentía el horrible calor que salía por la compuerta. La empujó al interior. Sally intentó agarrarse a él, pero finalmente cayó hacia atrás y se perdió en el enorme tubo de fuego. Se escuchó un grito y luego un golpe seco.

Tras cerrar la compuerta, Sanders dio unos pasos hacia atrás. Antes de abandonar el edificio, se puso la chaqueta y recuperó su aspecto impoluto.

PARTE III

PARTE III

ELISE LACROZE

West Diversey Ave, Chicago
3 de abril del 2039, 07:13 horas

Caminó hacia el cruce con Clark North Street y entró en una cafetería. Se apoyó en la barra, ignorando a la docena de personas que había en el local, sentadas en su mayor parte en las mesas que daban a la cristalera. Permaneció de pie y con aire ausente. Una camarera con el pelo recogido bajo un gorro de tela blanco se acercó para atenderla.

—¿Qué te pongo? —le preguntó.

Ante la falta de respuesta, la mujer carraspeó para llamar su atención.

—Disculpe —dijo Elise.

—¿Qué te pongo, cielo?

—Un expreso, por favor.

Faltaba menos de una hora para la desconexión de Vincent. A pesar de que Michael y María la habían advertido de que no apareciera por allí, tenía que intentar verlo. No podía dejarlo solo en los que probablemente fueran sus últimos minutos de vida. Quizás él sintiera su presencia. Quizás...

—¿Quieres comer algo? —le preguntó la camarera tras dejar ante ella una taza de café.

Elise sacudió la cabeza.

—No tienes buena cara. ¿Estás bien? Anda, toma —dijo y le

acercó un trozo de bizcocho en un platito—. Invita la casa. No te vendrá mal un poco de energía para empezar el día.

Elise intentó sonreír. Nunca se había sentido así. Ni siquiera la desaparición de su madre o el asesinato de sus amigos en París le habían provocado un sufrimiento semejante. Era como si la estuvieran desgarrando por dentro. Y una horrible presión en el pecho le impedía respirar con normalidad.

¿De verdad iba a perder a su hermano?

—¿Me cobra?

Pagó con su dispositivo y añadió una buena propina. Se puso la chaqueta térmica sobre el jersey negro y salió de la cafetería.

El Hospital Saint Joseph estaba a unos cuatrocientos metros de allí.

MARÍA GÓMEZ

Soporte Vital, Hospital Saint Joseph, Chicago
3 de abril del 2039, 07:40 horas

Dos enfermeros, vestidos con el traje verde reglamentario, entraron en la sala y saludaron. María los esperaba junto a la cama de Vincent. A excepción de los moratones del rostro, que se habían tornado amarillentos, no se había producido ningún cambio en el paciente desde que ingresó dos días antes.

Uno de los sanitarios se encargó de retirar las vías de suero que lo alimentaban. El otro tiró el material inservible en los cubos de reciclaje. María los observaba en silencio.

Presenciar las desconexiones y cerciorarse de que todo estuviera en orden formaba parte de su trabajo, pero esta vez era diferente, porque tenía un vínculo con la persona a la que iban a desconectar. Aquel chico era el hermano de Elise. Y ella le había prometido a su amiga que no lo dejaría solo; permanecería a su lado hasta el final.

Los enfermeros cubrieron el cuerpo con una sábana limpia y se dispusieron a salir. Empujaron la cama, que llevaba el respirador conectado, y María los siguió. Los dos agentes del CEP que esperaban en el exterior fueron tras ellos.

Antes de llegar a la Sala de Desconexiones, un hombre se sumó al particular cortejo. Era atractivo, a pesar de su nariz imperfecta, ancha y ligeramente torcida. Llevaba el pelo rubio muy corto y vestía de negro.

María evitó encontrarse con su mirada. Había algo en aquel hombre que la inquietaba.

MICHAEL GUTHRIE

**Quirófano de Neurocirugía,
Hospital Saint Joseph, Chicago
3 de abril del 2039, 07:50 horas**

Todo estaba preparado para la intervención, tan solo faltaba que la anestesia hiciera efecto. La mujer tenía un tumor accesible, aparentemente fácil de extirpar en su totalidad. Sin embargo, los cirujanos sabían que no había operación sencilla. Por desgracia, siempre podía surgir alguna complicación. Aunque en la última década se habían producido avances considerables en neuroimagen diagnóstica que permitían mayor precisión, había que tener en cuenta la extrema sensibilidad del cerebro.

Vestido para la cirugía, con el gorro y la mascarilla puestos, Michael miró su dispositivo a través del rectángulo transparente del traje quirúrgico. Faltaban pocos minutos para las ocho. No pudo evitar pensar en Vincent. Y en Elise. Sintió una punzada en el estómago; él sabía bien lo que se sentía al perder a un hermano. Recordó a Gladys corriendo sobre la hierba con su vestido azul celeste.

Se esforzó en mantenerse sereno, su equipo estaba pendiente de él, a la espera de instrucciones. Observó concentrado la cabeza de la paciente.

—¿Preparados? —dijo Michael.

Respiró profundamente antes de coger el bisturí láser y dar comienzo a la operación.

ELISE LACROZE

Alrededores del Hospital Saint Joseph, Chicago
3 de abril del 2039, 07:53 horas

Cruzó la calle bajo la ligera niebla que cubría la ciudad. Al llegar a la rotonda principal que daba acceso al hospital, reparó en la estatua de Jesucristo. Se detuvo unos instantes. Aunque no era católica, le llamó la atención aquel rostro compasivo y tuvo la fugaz impresión de que sus ojos bondadosos la consolaban.

—Vincent, ahí voy —murmuró.

Entró en el edificio con decisión. Una vez en el Área General del hospital, se quitó el gorro y lo guardó en el bolsillo del pantalón. A esas horas ya había bastante movimiento. Caminó evitando mirar las cámaras. Se cruzó con médicos, familiares y pacientes a los que trasladaban para hacerles las primeras pruebas del día.

Repasó mentalmente el plano que había descargado y memorizado. No le costó llegar a la lavandería. Escuchó unas voces y esperó a que dos celadores salieran. Abrió la puerta y comprobó que no había nadie más allí. Buscó las estanterías donde almacenaban la ropa limpia.

Unos minutos después, Elise, vestida con una bata de color blanco, tomó el primer pasillo a la derecha y caminó con rapidez bajo la potente luz de los fluorescentes.

MARÍA GÓMEZ

Sala de Desconexiones, Hospital Saint Joseph, Chicago
3 de abril del 2039, 07:58 horas

Los suelos, techos y paredes, al igual que los pequeños neones que colgaban del techo, eran de un blanco intenso. Tras bloquear las ruedas de la cama, los enfermeros abandonaron la estancia. Durante unos segundos María se quedó sola con Vincent.

El doctor Jameson y un funcionario no tardaron en llegar. Entraron en la sala. Los dos agentes del CEP y el hombre de negro que los había acompañado permanecieron en el exterior. Un gran cristal en la pared les permitía observar lo que ocurría dentro.

A las ocho en punto llegó otro hombre.

—Hola, Sanders.

—Moore, ¿tú por aquí?

—¿Te sorprende? Tú tampoco me dijiste que fueras a venir.

María tuvo la impresión de que existía cierta tensión entre ellos.

—¿Podemos empezar? —preguntó el funcionario.

El doctor Jameson y María asintieron. El funcionario digitó en su dispositivo para proceder a la lectura de los artículos que dictaba la ley. En ese momento, Sanders entró bruscamente en la estancia.

—¿Adónde vas? —preguntó Nathan desde el umbral.

—Perdone, el protocolo no permite que haya nadie más aquí —le advirtió María.

—Voy a asistir a la desconexión —respondió Sanders y alzó el brazo para mostrar su placa del CEP.

Al verla, el funcionario se encogió de hombros. Sanders se colocó al lado del doctor Jameson.

—Por favor, esa puerta —dijo el médico.

Nathan Moore la cerró y se quedó fuera con los dos agentes. Frunció el ceño en un gesto de contrariedad.

ELISE LACROZE

**Sala de Desconexiones, Hospital Saint Joseph, Chicago
3 de abril del 2039, 08:04 horas**

—Artículo 128 del Reglamento de Desconexiones del año 2031 —leyó el funcionario con voz monótona.

En ese preciso instante Elise pasó su dispositivo por el lector de acceso al área. Según el plano, su destino estaba a unos veinte metros. Al abrir la puerta abatible, vio a tres hombres en el pasillo. Sabía que los dos primeros, vestidos con trajes negros, eran miembros del CEP. Situados de espaldas a la habitación, flanqueaban la puerta. El tercero, con chaqueta de cuero, observaba el interior de la sala a través del cristal.

Elise se acercó a ellos mientras analizaba detalladamente las posibles salidas. Al fondo del pasillo se veía otra puerta, un segundo acceso a la zona.

Cuando se encontraba a escasa distancia de los agentes, aminoró el paso. Necesitaba ver a Vincent, aunque solo fuera unos segundos. Tenía que intentar conectar con él. Enviarle su energía. Decirle que estaba allí.

Se detuvo a la altura del cristal, junto a aquellos tres hombres. Alcanzó a ver el rostro de su hermano; estaba tan blanco que parecía hecho de cera. Tuvo la impresión de que su cuerpo había menguado, como si se hubiera consumido en las horas transcurridas desde el accidente.

Uno de los hombres del CEP se volvió ligeramente hacia ella. Elise fingió que chequeaba algo en su dispositivo. Unos segundos después, levantó la cabeza. Vincent estaba rodeado de extraños, con la excepción de María. Se mordió los labios. Parpadeó para evitar que las lágrimas corrieran por su rostro.

Dentro, el funcionario continuaba con la lectura del texto legal previo al acto de desconexión. María sintió que alguien la observaba desde el pasillo. La adrenalina se le disparó. La tensión agarrotó sus músculos. Elise estaba allí.

207

MARÍA GÓMEZ

Sala de Desconexiones, Hospital Saint Joseph, Chicago
3 de abril del 2039, 08:05 horas

Temiendo que su expresión de sorpresa pudiera delatarla, apartó la mirada. El funcionario había acabado la lectura del texto legal y el doctor Jameson se dispuso a accionar el interruptor que desconectaría a Vincent del respirador.

Elise siguió el movimiento de los dedos del médico. En unos segundos, la máquina dejaría de insuflar oxígeno en los pulmones de su hermano. Encogió los hombros en un gesto de dolor y dio unos pasos hacia atrás. Entonces Nathan Moore reparó en ella. Se preguntó quién era aquella doctora tan joven.

Sanders también se había percatado de que había alguien más en el pasillo. La observó a través del cristal con detenimiento. Sus ojos brillaron al reconocer el parecido entre aquella joven y el *hacker* al que iban a desconectar. De inmediato recordó lo que había leído en el dispositivo de Sally Leigh: «Tercer y cuarto DeltaLife activados. Son dos gemelos».

Para asombro de los presentes, Sanders se abalanzó hacia la puerta con tal ímpetu que propinó un fuerte golpe a la cama. María gritó. El cuerpo de Vincent estuvo a punto de caer al suelo. El funcionario y el doctor Jameson lo sujetaron.

Elise supo que algo iba mal. «Tengo que escapar», se dijo, y se precipitó hacia la salida al final del pasillo. Se volvió un instante.

Unos veinte metros la separaban del agente. Tenía que aprovechar aquella pequeña ventaja.

—¡Alto! ¡Policía! —gritó Sanders y desenfundó su arma.

Elise cerró la puerta tras de sí y desapareció del campo de visión del agente.

Nathan echó a correr tras su compañero. Se preguntaba, perplejo, qué estaba sucediendo. Por qué Sanders perseguía a aquella joven.

ELISE LACROZE

Pasillos del Hospital Saint Joseph, Chicago
3 de abril del 2039, 08:07 horas

L legó a un vestíbulo grande lleno de pacientes. Lo atravesó a toda velocidad, se quitó la bata blanca y la tiró al suelo. Se encontró con una camilla que le impedía el paso.

«¡Mierda!», pensó Elise. Y, sin pensarlo, saltó por encima.

—¡Qué demonios! —masculló el enfermero que la empujaba. Estaba a punto de salir de la sala cuando escuchó un grito a su espalda.

—¡Policía! ¡Abran paso!

Elise prosiguió su carrera mientras se desataba el pánico entre la gente al ver a aquel hombre armado. Sanders no dudó en empujar al suelo a un hombre con muletas que se interpuso en su camino.

Elise tomó un pequeño pasillo que desembocaba en una zona de espera. Había un montacargas a punto de cerrarse. Se introdujo en la cabina de un salto. La señora de la limpieza que estaba dentro gritó. Justo antes de que la puerta se cerrara, Elise pudo ver el gesto de rabia de su perseguidor.

Mientras el ascensor descendía, Elise digitó rápidamente en su dispositivo. Unos instantes después se escuchó una alarma en el hospital. «¡Hecho!», pensó. Al salir del montacargas, pudo comprobar que los aspersores contraincendios de las zonas comunes estaban funcionando. El suelo húmedo era resbaladizo, pero el caos la ayudaría en su huida.

Siguió corriendo mientras gritaba a las personas que se apartaran. No le faltaba mucho para llegar a una de las salidas de emergencia. Estaba a punto de alcanzarla cuando volvió a escuchar gritar a aquel hombre.

Elise apoyó su antebrazo en el lector de la puerta y esta se abrió.

MATT SANDERS

Salida de Emergencia, Hospital Saint Joseph, Chicago
3 de abril del 2039, 08:08 horas

El agente se restregó con la manga de la chaqueta el agua que le corría por la cara. Maldijo a la chica. Seguro que había sido ella la que había activado la alarma contraincendios. Era rápida y conocía bien el hospital, por eso había logrado salir del edificio.

Sanders alcanzó la puerta que acababa de cerrarse. Apoyó el dispositivo con su credencial, pero el cierre de la salida de emergencia estaba bloqueado.

—¡Joder! —exclamó con rabia.

Disparó al lector varias veces. Finalmente, tras dar una fuerte patada, la puerta se abrió y pudo salir. Se encontró en un pequeño jardín artificial. Giró sobre sí mismo, rastreando el espacio, hasta que dio con ella. La chica se dirigía hacia el multiaparcamiento de reciente construcción.

Elise digitó en su dispositivo para revisar los planos y la ocupación de vehículos del edificio. Accedió a los cierres centralizados de un Hyundai en la planta doce. Entró en uno de los ascensores del vestíbulo del *parking* y pulsó el botón. El corazón le latía con fuerza en el pecho a causa de la carrera y la tensión. La seguían de cerca, estaban a punto de atraparla, y todo aquello sucedía mientras su hermano... «¡Dios mío, Vincent!», pensó con angustia.

Al llegar al piso doce, las puertas se abrieron. El sensor verde que colgaba del techo de hormigón se encendió, indicando la posición del coche elegido. Reanudó la carrera en esa dirección.

Sanders observó los paneles de los ascensores. Con excepción de uno de ellos que estaba en la planta duodécima, el resto estaba en la planta baja. Digitó en su antebrazo mientras ascendía.

—¿Quieres jugar, zorra? Pues ahora vamos a jugar todos —murmuró.

ELISE LACROZE

Parking, Commonwealth Ave, Chicago
3 de abril del 2039, 08:12 horas

Llegó a la altura del Hyundai que había seleccionado y pulsó la apertura de puertas del coche, pero no logró abrirlo. Volvió a intentarlo.

—¡Mierda! —exclamó.

La pantalla de su dispositivo mostró el mensaje: CIERRES DE SEGURIDAD DEL AUTO BLOQUEADOS. ¿Cómo era posible?

Un ascensor acababa de llegar a la planta doce. Elise se agachó instintivamente. Desde un lateral del vehículo vio al policía que la perseguía. ¿Había sido él quien había bloqueado los cierres?

Abrió de nuevo el mapa con la planta del edificio. No podía volver a los ascensores porque aquel hombre estaba en su camino. La única opción era dirigirse hacia una pequeña zona marcada en color rojo en el plano.

Sanders sonrió al visualizar el piloto verde que indicaba dónde se encontraba el Hyundai.

VINCENT DUBOIS

Sala de Desconexiones, Hospital Saint Joseph, Chicago
3 de abril del 2039, 08:13 horas

Los agentes del CEP no dieron ninguna explicación cuando el funcionario y el doctor Jameson preguntaron por lo sucedido. Les pidieron que continuaran con el protocolo. Mientras tanto, ellos siguieron en su puesto según las órdenes recibidas.

—Nunca había visto algo así —dijo el doctor Jameson al regresar a la sala.

—Yo tampoco —coincidió el funcionario.

—Señores —intervino María en voz baja—, deberíamos guardar silencio.

El doctor Jameson asintió. Observó en la pantalla las constantes vitales de Vincent, que disminuían.

—Es cuestión de minutos —dijo.

—Entonces, si les parece, iré a la oficina y levantaré acta —dijo el funcionario.

María, sin que le importara que Jameson siguiera allí, agarró la mano de Vincent. La acarició suavemente. Deseó que ocurriera un milagro, que el hermano de Elise reaccionara. Y, si no era así, que al menos falleciera pronto. Porque si la muerte no se producía en un plazo breve después de la desconexión, lo llevarían a una sala próxima al depósito de cadáveres, donde ella ya no podría acompañarle. Y no soportaba la idea de imaginárselo allí solo.

ELISE LACROZE

Parking, Commonwealth Ave, Chicago
3 de abril del 2039, 08:14 horas

Cuando vio el cartel que indicaba PELIGRO OBRAS, comprendió por qué aquel espacio estaba señalado en rojo en el plano. A su derecha había unas cintas de plástico con la frase PROHIBIDO EL PASO. No había rastro de trabajadores. La zona estaba oscura; sin embargo, le pareció vislumbrar unos biombos en un lateral.

Intentaba no pensar en Vincent, en qué estaba sucediendo en la Sala de Desconexiones, pero de pronto la imagen de su hermano en aquella horrible habitación blanca apareció con nitidez en su cabeza. Se llevó la mano a la frente. Tenía que concentrarse en buscar una posible vía de escape.

Se percató de que había algo en el suelo. ¿Qué era aquello? Se trataba de una caja de herramientas. La abrió, pero la tapa cayó a un lado y produjo un sonido metálico.

—¡Joder! —murmuró.

Cogió unas tenazas, se las metió en el bolsillo trasero del pantalón y se ocultó tras los biombos. Allí había más luz. Se encontraba muy cerca de la fachada del edificio. Pudo sentir el aire helado que entraba por los grandes ventanales sin cristales que se abrían al vacío.

Escuchó pasos. El ruido la había delatado. En un intento desesperado de escapar, se acercó hacia los vanos de las ventanas. Sintió la fuerza del viento. Se agarró a la columna que la separaba del abismo y se asomó.

MATT SANDERS

Parking, Commonwealth Ave, Chicago
3 de abril del 2039, 08:15 horas

El agente se adentró en la zona de obras y apartó con ímpetu los biombos. Allí estaba la chica. Dio unos pasos y la observó con atención. No se había equivocado: su parecido con el *hacker* era evidente.

Elise digitó algo en su dispositivo.

—¡Quieta o disparo! —masculló Sanders.

—¡No te acerques! —gritó ella a su vez.

Elise, con el rostro desencajado, sacó las tenazas de su bolsillo y las agitó con la mano derecha para defenderse. Dio un paso hacia atrás, acercándose peligrosamente a uno de los ventanales. Sanders se detuvo unos instantes.

—Sé quién eres. Él era tu hermano, ¿verdad? —intentó dialogar.

Elise sintió un pinchazo en el pecho cuando le escuchó hablar de Vincent en pasado. Sanders seguía avanzando lentamente hacia ella. Tan solo había seis o siete metros entre ambos.

—Entrégate. Únicamente queremos interrogarte.

Elise, aterrada, se volvió hacia el vacío.

NATHAN MOORE

Parking, Commonwealth Ave, Chicago
3 de abril del 2039, 08:16 horas

—¡Alto! El grito que resonó en el *parking* hizo que Sanders se diera la vuelta. Elise, con los ojos desorbitados, vio acercarse al hombre de la chaqueta de cuero que estaba fuera de la Sala de Desconexiones.

—¿Qué está pasando aquí? —preguntó a su compañero. Sanders no respondió—. Soy el detective Nathan Moore, de la Policía de Chicago —dijo dirigiéndose a Elise—. Quieta, por favor.

El detective sacó la pistola de la cartuchera y la dejó en el suelo. Extendió los dedos con las manos en alto.

—Tranquila. Todo irá bien. Hazme caso.

Elise lo miró fijamente y tiró las tenazas.

Entonces, Sanders dio un nuevo paso hacia ella y Nathan pensó que la chica iba a cometer una locura.

VINCENT DUBOIS

Sala de Desconexiones, Hospital Saint Joseph, Chicago
3 de abril del 2039, 08:17 horas

Tras comprobar en la pantalla que había cesado toda la actividad, el doctor Jameson apagó los monitores y abandonó la sala.

María se quedó sola con Vincent. La emoción la embargaba. Al menos había logrado acompañarlo en sus últimos minutos de vida. Todavía seguía acariciando la mano inerte del chico.

—Ve en paz, Vincent. Ahora empieza tu viaje —musitó con lágrimas en los ojos.

ELISE LACROZE

Parking, Commonwealth Ave, Chicago
3 de abril del 2039, 08:18 horas

Elise temblaba agarrada al vano de la ventana. El viento sacudía su cabello.

—No hagas ninguna tontería. Vamos a hablar —insistió Nathan, conciliador.

Sanders analizó la situación. Estaba muy cerca de la chica, si actuaba con rapidez podría alcanzarla.

Elise intuyó lo que el agente pretendía hacer. Se hizo a un lado con agilidad y esquivó su brazo. No, no iba a dejarse coger. Se volvió hacia el cielo gris y suspiró. Tras dar un último paso, se dejó caer al vacío.

—¡Nooo! —aulló Nathan mientras se llevaba las manos a la cabeza.

VINCENT DUBOIS

Sala de Desconexiones, Hospital Saint Joseph, Chicago
3 de abril del 2039, 08:19 horas

María soltó la mano de Vincent y la apoyó con delicadeza en la cama. Salió de la sala. Pasó al lado de los dos agentes del CEP.

La incineración estaba prevista para el día siguiente. Ella se haría cargo de las cenizas. Y se las daría a Elise.

Elise... María se preguntó angustiada si su amiga estaría bien. Si habría conseguido huir.

NATHAN MOORE

Parking, Commonwealth Ave, Chicago
3 de abril del 2039, 08:20 horas

Los dos hombres se asomaron al hueco del ventanal con tal ímpetu que se golpearon en el hombro. Nathan se aferró a la columna y sacó la cabeza. Para su sorpresa, dos metros más abajo se tambaleaba una pequeña góndola de mantenimiento del edificio. Dentro de ella, agarrada a los tirantes que la sujetaban, estaba la chica.

El viento sacudía la plataforma. Elise alcanzó el cuadro de mandos y pulsó un botón.

Sanders, al ver que la capucha metálica comenzaba a cubrir la góndola, disparó dos veces.

—¿Qué coño haces? ¡Vas a matarla! —gritó Nathan.

—¡Mejor herirla a que escape, joder!

Elise suspiró aliviada cuando el techo de la plataforma se cerró por completo. «Vamos allá», se dijo a la vez que accionaba el descenso de emergencia. Se agarró con fuerza a la estructura. El aire entraba por los laterales abiertos y atronaba en sus oídos mientras veía la sucesión de ventanas en su vertiginosa bajada. La góndola parecía una cajita de papel sacudida por un vendaval.

Cuando se aproximaba a los pisos inferiores, la velocidad disminuyó, hasta que la plataforma se detuvo con una sacudida a un metro del suelo.

Elise respiró profundamente para tranquilizarse. Antes de bajar de un salto, digitó de nuevo en su dispositivo.

MATT SANDERS Y NATHAN MOORE

Parking, Commonwealth Ave, Chicago
3 de abril del 2039, 08:21 horas

Reemprendieron la carrera hacia el ascensor. Sanders fue el primero en llegar. Entró y pulsó el botón. Nathan tuvo que poner el pie para evitar que la puerta se cerrara y se coló dentro.

—¡Mierda! ¿Quieres dejar de actuar como si trabajaras solo?

El agente se limitó a ignorar la mirada hostil de su compañero. A la altura del sexto piso, el ascensor chirrió con fuerza y se detuvo. La alarma de emergencia se activó.

—¡Ha sido esa zorra! —exclamó Sanders y dio un puñetazo a una de las paredes metálicas.

Apretó los dientes mientras digitaba algo en su antebrazo. Nathan estaba sorprendido. ¿De verdad había bloqueado ella el ascensor?

—Te oí hablar con la chica, ¿cómo sabes que el *hacker* es su hermano? —Sanders no respondió—. El equipo forense no ha conseguido ninguna información sobre las muestras de ADN recogidas en Pilsen —insistió Nathan.

—¿Por qué no te callas y dejas de tocarme los huevos? —gritó el agente.

El ascensor produjo un sonido extraño y pareció ponerse en funcionamiento. Sin embargo, tras unos segundos, sintieron una sacudida. El aparato se paró de nuevo.

ELISE LACROZE

West Oakdale Ave, Chicago
3 de abril del 2039, 08:24 horas

Elise tomó dirección hacia Sheridan Ave. Su corazón latía con fuerza. Se metió las manos en los bolsillos del pantalón e intentó tranquilizarse. Había conseguido escapar. Muy pronto estaría lejos de allí. Sin embargo, ya no pensaba en los hombres que la habían perseguido, sino en Vincent.

Con los ojos clavados en el suelo, murmuró el nombre de su hermano una y otra vez.

ANNA CUSACK

Gam
3 de abril del 2039, 15:40 horas
(08:40 horas en Chicago)

Tras comprobar que en la lista de los niños vacunados no aparecían sus direcciones, recurrió a Jord. Al coordinador le llamó la atención su interés por un bebé en particular, pero no dijo nada. Cuando acabaron las vacunaciones de la mañana, el hombre le pidió que lo esperara en el hospital. Anna comió algo y se tumbó para descansar un rato.

Jord regresó a primera hora de la tarde. A pesar de que el calor apretaba, a él no parecía molestarle. Ni siquiera sudaba, vestido con una camisa azul de manga larga.

—He conseguido la información que querías. Ese bebé, Dinari, vive en la casa que está junto a la plantación de judías de marama. Su madre se llama Lahja Nujoma.

—Te lo agradezco.

—¿Es el bebé que cogiste en brazos? —preguntó Jord mientras ofrecía un cigarrillo a Anna.

—Hoy no, gracias —respondió ella—. Sí, es ese niño.

—¿Hay algún problema? ¿Le pasa algo al bebé?

—No, no... Ayer hablé con su madre, me gustaría conocerla.

—¿Quieres que te acompañe? No creo que hable mucho inglés. Jord hablaba afrikáans y nama. Lo reconocían como a uno de ellos. Sin embargo, Anna podía despertar la desconfianza de la familia del recién nacido. No todos aceptaban bien la presencia de extranjeros.

—Te lo agradezco, pero nos entenderemos. Con que me indiques cómo ir será suficiente.

Cuando Jord se fue, Anna se hizo un moño y se cambió el *short* negro que llevaba por unos pantalones largos. Al salir del hospital, se puso las gafas de sol.

Siguió las indicaciones y no tardó en llegar a su destino. Se trataba de una humilde casa con un techo de metal horizontal, a diferencia de otras que tenían tejados a dos aguas. Una vez en la entrada, Anna avisó de su presencia.

—¿Hola?

Lahja, la madre de Dinari, apartó las cortinas rojas que hacían las veces de puerta. La saludó con un movimiento de cabeza, sin ocultar la extrañeza que le producía aquella visita. Un halo de preocupación había nublado su rostro. Debía de preguntarse si su hijo tenía algún problema.

—Todo está bien —dijo Anna para tranquilizarla.

La mujer sonrió y la invitó a entrar en su hogar. Olía a carne con especias. También a leña. Anna tardó unos segundos en acostumbrarse a la penumbra. Se encontraba en la estancia principal de la casa. Un pequeño murete distribuía el espacio y servía de asiento. Todo era diáfano, con la excepción de un pequeño habitáculo en una esquina que probablemente fuera el baño. Una mujer mayor, sentada cerca de un hornillo de carbón, pronunció unas palabras incomprensibles para Anna a modo de saludo. A su lado había una cuna.

—Te traigo esto —dijo Anna y tendió una bolsa a Lahja—. Vamos a repartírselo a los bebés del poblado.

—¿Qué es?

—Son alimentos de refuerzo, para complementar la lactancia.

—Dinari no más leche. Comer bien, es niño sano —explicó la madre orgullosa en un inglés torpe.

—Sí, claro que sí. Sano y precioso. —Anna dio unos pasos hacia la cuna. Por fin podía ver al bebé, que estaba despierto—. ¿Y su padre? ¿No está en casa?

—Murió hace meses. Accidente —dijo con tristeza.

—Lo siento mucho. —Anna sacudió la cabeza ante la mala noticia—. ¿Y cómo te las arreglas? —Lahja hizo un gesto de no entender—. ¿Quién te ayuda?

—Mi familia —respondió ella y señaló a la anciana.

—Si tú quieres… yo también podría ayudarte.

La expresión de Lahja le hizo saber que se había precipitado. Parecía preguntarse por el motivo de su interés. Y por sus intenciones.

—Yo… —musitó Anna.

El llanto suave del bebé interrumpió la conversación. Lahja se acercó a cogerlo y lo sostuvo contra su pecho.

—Hola, pequeño. Eres un niño muy guapo —susurró Anna con dulzura mientras acariciaba su mejilla con el dedo índice.

El bebé emitió un sonido gutural y dejó de llorar. Lahja sintió que aquella mujer desprendía una gran energía, un halo invisible que envolvía a su hijo. Por un momento, lo apretó más fuerte, como si quisiera protegerlo. Estuvo a punto de decirle a la extranjera que se fuera de la casa, que no se volviera a acercar a ellos, pero Dinari parecía embelesado por aquella caricia. El pequeño cerró los ojos, gozoso.

Anna hacía esfuerzos para contener el llanto que oprimía su garganta. Y, en ese momento, Lahja tuvo una intuición.

—Has perdido hijo, ¿verdad? —Incapaz de hablar, Anna asintió—. Dinari recordar a él…

Anna asintió de nuevo. Entonces Lahja, aligeró la tensión de sus brazos y, siguiendo un impulso, le pasó al niño.

Ella, emocionada y agradecida, cogió a Dinari y hundió el rostro en su cuerpecito. Rastreó como un animal el olor de Sam, pero no lo encontró. Dinari olía a la leche de su madre, a los vestidos que lo cubrían, a la casa donde vivía. Aquel no era el olor de su amado hijo y, sin embargo, una sensación de calma la invadió. Permaneció un rato con el rostro pegado al cuerpo infantil, respirando su aroma, sintiendo su calor. Acarició las mejillas del bebé con la nariz. Dio pequeños y ligeros besos en la frente del niño. Y permaneció así unos minutos que deseó que fueran eternos. «Si pudiera detener el tiempo...», pensó.

—Gracias —dijo y le devolvió el bebé a su madre.

Unos minutos después, Anna salió de la casa. Le costaba caminar, cada paso la alejaba de Dinari y de la paz que había sentido en aquel reencuentro.

MARÍA GÓMEZ

**Servicios Sociales, Hospital Saint Joseph, Chicago
3 de abril del 2039, 09:12 horas**

Aunque se había puesto una chaqueta de lana debajo de la bata blanca, tenía frío. Se frotó las manos. Intentaba concentrarse en rellenar unos informes cuando un golpe breve y conciso en la puerta hizo que elevara la cabeza, sobresaltada. Antes de que respondiera, los dos hombres que habían acudido a la desconexión de Vincent entraron en el despacho.

María, alerta, se puso en pie.

—Buenos días —dijo, intentando ocultar su turbación.

—Buenos días. Nathan Moore, detective de la Policía de Chicago —se presentó el primero—. Nos hemos visto hace poco más de una hora.

—María Gómez, asistenta social —respondió y le estrechó la mano.

—Mi nombre es Matt Sanders. Quería confirmar que, en mi ausencia, todo transcurrió con normalidad.

—Así fue. El joven falleció unos minutos después de que ustedes se fueran.

«No han logrado atrapar a Elise —pensó María—. Si la hubieran detenido, no estarían ahora aquí, sino interrogándola».

—¿Puedo ver el acta de la desconexión? —preguntó Sanders.

—El doctor Jameson la llevó al registro del hospital. Es el procedimiento habitual.

—Está bien, pediré una copia más tarde. Ahora me gustaría ver al fiambre —dijo Sanders.

—Señor, en este hospital hablamos con el debido respeto de las personas fallecidas —dijo María con voz firme—. Le agradecería que siguiera nuestro ejemplo.

—¿Dónde está el... cadáver? —preguntó Sanders con tono socarrón.

María se sintió desconcertada. ¿Para qué quería ver el cuerpo de Vincent? Por su parte, el detective Moore también parecía extrañado.

—Está en el depósito. Yo los acompaño.

Los dos hombres la siguieron. Cogieron un ascensor que los llevó al sótano.

El celador los saludó.

—Estos señores quieren ver al paciente fallecido esta mañana tras la desconexión —dijo María.

La temperatura en el depósito de cadáveres era más baja que en otras zonas del hospital. María sintió un escalofrío.

—El chico sin identificar... —musitó el hombre—. ¿Son ustedes policías?

Sanders y Nathan mostraron sus identificaciones.

—De acuerdo, denme un minuto.

El celador se acercó a una pared metálica, dividida en compartimentos de tres alturas. Introdujo un código en una pequeña pantalla electrónica y una compuerta de la zona intermedia se abrió. El cuerpo inerte de Vincent apareció ante ellos. Descansaba sobre una superficie de acero y estaba cubierto hasta el pecho por una sábana blanca. María se sobrecogió al verlo; por un instante, tuvo la impresión de que era Elise quien se mostraba ante sus ojos.

Sanders se acercó a una bandeja en la que se encontraba el material de las autopsias. Se puso unos guantes de plástico y sujetó

233

la mandíbula de Vincent con un gesto tosco. Le movió la cabeza de un lado a otro. A continuación, palpó con los dedos sus globos oculares.

Ante la mirada atónita de Nathan y de María, Sanders cogió un bisturí.

—¿Se puede saber qué estás haciendo? —le preguntó su compañero.

Sanders no respondió. Abrió con dos dedos los párpados del ojo izquierdo de Vincent y acercó el bisturí.

—¡Oiga! ¡Por favor! —exclamó María, horrorizada.

El agente hizo una incisión precisa.

—¿Estás loco? —Nathan lo cogió del brazo.

—¡Estate quieto! —gritó Sanders y se soltó con brusquedad.

—¡Voy a llamar a Seguridad! —dijo María.

Sanders la ignoró, dedicó toda su atención al cadáver. Cortó una fina capa del ojo con el bisturí y se aproximó para verlo con detenimiento. Fueron unos segundos que a María le parecieron eternos. Pensó que iba a desmayarse.

Por fin, el agente dejó el utensilio sobre la bandeja, se quitó los guantes y tecleó algo en su antebrazo. Inmediatamente, su dispositivo comenzó a emitir una luz infrarroja. La pasó despacio por el rostro de Vincent. Primero por encima del ojo lacerado y después por el otro.

—No se han encontrado dispositivos electrónicos —dijo la voz automática del programa.

—Muy bien… Esto es todo —concluyó Sanders—. Moore, tengo que hacer algo urgente; luego nos vemos. Ha sido un placer —dijo dirigiéndose a María.

Ella fue incapaz de responder. El agente se dio la vuelta y salió de la sala.

—Siento mucho lo ocurrido —dijo Nathan.

—Yo también —dijo María, abatida—. Esto está siendo muy desagradable, pero al menos usted es una persona educada.

La asistenta social y el detective abandonaron el depósito.

El celador, desconcertado, cubrió el cuerpo y la cabeza del chico. Antes de accionar el código para devolverlo a su lugar, vio cómo una pequeña mancha de sangre se extendía sobre la parte superior de la sábana.

MARTIN PAYNE

Hotel Crescent Court, Dallas
3 de abril del 2039, 10:20 horas

L eía la prensa en la pantalla portátil de la habitación recostado sobre un cojín. Había pedido que le subieran el desayuno y esperaba su dosis diaria de café para espabilarse. Aunque era tarde, no había dormido bien. Había tenido un sueño recurrente en el que la senadora Stone se llevaba el dedo índice al cuello y lo movía de izquierda a derecha, en un gesto de advertencia. «Esto es lo que te espera», parecía decirle con una mirada siniestra.

Por fin dio con la noticia que buscaba. Era un pequeño párrafo en el que se mencionaba su intervención en la gala.

PERIODISTA DE LA UGN APUNTA A UNA POSIBLE RELACIÓN
ENTRE NIRO TECHNOLOGIES Y LA FUNDACIÓN STONE

Estaba claro que la senadora ya se había encargado de que la noticia llegara sesgada a las redacciones. Al menos no había conseguido hacerla desaparecer del todo. En cuanto acabara de desayunar se pondría en contacto con Bob, un *hacker* al que había pedido ayuda en varias ocasiones y que se había convertido en amigo con el tiempo. Gracias a él habían conseguido mantener un par de artículos en SpaceOne durante casi cuarenta y ocho horas.

Llamaron a la puerta. Martin, descalzo, cruzó la habitación para abrir.

—Su desayuno —dijo un joven que empujaba un carrito.

—Gracias —respondió el periodista.

Se sentó en una butaca, dispuesto a dar buena cuenta de los huevos revueltos y el café. Estaba hambriento, la noche anterior no había cenado apenas. Pensó en Sally. Estaba ansioso por contarle lo sucedido en la gala. Martin marcó su número. Sin embargo, en lugar de la voz locuaz y enérgica de su novia, le sorprendió un frío mensaje: DISPOSITIVO DESCONECTADO.

Extrañado, pensó que debía de tratarse de un error. Volvió a probar suerte, pero el resultado fue el mismo, aquel maldito mensaje... Apartó la mesa del desayuno, se levantó y dio unos pasos por la habitación.

¿Qué significaba «desconectado»? Los dispositivos podían estar «fuera de servicio temporalmente» debido a una eventual avería en el sistema. Pero ¿desconectados?

Nervioso, llamó a la redacción de Canal News. Aunque era domingo, un equipo de guardia trabajaba las veinticuatro horas.

—Hola, soy Martin Payne, de la UGN.

—¡Martin! Soy Raven. ¿Cómo estás?

—Raven, ¿está Sally en la oficina?

—No, no ha aparecido por aquí. Al menos todavía.

—Sé que ayer estuvo ahí. ¿Podrías decirme si se fue muy tarde?

—Dame un segundo... Aquí está. Su último marcaje es de ayer a las 20:38. ¿Ocurre algo? Te noto preocupado.

—No, Raven. Gracias por todo.

Martin se dio una ducha rápida y recogió sus cosas sin perder tiempo. Su avión salía a las tres en punto. Intentaría adelantar el vuelo.

Llamó a un taxi para ir al aeropuerto. Se hundió en el asiento, ajeno al tráfico. Respiró profundamente. «Estoy sacando las cosas de quicio —se dijo—. Seguro que todo esto tiene una explicación».

MARÍA GÓMEZ
Y MICHAEL GUTHRIE

West Belmont Ave, Chicago
3 de abril del 2039, 15:10 horas

El Station Wagon avanzaba con dificultad; el tráfico era denso a esa hora. Michael no podía evitar mirar continuamente por el espejo retrovisor. Estaba asustado. María le acababa de contar lo sucedido en el depósito de cadáveres. Bajó un dedo la ventanilla y unas gotas de lluvia mojaron su brazo.

—Michael, ¿estás bien?

Él, a pesar de los nervios que sentía, asintió.

Cuando se encontraban en las proximidades de su apartamento, frenó en seco el vehículo. A María se le clavó el cinturón de seguridad en el pecho y gritó asustada. Frente a ellos, una figura vestida de negro gesticulaba en mitad de la carretera.

Tardaron unos instantes en reconocerla. Estaba empapada por la lluvia. El pelo húmedo se le pegaba a la frente y cubría parte de su rostro.

—¡Es Elise! —exclamó María—. ¡Abre la puerta!

La chica se acercó con paso incierto y entró en el coche.

Michael paró en doble fila unos metros más adelante. María se volvió hacia el asiento trasero y extendió la mano para apoyarla en el hombro de su amiga. La impresionó su gesto adusto, las ojeras, su mirada opaca.

—Cariño, ¿estás bien? ¿Qué ha sucedido? Estábamos muy preocupados por ti.

—Me persiguieron dos policías, pero conseguí escapar —balbuceó Elise. No podía dejar de temblar—. Los he investigado, uno de ellos es peligroso.

María pensó en Matt Sanders y en cómo había profanado el cuerpo de Vincent. Sin embargo, no dijo nada, no quería provocarle un sufrimiento innecesario a su amiga.

—Ese hombre ahora trabaja con la Policía de Chicago, pero pertenece al CEP.

—Sí, lo sé. Mostró su identificación en el hospital —dijo María.

—Vincent ha muerto. —Elise intentó contener el llanto—. Lo he visto todo en las grabaciones. También su certificado de defunción.

—Lo siento mucho —le dio el pésame Michael, conmovido.

—He venido a daros las gracias. María, sé que estuviste con él hasta el final. Eso significa mucho para mí.

—Ojalá pudiera haber hecho más.

—Voy a compartir con vosotros un código encriptado. Me podéis localizar en cualquier momento —dijo Elise y abrió la puerta del coche.

—¿Adónde vas? —le preguntó Michael.

—No os preocupéis por mí.

—Ten cuidado —le pidió María.

—También vosotros.

La chica salió del Station Wagon. La vieron caminar con paso titubeante bajo la lluvia hasta que desapareció de su vista al girar en una esquina.

MARTIN PAYNE

Departamento de Policía de North Clark Street, Chicago
3 de abril del 2039, 16:23 horas

Salió de la comisaría arrastrando su *trolley* de viaje. Había dejado de llover. Se quedó unos segundos pensativo sobre la acera encharcada. Le costaba aceptar lo que estaba sucediendo. Según la Policía, el mensaje que recibía al llamar a Sally significaba que su dispositivo había sido destruido. Martin se negaba a creerlo. ¡Destruido! Los dispositivos, fabricados con nanotubos de carbono y titanio, tenían una gran resistencia. Solo podía pensar en un accidente o... El periodista sintió que su corazón se aceleraba.

Siguiendo las instrucciones de la Policía, había denunciado la desaparición de Sally. Iban a emitir un comunicado de búsqueda. Pero, por el momento, tal y como le habían dicho, no se podía hacer nada más.

Martin, sin embargo, no iba a quedarse de brazos cruzados. Digitó en su dispositivo para pedir un InstantCar. Marcó como destino «Michigan Ave 2130», la dirección de Sally.

Aunque su novia le había dado el código de acceso al domicilio, él nunca lo había utilizado. Siempre había ido al apartamento cuando estaba ella. Martin respetaba su intimidad, pero en esta ocasión tenía motivos de sobra para entrar. Pasó su dispositivo por el lector de la puerta y marcó el código. MARTIN PAYNE. ACCESO AUTORIZADO, leyó.

Una vez dentro, reconoció el olor a incienso que tanto le gustaba. El piso era un espacio minimalista, con muy pocos objetos seleccionados con gusto. Echó un vistazo; todo parecía en orden. La habitación estaba recogida, la cama hecha. No vio nada que le llamara la atención.

Se sentó en el sofá, pensativo. Quizás las grabaciones de la cámara de seguridad del edificio le dieran alguna pista. Encendió la pantalla y accedió al registro; en la parte de abajo se podía ver la hora de la grabación. Fue hacia atrás pasando con rapidez las imágenes. No había nada de ese mismo día. Lo primero que encontró fue del día anterior, el sábado. ¡Allí estaba Sally!

A las 11:32 salió de casa, probablemente para ir al trabajo. Pero no volvió para dormir. Se preguntó qué había sido de ella desde que abandonó la oficina por la noche.

Siguió rebobinando. El viernes había regresado a las 23:34. Ese mismo día, por la tarde, se había ido de casa a las 17:32. Pero antes... ¡Allí había algo!

Dos hombres habían salido del apartamento a las 17:18. ¿Quiénes eran? Nervioso, siguió retrocediendo las imágenes. A las 17:06 habían llamado a la puerta. Se habían identificado ante Sally con sus dispositivos. El periodista amplió la imagen para ver con detalle; eran placas de la Policía de Chicago. Se removió en el asiento. Ella los había invitado a entrar, pero Martin no podía saber qué había sucedido en el apartamento porque en el interior no había cámaras.

Decidió hacer una copia de las grabaciones de las últimas setenta y dos horas. Al solicitarlo, el sistema de seguridad del edificio le pidió que digitara de nuevo su código. Lo hizo y se inició la transferencia de vídeos. Sin embargo, al mismo tiempo su dispositivo recibió un mensaje: MARTIN, EN CASO DE EMERGENCIA, CONTACTA CON ANNA #87FGY3#137FH.

El periodista se puso de pie, desconcertado. Sally había programado el sistema para que le enviara ese mensaje. Pero ¿por qué lo había hecho? ¿Acaso temía que pudiera ocurrirle algo?

—Joder —musitó.

Aunque no tenía ni idea de quién era Anna, se apoyó en la mesa del salón y marcó el código. Se trataba de una llamada encriptada. Tras unos largos segundos, alguien contestó.

—¿Diga?

—¿Eres Anna?

—Sí, soy yo. ¿Quién llama?

—Me llamo Martin Payne, soy el novio de Sally.

—¿Qué ha sucedido? —preguntó Anna, inquieta.

—Sally ha desaparecido. —A Martin le pareció que la mujer respiraba con agitación. Malas noticias. Malas noticias para todos—. Me dejó un mensaje. Quería que me pusiera en contacto contigo si había una… emergencia. —Su voz se quebró.

—Cuéntame lo que sepas, por favor.

—La noche del sábado salió de la redacción sobre las nueve y no regresó a casa. He intentado localizarla, pero su dispositivo está desconectado.

—¿Desconectado?

—Sí, la Policía ha cursado una orden de búsqueda. Oficialmente la han dado por desaparecida. ¿Tú puedes ayudarme? —Anna, conmocionada por la noticia, permaneció en silencio unos instantes—. ¿Podemos vernos? Necesito hablar contigo —insistió Martin.

—Estoy fuera del país —dijo Anna mientras observaba el cielo nocturno de Gam.

—Voy a volverme loco…

—Te entiendo. Te entiendo perfectamente, pero déjame organizarme. Yo te llamaré de vuelta.

—Por favor, dime algo más. ¿Qué está pasando?

—Tengo que dejarte. Me pondré en contacto contigo en cuanto me sea posible —le aseguró Anna antes de cortar la comunicación.

El periodista se apretó con fuerza las sienes. Cruzó la sala y se dejó caer de nuevo en el sofá. Cogió uno de los cojines y al sostenerlo contra su pecho reconoció el leve perfume de su novia.

—Sally, por Dios. ¿Dónde estás? —susurró.

NATHAN MOORE

Restaurante Da Francesco, Chicago
3 de abril del 2039, 19:42 horas

Sentado en la pequeña barra cercana a la entrada, Nathan mordisqueaba unos bastoncitos de pan con orégano que le habían puesto como aperitivo. Le gustaba aquel restaurante acogedor y ruidoso con los manteles de color rojo, las fotos de Roma y las flores que adornaban cada mesa. El Da Francesco le recordaba el viaje que hicieron cuando se casaron, hacía ya cinco años.

Nathan miraba con atención la puerta. Era la primera vez que Pablo se desplazaba solo tras el accidente. Él mismo le había insistido para que lo hiciera, pero ahora no dejaba de pensar en las dificultades que podían haber surgido en el trayecto. Se sirvió la mitad de la botella de cerveza Moretti en un vaso y le dio un trago.

Un minuto después apareció Pablo. Se las arregló para empujar la puerta de entrada mientras maniobraba con la silla. Antes de que Nathan llegara a su encuentro, un camarero se apresuró a sostenerla para que pasara.

Nathan le besó en la boca.

—Bienvenido, nene. Tan puntual como siempre. No has perdido las buenas costumbres.

—¿Acaso lo dudabas? Pedí con tiempo un InstantCar adaptado. No quería llegar tarde.

Nathan cogió el plumífero de su marido, ligeramente humedecido por la lluvia.

—Mi buen amigo Pablo. Me alegra tenerte aquí de nuevo —le dijo un camarero y se inclinó con un gesto de cariño.

—Luigi, ¿cómo estás? —preguntó Pablo.

—Muy bien, ¡acabo de ser abuelo!

—¿Abuelo con lo joven que eres?

—Ya iba siendo hora. Tengo mis años, aunque no lo parezca —bromeó Luigi—. Vuestra mesa está lista. Os he reservado la de siempre.

Se dirigieron a su sitio y pidieron un vino *chianti* de la Toscana.

—Hoy hemos hecho una lasaña de berenjenas que está espectacular.

—Seguiremos tu recomendación —dijo Pablo.

—Os vais a chupar los dedos —les aseguró Luigi antes de retirarse.

Nathan miró a su marido. Llevaba un jersey de cuello vuelto de color morado. También se había puesto el pendiente de plata en la oreja izquierda.

—¿Qué estás pensando? —preguntó Pablo.

—Que estás muy guapo.

—Eres un adulador. Siempre lo has sido. Y a mí me encanta.

Nathan levantó la copa de vino.

—¿Brindamos?

—Claro —respondió Pablo y chocaron las copas—. Por nosotros. ¿Qué tal el día?

—Bueno, los he tenido mejores.

—¿Y eso?

—Trabajar con mi nuevo compañero no es fácil. A veces me dan ganas de partirle la cara.

—¡Qué química!

—No te burles.

—Echas de menos a Rahne, pero te acostumbrarás.

—No es solo eso. Ese tío está loco. Me oculta información y juega sucio.

—La gente del CEP es de armas tomar —dijo Pablo—. ¿Y qué ha hecho para que estés tan cabreado?

—Ha sido muy fuerte. Él también estaba en la desconexión del *hacker* de la que te hablé.

—Esas cosas tienen que ser muy desagradables.

—Sí, pero no me refiero solo a la desconexión. Sanders montó una tremenda. Persiguió armado a una chica en el hospital.

—¿Cómo?

—Ni siquiera sé por qué lo hacía. No me lo contó. ¿Te puedes imaginar el tipo de compañero que tengo? Pero eso no fue lo que me revolvió el estómago...

—¿De qué hablas, Nat?

—Verás, tras la desconexión, quiso ir al depósito de cadáveres para ver el cuerpo del *hacker*. Cuando lo tuvo delante, cogió un bisturí y le hizo un corte en el ojo.

Pablo lo escuchaba asombrado.

—Pero ¿qué dices? ¿En el ojo?

—Sí. —Nathan puso cara de desagrado—. Lo examinó como si buscara algo.

—¿Algo como qué? —preguntó Pablo.

—No lo sé. ¿Una lente intraocular? ¿Un microchip quizás? Al acabar le pasó un detector de dispositivos electrónicos, pero no encontró nada. —Nathan vio acercarse a Luigi con una gran bandeja—. Pero cambiemos de tema, no quiero arruinarte la noche.

—Señores, sus lasañas —anunció el camarero y colocó ceremoniosamente en la mesa unos grandes platos de aspecto apetitoso—. Cuidado, que queman.

—¡Qué bien huele! Tienen un aspecto estupendo —dijo Nathan.

—¿Me das un segundo? —preguntó Pablo—. Mientras se enfrían, voy al baño.

—No tardes, prometo que no vuelvo a hablar de trabajo durante la cena.

Pablo recorrió el restaurante y empujó la puerta del servicio.

Una vez dentro, echó el pestillo. Accionó la cisterna para que el sonido del agua impidiera que alguien escuchara su voz y marcó un código de llamada.

—¿Edmund?

—Dime, Pablo.

—Creo que el CEP sabe que el *hacker* tenía un DeltaLife. Fueron a ver su cadáver. Lo buscaron en sus ojos, aunque ya no había rastro de él.

—Lo sé —respondió Edmund—. Me lo ha contado Michael.

—Hay que extremar las medidas de precaución. Nos siguen de cerca. Ahora te tengo que dejar. Lebab —dijo Pablo en voz baja.

Al salir del baño, comprobó que no había nadie. Se lavó las manos y se dirigió de nuevo al comedor.

MATT SANDERS

Millennium Park, Chicago
3 de abril del 2039, 20:20 horas

Aunque había dejado de llover, una bruma espesa cubría la ciudad. No se veía a nadie en el parque. Un Mercedes negro con cristales ahumados estacionó en doble fila en la Lake Shore Drive. El agente se acercó, abrió la puerta trasera, subió al vehículo y se sentó en el impecable asiento de cuero.

—Sanders, me alegro de verle.

La mujer, vestida con un elegante traje marrón, tenía las piernas cruzadas y recostaba su cabeza contra el mullido reposacabezas.

—Senadora, buenas tardes.

Linda Stone dio un pequeño golpecito con los dedos para que el chófer elevara el cristal que aislaba la parte trasera del coche.

—Perdone que le haya hecho venir en esta noche tan desapacible —le dijo al recién llegado.

—No se preocupe.

—Quería verle en persona para comentar los avances en la investigación.

—Como le informé, en el dispositivo del *hacker*, a pesar de estar bloqueado, conseguimos el nombre de Sally Leigh.

—Sí, lo recuerdo. La periodista que trabaja en Canal News.

—Trabajaba —precisó Sanders.

—Entiendo. —La senadora volvió la cabeza ligeramente hacia la ventana—. Espero que no haya dejado cabos sueltos.

—Ninguno. Verá, Sally Leigh me habló de esos rastreadores; los llaman «DeltaLife». Y de la máquina que registra sus movimientos, el DeltaMother.

—Eso ya lo sabíamos. —La mujer se retiró el pelo en un gesto que revelaba su impaciencia—. Lo que quiero saber es si esos DeltaLife funcionan.

—Hasta el momento en que la interrogué, dos personas fallecidas portaban uno. Según Leigh, uno de estos experimentos ha tenido éxito.

—Siga, por favor —apremió la senadora.

—La periodista me contó que se trataba de un niño muy enfermo. El DeltaLife se ha rematerializado un mes después de su muerte, al reencarnarse el niño.

—¿Cuándo nació ese bebé?

—Hace tres días. Pero no tengo localización concreta, solo sé que fue en África. —La senadora se removió nerviosa en el asiento—. Y eso no es todo. Tengo más información.

Sanders le habló del mensaje recibido en el dispositivo de Sally Leigh sobre la inserción a unos gemelos. También le explicó lo sucedido en la desconexión esa misma mañana, cuando se encontró con la hermana del *hacker*.

—¿Me está diciendo que ese chico y su hermana son los gemelos del mensaje?

—Eso creo.

—Dígame que han detenido a esa joven...

—Lamentablemente, escapó.

La tensión crispó el rostro de la mujer.

—¿Y el *hacker*? ¿Tenía un DeltaLife?

—Vi su cadáver y no encontré nada en sus ojos ni en el resto de su cuerpo. De todos modos, si portaba un DeltaLife, probablemente ya se había desmaterializado. Pero tengo una pista que seguir.

La senadora cruzó las manos sobre su vientre y lo escuchó con atención.

—Cuando la periodista recibió el mensaje, el *hacker* ya estaba ingresado. Eso quiere decir que tuvieron que insertárselo mientras estaba en el hospital.

—Pero ¿no tenía vigilancia?

—Efectivamente. La tuvo hasta su muerte. En los registros de acceso a Soporte Vital no he encontrado nada digno de mención. Sin embargo, casualmente, hace dos días me crucé con un médico que salía de ver al chico. Me llamó la atención, porque parecía tenso. Pues bien, ese hombre no aparece en las grabaciones de seguridad del Saint Joseph. Es decir, borraron las imágenes.

—Entonces, ¿fue él quien insertó el DeltaLife al *hacker*?

—Estoy casi seguro. Solicité un listado con fotografías de todos los médicos de la ciudad y busqué su perfil. No me costó dar con él. Resulta que trabaja en el mismo hospital.

—¿Y está ya detenido? ¿Lo ha interrogado?

—No, todavía no. Quiero darle tiempo. Verá, tengo una noticia que he dejado para el final. La periodista me dijo algo que será de su interés. —La senadora lo observó fijamente—. Es Edmund Cusack quien dirige Lebab.

La mujer desvió la mirada de Sanders unos instantes. Parpadeó pensativa, asimilando la información.

—Entonces, Cusack fingió su muerte.

—Sí. Y ese es el motivo por el que no he detenido al médico. Confío en que nos lleve hasta él. Tengo a un hombre siguiéndolo en todo momento.

—Espero que no sea el compañero que le ha asignado la Policía de Chicago.

—No, señora. Se trata de un agente del CEP.

—¿Y su compañero de la Policía? ¿Sabe algo de todo esto? ¿Hay alguna posibilidad de que el FBI esté al tanto?

—No lo creo. Moore es un tocacojones, pero no se entera de nada.

La senadora, satisfecha con la información, puso la mano sobre la pierna del agente. La acarició suavemente y dio unos golpecitos con la palma antes de retirarla.

Cuando Matt Sanders salió del Mercedes, había empezado a llover de nuevo.

MICHAEL GUTHRIE Y MARÍA GÓMEZ

Lake View, Chicago
4 de abril del 2039, 07:42 horas

La luz que se filtraba a través de las cortinas de color crudo iluminaba tenuemente el dormitorio. El silencio era total, las ventanas insonorizadas impedían que el ruido del exterior los molestara. Aunque llevaba unos minutos despierta en la cama, María no se movía para preservar el sueño de Michael. Sin embargo, al volverse hacia él, se encontró con sus ojos abiertos.

—Ya estás despierto —susurró.

—Por fin un día libre juntos.

María le acarició la mejilla con suavidad. Michael iba a besarla cuando su dispositivo vibró. Quiso ignorarlo, pero sonó de nuevo.

Se trataba de un mensaje encriptado que les había enviado el DeltaMother a Edmund y a él.

—Ahora vengo —dijo María y se levantó para ir al baño.

Cuando volvió a la habitación, se encontró a su novio de pie. Solo llevaba puesto el pantalón del pijama. Michael, pensativo, se pasaba los dedos por el pelo alborotado.

—¿Qué sucede?

Giró su antebrazo para mostrarle el mensaje. SEGUNDA LUZ ENCENDIDA, leyó María. Le abrazó emocionada.

—Tengo que ir a ver el DeltaMother. Es mi turno —dijo Michael.

—¿Tú crees que es muy pronto para que se trate de Vincent?

—Supongo que será Yumiko, pero sabemos tan poco de todo esto… Además, ¿recuerdas lo que dijo Elise?

María asintió. Elise estaba segura de que su hermano la esperaría.

Michael abrió el armario y sacó un pantalón vaquero y una camiseta.

—No puedo ir contigo, ¿verdad?

Michael sacudió la cabeza.

—Es por precaución —respondió—. Es mejor que solo Edmund o yo sepamos dónde está el DeltaMother en cada momento.

—Te prepararé un café mientras te vistes —dijo María.

Unos minutos después, Michael entró en la cocina. Se había duchado rápidamente y aún tenía el pelo húmedo. María sacó un vaso térmico del armario. Lo llenó con el café recién hecho.

—Traeré algo para desayunar. ¿Qué tal unos dónuts?

—Lo que usted quiera, doctor Guthrie. Lo único que necesito para un buen desayuno es que regrese pronto.

—Eso está hecho —le prometió Michael y la besó en el cuello.

—Listo para llevar. —María le tendió el vaso.

Michael la abrazó una vez más. Ella apoyó la cabeza sobre su pecho y pudo escuchar el latido de su corazón.

—Te quiero otra vez —le dijo él.

María sonrió. Michael acarició el hoyuelo de su mejilla.

—No tardaré —le susurró al oído.

MARTIN PAYNE

3704 de West Harrison Street, Chicago
4 de abril del 2039, 08:18 horas

En aquel tramo de la calle los nuevos edificios de seis o siete alturas se elevaban entre otros más bajos, construidos en el siglo pasado. El periodista se dirigió a la tienda de comestibles árabes. El cartel de neón rezaba HABIBI. Junto a la entrada se apilaban cajas de cartón con frutas y verduras.

Tras el mostrador, en un lateral, se podía ver una puerta con una cortina de tiras de plástico. Saludó a la dependienta; la mujer, que estaba colocando unos botes de *tahini*, hizo un gesto con la cabeza. Martin empujó con el pie unos paquetes que había en medio y apartó las tiras de colores para poder pasar.

Accedió a un pequeño vestíbulo iluminado por una bombilla de bajo voltaje. Desde allí se accedía a un estrecho pasillo con dos puertas. En la de la izquierda había un papel donde se podía leer WC. Martin se detuvo frente a la otra. Llamó con los nudillos cinco veces. Esperó unos segundos y dio tres golpes secos más.

Un hombre de gran tamaño abrió.

—Buenos días, Martin.

—Hola, Bob.

El periodista no pudo evitar arrugar la nariz al sentir el olor a cerrado, mezclado con cierto aroma a especias. Los flexos que descansaban sobre unas mesas largas eran la única iluminación de aquel cuarto sin ventanas. Un hombre y una chica con una llamativa cresta verde trabajaban concentrados en sus pantallas. El hombre, un tipo delgado con pelo largo que fumaba un cigarro electrónico, se giró para observarlos de refilón.

—Ven a mi oficina —le dijo Bob.

Martin le siguió al fondo de la estancia, desde donde se accedía a un cuartucho. En una mesa desvencijada había tres ordenadores portátiles cerca de uno de sobremesa. En la pared destacaba un viejo póster con una imagen de la Gran Vía de Madrid.

—¿Quieres un té? —le preguntó Bob. Señaló un hervidor que estaba sobre una de las muchas cajas que se amontonaban en la esquina.

—No quiero nada, gracias.

—Entiendo que no ha habido novedades sobre Sally.

Martin sacudió la cabeza.

—Cuéntame tú. ¿Has visto las grabaciones de las cámaras del apartamento? ¿Has descubierto algo?

—Lo cierto es que sí.

El *hacker* activó una de las pantallas. En ella se podía ver un fotograma en el que aparecían los dos policías que habían visitado a Sally.

—¿Quiénes son?

—Este es Nathan Moore —dijo Bob señalándolo—. Detective de la Policía de Chicago. Trabaja en la comisaría de South Loop. Su marido también es policía, aunque ahora está fuera de servicio. En principio no llama la atención nada de su currículum.

—¿Y el otro?

—Se llama Matt Sanders. Ha empezado a trabajar recientemente con la Policía de Chicago. Y, bueno...

—¿Qué pasa? ¿Por qué pones esa cara?

—Ese tipo pertenece al Cuerpo Especial de Persecución.

—¿Estás seguro?

—Sí. Por desgracia, lo estoy. —Martin sintió que se le secaba la boca—. ¿Tú crees que tuvo que ver con la desaparición de Sally? —preguntó Bob.

—No lo sé, pero esto no pinta nada bien —dijo Martin, mirándolo fijamente a los ojos.

ANNA CUSACK

Carretera C-44, Namibia
4 de abril del 2039, 15:45 horas
(08:45 horas en Chicago)

El aire que entraba por las ventanillas del todoterreno aliviaba la sensación de calor. Anna conducía con el pelo recogido en un pañuelo para que no la molestara y con las gafas de sol puestas. En la parte de atrás del automóvil llevaba la maleta que había hecho con prisa. Solo había metido la ropa de invierno con la que vino de Chicago y su abrigo.

Tras la conversación con Martin, había decidido regresar de inmediato. Le dijo a Jord que tenía que irse debido a un imprevisto urgente. Él quiso acompañarla a Windhoek, pero Anna había insistido en que no era necesario. Prefería que él acabara la campaña de vacunaciones en Gam. Tan solo necesitaba el coche, con eso era suficiente. Lo dejaría en el aeropuerto, donde Jord podría recuperarlo unos días después.

Anna miró la hora en el dispositivo. Su vuelo salía en menos de tres horas. El firme de la calzada se había transformado en un camino arenoso, lleno de baches, y dio un bote en el asiento. En cuanto las condiciones de la carretera mejoraron un poco, llamó a su padre.

—Hola, cariño, ¿qué tal todo?

—Sally ha desaparecido —dijo sin rodeos.

Edmund, conmocionado, tardó unos segundos en contestar.

—¿Cómo lo has sabido?

—Me llamó su novio, Martin Payne. Tenemos que encontrarla.

—Lo intentaremos, pero sabes que no hemos vuelto a tener noticias de ningún desaparecido.

—Tenemos que encontrarla —repitió.

—¿Anna? No te oigo bien.

—Es la cobertura.

—Te escucho a duras penas. ¿Dónde estás?

—Voy camino del aeropuerto. Tengo un vuelo con escala en Londres. Si no hay problemas con la conexión, llegaré de madrugada a Chicago. Pronto estaré contigo, papá.

—Hija, yo también tengo algo que decirte. Hay novedades importantes. Se ha encendido una segunda luz. —Anna agarró el volante con fuerza—. Pronto sabremos si se trata de Yumiko o del chico fallecido.

—¿Te refieres al chico que trabajaba para nosotros? ¿El gemelo?

—Sí, por desgracia falleció ayer. Te comenté que estaba muy grave cuando le insertamos el DeltaLife.

—¡Qué tristeza! Una persona tan joven...

—Anna, eso no es todo —dijo Edmund y tomó aliento—. Tras su muerte, un agente del CEP estuvo buscando el DeltaLife en su cuerpo. Saben de nuestros experimentos.

Anna sintió un sudor frío en la nuca.

—¿Cómo han podido averiguarlo?

—Tienen medios para hacer hablar a la gente.

Anna pensó en Sally y se mordió el labio inferior. Un nuevo bache le hizo saltar en el asiento y dejó de escuchar a Edmund.

—¿Papá? ¡Papá! ¡Maldita sea!

Dio un golpe al volante con rabia. A continuación, pisó el acelerador y levantó una nube de polvo.

MICHAEL GUTHRIE

Storage and More, McCormick Place, Chicago
4 de abril del 2039, 09:07 horas

El atasco a la altura de Chinatown había hecho que el trayecto se alargara más de lo normal. Michael, impaciente, deseaba llegar a su destino para consultar el DeltaMother. Aparcó el Station Wagon a unos veinte metros de la dirección que Edmund le había dado. Salió del coche y se dirigió con paso rápido al moderno almacén de dos alturas.

Acercó su dispositivo al sensor de acceso y entró en el edificio. En lugar de esperar al ascensor, subió a la primera planta por la escalera a grandes zancadas. A lo largo del pasillo había puertas numeradas que daban a pequeños cuartos de entre seis y quince metros cuadrados, utilizados habitualmente como guardamuebles. Las luces se encendían a su paso, iluminando el camino hasta el box número doce.

Una vez dentro, cerró la puerta. El DeltaMother descansaba sobre un pequeño escritorio. Hacía frío, por lo que se dejó puesto el plumífero y se frotó las manos. Se sentó. Al encender la pantalla, pudo ver las cuatro líneas que se correspondían con los DeltaLife insertados. Cada una de ellas llevaba el nombre del portador. Había un punto de luz a la izquierda de tres de las líneas, lo que significaba que esos DeltaLife estaban activos. Uno era el de Sam, otro el de Elise y el tercero era el de... ¡Yumiko!

Michael sintió un pellizco en el estómago. Pulsó la tecla de localización geográfica y observó el plano 3D que se desplegaba ante él. La reencarnación había sucedido en un pueblo llamado Cantril, en Iowa.

A continuación, digitó la opción VÍDEO. Se sintió impresionado al ver las imágenes que había grabado el DeltaLife. Estaba asistiendo al nacimiento del bebé que tenía el alma de Yumiko. A Michael se le hizo un nudo en la garganta. Una cosa era creer en la reencarnación y otra muy distinta tener pruebas, datos concretos. Comenzó a copiar en su dispositivo la secuencia de vídeo para mostrársela a María.

Mientras esperaba a que se transfiriese, la llamó.

—Es Yumiko —anunció—. Se ha reencarnado.

María no pudo responder a causa de la emoción. Le asaltó un torbellino de recuerdos de su amiga. Su sonrisa amable y la mirada luminosa de aquellos hermosos ojos. Su manera de escuchar. Los ratos compartidos, la complicidad y la entereza durante su enfermedad. María sintió una especie de vértigo. Y, al mismo tiempo, no podía dejar de hacerse preguntas. ¿Qué habría de Yumiko en el bebé recién nacido?

Michael interrumpió sus pensamientos.

—Voy para casa. Ahora te veo —dijo antes de colgar.

Se disponía a cerrar la tapa del DeltaMother cuando su dispositivo vibró. Anunciaba una llamada entrante. Se trataba de Edmund.

—Michael, ¿has podido ver el DeltaMother?

—Sí. Se trata de Yumiko. ¿Quieres que te envíe las coordenadas e imágenes del vídeo?

—No, no hace falta. Lo veré cuando vaya a cambiar el Delta-Mother de sitio.

A pesar de las buenas noticias, a Michael le sorprendió el tono sombrío de Edmund.

—¿Estás bien? —le preguntó.

—Sally ha desaparecido.

Michael se puso en pie y dio unos pasos en círculo. Respiró profundamente para controlar la angustia.

—Tenemos que tomar precauciones —dijo Edmund—. Llévate tú los DeltaLife que están en el box. Es mejor que no permanezcan junto al DeltaMother.

—De acuerdo.

El pequeño neceser estaba en una estantería blanca próxima al escritorio. Michael lo abrió y comprobó que en su interior estaban los dos DeltaLife restantes. Guardó el estuche en el bolsillo del plumífero y se dirigió a la puerta.

SCOTT WEAVER

**Storage and More, McCormick Place, Chicago
4 de abril del 2039, 09:43 horas**

El agente echó hacia atrás la cabeza y resopló. Se rascó el cuello en un gesto de impaciencia. A continuación, volvió a apoyar las dos manos en el volante del Chrysler negro. Miró el dispositivo. Se preguntó cuánto tiempo más tendría que esperar.

Marcó el número de Matt Sanders.

—¿Hay noticias, Scott?

—El médico se encuentra ahora mismo en un guardamuebles, cerca de Chinatown. Ha venido solo, en su coche. Lleva dentro más de media hora.

—En un guardamuebles... —Sanders permaneció unos segundos en silencio—. No te ha visto, ¿verdad?

—No. Seguro que no.

—¿No has visto entrar a nadie más?

—A nadie.

—Me pregunto si será ese el lugar donde guardan la máquina, el DeltaMother.

—¿Quieres que entre y lo compruebe?

—Espera, Scott. Déjame pensar.

El agente Weaver dio unos golpecitos con los dedos de la mano derecha en el volante.

—Escúchame —dijo Sanders—, si mi intuición es correcta y la máquina está ahí, puede que se la lleve.

—¿Cómo es la máquina? ¿Es grande?

—No lo sé. Supongo que no. Imagino que será del tamaño de un ordenador. ¿Llevaba mochila o bolsa cuando entró?

—No —respondió Weaver.

—Entonces, si ves que al salir lleva algo, quiero que lo sigas.

—Como hasta ahora.

—Sí, como hasta ahora. Pero, en caso contrario, quédate allí.

—¿Y lo dejamos marchar? —preguntó Weaver.

—Me encargaré de que alguien lo siga.

—De acuerdo.

—Esa máquina es muy importante y podría llevarnos hasta Cusack —dijo Sanders antes de cortar la comunicación.

Weaver se acomodó en el asiento del auto. Se llevó las manos a la nuca y estiró los músculos de la espalda. Bostezó sin dejar de mirar la entrada del guardamuebles.

NATHAN MOORE

Departamento de Policía de South Loop, Chicago
4 de abril del 2039, 09:55 horas

Los rostros de diferentes mujeres jóvenes desfilaban por la pantalla. Junto a las fotografías había una ficha de cada una de ellas con sus datos e historial delictivo: hurtos, chantajes, ataques cibernéticos… Todas tenían antecedentes penales por crímenes informáticos. Sin embargo, ninguna era la chica a la que habían perseguido en el hospital.

El dispositivo de Nathan vibró; era Sanders. No sabía nada de él desde el día anterior.

—Dime —contestó escuetamente.

—¿Estás en comisaría?

—Sí —dijo Nathan con frialdad.

—Te quiero cerca de Canal Street.

—Pero ¿tú de qué coño vas?

—Es importante. Tiene que ver con el caso.

—¿Te refieres al caso en el que se supone que trabajamos juntos?

—Moore, necesito que sigas a un sospechoso.

—¿De quién se trata? —Ante el silencio de Sanders, Nathan continuó hablando—: No pienso mover un dedo hasta que me digas quién es y por qué tengo que seguirle.

—Es un médico del Hospital Saint Joseph, un neurocirujano.

—¿Y?

—Pertenece a Lebab.

Nathan se levantó, cogió la chaqueta y salió de su despacho.

—Cuéntame más sobre ese médico.

—Fue a ver al *hacker* sin motivo aparente y después borró el registro de la visita. Te acabo de enviar el número de su dispositivo.

Nathan se dirigió a la zona en la que estacionaban los coches de la Policía.

—Se llama Michael Guthrie. Sé discreto —continuó Sanders.

Nathan abrió la puerta del Ford.

—Ahora mismo está muy cerca de la comisaría, al lado del McCormick Place.

—¿Y dónde demonios estás tú, Sanders? —preguntó al tiempo que arrancaba el vehículo.

—Estoy ocupado. Mantenme informado —dijo antes de colgar.

—Menudo gilipollas —farfulló Nathan.

Y los neumáticos chirriaron cuando el coche salió del *parking*.

MICHAEL GUTHRIE

Chinatown, Chicago
4 de abril del 2039, 09:58 horas

Mientras conducía de regreso a casa, contestó la llamada de María. Sintió el entusiasmo en su voz.

—¿Dónde estás?

—De camino. No tardaré en llegar.

—Michael, voy a ir a ver a Hino, el hijo de Yumiko. Tengo que contárselo.

—Espera, espera un poco —dijo Michael, contrariado—. ¿No es muy precipitado?

Frenó el coche en un semáforo en rojo.

—Él estaba al corriente, mi amor. Su madre se lo contó todo. Y está esperando a que ocurra algo —le contó María—. Además, ¿tú no desearías saberlo de inmediato?

«Sí, claro que sí», pensó Michael. El semáforo se había puesto en verde y retomó la marcha en dirección norte.

—Pero estará en el instituto, ¿no?

—Sí, le he escrito al móvil. Saldrá en el cambio de clase. Hemos quedado en un café cercano.

—¿Estás lista?

—Me estoy poniendo los zapatos.

—Yo no tardaré mucho, unos diez o quince minutos. Te recojo en el portal.

—De acuerdo, cariño —se despidió María.

NATHAN MOORE

El programa de rastreo en la pantalla del Ford indicaba la geolocalización del dispositivo de Michael Guthrie. Conducía un Station Wagon y se encontraba en Indiana Ave, en el cruce con la Dieciséis, a dos manzanas del detective.

Nathan dejó State Street para tomar la Dieciséis en dirección este, con la intención de girar a la izquierda en Indiana Ave y colocarse detrás de él. Cuando llegó al cruce, vio en la pantalla que el médico ya lo había pasado; en ese momento doblaba a la derecha por Roosevelt. El detective lo siguió. Ahora giraba a la izquierda rumbo al lago, en la Lake Shore Drive.

Siempre en dirección norte, Michael dejó atrás Millennium Park y Lincoln Park, y giró a la izquierda para adentrarse en la zona residencial de Lake View. Detuvo el coche en doble fila, con el intermitente puesto. Nathan lo adelantó y buscó un lugar donde detenerse a su vez, sin llamar la atención. A través del espejo retrovisor, observó cómo el médico sacaba la mano por la ventanilla. Una mujer con abrigo morado que esperaba junto a un portal, reaccionó al verlo y corrió hacia él.

El detective la reconoció. Era María Gómez, la asistenta social que había estado presente en la desconexión del *hacker* y que posteriormente los acompañó a ver el cadáver. La mujer subió al vehículo. Unos segundos después, reemprendieron la marcha. Nathan dejó que le sobrepasaran antes de arrancar de nuevo.

El Station Wagon avanzó ahora hacia el sur. El viaje duró unos veinte minutos hasta llegar al Ukrainian Village. Bajaron por Leavitt y en Augusta giraron a la izquierda. Nathan aminoró la marcha. El coche del médico se había detenido cerca del cruce con Damen.

El detective estacionó y pudo ver que la asistenta social descendía del vehículo y cruzaba la calle. Entró en un local llamado Green Coffee.

Nathan también salió del Ford. Se puso la capucha de la sudadera, se ató la cazadora de piel y caminó hacia allí.

HINO STANFORD

Green Coffee, Ukrainian Village, Chicago
4 de abril del 2039, 10:51 horas

El lugar donde había quedado se encontraba muy cerca del instituto Christopher Columbus. Hino fue el primero en llegar. La cafetería estaba casi vacía. Se sentó en una mesa del fondo, desde la que podía ver la puerta. Cuando entró María, se levantó. Ella se acercó sonriendo. Se abrazaron unos segundos.

—¿Qué tal estás?

—Bien —respondió Hino.

Se sentaron uno enfrente del otro. María se quitó el abrigo y apoyó los codos en la mesa.

—Siento haberte llamado así, de repente. ¿Te ha costado salir de clase?

—No, qué va. Se fían de mí.

María sonrió. Sabía que Hino era un buen chico.

—¿Qué quieres tomar?

—Un Raw Vitamine Cacao.

—Yo pediré una Calpis Water para llevar —dijo María y pulsó los códigos del pedido en la pantalla que había en la mesa.

—¿Tienes prisa?

—Me están esperando fuera. Y tú también debes regresar a clase.

—Hay novedades, ¿verdad?

—Sí, Hino. Su luz se ha encendido.

—¿Mamá ha vuelto? —preguntó emocionado.

—Sí, cariño. Su alma ha regresado.

La camarera les trajo las consumiciones que habían pedido. Mientras las dejaba en la mesa, permanecieron en silencio. Hino, nervioso, dio un trago a la bebida. Intentaba ordenar sus pensamientos.

—¿Y quién es ahora? ¿Dónde ha nacido? ¿Está aquí, en Chicago?

María extendió una mano hacia él y le cogió con suavidad la muñeca.

—Ha nacido en un pueblito llamado Cantril.

—¿Dónde está eso?

—En Iowa.

Hino se echó a reír. Se llevó las manos a la cara.

—Mamá siempre decía que le gustaría mudarse al campo, vivir más tranquila. Al final lo ha conseguido —dijo con los ojos brillantes.

María sonrió. Se levantó la manga de la camisa y digitó algo en su dispositivo.

—Mira, Hino, mira esto. Son las imágenes que se grabaron justo cuando se reactivó la cámara del DeltaLife.

—¿Tú ya las has visto?

—Sí, hace unos minutos.

El chico se acercó a María para poder ver el clip de vídeo. Oyeron el llanto de un bebé y vieron el rostro de un hombre con barba poblada.

—Jake, bienvenido al mundo. —Escucharon.

—¿Jake? —preguntó Hino—. ¿Mamá se ha reencarnado en un niño?

—Así es —respondió María—. Cuando el alma regresa, no tiene por qué hacerlo en la misma raza o en el mismo sexo.

—Sí, lo entiendo —dijo sin apartar la mirada del dispositivo.

En las imágenes vieron a una mujer rubia que lloraba, emocionada. Acercó los labios a la cámara.

—Va a darle un beso —explicó María—. Estamos viendo lo que ven los ojos del bebé.

—Esto es muy raro —reconoció Hino—. Saber quién tiene el alma de mi madre y, además, poder ver lo que ve ese bebé.

—Lo sé, es algo muy intenso.

—Se llama Jake —musitó Hino—. ¿Podré conocerle?

—Habrá que esperar un poco.

—¿Cuánto?

—No lo sé. Yo misma te acompañaré, pero tienes que darme un poco de tiempo. Ahora es importante que guardes el secreto, incluso con tu padre.

—Sí, lo sé. Ya vi cómo se puso aquel día.

María se levantó y le acarició la mejilla.

—Tengo que irme ya.

Apoyó su dispositivo sobre la mesa para pagar las bebidas. A continuación, se puso el abrigo y cogió el vaso. El chico se colgó la mochila, que había dejado en una silla.

En la salida se abrazaron de nuevo.

—Gracias por todo.

—No me des las gracias, cariño. Tu madre fue alguien muy especial para mí.

—Espero tu llamada —le dijo Hino.

María permaneció unos segundos en la escalera que daba acceso al local mientras el chico se alejaba en dirección al instituto.

EDMUND CUSACK

Storage and More, McCormick Place, Chicago
4 de abril del 2039, 10:59 horas

Había llegado al box hacía unos minutos y observaba la pantalla del DeltaMother con detenimiento. Tal y como le había dicho Michael, la línea de Yumiko se había activado. Aquel segundo éxito confirmaba el funcionamiento de los DeltaLife.

Se detuvo unos segundos en la línea de Sam, con su luz encendida. Tragó saliva y tecleó con lentitud para cambiar el nombre por «Dinari». Pensó en Anna, que estaría subiendo al avión en esos momentos. Tenía ganas de abrazarla. Esa noche la esperaría despierto.

Absorto en sus pensamientos, se sobresaltó al escuchar un ruido. ¿Qué era aquello? ¿Había alguien en el pasillo? Permaneció tenso, el corazón le palpitaba con fuerza. Sí, estaba seguro, había alguien fuera.

—¡Cuerpo Especial de Persecución! ¡Abra la puerta!

Lo que tanto había temido estaba sucediendo. No sabía cómo habían dado con él. Edmund sintió un pinchazo en el pecho y se llevó la mano derecha a la altura del corazón. Se preguntó cuánto tiempo tenía antes de que echaran la puerta abajo. A lo sumo, unos minutos.

Digitó con manos temblorosas un código de emergencia en el

teclado del DeltaMother. En la pantalla apareció un mensaje en el que se solicitaba confirmación para borrar el programa y el disco duro.

—¡Abra la puerta!

Edmund pulsó la tecla intro mientras se escuchaban nuevos golpes. Sintió que la presión en el pecho aumentaba. El Delta-Mother pidió una clave y él, respirando con dificultad, la introdujo. Las lágrimas corrían por su rostro.

Antes de grabar el mensaje de voz, carraspeó.

—Michael, estoy en el box y están a punto de capturarme. Acabo de destruir el DeltaMother.

Edmund tuvo que hacer una pausa porque el pinchazo aumentaba de intensidad. No podía mover el brazo izquierdo y sabía lo que eso significaba.

—Llama a Anna —dijo con dificultad—. Regresa de África esta noche. Protegedla.

La puerta del box se abrió de golpe y chocó con la pared. Edmund no se volvió. La pantalla del DeltaMother, tras la eliminación del programa y de todos los datos, se había oscurecido.

—Manos en alto, donde pueda verlas —gritó el agente del CEP.

Edmund intentó elevarlas, pero solo logró mover levemente el brazo derecho. El dolor le hizo doblarse en dos.

—¡Obedezca!

Cayó de lado al suelo. Weaver se acercó corriendo con la pistola en la mano y le dio un puntapié, pero no reaccionó. Al inclinarse sobre él, el agente comprendió que estaba sufriendo un infarto.

—¡Mierda! —exclamó mientras digitaba en su dispositivo.

MICHAEL GUTHRIE
Y MARÍA GÓMEZ

Ukrainian Village, Chicago
4 de abril del 2039, 11:03 horas

—Tenías que haber visto la cara de Hino cuando le puse las imágenes.

—Se ha conmovido, ¿verdad? —preguntó Michael.

—El dolor de haber perdido a su madre sigue ahí —dijo María—. Pero yo creo que ha sentido un gran consuelo.

—Volvamos a casa. —Michael arrancó el motor—. Allí podremos hablar tranquilos mientras comemos algo. Ni siquiera hemos desayunado.

La vibración de su dispositivo le avisó de un mensaje entrante.

—Es un audio encriptado —dijo tras mirar su antebrazo.

—Yo no he recibido nada.

—Dame un segundo, que pongo el altavoz.

Al momento, escucharon la voz agitada de Edmund avisándolos de que habían dado con él. Se miraron horrorizados. María, pálida, se cubrió la boca con la mano derecha.

—¡Lo han cogido! —exclamó.

«Sally y ahora Edmund», pensó Michael. ¿Cómo podían haberlo capturado? Tenía una personalidad falsa y nadie sabía su dirección. Cerró los ojos unos segundos. Se apretó las sienes e intentó ordenar sus pensamientos. El CEP sabía que Vincent llevaba un DeltaLife, lo había buscado en su cuerpo. ¿Quizás había descubierto que él se lo había insertado en el hospital?

—¿Qué ocurre? —preguntó María.

—Solo encuentro una explicación para la captura de Edmund. Creo que he sido yo quien los ha conducido hasta él. Me debieron de seguir esta mañana.

—Pero, entonces… ¡Arranca! —María miró con aprensión por el espejo retrovisor—. Vámonos de aquí.

Michael puso el intermitente y se incorporó a la circulación. Conducía tenso, sin dejar de observar los coches que iban detrás de él. Sujetaba el volante con las manos húmedas por el sudor.

—¿Adónde vamos? —preguntó María.

—No lo sé.

Michael dobló a la izquierda para coger Damen Ave. Un Ford azul marino que creía haber visto antes hizo el mismo giro que él.

—Llama a Elise. ¡Date prisa!

María digitó en su dispositivo. La respuesta fue casi automática.

—*Allô?*

María puso el altavoz.

—¿Elise? Soy yo —dijo con voz temblorosa.

—¿Qué ocurre?

—Te necesitamos.

—Han capturado a Edmund y nos están siguiendo —intervino Michael—. Estamos en el coche. Nos sigue un Ford azul.

—Dadme un segundo. Tengo que rastrear vuestros dispositivos. Tú sigue conduciendo, no te detengas.

Michael continuó en línea recta.

—Ya os tengo. Os veo en mi plano. Girad a la izquierda en West North Ave —dijo Elise—. Despacio. Vamos, vamos. Sí, ya veo el coche que os sigue.

—¿Sabes quién es? —preguntó Michael.

—Déjame un segundo. Es de la Policía.

—La Policía… —musitó María.

—Voy a provocar interferencias en vuestros dispositivos, porque seguramente os están rastreando. Después, intentaremos que pierdan el contacto visual con vosotros.

—Entendido —dijo Michael.

—Te voy a indicar unas maniobras, ¿vale? Mantén la calma y, pase lo que pase, hazme caso. ¿De acuerdo?

Michael intentó serenarse. Respiró hondo. Estaba acostumbrado a situaciones de estrés en el hospital, todo saldría bien.

—De acuerdo —respondió.

—Vas a girar rápidamente a la derecha cuando te lo diga… ¡Ahora!

Michael obedeció y dio un giro brusco. María se llevó la mano al pecho.

—Tienes que tomar distancia de tu perseguidor. Acelera, hay un autobús que va a cruzar la intersección. Viene por la izquierda.

—Lo veo.

—Adelántalo y utilízalo de escudo.

Michael pisó el acelerador.

—¡Vamos! ¡Te da tiempo! —gritó Elise—. ¡Ahora!

El médico dio un volantazo y el Station Wagon bordeó el autobús. María cerró los ojos y gritó.

—En la siguiente manzana gira a la izquierda. No aminores.

—¿Lo hemos perdido? —preguntó Michael.

—Espera… No, os sigue todavía. Voy a intentar algo. Sigue recto y acelera.

—Elise, el semáforo está a punto de cerrarse.

—Lo sé. Tienes unos segundos.

En el momento en que el Station Wagon atravesaba el cruce, el semáforo cambió a rojo.

—¡Sí! —gritó Michael.

Nathan Moore, tres coches por detrás de ellos, frenó.

—El semáforo permanecerá en rojo más de lo habitual —dijo Elise—. Gira de nuevo a la derecha y aminora.

—De acuerdo. ¿Y después? —preguntó Michael.

—Sigue hacia el sur. Cambia de calle cada cuatro manzanas hasta llegar a Kedzie Ave. Desde allí, coge la autopista I-290 en dirección Hillside.

—Elise, no cuelgues —suplicó María.

—Tranquila. De momento, estáis a salvo. Manteneos dentro de los límites de velocidad para no llamar la atención. No utilicéis vuestros dispositivos. Os contactaré yo en unos minutos.

—Elise... —dijo Michael, que comenzaba a respirar con normalidad.

—Dime —respondió ella.

—Gracias.

LINDA STONE

Byox Pharma, Irene, Illinois
4 de abril del 2039, 11:41 horas

Las puertas de cristal se abrieron y entró en el edificio seguida por dos guardaespaldas. Sus tacones resonaron al caminar sobre el suelo de microcemento del vestíbulo. Sanders, que permanecía junto al mostrador de control, se acercó para recibirla.

—Alégreme la mañana —dijo la senadora.

—Hay novedades. Tenemos a Cusack —respondió el agente.

—Eso es lo que yo llamo una buena noticia. —Sonrió, mientras se doblaba las mangas de la chaqueta—. ¿Está aquí?

—Ha habido un contratiempo; ha sufrido un infarto. Lo trasladamos con urgencia a una clínica privada y lo están operando. Los médicos creen que saldrá de esta. —La senadora dio unos pasos por la recepción, contrariada—. En cuanto podamos, lo traeremos. Este incidente solo supondrá un ligero retraso.

—Eso espero.

—Ahora, por favor, venga conmigo.

La senadora pidió a los escoltas que esperaran y se dispuso a seguirle. Cruzaron el vestíbulo y se dirigieron a los ascensores. Subieron a la primera planta y caminaron por uno de los largos pasillos.

—Es aquí —dijo Sanders y pasó su dispositivo por el sensor de una puerta.

Entraron en un espacio amplio, de altos techos y potentes luces blancas. En torno a un área central, había cuatro cubículos transparentes a cada lado. En la parte inferior, tenían un zócalo metálico. Se trataba de celdas pequeñas. Dos de ellas estaban ocupadas.

Se detuvieron frente a una. El hombre en su interior tenía unos cincuenta años, estaba sentado en el suelo con la mirada perdida. Al reparar en la presencia de los recién llegados, se levantó y gritó. La insonorización de la celda impidió que se oyera su voz.

—¿Qué nos ha contado? —preguntó la senadora.

—Nada que no supiéramos ya.

La mujer se acercó al panel de control, que estaba en el lateral de la puerta de la celda.

—El micrófono se conecta aquí, ¿verdad? —Accionó un pulsador—. Hola, Owen, cuánto tiempo.

—¡Linda! ¡Dios mío, menos mal! Sácame de aquí —respondió mientras se levantaba y se acercaba a la pared de vidrio templado.

—Lo siento mucho, querido. Yo solo estoy de visita.

—¡Linda, por favor! Haz que nos saquen de este lugar. Esto es una pesadilla.

—Owen, estás aquí por pertenecer a Lebab, por atentar contra el Estado.

—Es un centro de detención ilegal. ¡Mira a mi compañera! —dijo y se volvió hacia el cubículo próximo donde había una anciana semiinconsciente, hecha un ovillo en el suelo.

La senadora la miró de refilón.

—Nos han suministrado la droga XP, Linda. Necesita atención, está muy débil. Esto es inmoral. Exijo un procedimiento justo.

—Owen, no creo que estés en posición de exigir nada. Tomaste una decisión equivocada y te uniste a una organización peligrosa.

—¡No somos peligrosos!

—Sí que lo sois. Y, además, imbéciles. No sois conscientes del alcance de vuestro descubrimiento.

—Nosotros hicimos todo porque…

—Ahórrate ese cuento de la empatía y de un mundo mejor —le cortó la senadora—. No vivimos en un tiempo de utopías. Ese rollo de Lebab no le interesa a nadie.

—No podréis detener los cambios que se avecinan —masculló Owen.

—Sois unos necios. Los DeltaLife serán algo exclusivo. Solo aquellos que paguen su precio podrán tenerlos.

Owen golpeó el vidrio templado de las paredes. La senadora desactivó de nuevo el micrófono de la celda y se volvió hacia Sanders.

—¿Necesitan a este hombre para algo más?

El agente movió la cabeza en un gesto negativo.

—Pues entonces ya sabe lo que hay que hacer.

—¿Ahora?

—Sí, ahora. Esta conversación me está irritando.

Sanders se acercó al panel de control y digitó algo. En un instante, el fuego invadió el cubículo. La senadora se llevó la mano a la frente para protegerse los ojos de la intensa luz. Se volvió hacia la anciana, que, ante el resplandor de las llamas, parecía haber despertado. La mujer se incorporó y comenzó a llorar.

—¿Qué hacemos con ella?

—Olga Sanung es íntima amiga de Cusack —respondió Sanders—. Podemos necesitarla.

Linda Stone no dijo nada. Se dio la vuelta mientras el cuerpo de Owen, una silueta negra cubierta de llamas, caía desplomado dentro de la celda.

MARÍA GÓMEZ
Y MICHAEL GUTHRIE

Hobson Road, Illinois
4 de abril del 2039, 12:09 horas

El Station Wagon se dirigía hacia el oeste. A ambos lados de la carretera se podían ver naves industriales. Elise los había llamado hacía unos minutos para decirles que salieran de la autopista I-355.

—Estoy muy asustada.

—Yo también.

—¿Qué vamos a hacer?

Las lágrimas corrían por el rostro de María, que no hacía nada para detenerlas.

—No lo sé —respondió Michael.

—No podemos volver a casa. Ni a nuestros trabajos.

—María, hemos conseguido escapar. Y estamos juntos. Solo por eso somos afortunados.

Ella sabía que Michael tenía razón. Habían desaparecido varios miembros de Lebab de los que no habían vuelto a tener noticias. Y ahora Edmund acababa de ser capturado. Al menos ellos se tenían el uno al otro.

María sacó un pañuelo del bolso y se secó el rostro. Esbozó

una sonrisa mientras acariciaba el brazo de Michael. La vibración de su dispositivo la sobresaltó.

—Tranquila. Tiene que ser Elise otra vez.

Efectivamente, era ella.

—Cuando lleguéis al final de Hobson Road coge Washington Street. Queda a tu derecha.

—Estamos muy cerca del cruce —dijo Michael.

—Después de media milla, sigue por Gartner Road en dirección a Naperville. Encontraréis un motel de carretera llamado Spinning un poco después. ¿Entendido?

—Spinning —repitió María.

—Esperadme en el *parking*. Llevo un Nissan verde —dijo antes de cortar la comunicación.

Michael siguió las indicaciones. Unos minutos después vio el motel anunciado en la carretera y redujo la velocidad. Solo había cuatro vehículos aparcados. Michael estacionó en un lateral al fondo y permanecieron dentro del coche, en un tenso silencio.

Cuando unos minutos después apareció el Nissan, María apretó la mano a Michael. Elise llevaba una gorra y gafas de sol. Aparcó junto a ellos y bajó del coche. Ellos la imitaron. María la abrazó aliviada. Hizo un esfuerzo para no echarse a llorar de nuevo. Michael dio unas palmadas con ternura en el hombro de la chica.

—No lo habríamos logrado sin ti.

—Vamos arriba, he reservado una habitación —dijo Elise.

El Spinning era un sencillo edificio de cemento y madera de dos alturas. Subieron a la primera planta sin pasar por la recepción y tomaron el pasillo al aire libre hasta llegar a la habitación ciento ocho. Elise pasó su dispositivo por el sensor para abrir la puerta. La habitación era realmente modesta; los muebles eran antiguos y las dos camas individuales parecían bastante incómodas. El baño olía a humedad. A pesar de todo, sintieron una extraña sensación de seguridad.

Michael se quitó el plumífero y se sentó en una butaca; María en una de las camas. Elise permaneció de pie cerca de la puerta.

—Hay novedades… Cuando me dijisteis que habían capturado a Edmund, rastreé rápidamente su dispositivo. Tenía miedo de perderlo.

—¿Sabes dónde está? —preguntó María.

—Se encuentra en una clínica privada llamada Hamilton —dijo Elise.

—¿Qué hace allí? —intervino Michael, sorprendido.

Elise sacó un ordenador portátil de su mochila. Se sentó en la cama junto a María y levantó la tapa.

—¿Está herido? —quiso saber Michael.

—Tuvo un infarto. Tengo el informe médico. —Elise abrió varias ventanas—. Aquí está.

Michael cogió el ordenador.

—El infarto necrosó un quince por ciento de su corazón. Lo acaban de intervenir y le han puesto un marcapasos.

—Entonces, ¿está fuera de peligro? —preguntó Elise.

—Con la atención debida y medicación, se recuperará —anunció Michael.

«Eso espero —pensó María—. Pero ¿qué será de él? ¿Qué será de Edmund?».

NATHAN MOORE

Departamento de Policía de South Loop, Chicago
4 de abril del 2039, 12:27 horas

Entró en su despacho de mal humor, se quitó la chaqueta y la arrojó contra la silla. Tras perder al médico en la persecución, había dado vueltas y vueltas con el coche. El maldito programa de rastreo no volvió a encontrar el dispositivo de Michael Guthrie. Tampoco hubo suerte cuando lo intentó con el de la asistenta social, María Gómez. No sabía cómo habían averiguado que los seguía, pero se habían esfumado.

Todavía no se había sentado cuando recibió una llamada de la recepción de la comisaría. Alguien preguntaba por él en el mostrador de entrada.

—¿Quién es?

—Es un periodista llamado Martin Payne. Dice que es muy importante.

Aquel nombre no le sonaba de nada.

—Está bien. Dile que pase.

Un minuto después un hombre entró en el despacho. Llevaba una chaqueta térmica roja que le daba un aspecto deportivo. Parecía impaciente, pero eso era algo bastante habitual en las visitas a la comisaría. Se acercó a la mesa de Nathan y se quedó de pie frente a él.

—Buenos días, señor Payne. ¿Quería hablar conmigo? —le saludó Nathan y le tendió la mano.

—Sí, así es. He venido a verle por la desaparición de Sally Leigh.

—¿Sally Leigh? ¿Desaparecida? —preguntó Nathan.

—¿No lo sabía? —dijo Martin elevando el tono de voz.

—No, no lo sabía. Por favor, tranquilícese. ¿Quiere sentarse?

Señaló una silla. El periodista dudó unos instantes, pero finalmente se sentó, con las manos apoyadas sobre las piernas.

—Comencemos por el principio —dijo Nathan—. Dígame, ¿qué relación tiene usted con Sally Leigh?

—Es mi novia —respondió Martin.

—¿Y dice usted que ha desaparecido?

—Ayer se cursó la denuncia pertinente. Pero he venido porque sé que usted y otra persona fueron a su apartamento hace tres días.

—Sí, así es.

—¿Cuál fue la razón?

—Esa información es confidencial.

—Mire, aunque la Policía la esté buscando, yo también voy a investigar y necesito saber por dónde empezar.

—No estoy autorizado para hablar de esa visita.

—Si usted no me va a ayudar, quiero hablar con su compañero. —Martin chequeó en su dispositivo el nombre—. Con Matt Sanders.

—No está en la comisaría.

—Detective Moore, voy a ser claro —dijo Martin con voz tensa—. Yo, al igual que Sally, soy periodista. ¿Le parecerá bien a la Policía de Chicago que se publique un artículo sobre su colaboración con el CEP?

Nathan apretó las mandíbulas. Estaba claro que a Marini no le haría ninguna gracia algo así. Y tampoco a la gente del CEP.

—¿Qué es lo que quiere?

—Ya se lo he dicho, información. ¿Por qué fueron a casa de Sally?

—El nombre de su novia apareció en el dispositivo de un sospechoso.

—¿Sospechoso de qué?

—Lo siento, no puedo hablarle del caso.

—Si no me da más información, escribiré ese artículo. Y le aseguro que se hablará del tema.

—Señor Payne, no publique nada todavía.

—¿Y por qué no debería hacerlo?

—Porque puede ser peligroso.

—¿Peligroso? ¿Me está hablando en serio? Le acabo de decir que mi novia ha desaparecido —dijo Martin levantando la voz de nuevo.

—Hágame caso, es por su propio bien. Déjeme hacer a mí. Deme cuarenta y ocho horas y si no tiene noticias mías publique lo que quiera. —Martin frunció el ceño—. Voy a compartirle mi contacto para que me pueda llamar si lo necesita.

Nathan aproximó su brazo al del periodista.

—Cuarenta y ocho horas, ni una más.

Martin se levantó bruscamente y salió del despacho dando un portazo.

ELISE LACROZE, MICHAEL GUTHRIE Y MARÍA GÓMEZ

Motel Spinning, Naperville, Illinois
4 de abril del 2039, 12:55 horas

María había preparado té con un viejo hervidor de la habitación. Las tazas descansaban sobre la mesa desvencijada que había pegada a la pared. Habían cerrado las cortinas y las pequeñas lámparas con tulipa blanca de las mesillas ofrecían una iluminación pobre. Elise, sentada sobre una cama con las piernas cruzadas, trabajaba con el portátil.

—María, ¿puedes encender la luz de techo? Michael, dame tu brazo, por favor.

Él se acercó y se arrodilló a su lado. Elise cogió con la mano derecha un cable largo y fino que estaba conectado al ordenador y lo introdujo en el dispositivo de Michael.

—¿Qué estás haciendo exactamente? —preguntó.

—Voy a borrar todos los datos personales de vuestros dispositivos —respondió Elise.

María sintió vértigo. Aquello significaba la ruptura definitiva con sus vidas. No había vuelta atrás.

Pasaron unos minutos en silencio hasta que Elise habló de nuevo:

—Michael, tu nuevo nombre es Xavier Curtis.

—Xavier Curtis —musitó él.

—Tendréis asociada una tarjeta de crédito.

—Hay algo de dinero en nuestra cuenta —dijo Michael.

—No podemos recuperarlo, pero no os preocupéis por eso. María, es tu turno.

Ella se levantó la manga de la camisa. Elise conectó su dispositivo con el ordenador. En menos de diez minutos el proceso había acabado.

—Ahora te llamas Rita Blevins. —María no pudo evitar un gesto de extrañeza—. Tendréis que utilizar vuestras nuevas identidades con naturalidad —dijo Elise—. Memorizad los datos principales, fecha y lugar de nacimiento, estudios, familia, viajes, enfermedades.

—Elise, ¿podríamos avisar a Anna? —preguntó María.

—Anna es la hija de Edmund —explicó Michael—. Llegará esta noche a Chicago.

—He mantenido vuestra agenda en el dispositivo. Se está actualizando todo, así que tardaréis unas horas en poder llamar. Pero podemos hacerlo desde el mío. Dadme un segundo.

Elise buscó en su directorio el código encriptado para Anna Cusack y conectó el altavoz. Tras unos cuantos tonos, respondió.

—Anna, soy Michael. ¿Dónde estás?

—Estoy ahora mismo volando de regreso. ¿Qué sucede?

María apoyó la mano en el brazo de su novio en un intento de infundirle ánimo para lo que tenía que decir.

—Han capturado a tu padre —dijo Michael. Esperó unos segundos—. ¿Me escuchas, Anna?

—Sí —contestó ella con voz temblorosa.

—Hay más. Edmund sufrió un infarto justo antes de que lo atraparan. Pero ha sido intervenido y está recuperándose —dijo, subrayando las últimas palabras.

Por unos instantes, dudaron de si el silencio se debía a un problema de cobertura en el avión o a que Anna era incapaz de hablar.

—A tu padre le han puesto un marcapasos —intervino María—. Se pondrá bien.

—Pero ¿dónde está?

—En una clínica privada.

—Llegaré a Chicago a las dos de la madrugada.

—Hola, Anna, soy Elise.

—¿Elise?

—Sí, trabajo para vosotros. Yo iré a buscarte al aeropuerto.

—De acuerdo.

—Anna, si hay novedades sobre el estado de Edmund, te llamaremos —le aseguró Michael.

—Hasta muy pronto —se despidió María.

Elise colgó la llamada.

Anna volvió su rostro hacia la ventanilla. Apoyó las manos en sus rodillas para que no temblaran mientras veía cómo el sol se deshacía en jirones de luz naranja.

NATHAN MOORE

Club Dizzy, Chicago
4 de abril del 2039, 23:30 horas

El local solía llenarse los fines de semana con los conciertos de *jazz*. Esa noche, sin embargo, había tan solo una veintena de personas. El mobiliario era de madera oscura y los sillones estaban tapizados en verde. De fondo, se podía escuchar el saxo de Charlie Parker tocando *Summertime*.

Nathan había recibido la llamada de su jefe cuarenta minutos antes, cuando estaba a punto de acostarse. Extrañado, se vistió y condujo bajo la lluvia. Aquello era algo fuera de lo común. De hecho, sería su primer encuentro con Marini fuera de la comisaría.

—¿Qué le pongo? —le preguntó un hombre con el pelo teñido de rosa que estaba tras la barra.

—Soy Moore, me están esperando —dijo Nathan.

—¡Stella! —gritó el camarero.

Una joven vestida con un traje plateado se acercó.

—¿Puedes acompañar a este señor al reservado tres?

Nathan caminó detrás de ella por un pasillo muy estrecho que pasaba por detrás del pequeño escenario. La joven se detuvo ante una puerta. La golpeó con los nudillos.

—Adelante —pronunció una voz desde el interior.

Marini estaba sentado en una de las amplias butacas.

—Bienvenido, Moore —le saludó y a continuación se dirigió a la joven—: Por favor, póngale algo de beber. ¿Qué le apetece?

—Lo mismo que usted.

La joven abrió un mueble bar y sirvió una bebida de color tostado en un vaso ancho. Luego salió de la estancia.

Nathan se acercó el vaso a la nariz.

—Macallan de veinte años —dijo Marini—, *whisky* escocés de malta madurado en barricas de roble americano que antes contuvieron *bourbon*. ¿Le gusta?

—Tanto como chupar una cuchara de palo —bromeó Nathan tras comprobar el fuerte sabor a madera—. Pero vayamos al grano. ¿Por qué me ha hecho venir aquí?

—Quería hablar con usted en privado.

—¿De qué se trata?

—Dígame, ¿cómo está yendo el caso?

—No muy bien, la verdad. No tengo muchas pistas que seguir.

—¿Y su compañero? ¿Colabora con usted?

—En absoluto. Perdóneme la expresión, pero ese hijo de puta va por libre y piensa que estoy a su servicio.

—Me lo imaginaba. No nos lo están poniendo fácil ni a usted ni a mí —respondió Marini y dio un sorbo a su *whisky*—. He estado dándole vueltas a lo que me dijo esta mañana sobre la desaparición de la periodista. ¿Cree que Sanders tiene algo que ver?

—No me extrañaría.

—Pero no tiene pruebas.

—No, señor.

—Pues consígalas. No vamos a permitir que el CEP manche nuestro nombre. Deme algo para que el FBI pueda actuar.

—Señor, Sanders me lleva ventaja. Tiene información de la que yo no dispongo.

—Intentaremos hacer algo para remediarlo. Moore, usted sabe que el FBI tiene un enorme interés en este caso.

—Escuché a la directora Carol Stevens en la reunión.

—Efectivamente. He hablado con ella y está tramitando un permiso especial del FBI para usted.

—Eso suena bien. Al menos así estaré en igualdad de condiciones con Sanders.

—Además, ¿qué le parecería si su compañera Braddock colaborara con usted de manera encubierta?

—Podría ser de gran ayuda.

—Cuente con ello… ¿Quiere otra copa?

—Gracias, pero me esperan.

—Moore, ¿cómo está el señor García?

—Mi marido es fuerte. Saldrá adelante.

—No me cabe duda.

Nathan dio el último sorbo al *whisky* y se levantó para irse.

—Buenas noches —se despidió Marini mientras el detective empujaba la puerta para salir del reservado.

ANNA CUSACK

Costa de Maine
5 de abril del 2039, 01:35 horas (00:35 horas en Chicago)

La mayor parte de los viajeros dormían, cubiertos por las mantitas que habían repartido las azafatas de British Airways. Algunos llevaban antifaces sobre los ojos, aunque en el avión habían apagado las luces principales. Faltaban unas dos horas para llegar a Chicago cuando comenzaron las turbulencias. Ante las sacudidas, el personal de vuelo pidió a los pasajeros que mantuvieran la calma y se abrocharan los cinturones de seguridad.

Uno de los compartimentos se abrió y varias mochilas cayeron al suelo. El ruido de los golpes hizo que la tensión aumentara dentro del avión y se sucedieran los gritos.

—¡Nos vamos a estrellar! —sollozó la joven que se sentaba al lado de Anna.

En ese momento las máscaras de oxígeno se descolgaron de la parte superior. Anna se puso la suya y cogió a continuación la que flotaba sobre su compañera de asiento.

—Déjame ayudarte.

Anna pasó el elástico por su cabeza. La chica la miró desorientada.

—Vamos a morir —musitó aterrorizada.

Su voz sonó lejana tras la máscara. Respiraba con dificultad.

Anna la cogió de las manos para ayudarla a controlar el ataque de pánico.

—Tranquila. Cierra los ojos y respira, ¿de acuerdo?

La chica asintió temblorosa. Unos minutos después, las turbulencias fueron bajando de intensidad hasta que por fin cesaron. Anna se quitó la mascarilla y ayudó a su compañera a quitarse la suya.

—Muchas gracias.

—De nada —dijo sacudiendo la cabeza.

—Me siento avergonzada.

—No te preocupes. Nos puede pasar a todos.

—Pero tú... —La chica la miró a los ojos—. Tú no tenías miedo.

Era cierto. Anna no había vuelto a sentir miedo desde la noche en que Sam murió y su mayor pesadilla se hizo realidad.

El resto del viaje fue tranquilo. Anna permaneció concentrada en sus pensamientos. Necesitaba ese valor, ese temple que había tenido durante el vuelo, para afrontar el futuro incierto que la esperaba. Debía ser fuerte, porque Lebab y su padre la necesitaban.

Cuando el avión aterrizó, se puso el abrigo. Se dirigió a la zona de equipajes y recogió su maleta. La vibración en su antebrazo la avisó de una llamada entrante.

—Anna, soy Elise, te espero en el *parking* del aeropuerto. El F-3. Plaza C-62. Mi coche es un Nissan verde. ¿Cuánto tardarás en llegar?

—Unos veinte minutos —calculó Anna.

Tras pasar por la aduana, fue al *parking*. El Nissan la esperaba con el motor encendido.

—Hola, Anna. Puedes dejar la maleta en el asiento de atrás.

Elise llevaba una gorra negra de la que escapaba un mechón de pelo azul. A Anna le llamó la atención el brillo de sus ojos, la intensidad de su mirada. Sin perder tiempo, Elise puso el coche en marcha.

—Encantada de conocerte —dijo Anna—. ¿Adónde vamos?

—He reservado dos habitaciones en un hotel en las afueras.

Descansaremos allí. Y por la mañana, si te parece bien, nos encontraremos con Michael y María.

—De acuerdo. Me hubiera gustado pasar por mi apartamento, pero supongo que no es posible.

—Sería un riesgo innecesario. Te conseguiré las cosas que necesites.

Al salir del aeropuerto, el coche tomó la I-294 hacia el sur. Aunque llovía ligeramente, no había apenas tráfico. Hicieron una buena parte del trayecto en silencio, interrumpido tan solo por el sonido del parabrisas.

—Elise, ¿no ha habido novedades de mi padre?

—Se está recuperando. Michael dijo que la evolución tras la operación es buena.

—¿Sigue en la misma clínica?

—De momento, sí.

Anna suspiró aliviada. Le consolaba pensar que estaba en un hospital. Al menos allí le atenderían si fuera necesario.

—Conocí a Edmund hace unos días —le contó Elise—. Se portó muy bien conmigo.

—¿Cómo le conociste?

—Mi hermano y yo trabajábamos para vosotros.

Elise miró por el espejo retrovisor y se desplazó al carril derecho para facilitar que un coche las adelantara.

—¿Tu hermano? ¿Te refieres a tu hermano gemelo? —preguntó Anna tras recordar la conversación con su padre.

—Sí, Vincent tuvo un accidente y falleció hace dos días.

—Lo siento mucho. De verdad.

Elise sintió un nudo en la garganta. Tragó saliva.

—En el avión tuve mucho tiempo para pensar —dijo Anna—. Todo esto es complicado y peligroso. Y necesitamos ayuda. Verás, en Lebab había un miembro que era policía. Hace tiempo que no viene a las reuniones, pero sé que mi padre estaba en contacto con él. Se llama Pablo, quizás pueda ayudarnos a protegerlo.

—Eso espero. Contactaremos con él en cuanto lleguemos al

hotel. Pero, eres consciente de que si la Policía interviene para ayudar a Edmund lo detendrán, ¿verdad?

Anna asintió. Su padre sería acusado de dirigir una organización ilegal, entre otras muchas cosas. Sabía que podría acabar en la cárcel, pero, en todo caso, eso era mejor que su desaparición o su muerte.

XAVIER CURTIS Y RITA BLEVINS

Motel Spinning, Naperville, Illinois
5 de abril del 2039, 03:25 horas

María se incorporó en la cama, sobresaltada por la pesadilla. Su corazón latía con fuerza. Hacía calor, habían dejado el termostato de la calefacción alto y sudaba mucho, a pesar de llevar una camiseta de tirantes. La luz de una farola del *parking* iluminaba tenuemente la habitación. Se levantó y se acercó a la ventana. Abrió con un dedo la cortina para ver el exterior. Había tres coches aparcados. Estaban vacíos, pero le resultaron amenazadores.

Se dirigió al baño. Al pulsar el interruptor, le sorprendió la imagen que encontró reflejada en el espejo. Tendría que acostumbrarse a aquella melena corta y rubia. Se mojó las manos con agua fría y se masajeó el cuello.

Michael apareció detrás de ella. Rodeó su cintura con la mano. Su aspecto también era diferente con el pelo rapado.

—Mi amor, ¿te he despertado? —le preguntó María.

—Solo dormitaba.

Michael llenó un vaso de agua en el lavabo y dio un buen trago.

—¿Quién es ese hombre calvo que nos está mirando? —bromeó al ver su reflejo; María se rio.

—Es el señor Curtis. Y a mí me parece muy atractivo.

—Pues yo también la encuentro a usted muy sexi, señorita Blevins.

Michael dio la espalda al espejo y se volvió hacia ella.

—Creo que podemos tutearnos, dado que los dos nos encontramos en ropa interior. Llámame Xavier.

—Y tú a mí Rita —dijo María y apoyó la mano en el pecho desnudo de su novio.

Michael la besó dulcemente. Era extraño y excitante a la vez.

Apagaron la luz del cuarto de baño y volvieron a la habitación. En penumbras, se sentaron en la cama.

—Da igual nuestro aspecto, Michael. Creo que nos reconoceríamos en cualquier circunstancia.

—Son nuestras almas las que se reconocen. Al igual que sucedió en el museo en cuanto nos pusimos a hablar.

—Sí, lo sé. Y eso es porque probablemente han estado unidas antes, en otras vidas. Hagamos un pacto de almas —dijo María.

—¿Qué es un pacto de almas? —preguntó Michael.

—Un compromiso, una unión… Como un matrimonio, pero espiritual.

—María, ¿quieres ser mi esposa espiritual?

—Sí, quiero —respondió ella con solemnidad.

Michael la cogió de la mano y se miraron a los ojos.

—No tenemos alianzas… —dijo María.

—No, pero tenemos algo mucho más simbólico que unos anillos.

—¿A qué te refieres?

—¿Y si nos ponemos un DeltaLife? —se atrevió a decir Michael.

—Quizás un día lo hagamos.

—¿Por qué no ahora?

—Principalmente, porque no tenemos —dijo María.

—Cariño, yo tengo dos DeltaLife. Edmund me pidió que me hiciera cargo de ellos.

—¿Cómo? ¿Los tienes aquí?

—En el bolsillo del plumífero.

María guardó silencio unos instantes.

—¿Ponernos un DeltaLife no sería egoísta con nuestros compañeros?

—En la situación en la que está Lebab, no lo creo. Además, quizás tampoco sea muy seguro tenerlos guardados.

—Edmund destruyó el DeltaMother —recordó María.

—Pero la información recogida por los DeltaLife está en la nube. Los datos no se pierden. Si logramos reconstruir el DeltaMother, tendremos acceso a todo.

—Entonces, ¿lo hacemos aquí y ahora? —pregunto María—. Pero ¿quién te lo pondrá a ti?

—Yo mismo. Es anestesia local solo en un ojo. Puedo hacerlo sin problema.

Michael encendió la luz del techo. Cogió el neceser del plumífero y sacó los DeltaLife, el colirio anestésico y las pinzas. María se tumbó en la cama.

El DeltaLife penetró en su globo ocular. En unos segundos, Michael había acabado de posicionarlo a través de su dispositivo. A continuación, repitió el procedimiento colocando el segundo DeltaLife en su propio ojo. Cuando acabó, se secó las lágrimas provocadas por la inserción.

Durante unos minutos permanecieron tumbados, muy cerca el uno del otro, con las manos unidas, inmersos en una extraña calma.

María se volvió hacia él y acarició su cabeza rapada. Se besaron despacio. Ahora, ambos llevaban un DeltaLife. Si uno moría antes que el otro, podrían buscarse, reencontrarse, recordar su amor… Acababan de cerrar un pacto, un vínculo que los uniría para siempre.

María se desnudó y se pegó al cuerpo de Michael. Él rodó sobre ella y la besó en el cuello. Hicieron el amor como si fuera la primera vez y también la última.

PARTE IV

PARTE IV

NATHAN MOORE

Avenida 14 Norte, Melrose Park, Chicago
5 de abril del 2039, 07:05 horas

El Ford avanzaba lentamente por la avenida arbolada. A ambos lados se situaban casas individuales con pequeñas áreas verdes ante ellas. En los últimos años, aquella se había vuelto una zona exclusiva. Nathan dejó el coche en el aparcamiento al aire libre, bajo unos pinos. Estaba casi vacío.

Cogió la chaqueta de cuero negra del asiento del copiloto y se la puso sobre la sudadera gris. Sin abrochársela, caminó hacia su destino. Había oído hablar de aquella clínica, pero nunca había estado en ella —ni él ni sus conocidos tenían ese nivel económico—.

Había sido un mensaje de texto encriptado, recibido en su dispositivo nada más despertar, el que le había llevado hasta allí. «En la clínica Hamilton está ingresado Edmund Cusack bajo el nombre de Gustav Blake. Tememos por su vida. Protéjalo». ¿Quién demonios se lo había enviado? El que lo había hecho sabía que él estaba implicado en el caso... ¿Y qué era eso de que el líder de Lebab estaba vivo? Y si fuera cierto, ¿por qué estaba ingresado allí?

El detective observó la fachada de un tono amarillento. Se trataba de un edificio de cuatro plantas con ventanas simétricas equidistantes entre sí. Atravesó un porche y entró en la elegante recepción. Se dirigió al mostrador de mármol blanco, detrás del cual se podía leer el nombre de la clínica escrito en grandes letras doradas. Nathan saludó a la recepcionista. Se subió la manga de la chaqueta de cuero para mostrar la placa policial.

—Buenos días. Vengo a ver al paciente Gustav Blake.

—Un momento, por favor. —La joven consultó una pantalla—. El paciente se encuentra en Cuidados Intensivos, no puede recibir visitas.

Nathan se dio la vuelta y echó a andar hacia un panel donde había un plano de la clínica. Lo observó unos instantes hasta localizar la zona que le interesaba.

—¡Señor! ¿Adónde va, señor?

Ignoró a la mujer y se dirigió a Cuidados Intensivos. Mientras avanzaba, su dispositivo vibró. PERMISO ESPECIAL DEL FBI. TODAS LAS JURISDICCIONES. La identificación venía acompañada del logo irisado del cuerpo. «Justo a tiempo, Marini», pensó.

Al llegar a su destino, se encontró a un vigilante de seguridad. Una mujer de mediana edad, vestida con un traje de chaqueta, se acercó por el pasillo.

—Soy la señora Evans, directora de la clínica —dijo y le ofreció la mano con gesto serio.

—Detective Moore, de la Policía de Chicago —se presentó Nathan.

—¿En qué puedo ayudarle?

—Quiero ver a Gustav Blake.

—Me temo que eso no será posible.

Nathan mostró el permiso del FBI. La mujer lo examinó atentamente durante unos segundos.

—De acuerdo, acompáñeme.

Evans tecleó un código de seguridad en la puerta de acceso a Cuidados Intensivos y entraron a un pequeño vestíbulo que conducía a diferentes salas.

—¿Por qué está ingresado Gustav Blake? —quiso saber Nathan.

—Sufrió un infarto y lo operaron ayer.

Se detuvieron en la pequeña antesala que daba a una habitación acristalada. En la cama había un hombre tumbado con el pecho descubierto. Parecía dormido. Tenía multitud de sensores adheridos a su cuerpo y conectados a un monitor Holter. De su brazo derecho colgaba una vía para la medicación.

—¿Es Blake? —preguntó Nathan. Evans asintió—. ¿Está consciente? Me gustaría hablar con él.

—Consúltelo con su médico —dijo la mujer y apretó un pulsador del cuadro de mandos que había junto a la puerta—. Usted tiene un permiso especial, pero la clínica debe preservar la salud del paciente.

Unos segundos después apareció un hombre joven vestido con una bata blanca.

—Doctor Jones, ¿puede informar al detective Moore del estado del paciente?

—Ingresó ayer a las 11:20 tras sufrir un infarto agudo de miocardio. En la ambulancia utilizaron un desfibrilador, eso le salvó la vida. —El médico repasó el informe en una pantalla portátil—. Fue intervenido al llegar. Se le ajustó la arteria que le provocó el infarto y finalmente se le instaló un *bypass* coronario. Después de la operación pasó a postoperatorio y a media tarde lo trajeron a Cuidados Intensivos.

—Necesito que el paciente conteste a algunas preguntas —dijo Nathan.

El doctor pareció dudar, pero accedió.

—Dispone solo de unos minutos.

—Yo los dejo entonces —se despidió Evans antes de salir de allí.

El doctor Jones le mostró la ropa que debía ponerse para preservar la asepsia. Nathan se la puso.

—Recuerde, sea muy breve —insistió el médico, que ya estaba abriendo la puerta de acceso a la sala.

El detective entró con sigilo. Sus zapatos, cubiertos por fundas, producían un extraño sonido al andar, que se sumaba al ligero zumbido de los aparatos de control. Al acercarse, pudo observar con detenimiento el rostro del paciente. A pesar de su aspecto demacrado, Nathan reconoció al hombre que aparecía en el vídeo de la entrevista de Sally Leigh. Efectivamente, se trataba de Edmund Cusack.

Consciente de que tenía poco tiempo, apoyó su mano sobre la del líder de Lebab. Este parpadeó.

—¿Qué ha ocurrido? ¿Dónde estoy? —preguntó desorientado, con voz ronca.

—Está usted en la clínica Hamilton —explicó el detective a través de la máscara antiséptica—. Ha sufrido un infarto. ¿Lo recuerda?

Edmund hizo un esfuerzo para tragar saliva.

—¿Quiere agua?

—Por favor.

Nathan cogió la botella con pajita que reposaba sobre la mesilla. La sostuvo mientras Edmund daba unos sorbos.

—Lo peor ya ha pasado, se está recuperando.

—¿Es usted médico?

—Soy el detective Moore, de la Policía de Chicago.

—¿Sabe dónde están mis gafas?

Nathan las vio en la mesilla y se las dio. Edmund las recibió con manos temblorosas. Al hacerlo, el policía reparó en su antebrazo vendado. Le habían retirado el dispositivo.

—Ha sido una sorpresa encontrarlo aquí. Se le dio por muerto hace unos años.

Edmund no dijo nada. Su rostro reflejaba agotamiento.

—Además de los cargos por pertenencia a un grupo ilegal, tendrá que responder ante la ley por la falsificación de un deceso.

—No me importaría hacerlo si pudiera contar con las garantías de un juicio justo. —Edmund carraspeó—. Pero no nos engañemos, señor Moore, no habrá juicio alguno. Desapareceré del mapa. Y no seré el primero.

—No sucederá algo así. Este es ahora un caso de la Policía de Chicago.

—Ojalá fuera cierto que usted puede ayudarme, pero, since-ramente, lo dudo.

—Cuento con el apoyo del FBI.

Edmund se volvió hacia él.

—¿Me está diciendo que puede conseguir que tenga un proce-so con garantías? ¿Y podrá hacer algo para encontrar a los miem-bros desaparecidos de Lebab?

Edmund lo miró fijamente. Nathan sintió que el científico le escrutaba, que intentaba interpretar su lenguaje corporal para así decidir si era digno de su confianza.

—Quiero ayudarle, pero antes tiene que explicarme qué suce-de. Contésteme, ¿por qué se hizo pasar por muerto?

—Porque temía por mi vida. Mi colega, Antoine, fue asesinado.

—Realmente, ¿cuál fue el motivo por el que se ilegalizó Lebab?

—El Gobierno no quería que se supiera que nuestras investi-gaciones iban por buen camino. Y ahora que hemos tenido éxito somos más peligrosos que nunca.

—Tenga cuidado con la vía. —Nathan apartó el tubo, que se había enredado en el brazo de Edmund—. ¿De qué éxito está ha-blando?

—Hemos probado científicamente la reencarnación.

—Eso es...

—¿Imposible? —le interrumpió Edmund.

—Sí, imposible —sentenció Nathan.

—Me da la impresión de que usted sabe muy poco de todo esto —dijo Edmund con una sonrisa triste—. Verá, Lebab ha creado un nanochip que es capaz de seguir al alma en su viaje. Sí, está oyendo bien, señor Moore. Tras la muerte, el alma regresa y ese nanochip lo hace con ella.

Nathan movió la cabeza a ambos lados. Aquello sonaba a re-lato de ciencia ficción. Pero, entonces, ¿por qué Lebab era tan importante para el Gobierno?

—Dos de nuestros experimentos han tenido éxito. Tenemos pruebas de dos reencarnaciones.

Un breve temblor recorrió el cuerpo de Edmund. Cerró los ojos, le fallaban las fuerzas. Nathan dio un paso atrás. Estaba a punto de pulsar el mando para pedir ayuda cuando el científico pareció recuperarse.

—Usted parece una persona honesta y yo estoy desesperado —dijo con un hilo de voz—. ¿De verdad cree que podrá ayudarnos?

Nathan no tuvo oportunidad de responder. Escuchó unos pasos a su espalda y se volvió. El doctor Jones se acercó a ellos.

—Ya es suficiente —ordenó con decisión.

La conversación con Cusack había llegado a su fin.

—Descanse. Nos volveremos a ver pronto —le aseguró Nathan antes de salir de la sala.

HINO STANFORD

Wicker Park, Chicago
5 de abril del 2039, 07:27 horas

—¿Estás listo? —preguntó Alexander desde el piso inferior.

Hino se asomó a la puerta del cuarto de baño; llevaba una toalla enrollada alrededor de la cintura y tenía el pelo húmedo.

—Acabo de salir de la ducha. No te preocupes, voy en bus o a pie.

—Yo me marcho. ¡Que tengas un buen día! —gritó Alexander.

—Adiós, papá —respondió Hino tras acercarse al hueco de la escalera—. Recuerda que me quedo a dormir en casa de Tom. Tenemos que hacer el trabajo de Historia del que te hablé.

Alexander cogió su abrigo marrón del perchero y se dirigió a la salida. Su hijo ya no era un niño; había crecido y, como cualquier adolescente, reclamaba independencia. Intentó acordarse de cómo era él cuando tenía su edad. ¡Había pasado tanto tiempo!

Hino escuchó con alivio que la puerta principal de la casa se cerraba. Se vistió con rapidez. Cogió la mochila y metió la cartera, una pequeña pantalla y algo de ropa —una camiseta limpia, una sudadera, un calzoncillo y unos calcetines—. Guardó el móvil en su pantalón vaquero. Faltaba poco para que le instalaran el dispositivo; lo harían en unos meses, en cuanto cumpliera los quince años. Antes de bajar, cogió el inhalador de su mesilla y se lo colgó del cuello.

En la cocina, preparó unos sándwiches con crema de cacahuete y mermelada. Se puso el plumífero, salió y bajó los peldaños de la entrada de un salto. Rozó con los dedos el magnolio del pequeño jardín. Una vez en la acera, echó a correr hacia la parada del autobús. No había nadie. Debido a la proximidad del instituto, muy pocos alumnos utilizaban el transporte público. Incluso él mismo solo lo hacía si llovía o no tenía ganas de caminar.

Esperó nervioso; todavía faltaban unos minutos. Por fin, el autobús amarillo apareció al final de la calle. Hino hizo un gesto para que parara. Dentro había cierto bullicio. La mayor parte de los chicos hablaban y reían.

Hino distinguió el pelo rojo de Tom en la penúltima fila.

—Hoy te has levantado perezoso, ¿eh? —le dijo su amigo al tiempo que quitaba la mochila del asiento para que se sentara a su lado—. ¡Tío! ¿Viste ayer el partido de los Grizzlies? ¡Fue una pasada! Nick Davies se salió.

Tom le contó con detalle los últimos minutos del partido de béisbol, que, afirmó emocionado, habían sido de infarto. Pero Hino no parecía compartir su entusiasmo.

—Y cuando faltaban solo dos minutos para acabar...

El chico suspiró. Estaban muy cerca del instituto.

—Tom, tienes que hacerme un favor —le interrumpió.

—¿Qué te pasa? ¿Por qué estás tan serio?

—Escúchame bien. He cogido el bus para hablar contigo, pero hoy no voy a ir a clase. Y mañana tampoco.

—¿Por qué?

—Tengo algo importante que hacer —susurró.

—¿Y qué es eso tan importante?

Hino le hizo un gesto para que él también hablara en voz baja.

—No te lo puedo contar ahora. He enviado un justificante falsificado diciendo que estoy enfermo. Pero necesito que esta noche me cubras. Mi padre cree que dormiré en tu casa porque vamos a hacer un trabajo.

—¿Te has metido en algún lío? —Hino sacudió la cabeza—. Pero ¿dónde estarás realmente? —insistió su amigo.

—Tienes que confiar en mí.

El autobús abrió las puertas al llegar a su destino. La parada estaba a unos cincuenta metros del Christopher Columbus.

—¿Y qué hago si tu padre intenta localizarte? —preguntó Tom.

—No lo hará, tranquilo. Yo le llamaré por la noche.

Tom se levantó e Hino le siguió. Fueron los últimos en bajar del vehículo. Permanecieron quietos mientras los alumnos que se dirigían a la entrada del instituto pasaban a su lado, esquivándolos.

—Me gustaría saber qué estás tramando. Tú no sueles hacer estas cosas —le dijo su amigo y se colgó la mochila.

Hino era un chico responsable. Eso de escaparse no iba con él. Tom lo miró con preocupación, como si le pidiera que desistiera de esa idea, pero él se limitó a apretarle el brazo en señal de despedida. Se alejó en dirección contraria a la multitud. Por suerte, ningún compañero lo detuvo para preguntarle adónde iba. Corrió hacia la parada del bus urbano cuando vio que el de su línea se acercaba.

Su destino era la Union Station, el edificio más hermoso de la ciudad, según su madre. Al entrar en la estación, se sintió sobrecogido por aquel inmenso espacio con paredes de más de treinta metros y preciosas columnas. Dio unos pasos sobre el suelo de mármol mientras observaba la gran bóveda. Había mucho movimiento de gente a esa hora y el barullo lo tranquilizó.

Hino compró su billete en una de las máquinas expendedoras. El California Zephyr salía a las 12:00 horas. Se sentó en una zona de espera. Se puso los auriculares y cerró los ojos. Su corazón palpitaba con fuerza al intentar imaginar qué le esperaba en Cantril.

XAVIER CURTIS
Y RITA BLEVINS

Motel Spinning, Naperville, Illinois
5 de abril del 2039, 08:01 horas

Cerraron la puerta de la habitación y recorrieron la balconada del motel para bajar al *parking*. Michael llevaba una bolsa de plástico negro que contenía ropa, restos de cabello y cajas de tinte. Buscaron un contenedor. María pisó el pedal para abrirlo y la tiraron dentro. Al caer la tapa, se miraron. Allí dentro, en la basura, dejaban una parte de ellos, de lo que habían sido hasta entonces.

En el aparcamiento no había rastro del Station Wagon. Elise se había deshecho de él la tarde anterior. En su lugar, había dejado un Dodge gris de alquiler. Michael digitó en su dispositivo para abrir el coche. Se quitó la cazadora y la dejó en la parte de atrás. María, enfundada en un grueso abrigo, se sentó de copiloto. Se levantó las gafas de filtro morado que llevaba puestas y se las colocó en el pelo, como si fueran una diadema. La luz era grisácea, el cielo estaba cubierto. Michael arrancó el vehículo y puso la calefacción.

—Es todo tan raro —dijo María y suspiró.

Observó sus botines negros. Eran lo único de lo que no se había deshecho.

—Yo siento un vértigo extraño —respondió Michael.

—Sí, es algo así. En el motel nos sentíamos seguros, pero ahora que hemos salido... todo me parece peligroso.

—Hoy tenía una operación importante; la segunda intervención a un paciente al que se le ha reproducido un tumor.

—Jad lo hará bien, Michael.

—Sí, eso espero.

—Pero ¿y nuestras familias? Le prometí a mi madre que comeríamos juntas algún día de esta semana.

Durante unos segundos permanecieron en silencio. No sabían cuándo volverían a ver a sus seres queridos.

—Teníamos entradas para ir al teatro mañana —dijo Michael—. ¿Te acuerdas de lo que nos costó conseguirlas?

Las habían comprado meses antes. Habían esperado durante horas pegados a la pantalla para conseguir dos butacas.

—*El sueño de una noche de verano* —dijo María, mientras observaba las fachadas, oscurecidas por la contaminación—. Y ahora nuestra realidad se ha vuelto una pesadilla. Nuestras vidas se deshacen como papel mojado.

—Por el momento estamos protegidos con una nueva personalidad —dijo Michael—. Después, ya veremos. Quizás algún día consigamos recuperar lo que teníamos.

—Todo está en el aire. Ni siquiera sabemos dónde dormiremos hoy.

María se retiró de la cara un mechón de pelo rubio.

—Eso no importa. Estamos juntos.

Tardaron solo unos minutos en llegar al hotel Marriott, situado también en Naperville. Al entrar, María cogió a Michael de la mano. Le temblaban las piernas. Se identificaron en la recepción como Rita Blevins y Xavier Curtis. Tenían una cita con Elise Lacroze. Para su tranquilidad, el recepcionista del hotel no les prestó atención y se limitó a señalar el ascensor más próximo.

Caminaron sobre una mullida alfombra azul. El Marriott tenía poco que ver con el motel en el que habían pasado la noche.

—Creo que nosotros somos fugitivos de segunda —murmuró Michael y pulsó el botón de la quinta planta.

María sonrió y apoyó la cabeza en su hombro.

Bajaron del ascensor y se dirigieron a la habitación 596. Llamaron a la puerta. Elise abrió y los observó con curiosidad. Los invitó a entrar.

—Siento el error de talla —dijo al comprobar que la cazadora que llevaba Michael le quedaba estrecha.

—No pasa nada, bastante has hecho por nosotros.

Permanecieron en la amplia sala que daba acceso al dormitorio. En una mesa, frente al sofá blanco, descansaban una cafetera y una bandeja con *muffins*.

La puerta del dormitorio se abrió.

—¿Michael? ¿María? —preguntó Anna, sorprendida por el cambio de aspecto de sus compañeros.

Anna y Michael se abrazaron con fuerza. No se habían vuelto a ver desde que se despidieron en el *parking* de madrugada tras la reunión de Lebab en la que Edmund les anunció que la primera luz se había encendido. De eso hacía tan solo cuatro días, pero habían cambiado muchas cosas desde entonces.

Anna se volvió para saludar a María.

—Lebab —dijo al tiempo que la abrazaba—. Sentaos, ¿queréis un café?

María asintió. Anna sirvió varias tazas.

—¿Ha habido algún cambio en el estado de Edmund? —preguntó Michael.

—Sigue en la clínica —respondió Elise. Estaba sentada en una butaca y sostenía un portátil sobre las rodillas—. Según el parte de enfermería de las seis de la mañana, a esa hora permanecía estable.

—Es una buena noticia —aseguró Michael.

—La mala es que, antes de operarlo, le retiraron el dispositivo. Si se lo llevan de allí, no podré rastrearlo —explicó Elise.

—Anoche contactamos con un miembro de Lebab que es policía —intervino Anna—. Nos dijo que intentaría enviar a alguien para proteger a mi padre.

—Creo que ese alguien ya ha estado allí —interrumpió Elise, que miraba con atención las grabaciones de las cámaras de la clínica—. ¡Un momento! Yo conozco a ese tipo. Es uno de los policías que me persiguieron en el Saint Joseph.

—Déjame ver —le pidió María y se acercó a la pantalla—. Es verdad. Es Nathan Moore, de la Policía de Chicago.

—Confiemos en que sea capaz de proteger a Edmund —dijo Michael.

—Sí, eso espero. Por desgracia, ahora mismo no podemos hacer nada más por él. —Se hizo un breve e incómodo silencio. Anna continuó—: Sin embargo, tenemos que tomar algunas decisiones importantes.

—¿A qué te refieres? —preguntó Michael.

—Creo que ha llegado el momento de hacer público nuestro descubrimiento.

—¿Ahora? —se extrañó María.

—¿A qué vamos a esperar? Estamos en una situación muy delicada. Sally ha desaparecido, mi padre ha sido capturado y a nosotros nos están buscando. Por desgracia, no creo que esto vaya a mejorar.

—Tienes razón —coincidió Michael.

—Hay que difundirlo cuanto antes. No podemos permitir que silencien lo que hemos descubierto —concluyó Anna.

—Pero ¿cómo lo haremos?

—Tengo el vídeo que muestra la reencarnación de Sam y los archivos de localización de su cámara —dijo Anna.

—¿Será suficiente? —preguntó María.

—La muerte y el posterior nacimiento se recogieron con la cámara del DeltaLife —intervino Elise—. Un técnico puede ratificar que fue la misma cámara la que grabó ambos momentos.

—Nosotros tenemos el vídeo de la reencarnación de Yumiko —intervino Michael.

—Además de los vídeos y de los archivos de localización, la prensa querrá ver el DeltaMother —dijo Anna—. Estoy en contacto con Liam Bell. Él nos ayudará a construir uno nuevo.

—Yo puedo colaborar en la parte informática. —Elise apoyó el portátil en el suelo—. Vi el *software*, no era complicado.

—Gracias, Elise. Tu ayuda está siendo muy valiosa —reconoció Anna—. Yo también tengo el contacto de un periodista que nos puede ayudar.

—¿Y nosotros qué haremos? —preguntó María.

—De momento, esperar —respondió Anna—. Sé que no hacer nada puede ser angustioso, pero os avisaremos en cuanto tengamos novedades.

—¿Y nuestras familias? ¿No podemos decirles nada? —quiso saber María, preocupada.

Anna miró a Elise, que respondió:

—Podéis hacer llamadas encriptadas, pero solo las estrictamente necesarias. La duración máxima no superará los tres minutos. Tenéis que fingir que todo va bien y no pueden saber bajo ningún concepto dónde os encontráis.

—De acuerdo —musitó María.

—Tenemos mucho por hacer —dijo Anna levantándose de la silla.

Sus compañeros la imitaron.

—Michael, María, voy a buscaros un nuevo hotel. Os enviaré la reserva en unos minutos —intervino Elise.

Anna los acompañó a la salida. Tras despedirse, justo antes de cerrar la puerta, Michael se volvió.

—Anna, ¿cómo fue tu viaje?

Ella recordó Gam, el encuentro con Dinari, sus ojos y la paz de sostenerlo entre sus brazos.

—Fue… hermoso —contestó—. Muy hermoso.

HINO STANFORD

El viaje duró tres horas y media. A pesar de la inquietud que sentía, había disfrutado del trayecto en aquel tren antiguo que, justo antes de llegar a Burlington, había cruzado el río Misisipi por un precioso puente de hierro. Tras salir de la estación, pidió un InstantCar con su móvil. Sintió un pequeño pellizco en el estómago. Había mentido a su padre y había falsificado el justificante del instituto y la autorización para poder viajar solo. No sabía qué sucedería en las próximas horas, pero la idea de ver al bebé que tenía el alma de su madre le compensaba todo ese malestar.

—Buenas tardes —dijo al montar en el coche.

—Buenas tardes. A Cantril, ¿verdad?

Hino asintió. El sol se asomaba tímidamente entre las nubes. Observó los extensos campos de maíz que rodeaban la carretera. Bajo la caricia del viento, aquella superficie se convertía en un mar verde, extrañamente vivo. Y diseminadas en aquella llanura se podían ver granjas de madera, con grandes silos de metal. Le impresionó la belleza de aquel paisaje.

Durante el viaje en tren, Hino había leído información sobre Cantril en su pantalla portátil. Se trataba de un pequeño pueblo agrícola que contaba con menos de un centenar de habitantes. Esperaba que no le fuera difícil dar con la familia que buscaba. El trayecto en InstantCar, a pesar de durar casi una hora, se le pasó volando. De hecho, se sorprendió al ver el cartel con un corazón que anunciaba su destino: BIENVENIDOS A CANTRIL.

Le pidió al conductor que le dejara en la carretera.

—¿Aquí?

—Sí, aquí mismo está bien. Daré un paseo.

Al bajar del coche se puso el plumífero, se colgó la mochila y echó a andar a buen paso hacia la granja más próxima. Aquel lugar era muy diferente a Chicago. Olía distinto. Y aquella luz hacía que los colores parecieran más intensos.

Una mujer de mediana edad barría el porche de una bonita casa. Al descubrir su presencia, le saludó. Hino, para entablar conversación, le pidió un vaso de agua. No le costó enterarse de que allí vivían dos hermanas viudas. Tras darle las gracias, siguió su camino.

Tampoco tuvo éxito en la segunda granja, que pertenecía a un hombre mayor cuyo cachorro de pastor alemán se acercó a Hino para jugar. El anciano le contó que sus hijos se habían ido a vivir a Burlington y solo venían de visita de vez en cuando.

La siguiente casa que podía ver desde allí estaba a poco más de media milla. Hino tomó un sendero que se abría entre unos grandes robles. Caminó con las manos en los bolsillos del pantalón. No quería angustiarse, pero pronto anochecería. Esperaba encontrar antes el lugar que buscaba.

La granja a la que se acercaba constaba de un edificio principal de dos alturas y una segunda edificación más pequeña que parecía un cobertizo o un almacén de grano. Cerca de la cancela había una furgoneta blanca. Hino escuchó el llanto de un bebé desde el porche de la entrada. Su corazón latió con fuerza. Llamó con los nudillos a la puerta, pero no hubo respuesta. Al empujarla, comprobó que estaba abierta.

—¿Hola? —dijo elevando la voz.

Junto a la entrada, a la derecha, había una gran cocina y se asomó. No había nadie, pero una tetera hervía en el fuego. Le preocupaba que alguien le sorprendiera allí y se asustara. No era esa su intención. ¿Y si volvía a salir y llamaba de nuevo?

—¿Qué haces aquí? —Escuchó a sus espaldas. Hino se volvió y se encontró con un hombre de unos treinta años, pelirrojo, de barba poblada y llamativos ojos verdes—. Hijo, ¿te has perdido?

Incapaz de articular palabra, Hino asintió. Había visto a aquel hombre en las imágenes que María le había mostrado. Tenía que ser el padre del bebé.

—Me pillas con un buen lío. Voy a subir una infusión a Nancy y regreso enseguida. Si quieres beber agua, hay un caño con filtro al lado del grifo principal. Y la fruta está ahí, junto al frigorífico. Coge lo que quieras. Ah, mi nombre es Bill.

—Yo soy Hino. Gracias.

El hombre subió por la escalera de madera que llevaba a la planta superior. Hino cogió una manzana, la lavó y le dio un mordisco. Estaba hambriento; solo había comido los sándwiches en el tren. Reparó en un pequeño Buda sobre un aparador. ¿Sería aquella familia budista, como él y su madre?

Escuchó voces arriba, aunque fue incapaz de entender lo que decían. Pronto el crujido de los peldaños le indicó que Bill regresaba a la planta baja. Esta vez traía a un bebé en brazos. Hino se acercó y miró embelesado a la criatura de cara redonda y cabecita calva.

—Qué niño tan bonito —susurró.

—Se llama Jake. Es muy lindo, ¿verdad? —dijo Bill, orgulloso—. Pero, cuéntame, ¿necesitas algo? ¿Quieres que te acerque a algún sitio? Ahora mismo no puedo, pero en cuanto organice las cosas...

—No te preocupes, no hace falta.

—¿De dónde vienes?

—De Burlington.

—¿De Burlington?

—En realidad...

Hino dudó.

—¿Qué sucede? —Bill frunció el ceño.

—Yo…

—Te has escapado de casa, ¿verdad?

Hino asintió; en cierto modo, así había sido.

—Mira, no te preocupes. Nancy bajará ahora y cenaremos juntos. Luego decidiremos qué hacer. ¿Te parece bien? Por cierto, ¿qué tal se te da la pasta? ¿Puedes echarme una mano?

—Claro.

—Pon el agua a hervir en esa cazuela —le dijo Bill.

—¿Jake es vuestro primer hijo? —preguntó Hino con timidez.

—Sí. ¿Se nota o qué? —Bill se rio—. Un hijo es un gran cambio. Tenemos que acostumbrarnos, pero la verdad es que el niño es un cielo, no da guerra. ¿Verdad, Nancy?

La mujer había bajado la escalera sin hacer ruido, calzada con unas zapatillas verdes. Era joven, tenía unos veinticinco años, y llevaba una bata celeste que cubría su camisón de lino. El pelo, rubio y liso, le caía sobre los hombros.

—¿Tú eres Hino? Soy Nancy —se presentó con una sonrisa.

—Encantado.

—Hino ha venido desde Burlington —dijo Bill.

—¿Has venido para ayudarnos a preparar la cena? —bromeó Nancy.

—En realidad —titubeó el chico—, quería preguntaros algo. ¿Podría pasar la noche aquí?

Bill y Nancy se miraron.

—Sin problema —respondió Nancy—. Puedes dormir en la habitación de invitados. Pero ¿no crees que deberías avisar a tus padres de que estás con nosotros?

—Llamaré luego a mi padre. Y mañana estaré de vuelta.

—Eso está bien, Hino —dijo Bill.

—¿Qué te parece el bebé? —preguntó Nancy tras sentarse en una de las sillas que rodeaban la mesa.

—Es encantador.

—¿Verdad que sí? Bill, dámelo a mí, así vosotros podréis cocinar.

Hino no podía dejar de mirar al pequeño, que tenía los ojos cerrados.

—¿Quieres cogerlo? —le ofreció la mujer.

—¿Puedo? —preguntó nervioso.

—Ven, siéntate aquí.

El chico se sentó en una silla junto a Nancy. Ella le dio el bebé e Hino lo sujetó con ternura, como si fuera algo tan delicado que pudiera deshacerse entre sus manos. Lo apretó suavemente contra su cuerpo.

—Así, muy bien.

—¡Míralo que tranquilo está! —exclamó Bill.

Jake movió la cabeza para desperezarse y apoyó su carita en el cuello del chico.

—Te has emocionado —dijo Nancy al ver que una lágrima corría por su rostro—. ¿Es la primera vez que coges a un bebé?

Hino asintió.

—Eso que sientes es la fuerza de la vida. Es algo maravilloso.

A Hino le costaba controlar el nudo que tenía en la garganta, esa emoción que le embargaba por estar cerca de aquel pequeño ser.

RAHNE BRADDOCK

Alrededores de la clínica Hamilton, Chicago
5 de abril del 2039, 21:30 horas

El Buick estaba aparcado a unos cien metros de la entrada, en un ángulo muerto que no recogían las cámaras de vigilancia del hospital. Le molestaba un poco la espalda; llevaba horas encerrada. Tan solo había salido unos minutos para estirar las piernas. Detrás de ella, a unos cincuenta metros, estaba Nathan dentro de su Ford. Rahne vio por el retrovisor que su compañero salía del vehículo y se acercaba.

La detective abrió el cierre de seguridad para que entrara.

—¿Cómo te va? —Nathan se acomodó en el asiento del copiloto.

—Aburrida como una ostra —respondió Rahne con un tono seco.

Con la luz interior del coche sus ojos azules parecían grises. El piloto no tardó en apagarse y se quedaron de nuevo a oscuras.

—Sí, está todo muy tranquilo. No hay apenas movimiento. Es una clínica con pocos pacientes —dijo Nathan.

—Nat, ¿vas a decirme de una vez de qué coño va todo esto?

—Entiendo que estés molesta, pero hasta ahora no sabía qué podía contarte.

—Ah, ¿no? ¿Y ahora sí?

Rahne se volvió hacia él.

—Acabo de hablar con Marini.

—Marini… El viernes pasado me comunica que ya no soy tu compañera y me aparta del caso, y hoy, a las seis de la mañana, me llama para decirme que vuelvo a trabajar contigo de manera encubierta.

—El jefe te ha llamado porque el FBI ha pedido que alguien me ayude.

—¿Qué tiene que ver el FBI en esto?

—El FBI, el CEP, el Gobierno… Todos están muy interesados en este caso.

—Marini siempre ha mantenido a la Policía de Chicago al margen de las actividades del CEP —dijo Rahne.

—Parece que esta vez está atado de pies y manos. Y ahora el FBI quiere que colaboremos con ellos.

—Si la Policía de Chicago hace de árbitro entre el CEP y el FBI, estamos jodidos.

—El FBI está intentando recuperar parte de su poder. Y para ello quieren demostrar las malas prácticas del CEP.

—Y tú piensas que han sido ellos quienes han traído a Edmund Cusack a esta clínica.

—Sí, eso creo. Me apuesto el cuello a que Sanders está detrás de esto. Y no quiero que sepa que estamos vigilando.

Rahne respiró profundamente.

—Nat, ¿por qué es tan importante Lebab?

—No estoy seguro, pero Cusack me dijo que Lebab ha conseguido demostrar sus teorías.

—¿Qué teorías?

—Lebab busca probar científicamente la reencarnación.

Un coche se acercó. Los faros iluminaron el interior del Buick. Los dos policías permanecieron alertas hasta que pasó de largo y lo perdieron de vista.

—No me irás a decir que te crees algo así —masculló Rahne.

—Cusack me contó que tienen la prueba de dos reencarnaciones.

Rahne sacudió la cabeza, contrariada.

—Eso es de locos. No tiene ningún sentido.

—Pero, entonces, ¿por qué ese interés por parte del CEP y del FBI? Piensa por un momento qué sucedería si lo que me dijo Cusack fuera cierto.

—No me jodas, Nat.

—Hay mucha gente que cree en la reencarnación... —siguió Nathan—. ¿Tú, Rahne, sigues siendo creyente?

—Soy católica, y sí, tengo mis creencias, pero la reencarnación no tiene nada que ver con ellas.

—Llevo todo el día obsesionado con las palabras de Cusack. ¿Sabes? Esta tarde he contactado con un amigo de mi familia, el padre Dacosta. No hablaba con él desde hace años.

—Así que, mientras yo me pasaba las horas muertas vigilando, tú has tenido una crisis religiosa —soltó Rahne con tono jocoso.

—El padre Dacosta, además de cura, es teólogo. ¿Y sabes qué me ha dicho? Él piensa que, en realidad, todas las religiones hablan de lo mismo. La resurrección de la que hablaba Cristo es una forma de llamarlo. Y la reencarnación es otra.

—¡Eso te ha dicho un cura católico! —exclamó Rahne.

—He estado leyendo cosas... Hay quien afirma que, efectivamente, dentro del seno de la Iglesia algunos pensaron que Cristo hablaba de la reencarnación. Pero decidieron ocultarlo.

—Todo esto me supera. No estoy de humor para conversaciones místicas.

—Tienes razón, dejémoslo. Me vuelvo a mi coche —dijo Nathan y abrió la puerta.

—Luego hablamos.

El detective echó a caminar en la oscuridad hacia el Ford mientras Rahne digitaba en su dispositivo para poner música. Todo apuntaba a que iba a ser una noche muy larga.

MARTIN PAYNE

Loyola Park, Chicago
6 de abril del 2039, 01:10 horas

El sonido emitido por el ordenador le despertó. Abrió los ojos. La lámpara de pie estaba encendida y bañaba la sala con una luz tenue. Se había quedado dormido en el sofá. Mientras bostezaba, se masajeó el cuello. Ya de pie, se abrochó el pantalón vaquero y dio unos pasos hacia el portátil, que descansaba sobre la mesa del salón. Sintió un hormigueo en la pierna derecha a causa de la mala postura mientras dormía. En su Fast-Feed se había abierto una ventana con un mensaje.

> Usuario: Martin Payne, necesitamos tu ayuda.

> Martin: ¿Quién eres?

> Usuario: Llámame E-Karmel. Nosotros también buscamos a Sally.

El periodista abrió la boca y sintió que su corazón se aceleraba.

> Martin: ¿Sabes algo de ella?

Usuario: Por desgracia, todavía no.

Martin: ¿Y qué quieres de mí entonces?

Usuario: Yo trabajo con Anna,
que pertenece a Lebab. Al igual que Sally.

Martin, confundido, dio un paso atrás. ¿Lebab? ¿Sally pertenecía a Lebáb? Si era cierto, ¿por qué no se lo había dicho? ¿Y la tal Anna era la misma con la que había contactado y de la que no había vuelto a tener noticias?

Un nuevo mensaje entró en ese momento:

Usuario: Creemos que puedes ayudarnos.

Martin: ¿Ayudaros a qué?

Usuario: Eres periodista. Sally no ha sido
la única, ha habido más desaparecidos.
El último, hace dos días.

Martin se estaba poniendo nervioso. Se pasó la mano por la cabeza.

Usuario: Lebab quiere hacer públicas
las pruebas que demuestran
científicamente la reencarnación.

Martin: ¿De qué hablas?

Usuario: Voy a enviarte dos vídeos.
Cada uno fue grabado por una cámara
intraocular que registraba lo que veían los ojos
de la persona que la tenía implantada.

Escéptico, preguntó:

Martin: ¿Y?

Usuario: En la primera parte de ambos vídeos, los portadores estaban vivos. Cuando la cámara se funde a negro es el momento en que fallecen. Después, tras unas semanas, las mismas cámaras se rematerializaron. Cada una lo hizo en el ojo del nuevo cuerpo en el que se reencarnó el alma y volvió a recoger imágenes. Te enviaré también un registro de la actividad de la cámara que incluye las diferentes localizaciones. Hablamos en cuanto veas todo.

Una ventana se abrió en la pantalla y le preguntó si aceptaba recibir los archivos. Martin los descargó. Pulsó *play* en el primer vídeo y vio un hospital y médicos. Momentos previos a una operación, supuso. Luego hubo un fundido a negro y a continuación un chisporroteo de luces. El llanto de un bebé. ¿Qué era eso? ¿Un nacimiento?

Martin digitó en su dispositivo y esperó impaciente a que le contestaran.

—¿Bob?

—Joder, Martin. ¿Sabes qué hora es?

—Es urgente —dijo caminando por el salón—. Te voy a enviar unos archivos ahora mismo. ¿Puedes analizarlos?

—¿De qué se trata?

—Necesito que compruebes algo. Es muy importante.

Bob tardó unos segundos en contestar.

—Los tengo.

Martin se mantuvo en línea. Se acercó al mueble de la cocina y sacó una botella de *whisky*. Se sirvió dos dedos y bebió un trago.

—Vamos a ver, ¿qué coño es esto? —soltó Bob transcurridos unos minutos.

—¿Puedes asegurarme que todas las imágenes que recoge el vídeo se grabaron con la misma cámara?

—Dame un segundo.

Martin se detuvo junto a la ventana. Se rascó la nuca, nervioso.

—Parece que sí, las imágenes pertenecen a una sola cámara intraocular, una D-Optical numerada. Nanotecnología de alta calidad. Ambos momentos se grabaron con un intervalo temporal. Déjame ver... Entre una grabación y otra trascurrieron cuarenta y cinco días.

—¿Estás seguro?

—Cien por cien. Lo que no entiendo es el archivo con las localizaciones. Esos registros no se pueden manipular, son como los datos de la caja negra de un avión. Y, sin embargo, la cámara estaba primero en Chicago y semanas después, de repente, en el ojo de un recién nacido, en un pueblo de Illinois. No entiendo cómo pudo cambiar de ubicación...

—La persona que me ha enviado esto me habló de rematerialización.

—Pues, sinceramente, Martin, esa sería la única explicación. ¿De dónde has sacado esta información?

—Me lo ha pasado un *hacker*. Un tal E-Karmel. ¿Has oído hablar de él?

—No, pero investigaré. ¿De qué va todo esto? —preguntó Bob.

—Se trata de algo en lo que, al parecer, Sally estaba metida.

—¿Sigues sin saber nada de ella?

—Así es. No hay noticias —dijo Martin con pesar—. Te llamo mañana. Creo que voy a tener que pedirte ayuda.

—Está bien. Espero tu llamada —se despidió Bob.

Martin se sentó frente al ordenador para ver el segundo vídeo. En la pantalla observó cómo el rostro de una mujer de pelo negro se aproximaba a la cámara, al ojo desde el que se grababan las imágenes. La mano infantil le hizo deducir que era un niño quien portaba el nanochip. Se produjo el fundido a negro. ¿Significaba que el pequeño había muerto? Martin dio un sorbo al *whisky*. De nuevo se produjo aquel chisporroteo de luz y, a continuación, vio a una mujer negra, visiblemente emocionada tras haber dado a luz.

La ventana de FastFeed se abrió de nuevo.

> Usuario: ¿Los has visto?

Martin: Sí.

> Usuario: ¿Nos ayudarás?

Martin apoyó los dedos en el teclado. No sabía qué contestar.

> Usuario: Tenemos que hacerlo cuanto antes. Quizás este sea un modo de presionar para encontrar a los desaparecidos.

Martin: Sí, os ayudaré.
¿Qué queréis exactamente?

> Usuario: Necesitamos un reportaje que explique de manera sencilla nuestras investigaciones y cómo hemos llegado a demostrar la reencarnación.

Martin: Tienes que darme mucha información.

> Usuario: Podemos empezar ahora, si estás listo.

Martin: Lo estoy.

RAHNE BRADDOCK

Alrededores de la clínica Hamilton, Chicago
6 de abril del 2039, 01:53 horas

El cansancio empezaba a pasarle factura. Bostezó. Abrió la ventanilla del Buick para espabilarse. El aire era helado. Una ambulancia que se aproximaba con las luces apagadas llamó su atención. El vehículo tomó la rotonda de acceso a la clínica y se detuvo frente a la puerta de Urgencias.

—¿Has visto eso? —preguntó Rahne.

Nathan, en el interior de su Ford, escuchó a su compañera a través de los auriculares internos de sus oídos.

—Sí. Esperemos a ver qué pasa —respondió.

Unos minutos después, dos enfermeros salieron del edificio empujando una camilla con un paciente.

—Rahne, ¿puedes ver si se trata de Cusack?

—No, estos prismáticos son una mierda. Solo logro distinguir a un hombre con máscara de oxígeno.

Los enfermeros abrieron la puerta trasera y subieron al enfermo. Nathan activó el programa de rastreo de vehículos.

—Rahne, yo voy a seguirlos —dijo mientras insertaba las coordenadas de la ambulancia—. Quizás se están llevando a Cusack. Tú quédate aquí.

—De acuerdo, Nat. Me vas contando.

El detective arrancó el Ford y esperó unos segundos. El programa de rastreo ya se había activado. En la pantalla pudo ver que se dirigían hacia el sur por la Novena Avenida. A continuación, cogieron la I-290 hacia el este, en dirección al centro de la ciudad. Nathan, siguiéndolos por otra ruta para no ser visto, detectó un aumento de velocidad y pisó el acelerador. Imaginó que habían conectado la señal de emergencia.

A la altura del Garfield Park, la luminosidad de los carteles publicitarios hizo que el detective oscureciera el cristal del auto. La ambulancia, tras cruzar el río Chicago, subió hacia el norte por Wacker Drive. Nathan siguió en paralelo al río durante unos minutos y giró posteriormente a la izquierda.

Ambos vehículos tomaron la Lake Shore Drive, dejando las playas a su derecha. La ambulancia se acercaba al Hospital Saint Joseph. El detective dedujo que ese era su destino. Unos minutos después comprobó que no se había equivocado: acababa de entrar en la zona de Urgencias. Nathan aparcó cerca del acceso principal y corrió hacia el edificio. ¿Se trataba de Cusack? ¿Y si su estado había empeorado?

En recepción se identificó con el permiso especial del FBI. Preguntó por el paciente recién ingresado.

—Se llama Bryan Lewis. Lo traen por una infección pulmonar —le informó el recepcionista.

—Tengo que verlo inmediatamente —dijo Nathan.

El hombre habló con una auxiliar que estaba sentada a su lado y esta se puso en pie para acompañarlo.

—¿Podemos ir más rápido? —preguntó el detective.

La mujer aceleró el paso.

Por fin, en un box de Urgencias, Nathan encontró al paciente que acababan de trasladar. Era un hombre de mediana edad, de piel lechosa y cabello cobrizo. Estaba sedado.

El detective se dio la vuelta y echó a correr ante la mirada asombrada de la auxiliar.

—¡Mierda! ¡Mierda! —exclamó mientras se dirigía al coche. Llamó a su compañera—. Contesta, Rahne, maldita sea.

Condujo a gran velocidad mientras intentaba repetidamente contactar con ella. Adelantó con brusquedad a los pocos vehículos que se encontró en la carretera. Veinte minutos después hizo chirriar los frenos al dejar el Ford cerca de la Hamilton.

Bajó del coche y vio un cuerpo en el suelo, al lado del porche de la entrada. Corrió hacia allí. Sabía que se la habían jugado, que se habían llevado a Cusack de la clínica. Cuando llegó, descubrió que se trataba de Rahne. Estaba inconsciente, pero respiraba y tenía pulso. La cogió en sus brazos e, impotente, pidió ayuda a gritos.

EDMUND CUSACK

Byox Pharma, Irene, Illinois
6 de abril del 2039, 07:02 horas

Abrió los ojos. Lo primero que vio fue un techo alto, de más de tres metros, y las luces industriales que colgaban de él. Comprobó que tenía la vía en el brazo y los electrodos que controlaban su latido cardiaco en el pecho. Recordó que lo habían trasladado por la noche. Nadie había contestado sus preguntas sobre adónde lo llevaban. Tan solo sabía que el viaje había durado más de una hora.

Uno de los monitores emitió un pitido. Un enfermero corpulento, de cabello oscuro, se acercó y cambió la bolsa con la medicación que colgaba del soporte metálico. Cuando acabó, el sonido cesó. Edmund estiró la sábana para cubrirse el pecho. Cerró los ojos unos segundos y entonces escuchó unos pasos que se acercaban.

—¿Cómo está? —preguntó una voz masculina.

—Débil, ha estado a punto de sufrir otro infarto, pero hemos conseguido estabilizarlo.

—No puedo perder más tiempo. Déjeme a solas con él.

Edmund, a pesar de no llevar las gafas, vio que se trataba de un hombre joven, de pelo rubio y con el tabique nasal desviado.

—Señor Cusack, por fin nos conocemos.

Sanders se acercó a Edmund y cogió su brazo. Revisó el catéter con dos salidas. Una de ellas estaba conectada al medicamento de la bolsa. Giró la ruedecilla que abría la segunda salida e inyectó el contenido de una jeringuilla.

Edmund no tardó en sentir náuseas. Apretó los párpados y respiró hondo. El hombre presionó el mando de la cama para elevar la parte superior.

—En unos segundos la droga le hará efecto. Relájese.

—¿Qué me ha puesto? —preguntó Edmund con dificultad.

—XP. Mantendremos una interesante conversación.

Edmund sabía que la droga XP era una bomba en condiciones normales, así que, en las suyas, podría matarle. Sin embargo, lo que más le angustiaba era la información que se vería obligado a facilitar a aquel hombre.

—No perdamos tiempo. Hábleme del primer DeltaLife que se rematerializó. ¿Quién lo llevaba?

—Mi nieto.

Edmund sentía una especie de efecto hipnótico. Respondía como si su yo interno hablara, no podía resistirse.

—¿Cuándo murió su nieto?

—El 27 de febrero.

—Usted cree que su alma ha regresado, ¿es así?

—Sí.

—Dígame cuándo nació ese niño y dónde.

—Sucedió el viernes pasado. Se ha reencarnado...

Edmund parpadeó. Además de las náuseas, sentía un agotamiento extremo.

—No me ha contestado dónde. Concéntrese en responder a mis preguntas.

—En África.

—¿En qué lugar de África?

—En Namibia. En un pueblo llamado Gam.

—Estamos hablando del hijo de Anna Cusack, ¿no es así? —Edmund asintió—. ¿Y dónde está ella?

—Fue a verlo. Pero creo que ya ha regresado... ¿Qué día es hoy?

—Es miércoles, 6 de abril. Y son las siete y cuarto de la maña-na —le contestó Sanders.

Edmund sintió arcadas. Se llevó la mano a la boca.

—Hábleme de su hija. —A Edmund se le humedecieron los ojos al pensar en Anna. Lo último que quería era ponerla en peligro—. Dígame su dirección.

—1360 de la Lake Shore Drive —dijo sin poder contener las lágrimas.

—¿La encontraré allí?

—Lo dudo. Supongo que la habrán avisado de mi captura.

—¿Quién?

—Michael.

—¿Se refiere a Michael Guthrie? ¿El cirujano? —Edmund asintió—. Sabemos que trabaja en el Hospital Saint Joseph. Fue él quien hizo las inserciones de los DeltaLife, ¿verdad?

Las náuseas le impidieron contestar. Edmund giró su cuerpo hacia el costado y vomitó. Sanders, con gesto de desagrado, se apartó unos pasos y esperó unos segundos.

—¿Cuántos éxitos han logrado hasta ahora?

—Dos —dijo Edmund al tiempo que se limpiaba la comisura de la boca con el dorso de la mano.

—Vayamos con el segundo. ¿Dónde ha nacido?

—En Cantril, Iowa.

—Bien. Cusack, quiero saber si usted puede construir un DeltaLife.

—Yo solo no, me faltan conocimientos en física molecular.

—Hemos encontrado a una experta en desmaterialización y rematerialización. —El agente guardó silencio cuando Edmund sufrió una convulsión. Agarró la sábana con fuerza. Temblaba y respiraba con dificultad—. ¡Enfermero! —gritó Sanders.

El hombre corpulento se acercó con rapidez. Comprobó el monitor. Revisó la tensión cardiaca y las pupilas para, a continuación, pincharle una jeringuilla en el hombro. En unos segundos el temblor de su cuerpo cesó ligeramente.

—Necesita recuperarse.

—Le doy treinta minutos —dijo Sanders.

El enfermero lo cubrió con una manta térmica y esperó a que la tensión bajara.

Cuando el agente regresó media hora después, Edmund estaba sentado en una silla de ruedas. Llevaba un camisón que dejaba ver sus piernas desnudas, blancas y delgadas. Entre ellas, el tubo de la sonda que conducía a la uretra.

Sanders empujó la silla. Edmund sostenía la cabeza erguida a duras penas. Recorrieron un pasillo, pasaron por delante de unos ascensores y a continuación siguieron por otro largo corredor. Llegaron a una gran sala en la que había varias celdas transparentes. La luz fluorescente era tan intensa que Cusack entornó los ojos. Hizo un esfuerzo para enfocar la visión.

Las celdas tenían paredes de vidrio templado y estaban dispuestas en dos filas, cuatro a cada lado. La del fondo estaba abierta y ocupada por alguien. Sanders situó a Edmund frente a esta. En su interior, una mujer sentada en una silla tenía las manos atadas a la espalda.

—¡Olga!

—Edmund... —musitó ella.

—Verá, Cusack —dijo Sanders—, le he traído aquí porque no tenemos mucho tiempo. Necesito saber si va a colaborar con nosotros.

—Agua —suplicó Olga.

El agente entró en el cubículo. Cogió una botella de una repisa y le dio de beber. Ella se atragantó y tosió.

—Cusack —dijo Sanders volviendo a su lado—, no voy a administrarle de nuevo la XP, no aguantaría. Así que necesito saber si va a colaborar voluntariamente.

—¿De qué habla?

—Queremos que replique la tecnología de los DeltaLife.

Edmund abrió la boca, pero no emitió sonido alguno.

Olga sacudió la cabeza. «No le escuches —parecía decirle—. No lo hagas».

—Cusack, necesito una respuesta. Mire, trabajará para nosotros o... —El agente sacó su arma y apuntó a la mujer—. Tiene unas horas para pensarlo, ¿entendido?

Sanders guardó de nuevo la pistola y empujó la silla de ruedas para salir de la sala. Edmund se despidió de Olga con una mirada de impotencia. A pesar de su aspecto desaliñado y su rostro demacrado, le pareció que intentaba trasmitirle calma.

HINO STANFORD

Cantril, Iowa
6 de abril del 2039, 10:30 horas

Observó desde la cama la pared de color lila y los cuadritos con flores secas. La cortina blanca dejaba pasar una hermosa luz tamizada. Se levantó y estiró los brazos hacia el techo para desperezarse. Se puso la sudadera sobre la camiseta que había utilizado para dormir. Salió al pasillo, la habitación estaba a escasos metros de la cocina. Tenía hambre.

Bill, todavía en pijama, cortaba unas rebanadas de pan sobre la encimera.

—Buenos días —dijo Hino frotándose los ojos.

—¿Has dormido bien? —preguntó el hombre mientras colocaba el pan en el tostador.

—Como un tronco. ¿Y vosotros?

—Nancy y Jake descansan todavía. El pequeño se ha despertado varias veces por la noche para comer. ¿No creerás que solemos desayunar a esta hora? —Hino se rio—. Por cierto, ¿llamaste a casa?

—Sí, hablé con mi padre ayer por la noche. Está de viaje. Para cuando regrese, yo ya estaré de vuelta.

—Espero que las cosas entre vosotros se arreglen.

—Se solucionarán, sí —musitó Hino.

Bill sacó las tostadas y las dejó junto a un gran cuenco con ce-

338

reales. Sobre la mesa había mantequilla, mermelada casera y una fuente con huevos revueltos.

—Tenemos un amigo, Fred, que va a Burlington todos los días. Si te parece, puedo hablar con él para que te lleve.

Hino asintió, agradecido.

—Coge unas tazas de ese armario —le pidió Bill—. ¿Qué quieres para beber? ¿Cacao? ¿Una infusión?

—Cacao, gracias.

—Quizás eches de menos el beicon, pero nosotros no comemos carne.

—Yo tampoco.

—¿Eres vegetariano?

—Sí, mi madre también lo era.

—¿Era? —Bill lo miró con curiosidad—. ¿Quieres decir que…?

—Falleció hace poco. Estaba muy enferma.

Hino sintió un nudo en la garganta. Hablar de su madre con Bill era algo muy extraño.

El hombre se acercó y le puso la mano en el hombro.

—Lo siento mucho, hijo.

Hino se secó una lágrima con la manga de la sudadera. A la añoranza de Yumiko se sumaba aquella fuerte emoción producida por haber encontrado al bebé que tenía su alma.

Bill se acercó al fregadero para coger el colador de la leche. Vio a través del visillo que un vehículo negro se acercaba a la granja.

—Parece que tenemos visita.

Por su tono de voz, Hino comprendió que algo no iba bien.

—¿Hay algún problema? —preguntó.

—No conozco ese coche. Puede que sea del Gobierno y, si es así, me temo que no es una buena noticia.

—¿Por qué? —quiso saber Hino, preocupado.

—Nosotros tenemos nuestra forma de vida… Jake ha nacido en casa, pero, por ley, es obligatorio dar a luz en el hospital. Estarán aquí en unos minutos. Hazme un favor. Sube y avisa a Nancy mientras yo los recibo.

Hino corrió hacia la escalera. La puerta del dormitorio principal estaba abierta. Nancy descansaba recostada sobre unos almohadones. A su lado estaba el bebé, dormido.

Al escuchar sus pasos, la mujer sonrió y se apartó el pelo de la cara.

—Buenos días, cielo.

—Se acerca un coche. Bill me ha dicho que te avise, piensa que puede ser del Gobierno —dijo atropelladamente.

Nancy, con semblante serio, se levantó y se asomó a la ventana.

—Son dos hombres. Ya están aquí —susurró.

Escucharon el chasquido de las puertas del vehículo al cerrarse.

—Hino, voy a tener que pedirte algo. —La mujer se puso la bata—. ¿Te importaría quedarte con Jake mientras yo bajo?

—Claro. No hay problema.

Nancy colocó al pequeño entre los brazos del chico y salió de la habitación.

Hino oyó el crujido de la escalera y voces en el piso inferior. Recordó las palabras de Bill. Entonces, ¿era ilegal lo que habían hecho? ¿Y si se llevaban a Jake? Sintió el calor del cuerpo del bebé pegado al suyo y le besó la mejilla.

De puntillas, cruzó el pasillo. Al fondo había una puerta, que empujó con cuidado. Daba a la escalera exterior, situada en la parte trasera de la casa. Bajó muy despacio los peldaños de madera. Hacía frío. Se dirigió al cobertizo, que estaba a unos cuarenta metros de la vivienda.

Empujó el portón. La luz que entraba por las ventanas superiores era escasa y el lugar estaba en penumbras. Hino distinguió algunos fardos circulares de paja desperdigados, unas cajas apiladas contra la pared y un baúl enorme. Se sentó encima del baúl, con Jake en brazos, a la espera de que la molesta visita se fuera. Intentó animarse; al menos allí no hacía tanto frío.

Entonces sonó un disparo. El bebé se sobresaltó y abrió los

ojos. Hino, aterrorizado, corría al fondo del cobertizo cuando escuchó un segundo disparo. Miró angustiado el espacio que le rodeaba. Tras unos fardos de paja, descubrió una pequeña alacena.

—¡La casa está vacía! —gritó una voz masculina desde el patio—. ¡Echa un vistazo ahí dentro!

Hino, acurrucado en el interior de la alacena, se cubrió con unos sacos de grano vacíos. Su respiración era agitada. Recordó con angustia que se había dejado el inhalador en la mochila.

—No hagas ruido, Jake. Tienes que estar en silencio —susurró, apoyando los labios en la sien del pequeño.

El chirrido de las bisagras le anunció que alguien había entrado en el granero. Jake intentó mover sus bracitos. Quizás tenía hambre.

—No llores, por favor, no llores.

Escuchó pasos cerca de la alacena. Estaba aterrado ante la idea de que la puerta se abriera y los descubrieran. Sintió un sudor frío en la espalda.

—Aquí no hay nadie. Quizás sea verdad que el bebé está en casa de la abuela. Entendido. Vamos para allá.

Pasaron un par de minutos eternos hasta que el motor del coche se puso en marcha. Hino tardó en decidirse a salir. Una vez en el exterior, se tapó los ojos para protegerse del sol. Se dirigió a la casa y entró en la cocina.

—¡Nancy! ¡Bill!

No obtuvo respuesta, allí no había nadie. Hino salió de nuevo y observó desconsolado las huellas que los neumáticos habían dejado en el suelo. Decidió regresar al cobertizo donde se escondió con Jake en brazos. No conseguía dejar de temblar.

EDMUND CUSACK

Los recuerdos, los sueños y las alucinaciones se confundían en su mente. Tras el interrogatorio, le habían inyectado betabloqueantes para estabilizar la frecuencia cardiaca. También le administraron un ansiolítico y un fármaco para las náuseas. Sin embargo, Edmund seguía sintiendo un gran mareo. Constantemente caía en una especie de duermevela del que se despertaba sobresaltado y pensando en Olga.

El enfermero se acercó y comprobó los monitores.

—Señor, debería comer algo —le dijo al ver que no había tocado la bandeja.

Edmund se giró en la cama y le dio la espalda. Intentaba ordenar sus pensamientos. Se preguntó cuánto tiempo llevaba Olga allí retenida, qué le habían hecho. Su vieja amiga… En cierto modo, todo había empezado cuando la conoció. De eso hacía mucho tiempo.

En aquella época, Edmund y su mujer, Julie, estaban muy preocupados por lo que le sucedía a su hija. Eran muchas las noches en que la niña se despertaba gritando, entraba en pánico y no lograban tranquilizarla. A pesar de haber consultado a varios médicos, la situación no mejoraba. Los terapeutas les pedían paciencia, confiaban en que los terrores nocturnos remitirían por sí solos.

Fue Sheila, una amiga del matrimonio, quien habló a Edmund de la psicóloga Olga Sanung.

—No pierdes nada por intentarlo —le animó.

Edmund no le comentó nada a Julie; los desencuentros y discusiones con su mujer eran cada vez más frecuentes. Sheila lo acompañó. La consulta estaba en un antiguo edificio del centro, frente a Millennium Park. Subieron a la cuarta planta en un precioso ascensor. La propia Olga Sanung abrió la puerta. Les pidió que la acompañaran a una salita con muebles de estilo modernista.

—Por favor —dijo, señalando unas butacas.

Edmund calculó que tenía diez o quince años más que él. Era una mujer elegante, con vivos ojos verdes que resaltaban en su rostro sereno. Al sentarse, el vestido de color gris plomo y corte clásico permitió ver sus rodillas.

—Usted dirá —dijo con voz pausada.

Edmund le contó que, desde hacía unos meses, su hija de cuatro años se despertaba por las noches en un estado de gran agitación. Aterrorizada, se escondía debajo de la cama, gritaba e intentaba golpearlos y morderlos cuando se acercaban para tranquilizarla. Parecía no reconocerlos. Olga, tras escucharlo atentamente, permaneció unos segundos pensativa, con las manos cruzadas sobre su regazo.

—¿Podría grabar alguno de los episodios de su hija? Me ayudaría mucho.

—¿Quiere que grabe imágenes?

—Un audio será suficiente.

Unos días después, Edmund, esta vez solo, regresó a la consulta con una grabación. Olga la escuchó concentrada mientras jugueteaba con el anillo que llevaba en el dedo corazón. Repitió varias veces algunos fragmentos del audio en los que Anna gritaba.

—¿Sabe lo que dice? —preguntó.

—Son gritos ininteligibles, ¿no?

—No lo creo, señor Cusack.

La mujer abrió un pequeño ordenador portátil y activó un

programa de reconocimiento lingüístico. Reprodujo de nuevo el audio.

LENGUA: HÚNGARO.
TRADUCCIÓN: AYUDA, AYUDA. POR FAVOR, QUE ALGUIEN NOS AYUDE.

Edmund sintió un escalofrío. Por un momento pensó que todo aquello era una broma, que Olga iba a soltar una carcajada ante su gesto de asombro. Pero no, iba en serio. Recordó el rostro aterrorizado de la niña, el pelo pegado a la frente a causa del sudor.

—Su hija pide ayuda en húngaro. ¿Cree que ella ha podido aprender alguna palabra de ese idioma? ¿Tiene algún familiar o amigo de nacionalidad húngara?

Edmund sacudió la cabeza. No, que él supiera Anna no conocía a ninguna persona de ese país europeo ni tenía lazo alguno con él. Y, aunque hubiera aprendido esas palabras de algún modo, ¿por qué sentía terror?

—Quiero hacerle una pregunta. —Olga lo miró fijamente—. ¿Cree usted en vidas pasadas?

—¿Se refiere a la reencarnación? —La mujer asintió—. Soy agnóstico.

—Señor Cusack, creo que la niña recuerda algo de su vida anterior que le causó un gran dolor. Probablemente, el momento traumático de su muerte.

A Edmund no le gustaba lo que estaba escuchando.

—Verá, yo soy científico, y la ciencia...

—La ciencia no puede explicarlo todo —le interrumpió Olga con vehemencia—. La reencarnación es la creencia de que el alma de las personas adopta un cuerpo material, no solo una vez, sino muchas. Cada vez que morimos, el alma viaja a un nuevo cuerpo. En cada encarnación podemos evolucionar e ir aprendiendo para alcanzar un estado superior. No me mire con esa cara —dijo con una sonrisa—. Esta idea ha estado presente en toda la humanidad, desde la Antigüedad, y sigue estándolo en la mayoría de las religiones orientales. Incluso hoy en día en Estados Unidos no somos pocos los que creemos en ella.

Edmund sintió el impulso de alejarse de allí, de aquella mujer y de lo que le estaba contando. Quiso volver a su hogar, con Julie, con Anna, y confiar en que los terrores nocturnos desaparecerían con el tiempo, como les habían asegurado los médicos. Pero ¿por qué no se movía de la butaca? ¿Por qué seguía escuchándola?

—Los bebés tienen muchos sueños y pesadillas inexplicables para sus padres. Son recuerdos que van olvidando a medida que crecen. Aunque algunos persisten... —Olga volvió a juguetear con el anillo. Edmund tuvo la impresión de que intentaba darle tiempo para asimilar sus palabras—. A veces, podemos ayudar a superar ciertos traumas que permanecen en el subconsciente —continuó—. En esos casos, acudimos a la terapia regresiva para conocer el pasado.

—Pero, suponiendo que así fuera, el hecho de conocer la causa no acabaría con el problema —dijo Edmund.

—En eso se equivoca. La capacidad de comprender el pasado hace que descienda el nivel de ansiedad.

—Perdone, ¿está diciendo que con terapia regresiva podríamos ayudar a Anna?

—Probablemente.

Olga le explicó que la regresión hipnótica se realizaba por medio de una relajación con visualizaciones guiadas que permitían la libre asociación del inconsciente. El paciente lograba así un estado modificado de consciencia en el que revivía situaciones de su vida anterior.

Edmund temía que su hija sintiera dolor, pero Olga le aseguró que no. Visualizaría los hechos como mera espectadora. Y las emociones producidas con la regresión serían sanadoras.

Cuando Edmund habló con Julie, esta no ocultó su contrariedad.

—¡Tonterías! —exclamó incrédula—. Esas supuestas regresiones no son sino recuerdos reales mezclados con fantasías.

—¿Y las palabras en otro idioma? —insistió Edmund.

—Neuroplasticidad del cerebro —concluyó Julie—. Está claro que lo ha escuchado en cualquier sitio. No entiendo cómo un científico como tú se puede dejar embaucar de esta manera.

—Puede que tengas razón —reconoció Edmund, que esperaba una respuesta semejante—. Pero, aunque así fuera, si logramos que el inconsciente se exprese, puede que se libere tensión y que se produzca un efecto curativo.

—Me opongo a que hagas experimentos con nuestra hija.

—Anna sufre.

—Se le pasará. Es lo que nos han dicho los médicos.

Edmund supo que no la convencería. Su matrimonio se había ido deteriorando y hacía tiempo que no se ponían de acuerdo en nada. Pero, a diferencia de su mujer, él estaba dispuesto a darle una oportunidad a la terapia regresiva. Llevó a la niña a ver a Olga a escondidas. Para cuando Anna empezó a mejorar, ellos ya habían decidido separarse.

Edmund se encontraba tan inmerso en sus recuerdos que se sobresaltó al escuchar unos pasos cerca de la cama. Abrió los ojos, asustado. Se trataba del enfermero. El hombre accionó el mecanismo de la cama para incorporarlo de nuevo.

—Señor, tiene que comer —dijo y le acercó la mesa móvil a la cama.

Le ofreció un vaso de zumo. Edmund bebió un poco con una pajita. A continuación, cogió el tenedor para dar cuenta de los huevos revueltos, ya fríos.

ANNA CUSACK

2625 de Wellington Ave, Lisle, Illinois
6 de abril del 2039, 11:43 horas

Se bajó del InstantCar. Observó la casa independiente de dos plantas y buhardilla situada al final de una calle residencial apenas transitada. Anna se subió el cuello del abrigo gris de lana para protegerse de la humedad. Subió las escaleras que estaban a la izquierda de la fachada y llamó al timbre. Un momento después, Elise abrió la puerta. En el rostro se percibía su agotamiento.

—Pasa, por favor.

La entrada daba directamente a un salón decorado con muy pocos muebles, entre ellos un sofá cubierto por una tela blanca.

—¿Dónde está Liam? —preguntó Anna.

—Ha subido a descansar al piso de arriba. Ha sido una larga noche.

Elise se dirigió hacia la cocina y Anna la siguió. Allí estaba la puerta desde la que se accedía al sótano por una escalera pobremente iluminada. Bajaron los doce escalones. Sobre las mesas había varias pantallas, cables que las unían y un pequeño ordenador portátil de aspecto antiguo que llamó la atención de Anna.

—¿Este será el nuevo DeltaMother?

—Así es.

—¿Has conectado con Martin?

—Sí. Está en espera —dijo Elise.

En un ángulo de la sala descansaba un trípode con una cámara de vídeo y dos pequeños focos de luz sujetos con pinzas al techo.

—¿Estás preparada para la entrevista? —preguntó Elise.

Anna asintió. Se quitó el abrigo y lo dejó sobre la mesa. Se sentó en la silla que había frente a la cámara y se dobló las mangas de la camisa azul celeste.

—Voy a conectar —dijo Elise y tecleó en uno de los ordenadores.

La respuesta no se hizo esperar.

—Hola, E-Karmel —saludó Martin.

El periodista se encontraba en una pequeña sala de grabación alquilada, que contaba con una mesa de montaje de vídeo y audio.

—Hola, Martin. Anna, estoy desviando la señal de audio a tus auriculares para que no haya interferencias en la grabación.

—Buenos días, Anna. ¿Me oyes bien?

—Sí, perfectamente. Martin, siento no haberte devuelto la llamada. Las circunstancias no me lo permitieron.

—No perdamos más tiempo. Si te parece, vamos a grabar.

Anna se recogió un mechón de pelo detrás de la oreja.

—Preséntate, por favor —dijo Martin.

—Mi nombre es Anna Cusack. Soy la hija del investigador Edmund Cusack.

—Anna, tu entrevista forma parte de un reportaje en el que hemos explicado qué son los DeltaLife y hemos visto imágenes grabadas por las cámaras intraoculares que contienen. Tú apareces en uno de los vídeos con un niño que falleció. ¿Puedes decirnos quién era?

—Mi hijo, Samuel Cusack. Le insertamos el DeltaLife pocos días antes de morir. Estaba gravemente enfermo.

—¿Puedes contarnos algo más?

—Perdí a Sam hace cinco semanas. —Anna miraba al objetivo fijamente—. Y hace cinco días se reencarnó. La cámara que llevaba su DeltaLife se activó de nuevo, se rematerializó en el mismo momento en que la energía que componía su alma se reagrupaba. Las imágenes grabadas muestran su nacimiento, cuando su alma regresó a este mundo. —Tragó saliva antes de continuar—: Ahora es un bebé sano y maravilloso.

—¿Dónde se ha reencarnado tu hijo?

—En África.

—Hemos visto que se trata de un niño negro.

—Sí. Hasta ahora hemos tenido éxito en la demostración de dos reencarnaciones. Sam se ha reencarnado en un bebé negro y una mujer de ascendencia asiática lo ha hecho en un niño blanco. Está claro que el alma no hace distinciones sobre el cuerpo que habitará.

—Háblanos del segundo caso.

—Se trata de una compañera de Lebab. Ella se ha reencarnado en Estados Unidos.

—¿Podrá la prensa ver la máquina que registra los movimientos de los DeltaLife?

—Sí, mostraremos el DeltaMother en cuanto sea posible.

—Anna, ¿piensas que todo el mundo podría tener un DeltaLife en el futuro?

—Nuestro deseo es que todo aquel que quiera saber dónde viaja el alma de sus seres queridos pueda hacerlo. La producción de los DeltaLife no será complicada.

—¿Qué implicaciones crees que tendrá vuestro descubrimiento?

—Hemos probado que, en el fallecimiento, el alma no muere, sino que regresa, y así sucede una y otra vez. En nuestra sociedad, tendemos a considerar solo lo que nos resulta cercano, no nos preocupan las situaciones dramáticas que se viven en otros lugares. Saber que nuestra madre reencarnada puede pasar hambre, que nuestras personas queridas atraviesan situaciones difíciles, hará nacer una nueva empatía. Nadie merece algo mejor por haber nacido en un sitio concreto. Puede que el sistema que rige nuestro mundo haya llegado a su fin. Ojalá nos replanteemos el concepto de nación y de lo nuestro.

—Tus palabras son ambiciosas y utópicas, pero, ante la evidencia de las pruebas que habéis presentado, tengo que reconocer que seremos muchos los que daremos la bienvenida a un gran cambio. En el reportaje de introducción a esta entrevista se habla de la persecución de Lebab, organización a la que perteneces. ¿Es cierto?

—Así es. Mi padre y yo tuvimos que fingir nuestra muerte para estar a salvo. Sin embargo, ahora él ha desaparecido. Sufrió un infarto hace dos días. Sabemos que el CEP ni siquiera ha respetado su hospitalización, anoche fue trasladado sin dejar ningún tipo de constancia en los registros. Y mi padre no es el único. Son varios los compañeros de Lebab desaparecidos. En esta entrevista denuncio públicamente sus desapariciones.

—Anna Cusack, te deseo lo mejor. Espero que encontréis a tu padre, a vuestros amigos… y que toda esta información la compartan los ciudadanos americanos para que llegue al mayor número de gente posible.

Martin se mantuvo en silencio unos segundos.

—Podéis apagar la cámara. Con esto será suficiente.

Anna se acercó al ordenador desde el que Elise tenía la conexión y pudo por fin ver el rostro del periodista.

—Trabajaré en el videorreportaje —dijo Martin—. Y hablaré con mis contactos para difundirlo en redes sociales.

—¿Cuánto tardarás en tenerlo? —preguntó Anna.

—¿Cuándo quieres que se haga público?

—En cuanto el DeltaMother esté reconstruido.

—Mañana mismo lo tendremos —intervino Elise.

—Entonces empezaré con el montaje ya mismo —dijo Martin antes de cortar la comunicación.

Elise salió de la aplicación y suspiró. Se volvió hacia Anna.

—He estado pensando… No basta con la difusión en redes.

—Es la única manera de intentar esquivar el control mediático del Gobierno. Y, si se hace bien, puede llegar a mucha gente —respondió Anna.

—No menosprecio el poder de las redes, pero necesitamos algo más potente.

—¿A qué te refieres?

—Sé que Martin colabora con *hackers,* le pediré que me ponga en contacto con ellos. Quizás podamos trabajar juntos e incrementar el impacto de todo esto —dijo Elise—. Te contaré lo que he pensado.

Anna miró a la chica con curiosidad y se sentó, dispuesta a escuchar.

JORD PAULUS

Gam
6 de abril del 2039, 20:39 horas (13:39 horas en Chicago)

Aunque hacía ya dos horas que había anochecido, seguía en la enfermería recogiendo el material sobrante. Habían acabado las vacunaciones y al día siguiente regresaría a Windhoek. Uno de los trabajadores de la central eléctrica que viajaba regularmente a la capital se había ofrecido a llevarle. Saldrían pronto, antes del amanecer.

Había cerrado casi todas las cajas cuando escuchó un fuerte zumbido. El coordinador salió del dispensario. Eran muchos los habitantes de Gam que habían abandonado sus casas y observaban el cielo. Los focos de los dos helicópteros que sobrevolaban el poblado le cegaron. Dio un paso atrás, impresionado por el estruendo de los aparatos, que descendían hacia el suelo. Aterrizaron en una explanada próxima al lugar en el que Jord se encontraba. Los más curiosos se acercaron.

Las hélices giraban ahora despacio, sin llegar a detenerse. De cada helicóptero bajaron cuatro hombres; los pilotos permanecieron en las cabinas. Iban vestidos con uniformes negros y llevaban el rostro cubierto por pasamontañas. Portaban rifles de asalto, con linternas incorporadas. Se hicieron señas y se organizaron en grupos de dos. La gente se apartó de ellos, asustada. El primer grupo entró en una de las casas.

Jord escuchó gritos y, a continuación, disparos. Se escondió detrás de una camioneta. Impotente ante aquella locura, decidió sacar su móvil del bolsillo y grabar. Uno de los hombres armados salió de una casa con un bebé sujeto por uno de sus brazos. La madre intentó impedir que se lo llevara. El soldado la golpeó en la cabeza con la culata del rifle. A pesar de la sangre que corría por su rostro, ella se levantó y se abalanzó sobre él. El hombre no dudó en disparar y la mujer cayó muerta tras recibir varios impactos en el pecho.

Dejó al bebé en el suelo, a sus pies. Con el arma apuntaba a un lado y a otro para disuadir a cualquiera que pensara en acercarse. El bebé lloraba mientras el cadáver de su madre teñía con sangre el suelo polvoriento. El pánico cundió entre los habitantes de Gam.

Los otros mercenarios seguían registrando las casas. Se escucharon nuevos disparos y gritos. Jord sintió el olor a quemado; habían incendiado una vivienda y el fuego amenazaba con extenderse por el poblado. Alguien le rozó el hombro y se volvió asustado. Era Ndeshi, que sollozaba. Tenía el rostro desencajado. Jord le dio el móvil y le pidió que siguiera grabando mientras él se unía a las personas que intentaban sofocar las llamas. Llevaban agua en cubos, pero poco podían hacer contra el fuego, que devoraba la casa a toda prisa.

Otro soldado se acercó con un segundo bebé y lo dejó en el suelo, junto al anterior. Varios hombres de la aldea sujetaron al padre, que forcejeaba para soltarse e intentar recuperar a su hijo. El militar que custodiaba a los niños los apuntaba con el rifle.

El ataque duró poco más de treinta minutos. Cuando los helicópteros se fueron, llevándose a tres bebés, el fuego se había extendido. El número de cadáveres se elevaba a cinco, pero todavía no sabían si había más víctimas en el interior de las viviendas o entre la gente que había huido, perseguida por los soldados.

—¡Ayuda! ¡Ayuda!

Tres hombres llevaban a una anciana con la ropa ensangrentada. Jord corrió hacia ellos. Tomó el pulso a la mujer.

—Lo siento —dijo el coordinador sacudiendo la cabeza.

—Golpearon a su hija y ella intentó escapar con su nieto —explicó un chico joven.

—No logró ir muy lejos. La dispararon a sangre fría y le arre-
bataron al niño —añadió un hombre alto con el torso desnudo.

—¿Se han llevado al hijo de Lahja? —preguntó Ndeshi, que
se acercaba.

—Así es —confirmó el hombre mientras se agachaba para cerrar los ojos de la anciana.

Jord sacudió la cabeza. ¿Por qué había sucedido algo así? ¿Por
qué se habían llevado a los bebés?

Lahja se acercó cojeando. El grupo de gente se separó para per-
mitirle llegar hasta el cuerpo de su madre. Se arrodilló ante ella,
desconsolada. Luego miró a su alrededor.

—¿Dónde está mi hijo? —preguntó con la voz rota.

XAVIER CURTIS
Y RITA BLEVINS

Cantril, Iowa
6 de abril del 2039, 15:32 horas

Se habían turnado para conducir durante las casi cinco horas de viaje. Ahora, ya muy cerca de su destino, era María quien llevaba el Dodge. Agradecía concentrar su atención en la carretera para evitar pensar. Se sentía culpable por lo sucedido; ella le había contado a Hino que su madre se había reencarnado en Cantril. Y al chaval se le había ocurrido presentarse allí, él solo.

—Ya estamos llegando —dijo Michael.

Hino había llamado a María y le había hablado de disparos y de la desaparición de los padres del bebé. Estaba desesperado.

—Según la localización que nos ha enviado, hay que girar en la próxima intersección a la izquierda y tomar un pequeño camino —explicó María mientras observaba el navegador.

—Debe de ser aquella granja —afirmó Michael—. Podemos dejar el coche tras esta cabaña.

La pequeña edificación, junto a la cual había maquinaria agrícola para arar la tierra, estaba en una hondonada, a unos doscientos metros de la granja. Aparcaron y salieron del coche. Allí hacía menos frío que en Chicago. A María le llegó el olor a lavanda de unos arbustos que crecían junto a un murete.

—Vamos —dijo Michael.

Se apresuraron hacia la granja sin hacer ruido y se detuvieron a pocos metros, junto a una furgoneta blanca.

—¿Entramos? —preguntó María en un susurro. Michael asintió y se dirigió a la puerta principal. Ella lo agarró del brazo—. Déjame a mí primero. No quiero que se asuste.

María empujó la puerta.

—¡Hino! —dijo en voz baja.

—Estoy aquí —contestó el chico.

Estaba sentado en una silla en la cocina, con el bebé en brazos.

—¿María? —preguntó extrañado por su nuevo aspecto.

—Sí, soy yo.

Cuando Michael se acercó tras ella, Hino lo miró horrorizado.

—Tranquilo, viene conmigo. ¿Estás bien? Me has dado un susto de muerte.

El chico se puso en pie y ella lo rodeó con los brazos. Hino apoyó la cabeza en su hombro. Respiraba agitado. Cuando se calmó, María le presentó a Michael, que le revolvió el pelo en un gesto cariñoso.

—Él es Jake —dijo Hino y se lo tendió a su amiga. María lo cogió con cuidado—. Está nervioso. Creo que vuelve a tener hambre. Hace un rato le di un biberón, pero dejó más de la mitad. Voy a darle otro.

—¿Sabes preparar biberones?

—Vienen preparados. Es muy fácil.

María se sentó en la silla que Hino había dejado libre. Miró al bebé que sostenía contra su pecho. Al tocar suavemente su carita, la embargó una extraña emoción, como si un lazo de familia la uniera a aquella criatura.

Hino sacó un biberón de leche del armario que estaba junto al frigorífico. Según las instrucciones, tan solo había que agitarlo durante diez segundos, tras los cuales se lo pasó a María.

—Toma.

María vertió unas gotas en su mano para comprobar que no

quemaba. La leche estaba templada. Introdujo la tetina en la boquita del niño, que utilizó la lengua para expulsar aquel cuerpo extraño.

—Al principio no quiere, pero luego come —afirmó Hino.

Y tenía razón: al sentir las gotas de leche en su boca, el pequeño empezó a succionar.

—¿Qué ha ocurrido, Hino? —le preguntó Michael.

—Vine a conocer a Jake. Sus padres me recibieron muy bien, pero llegaron unos hombres. Me escondí con él. Y luego sonaron disparos.

A Hino se le rompió la voz, parecía a punto de echarse a llorar.

—¿Estás seguro de que fueron disparos? —preguntó Michael.

—Creo que sí —dijo Hino sacudiendo la cabeza—. Y cuando volví a entrar en la casa, Bill y Nancy ya no estaban. Se los habían llevado —concluyó el chico.

—Los dejarán libres pronto, no te angusties —dijo Michael.

María pensó en los miembros de Lebab desaparecidos, de los cuales no habían vuelto a tener noticias.

—Hino, sabes que no actuaste bien, ¿verdad? —lo reprendió.

—Yo...

—Entiendo que quisieras conocerlo, pero te dije que vendríamos juntos. —El chico bajó la mirada, avergonzado—. No me perdonaría si te hubiera pasado algo.

—Lo mejor será irnos de aquí cuanto antes —propuso Michael—. Saldremos en cuanto el pequeño coma.

—¿Adónde vamos a ir? ¿Qué haremos con Jake? —quiso saber Hino.

—Nosotros nos ocuparemos de él hasta que... ¿Qué es eso? ¿Lo oís? —preguntó María preocupada.

—Es el motor de un coche —dijo Michael.

—Puede que sean Bill y Nancy.

—Un vehículo negro se está acercando a la granja —afirmó Michael tras retirar el visillo de la ventana—. Acaban de aparcar. Son tres hombres y vienen hacia aquí.

María se incorporó. Inconscientemente apretó al bebé entre sus brazos. Michael se dirigió a la puerta principal y echó el pestillo.

—Maldita sea —dijo Michael, preso de la agitación—. Yo los distraeré. Hino, vosotros tenéis que esconderos con el niño. ¿Se te ocurre dónde?

—¿Qué estás diciendo? —preguntó María.

—En el cuarto de invitados —dijo Hino, señalando con el dedo la habitación próxima, donde había dormido—. Allí hay un armario muy grande.

—¡Daos prisa!

—Yo no... —musitó María.

—Hazme caso, cariño. Por favor —le rogó Michael—. Escuchadme bien —dijo mientras se cubría la cabeza rapada con la capucha de la sudadera—, si logro que ellos me persigan, tendréis una oportunidad para huir.

—Pero tú... —susurró el chico.

—¡Escondeos ya! —insistió Michael y se colgó la mochila portabebés que descansaba en una silla.

—Por favor, no —dijo María, angustiada.

—Confía en mí —respondió él y la besó en los labios—. Te quiero. Te quiero otra vez.

Michael cubrió la mochila que llevaba colgada en el pecho con una mantita del bebé. En el exterior, alguien intentaba abrir la puerta. Al comprobar que estaba cerrada, la golpearon. No quedaba tiempo. María e Hino se apresuraron a esconderse.

Los golpes fueron en aumento hasta que finalmente el pestillo saltó. El primer hombre entró en la casa. Michael, que sujetaba ya el picaporte de la puerta trasera, esperó unos segundos. Se aseguró de que lo viese y salió corriendo.

—¡Ahí está el chico! ¡Alto!

—¡Tiene al bebé!

María, desde dentro del armario, oyó las voces. Se cubrió la boca con la mano para no gritar.

Fuera, Michael corrió hacia el muro que delimitaba la parte posterior de la propiedad. Tras él había un bosquecillo.

—¡Detente!

Escuchó el grito a su espalda. No se volvió, siguió corriendo. Tenía que conseguir tiempo para que María e Hino escaparan.

En el interior de la casa, el chico abrió el armario y se asomó fuera de la habitación. Al comprobar que no había nadie, regresó junto a María, que llevaba a Jake dormido.

—Tenemos que irnos de aquí.

—No podemos abandonar a Michael —dijo María.

El chico la empujó suavemente hacia la puerta.

—Vamos a vuestro coche, por favor... —insistió.

María daba pequeños pasos, desorientada. El bebé abrió los ojos. Emitió un sonido gutural. Ella acarició la cabecita sin pelo mientras se le llenaban los ojos de lágrimas.

—Está bien. Vamos —contestó con un hilo de voz.

Salieron de la casa por la puerta principal y corrieron hacia el auto. Oyeron a lo lejos los gritos de los perseguidores de Michael. Hino tropezó, estuvo a punto de caer, pero recuperó el equilibrio.

—Estamos cerca —dijo María.

Llegaron al automóvil sin aliento. El chico se sentó en el asiento de atrás, María le entregó el bebé y arrancó.

—Hino, ¡agáchate!

El Dodge avanzó despacio; el motor era silencioso. Un sonido repentino la sobresaltó. Al volverse, vio que se trataba del inhalador que Hino acababa de utilizar.

Condujo por el camino sin asfaltar hasta llegar a la carretera comarcal. A través del espejo retrovisor observó angustiada la granja. Se hacía cada vez más pequeña. Pronto desaparecería de su vista.

EDMUND CUSACK

Byox Pharma, Irene, Illinois
6 de abril del 2039, 16:03 horas

Un enfermero se acercó a cambiar las bolsas de medicina. No era el mismo que le había atendido por la mañana.

—¿Qué me está poniendo?

—Su medicación para el corazón y calmantes.

El hombre comprobó que el goteo funcionaba correctamente. Edmund escuchó una voz a sus espaldas.

—Señor Cusack, parece que se encuentra usted mejor.

Sanders estaba en el umbral de la puerta. Caminó hasta quedar frente a la cama.

—Me gustaría saber si ha pensado en mi oferta. No me lo ponga difícil. Cuento con que empiece a trabajar para nosotros mañana mismo.

Edmund se limitó a sostenerle la mirada.

—¿No va a responder?

Ante su silencio, el rostro del agente se crispó.

—Prepárelo. Me lo llevo —le dijo al enfermero.

Edmund se levantó de la cama con la ayuda del hombre. Cuando se sentó en la silla de ruedas, se dio cuenta de que llevaba puesto un pijama. No recordaba cuándo, pero le habían quitado la sonda de la orina y le habían cambiado de ropa. El enfermero pasó la medicación de la cama al portasueros de metal. Por último, calzó sus pies desnudos con unas zapatillas.

Edmund reconoció el camino que habían hecho esa misma mañana; los ascensores en el rellano, las luces industriales y las paredes recubiertas con paneles de acero. Recorrieron el segundo pasillo y entraron en la gran sala de celdas transparentes. Se agarró las manos para evitar que temblaran.

Esta vez su amiga no estaba atada, sino tumbada en una camilla dentro de la celda.

—Olga...

—No puede oírle —le explicó Sanders e hizo un gesto al enfermero para que se retirara.

En ese momento, Edmund se percató de que en la sala había otro hombre vestido de negro.

Sanders digitó en el cuadro de mandos cercano a la puerta de la celda y esta se abrió. Olga intentó incorporarse, pero le fallaron las fuerzas. Se limitó a girar la cabeza hacia ellos. Le costó abrir los ojos; los tenía hundidos en el rostro pálido y lleno de arrugas.

—Scott, tráela aquí —dijo Sanders.

El hombre la cogió por un brazo y tiró de ella. Al levantarla, la agarró por la cintura para que no se derrumbara. La mujer dio un traspié, no podía caminar. El agente la sacó de allí casi a rastras.

—¿Qué hacen? —gritó Edmund, impotente.

Scott Weaver se acercó y la sostuvo frente a él.

—Olga...

Ella intentó sonreír.

—Cusack, voy a contar hasta cinco y antes de acabar quiero una respuesta —le amenazó Sanders.

Tenía su arma en la mano y apuntaba a la mujer.

—No sé qué hacer, Olga —dijo Edmund, aterrorizado.

—Uno.

—Queríamos conseguir un mundo mejor —musitó Edmund.

—Dos. Cusack, quiero una respuesta —repitió Sanders con tono firme.

—Hicimos todo lo que pudimos —contestó Olga, sin poder contener las lágrimas.

—Tres. Están agotando mi paciencia.

—Olga, ¿qué hago? —preguntó Edmund, desesperado.

—Cuatro.

—No podemos dejar que los DeltaLife caigan en sus manos —respondió ella.

—¡Cállese! ¡Maldita sea!

Sanders se acercó y apretó la pistola contra su sien.

—¡Dios mío! ¡Por favor! —suplicó Edmund.

—Cinco y última oportunidad. ¿Va a colaborar, Cusack?

—No, no lo hará —dijo Olga.

Sanders le hizo un gesto al agente Weaver. Este la soltó y ella se derrumbó. Edmund se agarró a los antebrazos de la silla de ruedas. Contuvo el aliento. «No, no va a matarla —se dijo—. No lo hará».

El disparo le ensordeció. Se tapó los oídos a la vez que gritaba horrorizado. Olga tenía un agujero en la cabeza. Fragmentos de su cerebro formaban una masa sanguinolenta que se extendía por el suelo.

—Usted es el responsable de lo que acaba de suceder, Cusack. Piense en ello. Pronto volveremos a hablar de su colaboración —dijo Sanders con rabia.

El agente se dirigió a la salida de la sala. Scott lo siguió.

Edmund, al quedarse solo, intentó levantarse. Cayó al suelo de rodillas y se arrastró hasta el cuerpo de Olga. La vía del suero se soltó de su brazo con un desgarro.

—Lo siento —balbuceó.

Edmund se acurrucó junto a su amiga y apoyó la cabeza en su vientre. La abrazó.

—Lo siento mucho. Olga, nos volveremos a ver. Nos volveremos a ver —dijo entre sollozos.

RITA BLEVINS
E HINO STANFORD

**Estación de carga,
centro comercial West Burlington, Iowa
6 de abril del 2039, 17:25 horas**

María miró la pantalla: faltaba solo un siete por ciento para completar la carga. La estación estaba situada junto al *parking* del centro comercial. Observó los coches aparcados bajo el cielo nublado.

—Ya estoy —le dijo Hino, que regresaba del cuarto de baño.

—Hace frío y no tienes chaqueta, espérame dentro. Tengo que hacer una llamada —respondió María.

Hino se montó en el auto. Se sentó junto a Jake. El pequeño dormía plácidamente en la sillita que acababan de comprar.

María marcó el código de Elise y esperó unos segundos con los brazos contra el pecho para protegerse del aire helado.

—¿Dónde estás?

—En Burlington, en un centro comercial. ¿Tienes noticias, Elise?

—Sí. A Michael le han quitado el dispositivo hace treinta minutos.

María no dijo nada. De forma mecánica, sin reparar en lo que hacía, desconectó el cable del coche, pagó y se alejó unos pasos del Dodge. Hino la miraba preocupado a través de la ventanilla.

—¿Estás ahí? —le preguntó Elise.

—Sí —respondió ella mientras se secaba una lágrima con la mano.

—El último lugar en el que pude localizar su dispositivo fue en una pequeña población llamada Keosauqua, al noreste de Cantril. He rastreado la zona y cerca hay un aeropuerto de avionetas. Quizás lo han trasladado desde allí.

Elise prefirió no decirle a María que ya había accedido a las cámaras del aeropuerto. En la grabación de seguridad había visto a dos hombres que llevaban a rastras a un tercero con la cabeza cubierta con una especie de saco. Lo habían obligado a subir a una avioneta, que despegó de inmediato.

—Regresa a Chicago. Te he reservado un hotel en Chicago West —dijo Elise. María intentaba articular palabras, pero la angustia se lo impedía—. No sé cómo, pero encontraré a Michael. Hablamos dentro de un rato.

—¡Espera! —exclamó María—. No cuelgues. Tengo algo que decirte. La noche que pasamos en el motel Michael y yo nos pusimos un DeltaLife.

—¿Cómo? ¿Michael tiene un DeltaLife?

—Sí. Cuando reconstruyáis el DeltaMother, podremos localizarlo, ¿no?

—Eso espero. Bell y yo vamos muy avanzados, creo que lo tendremos muy pronto —explicó Elise atropelladamente.

—¿Cuánto tardaréis?

—No estoy segura. Te tengo que dejar. No hay tiempo que perder —dijo Elise antes de cortar la comunicación.

María entró en el Dodge. Se quitó el abrigo y puso en marcha el motor. Cogió el carril de servicio para salir del centro comercial. Nerviosa, miró por el espejo retrovisor y se incorporó a la autopista.

—Hino, piénsalo bien antes de responderme, ¿les dijiste a los padres de Jake quién eras? —le preguntó María.

El chico negó con un gesto.

—¿Por qué me lo preguntas?

—Por seguridad. Cuando lleguemos a Chicago, es mejor que yo no entre en el centro de la ciudad. Te dejaré a las afueras para que cojas un taxi y vuelvas a casa. No hablarás con nadie de lo sucedido. Es importante, ¿me entiendes?

—Sí, pero ¿y Jake?

—Yo lo cuidaré hasta que regresen sus padres. ¿Tienes hambre? —le preguntó para cambiar de conversación.

—Un poco.

—¿Por qué no comes algo de lo que hemos comprado?

Hino sacó un bocadillo de una bolsa de papel y una botella de zumo. Comió con apetito y después, para alivio de María, se quedó profundamente dormido.

Tenía cuatro horas por delante para llegar a Chicago.

PARTE V

PARTE V

EDMUND CUSACK

**Byox Pharma, Irene, Illinois
7 de abril del 2039, 09:53 horas**

—Señor Cusack, despierte.

Edmund abrió los ojos y, al momento, sintió un latigazo en la sien. Tenía el pecho dolorido y la boca seca.

—Le están esperando —le dijo el enfermero de pelo oscuro—. ¿Se encuentra con fuerzas para vestirse?

Sobre una silla de metal estaba su ropa, lavada y planchada.

Edmund asintió. Vestirse le permitiría recuperar algo de dignidad. Se incorporó despacio y apoyó las piernas en el suelo. El enfermero le ayudó a mover los brazos entumecidos. Se sentía como si le hubieran golpeado. Tenía alteraciones en el sistema nervioso y quizás también en el motor. El enfermero le acercó la silla de ruedas y se sentó.

—Antes de que acuda a su cita, le traeré el desayuno —le informó.

Unos minutos después regresó con una bandeja y la apoyó en los brazos de la silla. Había un sándwich de queso, una manzana y una infusión. Edmund cogió el sándwich con un movimiento torpe. Dio un mordisco y masticó despacio. Logró comer la mitad. Tomó la infusión, que estaba templada. Cuando acabó, se limpió los labios con la servilleta.

—¿Ya está?

—Cuando quiera —asintió Edmund.

El enfermero retiró la bandeja.

—¿Me ayuda a levantarme?

—No se agote innecesariamente. Lo llevaré en la silla.

Se dirigieron al pasillo. A Edmund le asaltaron los recuerdos de las últimas horas en forma de imágenes distorsionadas similares a las de las pesadillas. Le vinieron a la mente fragmentos del interrogatorio al que le habían sometido. Olga, prisionera en aquel cubículo. Las amenazas si se negaba a colaborar. El sonido del disparo y aquella espantosa escena; la cabeza destrozada de su amiga, la sangre extendiéndose alrededor del cuerpo, retorcido en el suelo… Edmund se llevó la mano a la sien y la apretó para mitigar un nuevo latigazo de dolor.

No reconoció el trayecto del día anterior; echó en falta los ascensores y el segundo pasillo. Esta vez hacían otro recorrido. Se preguntó adónde lo llevaban. Entraron a una estancia vacía. Se trataba de un laboratorio en el que había varias mesas largas, microscopios, pantallas y ordenadores. Unos segundos después, escuchó un carraspeo a su espalda. Volvió la cabeza y no pudo evitar un escalofrío cuando vio al hombre que había disparado a Olga a sangre fría.

—Buenos días, señor Cusack. —Edmund no respondió—. ¿Puede dejarnos solos? —preguntó Sanders al enfermero.

Este se retiró al momento.

—Voy a ir al grano. No vamos a seguir perdiendo el tiempo, usted va a trabajar con nosotros. Sé que no quiere hacerlo, pero no tiene otra opción. Créame. Eche un vistazo al contenido de la placa de Petri que hay a la derecha del microscopio. —Edmund se giró hacia el lugar que le había indicado—. ¿No me ha oído?

Movió las ruedas de la silla para acercarse a la mesa. Observó la placa y reconoció al instante algo minúsculo apoyado en la superficie. A pesar de que la cubierta gelatinosa había casi desaparecido, sin duda aquel era uno de los DeltaLife que Lebab había construido.

—Señor Cusack, parece sorprendido. —Sanders sonrió—. ¿Por qué no utiliza el microscopio para cerciorarse?

Edmund posicionó la placa abierta sobre la platina del aparato. Acercó los ojos. A través de los oculares pudo ver el número de serie: X–0002. Empujó la silla hacia atrás para alejarse de la mesa. Un sudor frío cubrió su frente y sintió náuseas.

—¿Cómo es posible? —musitó aturdido. Sanders lo miró, satisfecho—. ¿Cómo ha conseguido este DeltaLife?

Edmund se agarró a la abrazadera de la silla de ruedas e hizo fuerzas hasta conseguir levantarse.

—Tranquilícese. Lo extrajimos limpiamente.

Sanders se volvió hacia la puerta y accionó un botón para abrirla. En el umbral, una mujer joven, vestida con una bata blanca, llevaba en sus brazos a un bebé negro. Una venda cubría el ojo izquierdo del pequeño.

Impresionado, Edmund sintió que las piernas no le sostenían y cayó de nuevo derrotado en su asiento. El agente hizo un gesto a la enfermera para que se acercara. Edmund extendió la mano y acarició la piernecita del niño.

—¿Puedo? —preguntó en un susurro—. ¿Puedo cogerlo?

La enfermera se giró hacia Sanders y este hizo un gesto afirmativo.

Edmund cogió al bebé entre los brazos y lo apoyó contra su pecho. Tenía un nudo en la garganta. «Dios mío, Dinari… Dinari». Ese pequeño tenía el alma de su nieto. Acarició sus manos, su espalda. Parecía profundamente dormido. ¿Estaba bajo los efectos de algún tipo de anestesia?

—¿Qué le han hecho?

—Fue una extracción sencilla. El bebé está bien.

—¿Y su ojo?

—Lo estará en unos días —respondió Sanders—. Enfermera, puede llevárselo.

La mujer recuperó a Dinari de los brazos de Edmund y salió de la habitación.

—¿Cómo ha llegado hasta aquí? —preguntó mientras se llevaba la mano a la cabeza.

—Usted nos habló de Gam.

—No entiendo cómo pudieron identificarlo.

—Nos trajeron a tres bebés. No sabían cuál tenía el DeltaLife. Una vez aquí, un escáner fue suficiente.

—¿Y los otros dos niños?

—Señor Cusack, no perdamos más tiempo.

—¿Dónde están? ¿Qué ha hecho con ellos?

—No se lo tome así. A fin de cuentas, el portador del Delta-Life está vivo.

—Dios mío. —Edmund se cubrió la cara con las manos—. Está usted loco, completamente loco.

—Cusack, el niño que acaba de ver correrá la misma suerte que los otros dos si usted no colabora. ¿Lo ha entendido?

Edmund agachó la cabeza.

—Le diré lo que vamos a hacer. Nosotros nos encargaremos de que el bebé esté bien y usted empezará a trabajar inmediatamente.

Edmund guardó silencio.

—Lo haré... —accedió finalmente—. Pero quiero verlo tres veces al día.

—Así será.

—Y tengo otra condición. Quiero hablar con mi hija.

—Podrá hablar con ella dentro de cuarenta y ocho horas.

—No, ahora.

—Dentro de dos días, siempre y cuando esté cooperando.

—Si no hablo con mi hija en este mismo momento, no hay trato.

El rostro de Sanders se alteró. Sin embargo, unos instantes después se acercó a Edmund y le mostró su antebrazo.

—He conectado el altavoz.

Edmund digitó un código en el dispositivo del agente. Al momento, pudo escuchar la voz de su hija.

—Anna, soy yo.

—¿Papá?

—Tranquila, cariño. Nos están escuchando. Solo quería saber si estás bien.

—Lo estoy. ¿Dónde estás, papá?

Sanders cortó repentinamente la comunicación.

—Ahora descanse un poco, señor Cusack. Lo quiero despejado para su encuentro con la doctora Leblanc.

El agente se colocó tras la silla de ruedas y la empujó en dirección a la salida.

ANNA CUSACK Y LIAM BELL

2625 de Wellington Ave, Lisle, Illinois
7 de abril del 2039, 10:47 horas

—¿Estás bien? —le preguntó Bell.

Anna dio unos pasos por la sala. Aquella brevísima conversación con su padre la había conmocionado. Sentía el consuelo de saberlo vivo, pero también el gran temor de perderlo.

Bell, desde el sofá, la miraba preocupado. Hacía poco que Anna había llegado a la casa y ni siquiera se había quitado el abrigo. Los estores de las ventanas estaban bajados y la luz de la estancia era escasa.

—Tu padre es un hombre fuerte —dijo para consolarla.

Anna asintió. Se detuvo frente a él y apretó los puños dentro de los bolsillos. Respiró profundamente.

—Liam, ¿cómo vais con el DeltaMother?

—Falta muy poco. Yo he acabado mi parte y Elise está instalando el *software*.

—Entonces, esta misma tarde lo haremos público.

Bell asintió. Durante unos instantes permaneció en silencio.

—Es curioso, puse mis conocimientos a vuestro servicio, trabajé duro en el proyecto de Lebab, pero nunca creí que lo lograríais. Y ahora estoy sobrecogido —reconoció—. Con todo esto, la vida adquiere otro significado.

Anna se volvió al escuchar el sonido de la puerta que comunicaba con el sótano. Elise entró en la cocina y se sirvió un café.

—¿Tienes un momento? —le preguntó Anna.

La chica se acercó, sosteniendo la taza entre las manos. El cansancio le dibujaba unas ojeras oscuras que destacaban en la blancura de su rostro.

—Liam me ha comentado que el DeltaMother estará listo muy pronto. —Elise asintió—. ¿Está todo preparado?

—Sí. Estoy en contacto con Infinidigit y Wama73.

—¿Son los *hackers* de los que me hablaste?

—Infinidigit es el colaborador de Martin Payne. Él trabaja con dos personas más. Wama73 es el colega del que te hablé. Finalmente ha decidido participar.

—Entonces sois cinco especialistas.

—Seis en realidad. También participará Domarzo. Vincent y yo trabajamos con él en el pasado. —La chica dio un sorbo a su café—. Ahora tengo que volver abajo. Luego hablamos.

Un poco después de que Elise regresara al sótano, Anna sintió la vibración de su dispositivo. Le sorprendió ver en la pantalla quién la llamaba. Hizo un gesto de disculpa a Bell antes de dirigirse hacia la entrada de la casa para hablar.

—Hola, Jord.

—¿Qué ha pasado? ¿Tú sabes qué ha pasado? —preguntó el hombre a bocajarro.

El tono de voz de Jord le anunció que algo iba mal.

—¿A qué te refieres? —preguntó Anna con inquietud.

—¿Dónde estás?

—En Chicago. ¿Por qué? ¿Pasa algo? Me estás poniendo nerviosa.

—¿Tú sabías que esto iba a ocurrir?

—¡Maldita sea! —gritó Anna—. ¿De qué hablas?

Bell se levantó del sofá. Se acercó y permaneció de pie, junto a ella. Malas noticias. Una vez más, malas noticias.

—Vinieron en helicópteros y tomaron el pueblo. —Anna sintió

que le faltaba el aire. Apoyó la espalda contra la pared—. Júrame que tú no has tenido nada que ver.

—Lo juro —contestó con un hilo de voz.

—Dos grupos de hombres armados incendiaron casas, mataron a gente y se llevaron a los bebés.

Anna se llevó las manos a la sien.

—Jord... —susurró—, ¿qué estás diciendo?

—Se llevaron a tres bebés. Dinari es uno de ellos.

Anna tuvo la impresión de que el suelo se movía bajo sus pies. Su espalda resbaló lentamente por la pared hasta quedar en cuclillas.

—Algunos en el pueblo creen que tú tuviste algo que ver. El ataque sucedió justo después de las vacunaciones. Piensan que viniste a conocer a los bebés antes de que se los llevaran. Que tú los elegiste.

—Eso no es cierto —balbuceó.

—Creen que se han llevado a los niños para venderlos.

—Escúchame bien, por favor —lo pidió Anna—. Yo no tengo nada que ver con eso. —Jord guardó silencio unos instantes—. Quiero que hables con Lahja y las otras madres. Diles que haré todo lo que esté en mi mano para encontrar a sus...

—Una de ellas murió —la interrumpió Jord—. Otra perdió a su esposo durante el ataque. También mataron a la madre de Lahja.

Anna se estremeció. Recordó a la anciana sentada junto a la cuna de Dinari.

—Tengo pruebas de todo —dijo Jord con rabia.

—¿Qué pruebas?

—Grabé lo sucedido.

—Envíamelo. Hazlo ya, cuanto antes. Es muy importante.

—De acuerdo. Lo haré.

Jord colgó sin despedirse.

Anna permaneció inmóvil en el suelo, con la mirada perdida. Bell se sentó a su lado.

—Nos equivocamos —dijo Anna sacudiendo la cabeza—. Los DeltaLife no harán del mundo un lugar mejor. Por el contrario, lo convertirán en un infierno.

—¿Qué ha pasado? —preguntó Bell.

—¡Qué estúpidos hemos sido! ¡Qué estúpidos! —exclamó entre sollozos.

EDMUND CUSACK

Byox Pharma, Irene, Illinois
7 de abril del 2039, 11:48 horas

—Señor Cusack, me llamo Madeleine Leblanc. Encantada de conocerle.

Edmund, sentado en la silla de ruedas, se limitó a estrecharle la mano. La camisa remangada permitía ver el apósito que cubría la vía de su brazo derecho.

La mujer aparentaba unos treinta y cinco años. En su rostro alargado destacaba una frente ancha y despejada. Tenía la nariz chata, los ojos de un azul pálido y llevaba el pelo rubio recogido en un moño bajo.

—Soy doctora en Física Molecular, especialista en desmaterialización y rematerialización. Colaboré con el equipo del doctor Ferré. Incluso estuve en el Congreso de San Francisco en el que usted dio una charla hace años. Yo era muy joven... Quiero decirle que, a pesar de todo, soy una admiradora de su trabajo.

—¿A pesar de qué? —preguntó Edmund.

—De las circunstancias.

—Las circunstancias, sí, claro.

—Señor Cusack —Madeleine carraspeó—, he estudiado la cápsula que ustedes crearon y que me facilitaron esta mañana y...

—Se llama DeltaLife —la interrumpió Edmund—. ¿Sabe usted

cómo lo han conseguido? —La doctora sacudió la cabeza—. ¿Y sabe para qué quieren replicarlos? ¿Se imagina el uso que quieren dar a nuestro invento? —inquirió de nuevo.

—No estoy al tanto de esa información.

—Entiendo.

—Señor Cusack, como científica, este trabajo para mí es muy importante.

Edmund se levantó con esfuerzo y se acercó a la joven. Mantuvo su rostro frente al de ella.

—Como científica, usted también debería hacerse algunas preguntas —dijo mirándola fijamente.

—Fue usted quien comenzó este proyecto.

—Nuestra intención fue siempre utilizar los DeltaLife con un criterio ético.

—Debatir sobre su uso no forma parte de mis funciones.

—No quiere saber. Se lava las manos. —Edmund parecía apesadumbrado. Madeleine no pudo evitar un gesto de contrariedad—. Pero déjeme hacerle una pregunta más. ¿Está segura de encontrarse en el lado correcto?

—Señor Cusack, su organización es ilegal, ¿cree que está en posición de sermonearme sobre ética?

—Solo le digo una cosa: yo tengo la conciencia tranquila. A lo largo de mi vida he procurado hacer siempre lo que he considerado correcto. Cuando usted tenga mi edad...

—Por favor, limítense a trabajar en el proyecto —los interrumpió una voz por megafonía.

La doctora se sobresaltó, pero pareció aliviada de poner fin a aquella incómoda conversación.

—Le diré cómo vamos a trabajar, señor Cusack. Usted me ayudará a entender el funcionamiento de sus DeltaLife. Posteriormente, tendremos una sesión junto con mi equipo.

—Entonces, ¿ya cuenta con un equipo?

—Sí, somos ocho científicos. Llevamos trabajando en esto unas semanas.

—Semanas…

—Sí, siguiendo las indicaciones que nos dieron, hemos creado un prototipo similar a su DeltaLife.

—¿Quién le hizo el encargo?

—No puedo decírselo, es confidencial.

—¿Y en qué punto se encuentran?

—Hemos logrado desmaterializar y rematerializar con éxito nuestro prototipo. Y hemos comprobado que insertado en una persona también funciona a la perfección. Sin embargo, no hemos podido enlazarlo energéticamente con el alma.

Edmund esbozó una sonrisa triste y se masajeó la nuca.

—¿Sabe? La idea fue de mi hija. Ella ni siquiera es científica… Fue pura intuición. Visualmente, el proceso de desmaterialización le recordó al «efecto luciérnaga», a la forma en que la energía del alma abandona el cuerpo. A partir de ahí, comenzamos a trabajar para vincular la energía del DeltaLife con la del alma —explicó Edmund—. Doctora, si usted trabajó con Ferré, habrá utilizado el visor de ondas Nandca.

—Así es. Seguí sus avances con pasión hasta que dejó el equipo.

—Lo dejó porque se unió a mí. Y por eso fue asesinado.

—Por favor, limítense a trabajar en el proyecto. —Se escuchó nuevamente por megafonía.

Edmund se acercó a la silla de ruedas y se sentó.

—Está usted pálido. ¿Quiere tomar algo? ¿Un poco de agua? —le preguntó Madeleine.

La doctora le acercó un botellín. Edmund bebió parte del contenido.

—Está bien. Analizaremos los patrones moleculares del prototipo que ustedes han creado. Le mostraré cómo conseguimos la vinculación con la energía del alma mediante la polarización —dijo Edmund.

—Polarización… —repitió Madeleine.

—Vayamos por partes. Para empezar, tráigame un visor. Tienen uno aquí, ¿no?

—Por supuesto.

La doctora Leblanc se levantó y se dirigió hacia el fondo del laboratorio.

ELISE LACROZE

2625 de Wellington Ave, Lisle, Illinois
7 de abril del 2039, 12:15 horas

Cerró los ojos durante unos segundos. Acusaba el cansancio de trabajar con luz artificial de manera ininterrumpida; los ventanucos del garaje habían permanecido cubiertos con las cortinas desde que llegaron. Estiró los brazos hacia arriba para relajar la espalda. Solo se había permitido descansar un par de horas la noche anterior.

Elise concentraba su atención en el nuevo DeltaMother. En la pantalla se podía ver una ventana: DOWNLOAD 82%. Había acabado de instalar el sistema operativo y ahora se estaban volcando todos los datos que habían permanecido en la nube. Después podría confirmar si los parámetros que había establecido eran correctos y si el *software* funcionaba igual que el del primer DeltaMother.

Mientras esperaba a que acabara la descarga, dio un sorbo de la lata de bebida energética que había sobre la mesa. Hizo un gesto de desagrado; estaba caliente. Una señal acústica proveniente de uno de los ordenadores le indicó que acababa de recibir un nuevo mensaje en el chat.

Wama73: E-Karmel, ¿cómo va?

Antes de responder, Elise miró la pantalla del DeltaMother. Se había descargado el noventa y seis por ciento.

E-Karmel: Falta menos de un minuto. ¿Estáis listos?

Wama73: Esperando tu confirmación. ¿Y el resto del equipo?

Infinidigit: Preparados. Nibel y Xianix están conmigo.

Domarzo: Deseando que empiece la diversión.

Un ligero pitido hizo que Elise se volviera hacia el DeltaMother.

—Dime que sí, dime que sí, venga, venga, ya… —murmuró.

Pulsó la tecla intro y comprobó que los datos se estaban actualizando.

—¡Anna! ¡Liam! —gritó mientras se acercaba a la puerta que conducía al primer piso.

El científico fue el primero en llegar. Unos segundos después entró Anna, que se apoyó en el escritorio para ver de cerca la pantalla. Las diferentes líneas iban apareciendo consecutivamente, en el orden de inserción de los DeltaLife. Allí estaba la primera, la de Yumiko. Un circulito de luz azul se encendió a la izquierda.

La línea dos, de Dinari…

Los recién llegados contuvieron la respiración. Quizás el DeltaLife les diera información sobre el bebé desaparecido. Sin embargo, no apareció ninguna luz asociada a esa línea. Anna dio un golpe en la mesa con el puño.

—¡Lo han matado! —gritó. Retrocedió unos pasos para dirigirse a la puerta—. ¡Malditos, malditos seáis! ¡Asesinos!

—Ayer secuestraron a tres niños y Dinari era uno de ellos —le explicó Bell a Elise antes de seguir a Anna hacia el piso superior.

La chica se mordió los labios. «Un bebé, joder, un bebé asesinado». A pesar del impacto de la noticia, siguió observando la información que aparecía en la pantalla del DeltaMother.

Línea tres, Elise. Activa.

Línea cuatro, Vincent. Inactiva.

«Bro», murmuró emocionada.

La línea cinco no tenía nombre, pero sí luz. Elise chequeó la localización. Reconoció la dirección del motel en el que se alojaba María. Era ella.

«¡Vamos, vamos! Michael, ¿dónde estás?». La línea seis apareció ante sus ojos. Tampoco tenía nombre, pero era sin duda la suya. Su DeltaLife, al igual que el de Yumiko, el de María y el de ella misma, estaba activo. Elise pulsó sobre la localización. Irene, Illinois. A continuación, accedió a la cámara. En la pantalla pudo observar la mano derecha de Michael, temblorosa y con los nudillos magullados, y pudo escuchar su respiración alterada. Su amigo se encontraba en una especie de celda transparente, rodeado por otros recintos similares.

Elise se acercó al portátil y reactivó el chat sin perder tiempo.

E-Karmel: Empezamos ya.

Se recogió el pelo azul en una cola de caballo y se quitó la sudadera para quedarse en camiseta de tirantes.

Xianix: A tus órdenes.

Nibel: Subiendo el falso virus.

Elise abrió su mochila y sacó una faja negra y una pistola con silenciador. Inspiró con fuerza. Se ajustó las correas a la cintura y colocó el arma en su costado izquierdo. Se puso el plumífero negro que descansaba en una silla. Metió un ordenador portátil en la mochila y, tras colgársela a la espalda, subió al piso de arriba.

Anna estaba de pie junto a la ventana. A pesar de que el estor le impedía ver el exterior con claridad, miraba hacia la calle. Bell estaba cerca, apoyado en el respaldo del sofá.

—Está todo en marcha —dijo Elise.

Ella no había desvelado que Michael tenía un DeltaLife. Pensaba habérselo contado a Anna cuando vieran el correcto funcionamiento del DeltaMother. Ahora, sin embargo, no era el momento.

—Pero ¿adónde vas? —preguntó Anna.

—Tengo que salir para algo importante. Te llamaré en cuanto tenga novedades.

Anna la miró con extrañeza. Elise se dirigió a la puerta de la casa y salió.

MADELEINE LEBLANC

La científica permanecía de pie, en espera, con los brazos cruzados. Su imagen se reflejaba en el espejo que cubría la parte superior de la pared. Sabía que la estaban observando, que se trataba de un espejo espía. No era la primera vez que mantenía una conversación así con la persona, o personas, que la habían contratado.

—Tome asiento, doctora —le dijo una voz femenina a través del altavoz.

Se sentó con las rodillas muy juntas sobre una silla metálica. Una vez más, se preguntó quién estaba al otro lado. El contrato confidencial que había firmado estaba a nombre de Byox Pharma y desconocía quién estaba detrás de la empresa. Sin embargo, las condiciones económicas que le habían ofrecido eran muy atractivas.

—Doctora Leblanc, ¿cómo va todo? ¿En qué punto se encuentra el proyecto? —preguntó Linda Stone.

La senadora acababa de llegar a las instalaciones. Caminaba por la pequeña sala oscura con unos *stilettos* a juego con un elegante vestido azul. Sanders permanecía de pie, junto al cristal.

—Seguimos estudiando cómo vincular nuestros prototipos con la energía del alma —explicó Madeleine.

—¿Cusack está colaborando?

—Sí, lo está haciendo.

—¿Cuánto tiempo cree que pueden necesitar?

—No estoy segura. Unos días, quizás.

—Doctora, ya tenemos los candidatos para las primeras pruebas. Todos ellos enfermos terminales, tal y como solicitó —aclaró la senadora.

—Bien. En cuanto hayamos logrado la vinculación, les insertaremos los prototipos. A continuación, tendremos que esperar hasta su fallecimiento —continuó Madeleine. La senadora enarcó las cejas. ¿Esperar? Los experimentos comenzarían de inmediato—. Después, habrá que tener paciencia. No sabemos cuánto puede tardar en producirse la reencarnación.

—En los dos primeros casos pasaron cinco semanas aproximadamente, ¿no es así?

—El niño tardó exactamente treinta días en reencarnarse; la mujer, cuarenta y cuatro.

—Necesitaremos un estudio intensivo que nos ayude a obtener comparativas —dijo la senadora.

—Por supuesto. Así se hará.

Madeleine se preguntó si la conversación había llegado a su fin. Mientras esperaba alguna señal, alisó con los dedos la tela blanca de su bata.

—Por cierto, doctora, ya tenemos nombre para nuestros prototipos. Se llamarán «Eternity».

—Eternity… Suena bien. Creo que es un buen nombre.

—Me alegra que le guste. No la entretengo más, gracias por su trabajo.

Madeleine se levantó y salió de la sala. Linda Stone se volvió hacia Sanders. Su media sonrisa revelaba la satisfacción que sentía.

—Parece que pronto estarán listos los primeros Eternity. Organice ya el traslado de los sujetos, tenemos que ganar tiempo.

—Estarán en las instalaciones de Los Ángeles en setenta y dos horas —dijo Sanders.

—¿Son de diferente edad, raza y sexo?

—Así es, senadora. Ya está hecha la selección, incluye ancianos y niños.

—Estupendo.

El dispositivo de Linda Stone vibró.

—Tengo que irme ya —concluyó tras consultar su antebrazo—. El helicóptero me está esperando.

Sanders, solícito, se adelantó para abrirle la puerta.

RITA BLEVINS

Motel Du Wayne, West Chicago
7 de abril del 2039, 12:40 horas

—Mamá, soy yo.

—Hola, ¿cómo estás cariño?

María intentaba ocultar lo nerviosa que estaba. Desde que llegó a Chicago la noche anterior y dejó a Hino en un taxi había permanecido en el motel que Elise le había conseguido. La noche había sido angustiosa. Le atormentaba pensar qué podría haberle sucedido a Michael. Tan solo el llanto de Jake, que reclamaba comida y aseo, conseguía sacarla brevemente de sus terribles pensamientos.

—Estoy bien, mamá. ¿Y vosotros?

—Pues como siempre. Tu padre no se acostumbra a la jubilación. Hay días que tiene un humor de perros. ¿Y Michael? ¿Tan ocupado como de costumbre?

—Sí, claro. Ya lo conoces...

María hizo un esfuerzo para no dejar escapar un sollozo. Se sentó en la cama frente al bebé, que dormía, protegido por los almohadones.

—Solo quería decirte que no comeré contigo esta semana. Se me han complicado las cosas.

—Está bien. Pero no te olvides de que la semana que viene es el cumpleaños de tu padre. ¿Tienes turno de noche el próximo miércoles?

—Pues no lo recuerdo ahora mismo. Te lo confirmo estos días, ¿vale?

—De acuerdo, hija. Avísame cuando lo sepas.

—Mamá, perdona. —María sabía que la llamada no debía superar los tres minutos—. Tengo que colgar.

—¿Estás en el trabajo?

Recorrió con la mirada la modesta habitación del motel: las paredes recubiertas de paneles de madera, la alfombra desgastada, los edredones con estampados geométricos en ambas camas...

—Sí, en el hospital... Me espera un paciente. Da un abrazo a papá de mi parte.

—Claro, cielo. Cuídate.

—¿Mamá?

—¿Sí?

—Te quiero.

—Yo también, hija.

María se levantó de la cama. Llevaba puesta la camiseta con la que había dormido y tenía las piernas desnudas. Jake se había despertado y movía las manitas.

—Chiquitín, tienes hambre, ¿verdad?

El pequeño hizo un ruido como si respondiera afirmativamente.

María cogió uno de los biberones que llevaba en la mochila. Lo sacudió para calentarlo. Se disponía a alimentar al bebé cuando llamaron a la puerta. Se quedó paralizada. Fueron unos segundos de terror hasta que escuchó una voz que llegaba desde fuera.

—Soy yo, Elise. Ábreme.

Corrió hacia la puerta y quitó el pestillo. La chica, vestida con un plumífero negro, entró en la habitación. Llevaba el pelo recogido bajo una gorra del mismo color. María la observó unos instantes. Le pareció muy diferente de la joven que había acudido al hospital preguntando por Vincent hacía tan solo una semana.

El bebé emitió un sonido desde la cama. Elise se volvió hacia allí.

—Este es Jake —se lo presentó María.

Elise se acercó al pequeño de mofletes redondos. Se sentó en la cama y le rozó la mano con delicadeza.

—¿Has descubierto algo sobre Michael? —preguntó María.

La tristeza en la mirada y el rictus de los labios revelaban su dolor. Elise sentía una profunda deuda hacia ella. María la ayudó cuando Vincent tuvo el accidente, le permitió verlo, incluso estuvo con él hasta que dejó de respirar... pero no podía contarle que ya sabía dónde estaba Michael ni tampoco lo que estaba dispuesta a hacer.

—Nada todavía —respondió.

—¿Y el DeltaMother?

—Nos falta poco para reconstruirlo —mintió de nuevo—. He venido a verte porque quería saber cómo estabas tú.

—Mantengo la esperanza.

Era cierto que Elise había ido al motel para ver cómo se encontraba María, pero también había otro motivo. Estaba asustada. Y se sentía terriblemente sola. Necesitaba el abrazo de su amiga antes de seguir adelante con su plan.

—Conseguiremos liberar a Michael —dijo con determinación. Se puso en pie—. Me voy ya, me están esperando.

Se abrazaron. Elise se preguntó qué la esperaba en Byox Pharma. ¿Lograría rescatar a Michael? ¿Saldrían ambos con vida de allí? En el momento en que los cuerpos de ambas se tocaron, María notó algo bajo el plumífero de Elise. Asustada, se separó de ella y dio un paso atrás.

—¿Qué tienes ahí? ¿Es un arma?

—Solo la llevo por precaución.

—¿Qué está ocurriendo? —preguntó alterada.

—María, tengo que irme.

Elise salió de la habitación precipitadamente y se dirigió al Nissan, que estaba aparcado a pocos metros. María, descalza, corrió tras ella.

—¿Qué me estás ocultando? —gritó.

Cuando la alcanzó, Elise estaba dentro del coche, sentada al volante. María golpeó el cristal que las separaba. Su amiga pareció dudar, pero finalmente bajó la ventanilla.

—Traeré de vuelta a Michael —dijo y arrancó el vehículo.

—¡Dímelo, Elise! ¡Dime lo que sabes!

Pero el automóvil ya se alejaba. María lo siguió con la mirada hasta que desapareció de su vista. Permaneció en el *parking*, sin sentir el frío a pesar de sus piernas desnudas, hasta que escuchó a Jake llorar a pleno pulmón en la habitación.

MARTIN PAYNE

3704 de West Harrison Street, Chicago
7 de abril del 2039, 13:39 horas

Aunque los conocía de vista, Bob le acababa de presentar a los dos *hackers*. Lo cierto es que no le habían prestado mucha atención. Xianix, el hombre de mirada penetrante, se había limitado a responder con un escueto saludo. Nibel, la chica con el pelo de color verde, ni siquiera se había vuelto hacia él y simplemente había alzado la mano. Martin no sabía nada de sus vidas ni de sus razones para dejarse la piel trabajando al margen de la ley, sin embargo sentía admiración por ellos. Concentrados en sus pantallas, sus dedos se movían con agilidad sobre los teclados.

Bob se quitó los auriculares y los dejó en la mesa. Movió la cabeza a un lado y a otro para relajar el cuello.

—El reportaje es la hostia.

—Hay mucha información —dijo Martin—. ¿Crees que es suficientemente claro?

—Es claro y sintético. Pero lo que cuentas es tan fuerte que la gente tardará en asimilar algo así...

—¡Los tenemos! —interrumpió Xianix.

Martin y Bob se volvieron hacia el *hacker*.

—Wama73 acaba de confirmar que el Departamento de Seguridad Interna del Gobierno ha contactado con Tech Solutions. ¡Eres la puta ama! —exclamó Xianix.

—Lo soy —respondió Nibel.

Los *hackers* chocaron las palmas.

—No nos colguemos medallas hasta que veamos que todo funciona según el plan, ¿de acuerdo? —intervino Bob.

—¿Qué ha pasado exactamente? —preguntó Martin.

—Hace hora y media, gracias a Wama73, conseguimos subir un virus a los ordenadores del Departamento de Seguridad —contestó Bob.

—Un precioso virus que muta constantemente —explicó Nibel.

—¿Cómo ha logrado eso Wama73? —quiso saber Martin.

—Porque trabaja para Tech Solutions —confesó Bob.

—Esa es la empresa que da asistencia técnica al Gobierno —dijo Martin, asombrado—. ¿Cómo habéis conseguido que ese tío colabore con nosotros?

—Fue a través de tu contacto, E-Karmel —dijo Bob—. Ahora, en unos minutos, el Ministerio de Defensa proporcionará a Tech Solutions las claves de acceso a su red para solucionar el problema.

—Y Wama73 os las dará a vosotros —continuó Martin.

—Así es. Y una vez que accedamos a sus ordenadores, intentaremos entrar en el Emergency Broadcast System —concluyó Bob.

Martin se rascó la barbilla. Si conseguían emitir el reportaje a través del EBS, lo verían todos los ciudadanos americanos. ¡Qué ironía! El propio Gobierno enviaría la información que habían intentado ocultar por todos los medios.

—Pero no será fácil —intervino Xianix—. Aunque estemos dentro de los ordenadores, el EBS tiene sus propias claves de seguridad.

—Aquí empieza la segunda parte del plan, ¡conseguir esas contraseñas! —dijo Nibel.

Martin notó la vibración de su dispositivo. E-Karmel le acababa de enviar un mensaje.

E-Karmel: Mira lo que he conseguido.
Ese tío pertenece al CEP.
Te interesará ver con quién está hablando.

El periodista no pudo ocultar la sorpresa al ver la fotografía adjunta.

—Bob, ¿puedo usar tu despacho un segundo?

—Claro, ¿ocurre algo?

—Creo que voy a tener que añadir algo al reportaje. Información de última hora.

PABLO GARCÍA

Portage Park, Chicago
7 de abril del 2039, 13:52 horas

Sostenía entre los dedos una cucharilla de café y daba pequeños golpecitos a la taza vacía. Desde la cocina americana podía ver la puerta de entrada al apartamento. Había enviado un mensaje a Nathan en el que le decía que quería verlo con urgencia y este le había contestado que se pasaría por casa antes de las dos.

Cuando por fin la puerta se abrió, Pablo bajó el volumen de la música. Nathan se acercó. Conocía esa expresión de su marido; estaba preocupado. Se preguntó qué le sucedía.

—Lo siento, no he podido venir antes. —Se sentó en una silla, a su lado, y le dio un beso en el cuello—. ¿Qué pasa? ¿Por qué me has pedido que viniera antes de acabar mi turno?

—Escúchame. Tenemos que hablar de algo importante —respondió Pablo con parquedad.

—Está bien. Soy todo oídos.

—Verás, Nat...

Pablo carraspeó antes de decidirse a hablar.

—Tengo la localización de un laboratorio donde el CEP tiene retenido a un miembro de Lebab.

—¿Cómo? —preguntó Nathan, desconcertado.

—Puede que tengan más rehenes —continuó—. Quizás se encuentre allí también Edmund Cusack.

—¿Edmund Cusack? —Nathan se levantó—. ¿Qué sabes tú de eso?

Pablo miró hacia abajo y apoyó la mano en la rueda derecha de la silla.

—¿Qué es lo que quieres decirme? —Nathan lo observó fijamente—. ¿Es que tú perteneces a Lebab?

Pablo no respondió, su silencio fue suficiente.

—Pero ¿cómo es posible?

—Fui yo quien te avisó de que Edmund estaba ingresado en la clínica Hamilton —dijo tras unos instantes.

Nathan parpadeó, confundido.

—Joder, Pablo. ¿Te das cuenta? ¡Lebab es una organización ilegal! Has arriesgado todo: tu carrera, la mía, nuestra vida juntos...

—Nat...

—No lo entiendo. ¿Por qué no me lo dijiste antes?

—Lo siento. Temí que no reaccionaras bien.

Nathan se acercó y se arrodilló a escasos centímetros de Pablo.

—Nosotros nos queremos. Tenías que haber confiado en mí.

—No era solo una cuestión de confianza. Yo... No quería que nada me alejara de ti. —Nathan se sintió desarmado ante aquellas palabras—. No hay tiempo para reproches. Sé que te debo una explicación, pero ahora mismo un compañero está en peligro. Tienes que ayudarlo.

—¿De quién se trata?

—Se llama Michael. Tememos por su vida.

—¿Dónde está?

—En un laboratorio cerca de una población llamada Irene. A una hora de aquí más o menos.

—De acuerdo, saldré de inmediato.

—Nathan, tienes que avisar también a Marini. El *hacker* de Lebab que me ha enviado la información también me ha pasado fotografías realizadas por los drones de vigilancia que hay en ese sitio. Mira. Esa mujer es un pez gordo.

Nathan observó la pantalla del dispositivo de Pablo. No la conocía, pero sí al hombre que la acompañaba.

—¡Ese tío es Sanders! ¡Valiente hijo de puta! —masculló.

Se dirigió hacia la entrada apresuradamente.

—Ten cuidado, por favor. Habrá más agentes del CEP.

—Lo tendré —dijo Nathan y abrió la puerta. Antes de salir, miró a su marido—. Volveré pronto, Pablo. Y entonces hablaremos.

ELISE LACROZE

**Autopista I-90, Riley, Illinois
7 de abril del 2039, 14:22 horas**

ogió el volante con la mano derecha y giró el antebrazo
para leer el mensaje. Eran buenas noticias, Wama73 había
ya conseguido las claves de los ordenadores del Departamento de Seguridad Interna del Gobierno. Elise tomó el desvío a
una carretera secundaria, sin tráfico, y detuvo el Nissan en el ar-
cén. A su alrededor se extendían los campos verdes de trigo bajo
un cielo gris, cubierto de nubes.

Abrió la ventanilla del vehículo. Un escalofrío le hizo subirse
la cremallera del plumífero. En respuesta al mensaje de Wama73,
los otros *hackers* continuaban escribiendo en el chat.

Infinidigit: Claves recibidas.

Xianix: ¿Comenzamos con el siguiente paso?

Wama73: Cuando queráis. ¿E-Karmel?

E-Karmel: Confirmo.
Empecemos con el Brute.

Nibel: Adrenalina de la buena.

Domarzo: Manos a la obra.

El Brute Force Attack era el método para conseguir la clave del Emergency Broadcast System. Domarzo, el *hacker* que había colaborado con Vincent y Elise en el pasado, había perfeccionado un programa que introduciría automáticamente permutaciones alfanuméricas de posibles contraseñas a una velocidad vertiginosa hasta llegar a dar con la correcta. Cada ocho intentos, los ordenadores del Gobierno se bloquearían, pero el programa introduciría entonces la contraseña que Wama73 había conseguido y así podrían continuar con el ataque.

E-Karmel: ¿Nibel?

Nibel: Las pantallas falsas ya están operativas.

E-Karmel: Fantástico.

Infinidigit: A partir de ahora el Departamento de Defensa no puede ver lo que estamos haciendo.

Nibel: Los cabrones seguirán viendo en su escritorio la foto de su perro.

Elise esbozó una sonrisa. Puso el vehículo en marcha y siguió por la carretera secundaria hasta una estación de recarga situada en los alrededores de una población llamada Genoa. Una vez allí, salió del Nissan y conectó el cable de carga. Su coche era el único en la estación.

Se dirigió al edificio que albergaba la pequeña tienda. Antes de pagar, fue al cuarto de baño y se refrescó la cara. Una vez más, se sorprendió al ver el rostro de su hermano en el espejo. Vincent. Los mismos ojos, la misma nariz recta y la misma boca de labios finos y apretados. ¿Qué habría pensado él de todo aquello? Estaría orgulloso. «Eres casi tan buena como yo», habría bromeado. Se secó el rostro con una toallita de papel y la tiró a la papelera.

Camino del mostrador, cogió una botella de agua mineral.

—Cóbreme la carga y esto —le dijo al dependiente.

Pasó su antebrazo por el sensor de pago.

—Buen viaje —le dijo el hombre.

Al salir, el aire le acarició el rostro. Cerró los ojos unos instantes y respiró profundamente. La vibración del dispositivo reclamó de nuevo su atención. Pensó que sería María, había intentado contactarla varias veces, pero Elise no había respondido. Sin embargo, esta vez no era ella.

—Hola, Anna —dijo al descolgar. Recordó al instante la línea sin actividad de Dinari en el DeltaMother—. Sabes que siento mucho lo sucedido...

—Lo sé. Elise, ¿va todo según lo previsto?

A pesar de la aflicción, Anna intentaba recuperar el control.

—Estamos intentando conseguir la clave para acceder al EBS. No tardaremos mucho.

Elise se sentó en el coche y sacó el portátil de la mochila. Lo abrió. En la pantalla pudo ver el proceso del Brute Force Attack. En menos de dos minutos se habían insertado siete trillones de combinaciones. El límite estaba en doscientos treinta trillones. El proceso podía durar un tiempo máximo de cincuenta y nueve minutos.

—¿Enviaste el mensaje a los miembros de Lebab? —preguntó Anna.

—Lo hice hace unos minutos. Saben que, si todo sale bien, lo haremos público en breve.

—He visto en el DeltaMother que Michael tiene un DeltaLife. Tú también viste la localización y las imágenes, ¿verdad?

Elise se ató el cinturón de seguridad mientras se decidía a contestar.

—Sé que estás yendo para allá. Es muy peligroso.

—Avisé a Pablo. La Policía está en camino.

—Escúchame bien, no quiero que entres allí. —Ante el silencio de la chica, Anna continuó—: Prométeme que no harás ninguna locura.

Elise arrancó el coche. Pensó en Vincent. En su madre. Recordó a Simon, Gerard y sus amigos masacrados en París. No iba a permitir que hicieran daño a Michael.

—Tengo que colgar. Hablaremos luego.

Un pequeño rayo de sol que había encontrado un resquicio entre las nubes iluminó en ese momento la estación. Elise pisó el acelerador. Le quedaban pocas millas para llegar a su destino.

NATHAN MOORE
Y RAHNE BRADDOCK

Autopista I-90
7 de abril del 2039, 14:43 horas

El Ford policial avanzaba por el carril de emergencias y adelantaba a los vehículos que se encontraba en la carretera. Nathan conducía a gran velocidad mientras Rahne revisaba cierta información en su antebrazo.

—¿Seguro que estás bien?

Rahne tenía la cabeza rapada y un apósito le cubría la zona de la nuca.

—El tac confirmó que el golpe solo me produjo un traumatismo leve. Estoy un poco dolorida, eso es todo.

Rahne digitó en su dispositivo al sentir la vibración de un mensaje entrante.

—¿Tenemos novedades? —preguntó Nathan.

—Desde el Departamento Informático me dicen que hay interferencias que les impiden visualizar el lugar al que nos dirigimos.

—Eso explica por qué no pudiste ver nada a través de Geolink. Espera un segundo, Marini me está llamando, pongo el altavoz.

Nathan descolgó, redujo ligeramente la velocidad del vehículo y se desplazó al carril contiguo.

—Moore, ¿dónde se encuentra? —preguntó Marini.

—A unos veinte minutos de la localización.

—¿La detective Braddock está con usted?

—Estoy aquí, señor —contestó Rahne.

—El FBI va a intervenir —dijo Marini—. Están a la espera de que autoricen la intervención. Carol Stevens está llevando directamente el tema.

—Pero ¿qué les ha hecho decidirse a un enfrentamiento directo con el CEP? —quiso saber Nathan—. Entendí que no podían permitirse algo así.

—Entre las fotografías que envió su contacto hay una que muestra a una política importante saliendo del laboratorio al que se dirigen.

—¿Se refiere a la mujer que habla con Sanders?

—Sí, pero esa información es estrictamente confidencial.

—Me temo que esto va a ser una pelea entre el CEP y el FBI, y nos va a pillar en medio —dijo Nathan.

—Eso parece. Moore, ¿cree que Cusack está allí retenido? —preguntó Marini.

—Quizás.

—Ustedes van a llegar antes que el FBI. No quiero que entren hasta que yo les dé la orden. ¿Queda claro?

—Sí, señor —respondió Rahne.

—¿Moore?

—Entendido, jefe.

—Es lo que quería oír.

Marini cortó la comunicación.

—Vamos allá, Rahne.

Nathan se volvió hacia su compañera antes de acelerar y regresar al carril de emergencias.

ELISE LACROZE

**Alrededores de Byox Pharma, Irene, Illinois
7 de abril del 2039, 14:52 horas**

Tan solo quinientas yardas la separaban de su destino. Giró a la izquierda y el coche se adentró en un camino sin asfaltar. Se dirigió a la derecha, hacia una zona con robles blancos. Detuvo el motor y escrutó el cielo. Cogió el ordenador del asiento del copiloto; en menos de un minuto logró desviar dos de los cinco drones que sobrevolaban los exteriores de Byox Pharma. Los tres restantes se le resistieron.

Elise respiraba agitadamente. Se quitó el plumífero y se quedó en camiseta de tirantes. Llevaba la pistola en el costado izquierdo, sujeta por la faja elástica que rodeaba su cintura. Sacó varios objetos de la mochila. El primero era un BKE, un *bypass kit* de ondas electromagnéticas de interferencias. Lo colocó junto al arma. La Taser de defensa la situó en el lado derecho de la faja. Por último, ajustó varios juegos de esposas de bridas y un rollo de cinta adhesiva sobre la zona lumbar. Tenía la espalda húmeda a causa del sudor.

Hizo una llamada con el dispositivo y obtuvo una respuesta inmediata.

—Domarzo, ¿puedes controlar los tres drones que quedan operativos?

—Dame unos segundos.

—¿Y las cámaras de dentro del edificio?

—Las revisé, pero tienen un sistema Y-Proxy. Solo podrás acceder desde dentro.

Elise salió del coche. Sintió el frío intenso en los brazos.

—¿Y las del *parking*? —preguntó mientras avanzaba hacia el recinto.

—Esas cámaras llevan unos minutos repitiendo imágenes en *loop*. Y los drones ya están desviados.

—Eres el mejor, Domarzo.

Elise echó a correr hacia la valla que rodeaba el laboratorio. Una nube de vaho escapó de su boca. A través de la trama metálica pudo ver seis vehículos. Repasó mentalmente lo que había averiguado. Dos de ellos pertenecían a miembros del CEP, uno a una empresa de vigilancia privada, otros dos a enfermeros y el último, el Audi Century, a una científica canadiense. Se acercó hacia la puerta de acceso al aparcamiento.

—¿Puedes averiguar algo sobre los enfermeros? —le pidió Elise al *hacker*.

—Tengo sus nombres.

—Me interesa más su trabajo. Cuáles son sus especialidades.

—Uno ha trabajado en Urgencias en clínicas privadas y el otro en unidades pediátricas. ¿Es importante?

—Puede serlo —dijo ella, pensativa—. Se detuvo ante el sensor de la puerta de acero. Voy a entrar.

—Siento no poder ayudarte en eso.

—No te preocupes, tengo un BKE.

Elise apoyó el aparato en el sensor de entrada y este quedó imantado en la superficie. El *bypass kit* tenía el tamaño de un dispositivo, pero era más grueso y servía para emitir ondas electromagnéticas capaces de inutilizar cualquier cierre de seguridad, incluidos los Y-Proxy.

—Ha funcionado.

—Habrás dejado frito el sistema de cierre —dijo Domarzo—. La puerta se quedará abierta.

—Lo sé.

Elise tocó un pulsador exterior del aparato y este se desmagnetizó. Se lo colocó de nuevo en la faja. A su izquierda se encontraba el *parking*, desde allí se accedía a la fachada principal. Sin embargo, ella se dirigió a la puerta de emergencia trasera que se hallaba a su derecha. Observó el edificio, que tenía las ventanas alargadas en forma de saeta en el primer piso. La distancia hasta la puerta era de unas ochenta yardas. Elise corrió hacia ella.

—Domarzo, los únicos planos del edificio que he conseguido son de los años veinte. Y posteriormente lo reformaron.

—La puerta principal es de cristal. He podido ver lo que vas a encontrarte a través de los drones y el aspecto es similar al de los planos: planta diáfana, con una garita de recepción y, probablemente, de seguridad. El pasillo que va desde la puerta trasera hasta la recepción, según los planos, es de hormigón. Eso no ha podido cambiar. ¡Joder, joder!

—¿Qué pasa? —preguntó Elise, agitada.

—¡Lo hemos logrado en veintinueve minutos! —exclamó.

—¿La tenéis ya?

—¡Sí! Tenemos la clave del EBS.

—Bien, Domarzo, ¡bien!

—No sé lo que vas a hacer ahí dentro, E-Karmel, pero ten cuidado.

—Gracias.

Elise se situó a la izquierda de la puerta trasera y apoyó la espalda en el muro. Marcó una nueva llamada en su dispositivo.

—¿Martin?

—¡Estamos dentro! —exclamó él.

—Lo sé. ¿Habéis empezado la emisión?

—Infinidigit me asegura que en treinta segundos todos los dispositivos del país recibirán el reportaje.

—Eso es genial —musitó Elise.

La mandíbula le temblaba a causa del frío. Apoyó de nuevo el BKE en la puerta.

—E-Karmel, ¿estás bien?

—Sí. Luego hablamos, Martin.

Elise colgó la llamada y recogió el *bypass kit*. Inspiró profundamente antes de empujar la puerta, que se abrió con facilidad. La temperatura interior le procuró un alivio inmediato. Ahora tenía que bloquear las luces del pasillo; no quería que se encendieran al detectar su presencia. Digitó en su dispositivo y consiguió desconectar los sensores. A continuación, sacó la pistola. La sostuvo en la mano derecha. La linterna del dispositivo le permitió avanzar hacia el corazón del edificio.

MARTIN PAYNE

3704 de West Harrison Street, Chicago
7 de abril del 2039, 15:00 horas

L a alerta del Emergency Broadcast System llegó a todos los dispositivos del país a las 14:59. Un fuerte sonido avisó a todos los ciudadanos americanos de su obligación de atender aquella emisión de máxima importancia.

Bob y Martin se encontraban de pie delante de las pantallas de los *hackers*. El periodista, ensimismado, repetía de memoria algunas palabras de su locución. Xianix utilizaba dos monitores y en uno de ellos había un cronómetro que contaba el tiempo de emisión: cuarenta y siete segundos, vistos ya por más de doscientos millones de personas.

En ese momento, las imágenes mostraban las cargas policiales contra las manifestaciones a favor de la investigación de la energía del alma. La voz en *off* del periodista ilustraba el reportaje: «Las noticias de las duras represiones desaparecieron de los medios como si nunca hubieran existido».

Bob se acercó a Martin y apoyó la mano en su hombro. Aquello iba a ser una bomba y deformar la voz había sido una medida preventiva de seguridad que habían hecho bien en tomar.

«Pero Lebab, a pesar de ser una organización perseguida, continuó sus investigaciones en la sombra. Hace unos días demostraron científicamente la reencarnación. A través de los DeltaLife se abrirá la posibilidad de seguir el alma de nuestros seres queridos más allá de la muerte».

—Esto es histórico —intervino Bob.

—Os vamos a joder bien —exclamó Nibel, eufórica, con el dedo corazón extendido.

—El Gobierno tiene que estar flipando —dijo Bob—. Y los informáticos de Tech Solutions estarán desesperados.

En las pantallas, Martin pudo ver un fragmento de vídeo que había incluido en el reportaje en el que Edmund Cusack explicaba el funcionamiento del DeltaMother.

—¿Cuánto tardarán en cortar la emisión? —preguntó el periodista.

—El Departamento de Seguridad intentará reiniciar los ordenadores, pero para ello tienen que desconectar todos los generadores —contestó Xianix—. Y eso les llevará su tiempo. Esos ordenadores utilizan generadores de emergencia.

—Tienen que seguir el protocolo —intervino Bob—. Necesitan a un directivo de Tech Solutions y a uno del Departamento de Seguridad. Además, deben personarse físicamente allí.

—Tech Solutions va a tener un problema gordo —dijo Martin.

—Se lo merecen —dijo Nibel—. Los hijos de puta que trabajan para la Seguridad del Gobierno son mercenarios informáticos. Trabajan para mantener una dictadura mediática.

—¿Y Wama73? —preguntó Martin.

—Ha desaparecido ya, sin dejar rastro. Su jefe y todo el equipo de Tech Solutions se quedarán con el marrón —dijo Xianix.

—¿Cómo van las redes? —quiso saber Bob.

—Hemos subido el reportaje en la cuenta de más de doscientos mil usuarios de SpaceOne y PublicSquare. Han pasado solo dos minutos y casi medio millón de personas ha compartido el vídeo —dijo Nibel.

—Esta vez no les va a ser fácil borrar el rastro —se regodeó Bob—. Tardarán semanas en eliminarlo.

ELISE LACROZE

Garita, Byox Pharma, Irene, Illinois
7 de abril del 2039, 15:02 horas

El hombre con uniforme azul, sentado frente a los monitores que controlaban las cámaras de vigilancia del edificio, se sobresaltó al escuchar una voz a su espalda.

—Vuélvete lentamente con las manos en alto.

Giró la silla, confundido, y se encontró con una joven que le apuntaba con una pistola.

—¡Que levantes las manos!

Apresuradamente, Elise cerró la puerta de la garita. Comprobó a través del amplio cristal rectangular que no había nadie en la recepción.

—Ponte de pie despacio. Si te acercas, dispararé.

El guarda se incorporó. Era alto, corpulento y pesaba el doble que ella.

—¿Qué quieres?

—¡Cállate!

—¿Sabes en qué te estás metiendo?

Dio un paso hacia ella. Elise, sin dejar de apuntarle, cogió la Taser de su faja con la mano izquierda y aplicó una descarga en el cuello del hombre. Este cayó al suelo con un grito ahogado.

La sacudida eléctrica le inmovilizaría unos veinte segundos; ese era el tiempo que tenía para actuar. Dio la vuelta al cuerpo con brusquedad y le ató las muñecas a la espalda con unas esposas de brida. Las apretó con fuerza hasta que se clavaron en la carne. A continuación, lo agarró por las piernas. Con la respiración entrecortada por el esfuerzo, lo arrastró hasta colocarlo en la parte inferior del mostrador, de tal forma que no se viera desde el exterior. Con otra brida unió la de sus muñecas a una canaleta metálica de electricidad. Para acabar, le cubrió la boca con cinta adhesiva.

Apoyó la pistola en la mesa. Se quitó el sudor que cubría su frente con la mano. Observó los dieciocho monitores que mostraban las grabaciones de las cámaras interiores del edificio. En los de la planta baja no se apreciaba movimiento. Hizo un barrido visual por los de la primera planta. En uno de los monitores reconoció a Edmund. Así que a él también lo habían trasladado allí... En la pantalla aparecía un rótulo con la palabra NIDO. Al fondo de la imagen se podían ver unas cunas, junto a las cuales había una enfermera. Elise sintió un atisbo de esperanza. ¿Podía ser que los bebés raptados estuvieran vivos?

Examinó de nuevo los monitores y distinguió tres pasillos. En el PASILLO I había un hombre de espaldas a una puerta de emergencias. En el II y en el III no se veía a nadie. La denominada ENFERMERÍA mostraba una sala vacía. En la HABITACIÓN I tampoco había nadie. ¿Dónde demonios estaba Michael?

En la SALA DE REUNIONES había dos hombres sentados a una mesa. «¡Hijo de puta, ahí estás!», exclamó al ver a Sanders. Siguió estudiando las pantallas hasta que vio a otra persona en el LABORATORIO. Se trataba de una mujer vestida con una bata blanca.

Finalmente, dio con él. Michael tenía un brazo en cabestrillo. El lugar donde se encontraba, una especie de cubículo transparente, aparecía nombrado como AISLAMIENTO. Había más celdas, pero la suya era la única ocupada.

Elise se giró hacia el ordenador central y pulsó un comando para acceder al sistema de seguridad del edificio. Estaba bloqueado. Se volvió hacia el guarda de seguridad. Se agachó y le arrancó la cinta adhesiva de la boca.

—Necesito la clave de acceso y no tengo tiempo. Si no me das la correcta, te juro que te disparo.

El vigilante le dio la contraseña y Elise volvió a cubrirle la boca. Unos instantes después accedió al sistema y, desde este, al programa de seguridad de las puertas del edificio. Se concentró hasta que logró activar el cierre de la sala de reuniones.

—Hasta que llegue la Policía, vosotros dos no os vais a mover de ahí —dijo con rabia.

Ahora solo le quedaban las cámaras de vigilancia. En breve, ella sería la única en tener acceso a estas.

RITA BLEVINS

Motel Du Wayne, West Chicago
7 de abril del 2039, 15:05 horas

Permanecía sentada en la vieja moqueta de la habitación, con las piernas flexionadas y el antebrazo apoyado sobre la rodilla. Hacía seis minutos que había comenzado la emisión a través del EBS. María observaba fijamente la pantalla, sin apenas pestañear. Sin embargo, era incapaz de procesar con claridad toda la información que se citaba.

Viendo aquello, la ausencia de Michael se hacía aún más patente, más dolorosa. A pesar de que la difusión del reportaje suponía un éxito para Lebab, María nunca se había sentido tan sola. Añoraba su mano sosteniendo la suya. Su abrazo.

Las imágenes en su dispositivo mostraron a unos hombres armados que subían a dos helicópteros. RAPTO DE BEBÉS EN NAMIBIA, señalaba el rotulado. «Dios mío, Anna», pensó. ¿Qué habían hecho con esos niños? Miró a Jake, que estaba dormido sobre la cama. ¿Qué habría sido de él si no se lo hubieran llevado? Michael lo había salvado. Y no solo al bebé, también a Hino. Y a ella.

En ese momento, aparecieron los primeros rostros en la pantalla. Eran fotografías de pasaporte de diversos miembros de Lebab. María se estremeció. Una imagen por segundo. El audio decía: «La lista de desaparecidos es la siguiente: Charles Hutton, Hannah Dance, Lewis Saab, Luke Evans, William T. King, Christina Spencer, Moira Warner, Rock Wells, Owen Bolton, Sally Leigh, Olga Sanung, Edmund Cusack y Michael Guthrie».

Cuando apareció ante sus ojos el rostro de Michael, María se mordió la mano para no gritar.

NATHAN MOORE Y RAHNE BRADDOCK

Alrededores de Byox Pharma, Irene, Illinois
7 de abril del 2039, 15:06 horas

El Ford policial salió del camino y se detuvo junto a la valla que rodeaba el laboratorio. Durante el último tramo, Rahne había seguido atónita la emisión. Nathan, concentrado en la conducción, se había limitado a escuchar.

—Nat, ¿qué es todo esto?

—Quizás la verdad, Rahne.

—Pero esto no puede ser un reportaje del Gobierno —dijo contrariada.

—No, claro que no. De alguna forma Lebab ha conseguido el control del EBS.

—Dicen que la prueba de la reencarnación la han obtenido gracias a algo llamado «DeltaLife». Se lo pusieron a una mujer y a un niño que fallecieron y ahora lo llevan dos bebés. ¿Puede ser cierto?

El detective se encogió de hombros.

—Creo que deberíamos entrar.

—Marini nos dijo que esperáramos sus órdenes —dijo Rahne.

—Sí. Pero el reportaje que se está emitiendo puede significar una condena de muerte para los rehenes —continuó Nathan—. El CEP intentará eliminar pruebas.

—¿Crees que Edmund Cusack está aquí?

—Pronto lo descubriremos. Voy a entrar.

—Y yo voy contigo.

Abandonaron el vehículo y se dirigieron al acceso del *parking*. La puerta estaba entreabierta. Tenía una apertura suficiente para permitirles pasar.

—¿Por qué estará abierta? —preguntó Rahne.

—No lo sé.

Nathan señaló las cámaras de vigilancia del edificio.

—Una de ellas apunta hacia aquí. Seguramente nos han visto —indicó Rahne.

—Probablemente. Pero tenemos que seguir —dijo Nathan.

La detective ajustó las correas de su chaleco antibalas antes de meterse de perfil por la abertura. Contó seis vehículos en el aparcamiento.

—¿Acceso secundario?

Nathan asintió y sacó su arma reglamentaria. Se dirigieron hacia la fachada posterior y, una vez alcanzada la puerta trasera de emergencia, se situaron a ambos lados de esta. Para su sorpresa, también estaba abierta.

—Alguien nos ha allanado el camino —susurró Nathan.

—Esto me da mala espina. ¡Nat! La emisión del Emergency Broadcast System acaba de finalizar.

Nathan miró su antebrazo.

—Creo que te equivocas. No es la emisión, son nuestros dispositivos. No funcionan.

—Tienes razón —dijo Rahne—. Eso quiere decir que hay inhibidores.

—Mira por dónde acabamos de encontrar la excusa perfecta para justificar ante Marini por qué nos hemos saltado sus órdenes.

—Sincronicemos TwoWayTalk. Así estaremos en contacto sin necesidad de señal.

—Ya está. Sincronizado.

—También yo.

Nathan fue el primero en entrar. La detective confirmó una vez más que no había actividad en el aparcamiento y se adentró en la oscuridad tras su compañero.

HINO STANFORD

Wicker Park, Chicago
7 de abril del 2039, 15:08 horas

En la mesilla, junto a la cama, había una bandeja con restos de un plato de sopa que Alexander le había llevado, agua y una barra energética de cereales. Desde que la noche anterior regresó a casa, Hino había permanecido encerrado en su habitación, con la excusa de tener dolor de estómago.

Recostado en los cojines, veía videoclips de canciones en las redes sociales. Sin embargo, los recuerdos de lo sucedido en la granja le asaltaban continuamente. Se preguntaba qué había sido de Bill, de Nancy y de Michael. ¿Y Jake? ¿Estaría bien con María?

En ese momento algo le llamó la atención en PublicSquare. Hino se incorporó mientras acercaba la pantalla portátil a sus ojos. Contuvo la respiración. Durante unos instantes se quedó paralizado, mirando fijamente. Cuando por fin reaccionó, saltó de la cama y, en pijama, descalzo, bajó las escaleras para ir al salón.

—¡Papá!

Alexander, sentado en el sofá, había compartido imagen desde su dispositivo y seguía la emisión del EBS en la pantalla del salón. Desconcertado, se volvió hacia el chico. Hino estaba pálido. Tenía los cascos en el cuello.

—Vuelve a tu cuarto —le ordenó.

—Papá, escucha…

—Es mejor que no veas esto.

—Ya lo estoy viendo —protestó Hino—. Está en redes sociales.

—Eso que cuentan... Eso...

Alexander estaba conmocionado. Movió la cabeza en un gesto de incredulidad.

Hino se acercó lentamente. Aunque temía una discusión, una pelea, había llegado la hora de hablar con su padre. No sabía por dónde empezar. Alexander se levantó y se quedó de pie frente a él. Antes de que el chico se decidiera a hablar, lo abrazó con fuerza.

—Lo siento. Lo siento, hijo —dijo con el rostro desencajado.

Hino sintió un profundo alivio.

—Papá...

—Han hablado de dos reencarnaciones. No dejo de pensar en tu madre.

Hino se separó ligeramente. Bajó la mirada al suelo.

—Papá, tengo que contarte algo.

—Te escucho —susurró Alexander.

ELISE LACROZE

**Vestíbulo principal, Byox Pharma, Irene, Illinois
7 de abril del 2039, 15:08 horas**

Había cerrado la puerta de la garita de control hacía unos instantes. Una vez en el exterior, recorrió con su mirada el vestíbulo. Las escaleras principales y los ascensores estaban a su izquierda. En los planos actualizados que acababa de conseguir había visto que, en un lateral a la derecha, se encontraban las escaleras de emergencia. Debían de estar a la altura de los sofás blancos de diseño, tras los paneles escultóricos que simulaban vegetación en relieve. Elise corrió hacia allí. No se había equivocado: detrás de ellos había una puerta.

La empujó con la pistola en la mano. Las escaleras no estaban al aire libre, sino cubiertas por un vidrio opaco. Subió los peldaños metálicos con sigilo hasta alcanzar el acceso del piso superior.

Giró su antebrazo y comprobó de nuevo el plano. A continuación, observó las imágenes de las cámaras de vigilancia. Al otro lado de la puerta, a unos diez pies de distancia, un agente del CEP controlaba el pasillo. Al fondo estaba el Nido, el lugar donde se encontraba Edmund.

Elise inspiró con fuerza. Colocó con suavidad el *bypass kit* sobre el sensor y contó hasta tres. Cuando el cierre se abrió, el hombre seguía de espaldas.

—No te muevas —le dijo, apuntándole con determinación.

Elise se acercó un paso y, en ese momento, el agente se volvió bruscamente. Ella disparó sin dudarlo. La pistola con silenciador emitió un sonido seco. El hombre resultó herido en el muslo y cayó derrumbado al suelo.

—¡Tira la pistola!

El agente obedeció. Se agarró la pierna en un gesto de dolor. Elise, sin dejar de apuntarle, dio un puntapié al arma, que se deslizó por el pasillo.

—No sé quién eres, pero no vas a salir de aquí viva —le aseguró el hombre con rabia.

En un movimiento rápido e inesperado, se arrastró hacia ella. Elise utilizó esta vez la Taser y le provocó una convulsión. Se agachó e hincó la rodilla en su espalda para inmovilizarlo boca abajo. Al igual que había hecho con el guarda de seguridad, utilizó las bridas para atarle las manos a la espalda y le cubrió la boca con cinta adhesiva. El corazón le latía con fuerza. Elise tiró del hombre con todas sus fuerzas. Sobre el suelo se podía ver el rastro de sangre.

MATT SANDERS
Y SCOTT WEAVER

Sala de reuniones, Byox Pharma, Irene, Illinois
7 de abril del 2039, 15:10 horas

El sonido los sorprendió. Desde que llegaron al laboratorio, nadie había utilizado ese aparato, vestigio de tiempos lejanos. Scott Weaver dirigió la mirada hacia la pared en la que estaba el viejo teléfono. Sanders dejó el bocadillo en la mesa y se limpió las manos en una servilleta antes de levantarse.

—¡Sanders! —Escuchó al descolgar.

—¿Senadora? —preguntó extrañado.

—¡Maldita sea! ¿Ha escuchado mis mensajes? He intentado llamarle y su dispositivo no está operativo. ¿Qué ocurre?

—¿Cómo dice?

—Sanders, ¡joder! Se está emitiendo un reportaje a través del EBS. Se incrimina al CEP y se ha citado el laboratorio en Irene.

El agente digitó en su antebrazo e hizo un gesto de contrariedad.

—Creo que estamos bajo el efecto de un inhibidor. Voy a comprobarlo.

—No tardarán en llegar. Tiene que eliminar los cabos sueltos lo antes posible —masculló la senadora—. Un momento... ¡Mierda!

—¿Qué ocurre?

—Acaban de mostrar una foto en la que aparezco con usted. Nos están relacionando a Niro Technologies y a mí con todo esto.

—Senadora…

—Haga desaparecer a Cusack, al bebé y al médico —dijo antes de colgar precipitadamente.

Sanders se volvió hacia su compañero.

—Tenemos que darnos prisa y deshacernos de los rehenes inmediatamente. Estamos bien jodidos.

Weaver se levantó. Apoyó su dispositivo en el lector de salida de la sala de reuniones. La puerta no se abrió. Impaciente, volvió a intentarlo.

—Nos han encerrado, ¡maldita sea!

Sanders sacó su arma y disparó al sensor con rabia. Weaver hizo lo mismo con la cerradura, pero no sirvió de nada.

—Intenta hablar con el personal de seguridad del edificio con el teléfono.

—No contestan —dijo Weaver unos segundos después.

—¡Joder! —exclamó Sanders. Impotente, dio una patada a la puerta—. ¿Qué demonios está sucediendo?

Caminó por la sala dando vueltas en círculos. Después, se precipitó hacia el pequeño habitáculo, oculto tras el espejo espía.

—¡Lo tengo! —exclamó.

Weaver no entendía a qué se refería su compañero. Aquel era un cuarto interior, sin salida.

—El techo.

Sanders señaló con el dedo los paneles cuadrangulares de acero microperforado que estaban en lo alto.

NATHAN MOORE
Y RAHNE BRADDOCK

Vestíbulo principal, Byox Pharma, Irene, Illinois
7 de abril del 2039, 15:11 horas

El detective hizo un gesto a su compañera y ella asintió. Rahne cruzó el enorme vestíbulo del edificio y se acercó a la entrada principal. Comprobó que no había nadie ni en la planta baja ni en el exterior.

Nathan empujó la puerta de la garita de control, pero no pudo abrirla. La bordeó y examinó con precaución su interior a través del ventanal. Los monitores del sistema de seguridad y el ordenador que había sobre la mesa de control tenían la pantalla apagada. No había rastro del personal de seguridad.

—Todo despejado —dijo Rahne a través de TwoWayTalk.

Nathan se dirigió a los ascensores, mientras ella inspeccionaba la zona en la que se encontraban los sofás. Bordeó los paneles escultóricos y, tras encontrar la puerta, la empujó con el hombro.

—Son las escaleras de emergencia.

—Sube por ahí —respondió Nathan—. Yo cogeré el ascensor.

—De acuerdo. Ten cuidado.

El detective escuchó un débil sonido, y el piloto del ascensor se encendió.

—¿Qué ha sido eso? —preguntó Rahne.

—Alguien baja. Yo me encargo —respondió Nathan y se apostó a un lado de las puertas metálicas.

Cuando estas se abrieron, salió un hombre corpulento con uniforme y zapatos blancos. El detective le apuntó por detrás.

—¡Alto! Policía de Chicago. Levante las manos y dese la vuelta lentamente.

El enfermero, asustado, obedeció. Estaba pálido. Nathan lo cacheó sin que opusiera resistencia.

—Nat, ¿todo bien? —preguntó Rahne desde las escaleras de emergencia.

—Sí —contestó mientras le ponía las esposas electromagnéticas al enfermero—. ¿Dónde están los prisioneros? —le preguntó.

—Arriba —señaló el hombre—, en el piso superior.

Nathan se dio la vuelta y buscó en la planta diáfana un lugar en el que retener al hombre.

426

ELISE LACROZE

Nido, Byox Pharma, Irene, Illinois
7 de abril del 2039, 15:12 horas

Abrió la puerta y se encontró de frente con una mujer vestida de blanco. Al verla armada, la enfermera dio un paso atrás, asustada. Tras ella había un hombre de espaldas.

—¿Señor Cusack? —preguntó Elise.

Edmund se volvió lentamente. Sostenía un pequeño bebé entre sus brazos. Elise suspiró aliviada. Tenía que ser el niño en el que se había reencarnado el hijo de Anna, el bebé secuestrado. Cuando vio el parche blanco sobre su ojo, entendió por qué su DeltaLife aparecía sin actividad en el DeltaMother. Se lo habían quitado.

Edmund, desorientado, no apartaba la mirada de la pistola. Parecía no reconocerla.

—Señor Cusack, soy yo, Elise. Tienen que salir de aquí.

La chica apoyó la mano izquierda sobre su hombro. No tenía buen aspecto, como si hubiera envejecido una década en tan solo unos días.

—Pero… —musitó confuso.

Elise entonces se dirigió a la enfermera.

—¿Dónde están los otros bebés?

La mujer no respondió.

—¿Dónde están los otros bebés? —repitió mientras la apuntaba.

—Por favor, deja la pistola —intervino Edmund—. Dinari es el único que queda con vida.

Elise bajó el arma, pero mantuvo el tono firme de voz.

—La Policía está en el edificio.

—Yo solo soy una enfermera. Cuido a...

—¡Cállese y escuche! Va a ayudarlos a salir de aquí. ¿Ha entendido?

La mujer asintió. Se volvió para coger al bebé, pero Edmund hizo un gesto negativo y apretó a Dinari contra su pecho. Elise chequeó en su antebrazo las cámaras del edificio. Abrió la puerta del *Nido* y se asomó al pasillo.

—Bajad por la escalera de emergencia que está al fondo. Encontraréis a un hombre herido y amordazado. Es peligroso. Rodeadlo y no os acerquéis. La Policía se ocupará de él.

—¿Tú no vienes con nosotros? —preguntó Edmund.

—Tengo que ayudar a Michael.

—¿Michael? ¿Él también está aquí?

Elise asintió.

—No hay tiempo que perder. Todo irá bien. Una vez fuera del edificio, permaneced en el *parking* donde puedan veros.

Edmund quiso darle las gracias, pero Elise ya se alejaba en dirección contraria.

428

RAHNE BRADDOCK

Escaleras de emergencia, Byox Pharma, Irene, Illinois
7 de abril del 2039, 15:13 horas

El insistente soniquete metálico hizo que subiera con precaución. Se encontraba en el rellano y sospechaba que había alguien en el primer piso. Estaba nublado y la luz natural que pasaba a través del cristal opaco era escasa. Miró a través de la rejilla metálica de la escalera, pero no consiguió ver nada.

En el segundo tramo de peldaños, descubrió por fin el origen del ruido que había escuchado reiteradamente. En el suelo, un hombre semisentado estaba amordazado y atado a los barrotes.

—Nathan, ¿dónde estás?

—En los baños. He inmovilizado aquí a un enfermero. ¿Qué ocurre?

—Acabo de encontrar a un tipo esposado a las sujeciones de la escalera de emergencia. Tiene una herida en la pierna. Parece de bala —dijo acercándose lentamente a él.

—¿Es un rehén?

—No lo creo. Diría que es un agente del CEP.

—Déjalo ahí y sigue. Lo importante son los prisioneros. Yo me dirijo al ascensor.

Rahne notó un ruido a su espalda y se volvió. La puerta de emergencia se abrió.

—¡Alto! —gritó.

Desde el umbral, una enfermera la miraba horrorizada. Tras ella, un hombre mayor sostenía un bebé.

—Policía de Chicago —dijo la detective.

Se asomó al pasillo para comprobar que no había nadie más tras ellos.

—Gracias a Dios. —Suspiró Edmund.

Rahne lo observó con atención.

—¿Usted es Edmund Cusack?

—Así es —respondió él.

Dinari, en sus brazos, comenzó a llorar.

—¿Quién es ese niño?

—Una víctima de toda esta locura —musitó Edmund.

—Está bien, bajen por la escalera y atraviesen el vestíbulo. Salgan del edificio. Pronto estaré con ustedes —dijo Rahne.

En ese momento, la detective recibió una sacudida tan fuerte en la espalda que la tiró al suelo. El agente del CEP, incorporado parcialmente, la había golpeado con su pierna sana. Había roto las bridas de plástico que lo inmovilizaban. Se abalanzó sobre ella mientras Edmund y la enfermera, presas del pánico, se retiraban unos pasos atrás.

Rahne intentó zafarse de su atacante. Le propinó un fuerte codazo en el rostro. Él emitió un sonido gutural, pero no la soltó. La detective lo empujó con todas sus fuerzas y la espalda del hombre golpeó contra la barandilla metálica. Lo retuvo sujetándole por los hombros.

—¡Salgan de aquí! —gritó Rahne—. ¡Ahora!

Edmund y la enfermera los rodearon y bajaron el primer tramo de la escalera. El agente del CEP golpeó a Rahne en la mandíbula. Ella le dio un rodillazo en la herida de la pierna. El hombre lanzó un alarido y la detective aprovechó la ventaja para apuntarle con su arma.

—Mueve una pestaña y te mato, hijo de puta.

Jadeando, le dio la vuelta y le esposó.

—Nathan.

—¿Qué ocurre?

—Acabo de reducir al agente del CEP, se había soltado —dijo respirando con dificultad—. He encontrado a Cusack. Él y la enfermera se dirigen al exterior. Yo voy dentro.

—No. Acompaña a Cusack. Protégelo.

—No pienso dejarte solo.

—Rahne, hazme caso. Sabes lo importante que es ese hombre.

—Está bien —respondió a regañadientes.

MATT SANDERS

Byox Pharma, Irene, Illinois
7 de abril del 2039, 15:14 horas

A pesar de que el conducto metálico de ventilación tenía una altura de treinta pulgadas, se movía gateando con rapidez. La linterna de su dispositivo iluminaba el camino en su búsqueda de una salida. La camisa remangada estaba empapada de sudor.

—¿Dónde estás, Scott? —preguntó a través de TwoWayTalk.

—No estoy seguro. Calculo que cerca de los ascensores.

Sanders se encontró de nuevo en una bifurcación de los conductos. Si no calculaba mal, el de la derecha le llevaría hacia la zona de las celdas de aislamiento.

—Tú encárgate de Cusack y del bebé, y yo me ocupo del médico.

—He encontrado la trampilla de salida —susurró Weaver.

El agente se dispuso a levantar la placa de metal. Utilizó las dos manos para no hacer ruido al retirarla.

NATHAN MOORE

Ascensores, Byox Pharma, Irene, Illinois
7 de abril del 2039, 15:14 horas

Se preparó para salir del ascensor con el arma en la mano. Cuando las puertas se abrieron, se encontró en un pequeño *hall* en el que desembocaban dos pasillos. Nathan dio un paso al frente y se encendieron automáticamente las luces. Por su izquierda se aproximaba una mujer, vestida con una bata blanca. Llevaba el pelo recogido en un moño.

—¡Identifíquese!

—Doctora Leblanc. Madeleine Leblanc —respondió paralizada al ver al policía.

—Acérquese despacio. Levante las manos para que pueda verlas.

La mujer obedeció. Cuando estaba a tan solo seis pies del detective, sonó un disparo. Madeleine hizo un gesto de dolor. Nathan extendió los brazos de forma automática para sostenerla y evitar que cayera al suelo. Una segunda bala alcanzó la espalda de la doctora.

El detective no podía ver al atacante, pero los tiros parecían provenir del pasillo de su izquierda. Sujetando a la mujer, retrocedió unos pasos hasta refugiarse en el recodo del pasillo contrario. La dejó apoyada en el suelo. Tenía el cuello y el pecho manchados con la sangre que empapaba su bata blanca. Le tomó el pulso de la carótida. Había fallecido.

Nathan se asomó desde la esquina. De inmediato, sonaron dos disparos más. Por su trayectoria, supo que provenían del techo. La trampilla de la ventilación estaba abierta. Permaneció alerta con la espalda apoyada en la pared. Contó hasta tres. Salió rápidamente mientras disparaba hacia lo alto y atravesó la zona de ascensores. Pudo escuchar los sonidos producidos por la persona que se arrastraba por los conductos.

—¡Alto! ¡Policía de Chicago!

ELISE LACROZE

**Pasillo dos, Byox Pharma, Irene, Illinois
7 de abril del 2039, 15:15 horas**

Se encontraba en un recodo del pasillo dos, ante la puerta que daba a la sala de aislamiento, en la zona este del edificio. Se disponía a colocar el *bypass kit* sobre el sensor, cuando escuchó disparos. Pero ¿cuál era su origen? Ella había inmovilizado al guarda de seguridad, había retenido a un agente en la escalera de emergencia y había encerrado a los otros dos. ¿Qué estaba ocurriendo?

Elise accedió a las cámaras. Al chequear la de la sala de reuniones, descubrió que estaba vacía. «¡Joder!», pensó. Revisó las demás. Vio a Edmund en el vestíbulo de entrada con una mujer armada que llevaba un chaleco con la insignia de la Policía de Chicago. En el pasillo uno reconoció al detective Nathan Moore, pero ni rastro de Sanders o del otro agente. ¿Dónde demonios estaban? De cualquier forma, lo importante era sacar a Michael de allí cuanto antes.

La puerta se abrió silenciosamente. Las luces principales estaban apagadas y las auxiliares emitían una luz tenue de color verde, casi fantasmagórica. Observó las dos filas de cuatro cubículos cada una: ocho en total. Todos estaban vacíos, excepto el segundo más cercano al ingreso. Al llegar junto a él, Michael, que estaba sentado en el suelo, elevó su rostro.

435

Elise se sobrecogió al verlo. Tenía el brazo sujeto con un cabestrillo y los vaqueros sucios con restos de sangre. Se levantó con dificultad. Apoyó la mano en la pared transparente.

—Voy a sacarte de aquí —musitó ella superponiendo la palma de la mano en el vidrio por encima de la de su amigo—. Dame unos segundos.

Michael esbozó una débil sonrisa.

Elise se situó ante la puerta, en el espacio entre las dos hileras de celdas. Estudió el sistema de apertura. Digitaba en su dispositivo para intentar conectar con el sensor de control, cuando escuchó un disparo. Sintió una quemazón aguda en el hombro izquierdo y gritó de dolor. Se echó al suelo instintivamente y, de rodillas, bordeó la celda para protegerse con sus muros transparentes. Miró desconcertada a su alrededor hasta que el sonido de un fuerte golpe metálico le descubrió a un hombre que saltaba desde el techo, en el lado opuesto de la sala.

Era Matt Sanders. «Mierda, mierda, los conductos de ventilación, ¿cómo no me di cuenta?», se dijo con rabia. Elise se apretó el hombro con la mano que sostenía la pistola. Al intentar incorporarse, vio que el agente del CEP se acercaba cojeando ligeramente debido al enorme salto. A pesar de ello, avanzaba decidido.

Michael, horrorizado e impotente, golpeó con el puño la pared de vidrio templado. Elise dejó de apretar la herida. Con la mano ensangrentada disparó tres veces.

Sanders, que ya había alcanzado el espacio central, se refugió tras una celda, a tan solo dos cubículos de distancia de ellos.

NATHAN MOORE

Pasillo uno, Byox Pharma, Irene, Illinois
7 de abril del 2039, 15:16 horas

El detective había seguido los sonidos hasta la puerta de emergencia, al fondo del pasillo. Temía que el conducto de ventilación se bifurcara y pudiera perder a la persona que había asesinado a la doctora.

—¡Esta es mi última advertencia! —gritó mirando hacia arriba—. ¡Voy a disparar!

Como respuesta, una bala procedente del techo agujereó el metal y la escayola para acabar clavándose en el suelo, a poca distancia de sus pies. Nathan fue consciente de que ahora él tenía ventaja, sabía el lugar exacto donde se encontraba su atacante, mientras que este, seguramente había actuado guiándose solo por su voz.

El detective disparó. El golpe de un cuerpo contra el metal le confirmó que no había errado el tiro.

—¿Rahne? ¿Todo bien ahí? —preguntó.

—Estoy en el aparcamiento con Cusack y la enfermera. ¿Y tú?

—Ha habido una víctima mortal. Una doctora. He reducido al atacante.

—¿Es del CEP?

—Supongo que sí. Está en los conductos de ventilación. Sigo adelante.

Nathan regresó hacia los ascensores. Antes de llegar, encontró una puerta entreabierta a su derecha. Se asomó con precaución. Allí no había nadie, solo varias cunas vacías. «¿Qué coño es este lugar?», se preguntó.

—Nat.

—Dime.

—¿Lo oyes?

—Helicópteros.

—El FBI aterrizará en breve.

En el pequeño vestíbulo, el detective esquivó el charco de sangre que rodeaba el cuerpo de la doctora. «Joder, a Marini no le va a gustar nada todo esto», pensó. Siguió adelante. ¿Dónde estaba el rehén del que Pablo le había hablado?

ELISE LACROZE

Aislamiento, Byox Pharma, Irene, Illinois
7 de abril del 2039, 15:17 horas

Sentía el corazón a punto de estallar. Bañada en sudor, seguía atenta los movimientos del agente del CEP. Si él se asomaba a un lateral, ella se movía a duras penas y disparaba en esa dirección. Era consciente de que no aguantaría mucho tiempo. A ratos, su visión se nublaba. ¿Estaba perdiendo mucha sangre? ¿Qué posibilidades tenía de proteger a Michael y a sí misma de un asesino profesional?

Sanders sabía que la chica estaba herida y continuaba desplazándose de un lado a otro para agotarla. El dolor se extendía por el cuerpo de Elise, desde el hombro herido, alcanzando el pecho y descendiendo por la espalda. Tan solo otro cubículo, además del de Michael, la separaba de aquel hombre. Tenía que resistir. Desesperada, gritó:

—¡La Policía está en el edificio!

—Antes de que entren aquí estaréis muertos.

Elise sintió una profunda ira que le infundió fuerzas. Se mordió los labios para soportar el dolor al girar el antebrazo. Desbloqueó los inhibidores de señal y marcó una llamada.

—¿E-Karmel? —La voz de Bob sonó en el auricular de su oído.

—Escúchame bien. Te necesito —dijo Elise, respirando con dificultad.

—¿Qué ocurre? ¿Estás bien?

—Te acabo de enviar los códigos de acceso a las cámaras del DeltaMother. Tienes que conectarte con la tres, tiene el nombre de Elise.

Sanders aprovechó el tiempo de la llamada, salió de entre las celdas y disparó.

—¿Qué ha sido eso? —preguntó Bob.

—¡Emite lo que registra esa cámara en directo! —gritó a la vez que apretaba el gatillo.

A pesar de su pulso tembloroso, Elise alcanzó al agente en el brazo izquierdo. Sanders se tiró al suelo protegiéndose con el muro de vidrio de la celda en la que se encontraba Michael. Este, aterrorizado, se volvió hacia su torturador. Impotente, intentó entorpecer su campo de visión para proteger a Elise y darle una pequeña ventaja.

—Estás en directo —anunció Bob.

RITA BLEVINS

Motel Du Wayne, West Chicago
7 de abril del 2029, 15:18 horas

Durante los diecinueve minutos que se habían emitido a través del Emergency Broadcast System, no se había movido del suelo. Había escuchado cada palabra con una atención enfermiza. En el reportaje se había explicado el origen de las investigaciones y el descubrimiento de Lebab. Los fragmentos de vídeos habían mostrado la muerte y la reencarnación de Yumiko, de Sam y la emotiva entrevista a Anna Cusack. Se habían visto imágenes impactantes de la violencia ejercida por el Gobierno y de los raptos de bebés en África. Además, se había citado la implicación de una senadora del Congreso y de una empresa llamada Niro Technologies.

De improviso, en la pantalla de su dispositivo apareció el rótulo IMÁGENES EN DIRECTO. María tardó en reaccionar. Se incorporó. ¿Qué era aquello? Observó detenidamente, pero no entendía aquellas imágenes, poco nítidas, filtradas por una tenue luz verdosa. Alguien de espaldas hacía gestos de alarma con un brazo. ¿Estaba encerrado? Sí, estaba atrapado en una especie de celda de cristal. Y tras él, de frente a la cámara, un hombre armado. En ese momento, María escuchó la voz de Elise y su sangre se heló.

—El hombre que pueden ver es un agente del CEP. Su nombre

es Matt Sanders. Es el responsable de múltiples desapariciones y torturas. Me ha disparado y estoy herida.

La persona que estaba de espaldas se volvió hacia la cámara.

—¡Michael! —gritó María.

—Mi nombre es Elise Mompou. —María escuchó la voz entrecortada de su amiga—. Estoy en un centro de detención ilegal del CEP en el que se encuentra retenido el doctor Michael Guthrie.

Cuando oyó hablar a la chica, Sanders, a pesar del brazo herido, se levantó y llegó hasta el panel de control de la celda de Michael.

—¡No! —gritó Elise y disparó.

Esta vez acertó en el estómago del agente, que cayó al suelo. Mientras este se arrastraba a duras penas buscando refugio, el color verde de las luces de emergencias fue sustituido por el rojo anaranjado de las llamas.

Elise se incorporó rápidamente y presionó los mandos en un intento desesperado por detener el fuego mientras Michael se agitaba entre las llamaradas.

Lo que ella observaba con horror era lo que estaban viendo millones de personas en sus dispositivos. Y en el motel Du Wayne el alarido de Elise se fundió con el de María.

NATHAN MOORE

Aislamiento, Byox Pharma, Irene, Illinois
7 de abril del 2039, 15:19 horas

El detective escuchó un grito unos instantes antes de entrar en la sala. Le costó identificar lo que veía. Frente a las intensas llamas contenidas en una especie de celda transparente, una chica golpeaba con los puños el panel de control. Nathan se dio cuenta de que, en medio del fuego, una silueta humana se retorcía de dolor.

Se acercó impresionado por la escena. En el suelo, en el espacio entre las celdas, un hombre se arrastraba dejando en el suelo un reguero de sangre. Se trataba de Sanders.

Elise notó la presencia del detective, pero le dio la espalda y se dirigió hacia el asesino de Michael, presa del dolor y la ira.

—¡Alto! ¡Policía de Chicago! —gritó Nathan.

Elise se situó frente a Sanders. Las llamas brillaron en las pupilas de la chica. El agente se incorporó ligeramente, apoyando la espalda en la pared de vidrio.

—Asesino —dijo Elise apuntándole a la cabeza.

—¡No dispares! —gritó Nathan mientras se acercaba—. La Policía está aquí. También el FBI.

Elise sujetó la pistola mirando fijamente a Sanders. Este, con la mano ensangrentada sobre su estómago, le sostuvo la mirada.

—No lo hagas —dijo Nathan—. Nosotros nos ocuparemos.

— ¡Lo ha matado! ¡Lo ha matado a sangre fría! —gritó Elise.

La mano le temblaba, pero no dejó de apuntarle.

—Responderá ante la ley por lo que haya hecho.

Elise titubeó y se volvió hacia el detective. Entonces, Sanders usó su arma. Los disparos la alcanzaron en el pecho.

—¡No! —gritó Nathan.

—Ve a reunirte con tu hermano, zorra —masculló Sanders.

Elise se derrumbó a los pies del agente.

Nathan se abalanzó sobre su compañero y le pisó con rabia la mano en la que sostenía la pistola.

—No te muevas.

Tras arrebatarle el arma, el detective se arrodilló junto a la chica. Todavía respiraba. Hacía esfuerzos por mantener los ojos abiertos, con la cabeza vuelta hacia la celda en llamas.

—Aguanta —dijo Nathan.

—Vincent... Bro, espérame —susurró Elise con un hilo de voz antes de cerrar los ojos.

MARTIN PAYNE

**3704 de West Harrison Street, Chicago
7 de abril del 2039, 15:20 horas**

—La cámara del DeltaLife ha dejado de recoger imágenes —dijo Bob.

—¡Dios mío! ¡Se han cargado a E-Karmel en directo! —gritó Nibel.

—¡Joder! —exclamó Xianix.

—Volved a poner el reportaje. Seguimos teniendo el control del EBS —dijo Bob.

Martin no reaccionaba. Impresionado por lo sucedido, su corazón latía con fuerza.

—Bob, enciende esa cámara. Vamos a retransmitir en directo —pidió el periodista.

—¿Cómo?

—Enciéndela y enfócame —dijo mientras se apoyaba sobre una de las paredes mugrientas del almacén.

Bob sabía lo que supondría que su amigo apareciera públicamente en las imágenes.

—¿Estás seguro? —preguntó a la vez que ajustaba el trípode—. Te relacionarán directamente con el ciberataque al Departamento de Seguridad Interna del Gobierno.

—Conecta ya —dijo Martin.

—Nibel, entramos en directo con la Canon.

—Estoy en ello. Tres, dos, uno…

Bob pulsó el botón de grabación e hizo una señal a Martin. A través del Emergency Broadcast System, el periodista apareció ante los ciudadanos americanos. A los pies de la imagen había un circulito rojo parpadeante junto a la rotulación, que indicaba: DECLARACIONES EN DIRECTO.

—Mi nombre es Martin Payne, soy periodista de la Unidad de Gestión de Noticias. Acabamos de presenciar dos asesinatos en directo. Por desgracia, no se trata de ningún montaje. Han sido obra de un agente del CEP. La terrible escena que han visto la estaba grabando el DeltaLife que portaba Elise Mompou. Ella fue de gran ayuda para la realización de este reportaje y colaboró para que la verdad se supiera y llegara a todos ustedes. —Martin hizo una pequeña pausa para recuperarse. Temía que se le quebrara la voz a causa de la emoción que le embargaba—. Pronto, las investigaciones de Lebab podrán ser verificadas por la prensa. Piensen por un momento…

—¡Nos han echado fuera del EBS! —gritó Nibel.

—Fin de la emisión. —Suspiró Xianix.

—Ha sido suficiente —dijo Bob—. Hemos emitido durante veintidós minutos.

El periodista se acercó a los *hackers* y pudo ver un fotograma con la celda en llamas. ASESINATOS EN DIRECTO, leyó.

—Lo conseguiste —musitó Martin—. Descansa en paz, E-Karmel.

NATHAN MOORE

—¡FBI! ¡Que nadie se mueva!

Varios agentes entraron armados en la sala. En el interior se encontraron con un hombre ensangrentado, apoyado en el vidrio de uno de los cubículos. A su lado, un segundo hombre estaba arrodillado junto al cuerpo de una chica.

—¡Soy policía! —gritó Nathan—. ¡Necesita un médico!

Al momento, entraron dos sanitarios vestidos de blanco.

—¡Aquí, por favor! —apremió el detective—. Esta chica está muy grave.

Además del equipo médico, un agente del FBI se acercó.

—Dejémoslos trabajar. Salgamos —pidió a Nathan.

Él se apartó.

—Pide una camilla. ¡Tenemos que sacarla de aquí! —exclamó uno de los enfermeros.

—Este hombre también está muy mal —dijo el que atendía a Sanders.

Una vez fuera de la sala, Nathan se identificó ante el responsable del equipo. Hasta el momento, el FBI había encontrado el cuerpo de una mujer sin vida y a un agente del CEP retenido en las escaleras de emergencias. Nathan dio indicaciones sobre la localización de otra persona en el conducto de ventilación y del

447

enfermero inmovilizado en el baño de la planta baja. Tras las aclaraciones, abandonó el edificio y caminó desorientado, sorprendido por el despliegue de medios. Había tres helicópteros en un lateral y, en el centro del *parking*, dos ambulancias con luces parpadeantes.

Rahne, envuelta en un plumífero, se acercó a él.

—Nat, ¿estás bien?

No, no estaba bien. Pensó en lo sucedido allí dentro: la chica abatida por Sanders, la doctora acribillada a balazos, aquella persona envuelta en llamas...

—No se puede decir que la operación haya sido un éxito.

—Hemos hecho lo que hemos podido —dijo Rahne.

Dos hombres salieron del edificio portando una camilla. Sanders, con el rostro desencajado por el dolor, iba en ella.

—Este hijo de puta tendrá que responder por muchos cargos.

Rahne apoyó la mano sobre el hombro de su compañero.

—Al menos hemos rescatado a Cusack. Y a un bebé inocente.

—¿Dónde están? —preguntó Nathan.

Rahne se volvió hacia la ambulancia más próxima. Edmund estaba junto a la rampa de carga, cerca de una camilla a la que se sujetaba. Una manta térmica cubría sus hombros. Un agente del FBI hablaba con él. Sin embargo, Edmund, con la mirada perdida, no parecía escucharle. A unos metros del vehículo, una enfermera intentaba tranquilizar al bebé que lloraba.

El detective se acercó. Edmund tenía muy mal aspecto, aún peor que cuando se encontró con él en la clínica Hamilton. Nathan se presentó al agente del FBI y le pidió que le permitiera hablar con él. El hombre se separó de ellos unos pasos.

—Señor Cusack, soy Nathan Moore, ¿se acuerda de mí? —Edmund asintió mientras sujetaba la manta con manos temblorosas—. ¿Cómo se encuentra?

El científico no respondió.

—Siento no haber podido protegerle...

Edmund miró a su derecha. Una segunda camilla salía de Byox

448

Pharma. Esperó angustiado para ver a quién transportaban. Reconoció a Elise. Estaba inconsciente, con el rostro profundamente pálido.

—¿La conoce? —preguntó Nathan.

Edmund asintió con los ojos humedecidos.

—Ella me liberó… —dijo con un hilo de voz—. ¿Sobrevivirá?

—Lo dudo —confesó Nathan, incapaz de mentirle.

El científico se volvió hacia el edificio.

—¿Y Michael? —preguntó—. Elise me dijo que él también estaba aquí.

—El único hombre sin identificar que había dentro falleció…

El detective no acabó la frase. Un escalofrío sacudió el cuerpo de Edmund. Incapaz de mantenerse más tiempo en pie, se sentó en la camilla.

Un hombre del FBI se aproximó a ellos.

—Alguien está preguntando por Cusack —susurró al oído de Nathan.

El detective se volvió hacia el *parking*. Varios periodistas se agolpaban en la puerta. Un agente se mantenía firme sin permitirles el acceso. Una mujer vestida de negro y agarrada a los soportes metálicos miraba con expresión de angustia hacia el interior del recinto.

Nathan tuvo la impresión de que su cara le resultaba familiar.

—¿Usted ha preguntado por Cusack?

—Sí, soy su hija. ¿Mi padre está aquí? —preguntó Anna, alterada—. ¿Está vivo?

El detective dudó unos segundos.

—Dejen de grabar —dijo y antepuso la mano en la cámara de uno de los periodistas.

—Colaboraré con ustedes —continuó Anna—. Pero, se lo pido por favor, dígame qué sabe de mi padre.

Nathan se levantó la manga de la sudadera para mostrar su autorización especial al agente que protegía el acceso al *parking*.

449

—Déjela entrar, solo serán unos minutos.

Los periodistas se empujaban unos a otros y Anna forcejeó para poder pasar.

—Venga conmigo —dijo Nathan.

Angustiada, Anna siguió los pasos del detective. Bordearon una de las ambulancias y, entonces, lo vio. Su padre había sobrevivido. Anna corrió hacia él. Edmund, confundido, no tuvo tiempo de reaccionar. No supo quién le abrazaba hasta que sintió el olor de su pelo.

—Anna...

—Papá, ¡gracias a Dios!

Las lágrimas corrieron por el rostro fatigado de Edmund. Anna aflojó la tensión de los brazos, temerosa de hacerle daño. Su padre parecía tan frágil... Se separó ligeramente para observar su rostro. Lo sostuvo con dulzura entre las manos.

—Estás vivo, papá.

—Han matado a Michael. Y a Elise...

—Lo sé.

Anna cogió el brazo de su padre para infundirle calma y, en ese momento, escuchó el llanto. No tuvo ninguna duda: era el llanto de un bebé. Sintió una especie de escalofrío y, lentamente, se volvió hacia el lugar del que provenía. Una enfermera sostenía a un niño en brazos. Anna se precipitó hacia allí y la mujer dio unos pasos hacia atrás, sorprendida por su ímpetu.

—Por favor, permítala que lo vea —intercedió Nathan.

Anna se aproximó, acercó su rostro al de Dinari. Tenía una venda en el ojo y lloraba desconsolado. Pero, estaba vivo, ¡vivo!

Supo que no le permitirían cogerlo para intentar calmarlo, por lo que se limitó a acariciar su mejilla.

—Señora Cusack —interrumpió Nathan Moore—, tengo que leerle sus derechos.

Se volvió y miró al detective con calma.

—Queda usted detenida. Tiene derecho a guardar silencio. Cualquier cosa que diga podrá ser usada en su contra en un tribunal de justicia. Tiene derecho a hablar con un abogado. Si no puede pagar uno, se le asignará uno de oficio.

Anna no escuchaba sus palabras. Se preguntaba qué sería de Dinari. De Edmund. De ella misma. Suspiró profundamente. La única certeza era que los tres estaban vivos y, por el momento, eso era más que suficiente.

EPÍLOGO

2625 de Wellington Ave, Lisle, Illinois
10 de abril del 2039, 00:09 horas

Desde que Liam Bell se fue, la casa del 2625 de Wellington Ave había permanecido sumergida en un denso silencio. La oscuridad reinaba en todas las habitaciones, pero sobre todo en el garaje. Los ventanucos eran estrechos y las cortinas no dejaban pasar la luz de las farolas.

Sucedió poco después de medianoche. Un pequeño resplandor azul brilló y deshizo la negrura. Era la pantalla del DeltaMother, que se había encendido.

Uno de los DeltaLife acababa de reactivarse.

AGRADECIMIENTOS DE LUIS AMAVISCA

Si comienzo por el principio, pienso en Juana Cortés, compañera admirada y gran amiga. No olvidaré nunca aquella llamada que nos empujó a esta locura a la que llamamos *Lebab*.

El siguiente en la lista es mi marido, miembro de *Lebab*, desde el primer borrador. Gracias por compartir creencias; por el apoyo, la crítica y la paciencia infinita. Y por el amor, gracias por el amor.

Mi querido hijo Juan, tendrás ocho años cuando se publique este libro, pero sé que algún día leerás esta novela que habla de almas y reencuentros como «el nuestro».

No puedo no citar a mis padres, Matilde y Luis. Gracias por el escepticismo y la fe a dosis iguales.

Recuerdo con cariño los comentarios de nuestros primeros lectores de la novela en inglés. La emotiva lectura de mi querida Lina y la analítica y tecnológica de Jad. ¡El Brute Force Attack no habría sido lo mismo sin ti!

Nuestras primeras lectoras y lectores en español habéis aportado más de lo que pensáis. Miryam, nos apoyaste desde antes de que naciera nuestra organización secreta. Gracias de corazón a Carlos Abad, José Carlos, María Auxi, Mila y Carmen Pastrana. No me olvido de ti, Javier Pizarro, maravilloso especulador.

Gracias a mi hermana Cristina, porque Elise vivía dentro de mí hacía tiempo y tú la inspiraste (eso sí, esta vez prefiero no hacer de Vincent). A Tiziana, tan amante de los *hackers*. A Mercedes

Sebrango, por tu sostén incondicional en cada proyecto en que me embarcaba. A Mili Hernández, por la fuerza que siempre me transmitiste.

Un agradecimiento especial para Elena Rendeiro, quien quizás tuvo un poco la culpa de todo cuando me cuidaba con purés.

La novela llegó a Duomo ediciones de la mano de Aurora Cuito, la editora que se enamoró de *Lebab*. No puedo dejar de mencionar su pasión.

Gracias a Àngels Balaguer, por el cariño y precisión; a Laia Salvat, por su entusiasmo inspirador; a Olga Iranzo, por los guiños musicales.

Gracias de corazón a toda nuestra comunidad prelectora: Rosa Montero, Javier Ruescas, Blanca Lacasa, Raúl Sagospe, Antonio Torrubia, Telmo Irureta, Laura Vila, Janet Armenteros, Susana Sánchez, Sara Movellán, Ricardo Martínez, Karol Conti, Carmen Pila, Estrella García, Igor, Tamara, Juanjo, Onintza y Alfonso.

Y por supuesto, gracias a ti que estás leyendo estas líneas.

Y si quieres decirnos algo, búscanos en redes y dínoslo.

Nos encantará escucharte.

LUIS AMAVISCA

456

AGRADECIMIENTOS DE JUANA CORTÉS

Lebab es Luis Amavisca y una invitación a compartir su mundo. Cuando me contó su idea, no dudé en acompañarle en este viaje. Recuerdo un desayuno en la calle Valverde, cruasanes y café, las primeras ideas. La aventura había comenzado.

Lebab también es Rami. Gracias por todas las lecturas, por todos los consejos. Me robaste el corazón desde que te conocí. Eres un ser de luz. Brillas, siempre brillas.

En mis agradecimientos no puede faltar mi familia. Mis amigos. Sin ellos *Lebab* no sería hoy una novela. Porque, si escribo, es porque tengo la suerte de estar bien sostenida, cuidada, alimentada. Sin las personas que me acompañan, me perdería y me quedaría muda, sería incapaz de crear. Ellos forman el tejido que me sostiene; la tela de araña en la que tejo mis historias y sobre la cual vivo plácidamente.

Una vez más mi agradecimiento a mi hermano Jose. Desde niños hemos compartido historias; todavía lo hacemos. Creamos juntos y eso no tiene precio. Gracias también a Toño. Ellos fueron de los primeros lectores.

A los prelectores que nos han dedicado su tiempo, a todos, gracias. Y en especial a Telmo. Porque Telmo, tú eres *Lebab* por los cuatro costados.

A nuestras editoras, que confiaron en la historia. *Lebab*, queridas, *Lebab*.

Y, cómo no, a las personas que he perdido en el camino. *Lebab* me hizo pensar en todas ellas. En la esencia de lo que es amar y vivir. En lo que no termina, en lo que prevalece, en lo importante que es agarrar, sujetar, tanto como dejar volar esperando que el milagro fluya.

JUANA CORTÉS

458

ÍNDICE

Esta primera edición de *Lebab. El efecto luciérnaga*,
de Luis Amavisca y Juana Cortés, se terminó
de imprimir en Grafica Veneta S.p.A. di
Trebaseleghe (PD) de Italia en mayo de 2024. Para
la composición del texto se ha utilizado la tipografía
Sabon diseñada por Jan Tschichold
en 1964.

Duomo ediciones es una empresa comprometida
con el medio ambiente. El papel utilizado para
la impresión de este libro procede de bosques
gestionados sosteniblemente.

PEFC

PEFC/18-31-226

Este libro está impreso con el sol. La energía
que ha hecho posible su impresión procede
exclusivamente de paneles solares.
Grafica Veneta es la primera imprenta
en el mundo que no utiliza carbón.

GRAFICA VENETA